OLD
CALABRIA

老卡拉布里亚游记

【英】诺曼·道格拉斯 | 著　宋阳波 | 译

南方出版传媒
花城出版社
中国·广州

图书在版编目（ＣＩＰ）数据

老卡拉布里亚游记 ／（英）诺曼·道格拉斯著；宋阳波译. —— 广州：花城出版社，2017.2
（游侠仙踪）
ISBN 978-7-5360-8138-3

Ⅰ．①老… Ⅱ．①诺… ②宋… Ⅲ．①游记－作品集－英国－现代 Ⅳ．①I561.65

中国版本图书馆CIP数据核字(2017)第010855号

出 版 人：詹秀敏
丛书策划：孙　虹
责任编辑：黎　萍
技术编辑：凌春梅
封面设计：台介设计 SIJIE DESIGN

书　　名	老卡拉布里亚游记
	LAOKALABULIYA YOUJI
出版发行	花城出版社
	（广州市环市东路水荫路11号）
经　　销	全国新华书店
印　　刷	佛山市浩文彩色印刷有限公司
	（广东省佛山市南海区狮山科技工业园Ａ区）
开　　本	880 毫米×1230 毫米　32 开
印　　张	13.375　1 插页
字　　数	318,000 字
版　　次	2017 年 2 月第 1 版　2017 年 2 月第 1 次印刷
定　　价	35.00 元

如发现印装质量问题，请直接与印刷厂联系调换。
购书热线：020 – 37604658　37602954
花城出版社网站：http://www.fcph.com.cn

老卡拉布里亚游记 / 目 录

Contents

吟游在传说与尘俗之间

——

（译者序）

宋阳波

　　两个月前，我有幸与一位普林斯顿大学的经济学教授共进午餐。教授来自意大利，席间我们自然而然地聊起他的家乡。其时我刚刚完成《老卡拉布里亚游记》的译稿，于是我提起书中述及的种种趣闻轶事、民俗风物，以作谈资；教授听罢一脸的不可思议，以其带着浓厚意大利语腔调的英语连连惊叹道："Incredible! Incredible!（难以置信！难以置信！）"并说卡拉布里亚在他印象中一直是国家最贫穷落后的地区之一，以前从没想过该地的历史与文化深厚如斯，也从未读过一本详述卡拉布里亚风土人情的书。送走教授后我将书中内容摘抄若干电邮给他，以证明自己所言非虚。

自此我对这本初版于整整一百年前，自己刚刚逐字逐句推敲琢磨过的书又生发了新的认识：或许不仅仅对于万里之遥的中国，就连在作者倾其心血笔力所描绘的意大利，它也该算是沧海遗珠吧。

从工作的角度来说，《老卡拉布里亚游记》是一本让人恨之入骨的书。一方面作者通晓的语言过多，二十世纪初想来也没有自行通译的习惯，于是作者谈及文化时常常大段直引典籍原文，意大利文、法文、西班牙文、拉丁文、阿尔及利亚文……偏生外文经典也像我国的古文，微言大义，其句古拙而其义弥远。于是常常发生面对十几个零散词汇而苦思不得其逻辑联系的局面，一股"白首太玄经"的绝望扑面而来。系里正巧有一意大利同学，着手翻译之初我每每有拿不准的词句便向他请教。功夫不负有心人，两月有余，他写给我参考的英文译文与我自行译出的文句已若合符节，而我摩挲脑门则头发仍在，且尚未愁白，心下大慰。另一方面，作者每至一地，对当地宗教与历史的挖掘简直到了极致，当其对出身于某一小镇的圣徒、学者和作家如数家珍的时候，带来的便是译者的噩梦。我不记得有多少次曾花上好几个小时四处考证诸如"八百多年前的约翰"的身份，也不记得有多少次为了找出某条传说中的长虫的德文名称费尽心思。饶是如此，仍有好些人名、地名，或是散佚或是个人能力有限，无法追本溯源，望读者诸君恕罪。译完这本书，对百年之前要成为作家所需要的知识与修为，不得不建立全新的认识。

站在一名读者的立场，《老卡拉布里亚游记》是一本让人叹为观止的书。作者的渊博自不待言，但渊博只需要一座搜罗了地方志和编年史的图书馆便可以了；其不可替代之处，在于每到一处观察人的独特视角。随着作者的笔触，我近距离窥视了卡斯特罗维拉里一位小职员的午饭餐桌，为其"蟒蛇一般的胡吃海喝"开怀大笑；我望见斯佩扎诺正午的热浪在街上弥散出一片死寂，当客栈的阿尔巴尼亚大妈偷偷塞来一打梨子的时候简直热泪盈眶；我伸手仿佛能触碰到克拉蒂河喷溅出的寒气，耳边听着马车夫指着一位月光下踽踽独行的过客低语"狼人"……书店里能买到的游记不少，而让人记住的却不多，我以为即使仅靠照片和高中程度的语文教育，堆砌出一些像模像样的文字也非难事。而一个地方——尤其是小地方——的灵性往往藏于景中的一枝一叶与人间的一颦一笑，若没有跋涉之远，造诣之高，却是绝难捕捉万一。我记住了《老卡拉布里亚游记》中的许多文字，并非因为作为译者对其过于熟悉，而是因为那些文字每每将我带到素未谋面的意大利乡间，听白发的传教士述说米迦勒斩龙的传奇，在泉林之畔默诵着贺拉斯、维吉尔和但丁。如此一部游记，才使人为旅途倾倒，为旅者折服。

而作为一名远离故乡已有十年的游子，《老卡拉布里亚游记》是一本让人心存希冀的书。四年前我来到洛杉矶求学，这座"天使之城"藏着说不尽的景象、人物与故事，可是学业与事业的重担始终让自己喘不过气，只能自怨天资驽钝，没有亲近这座城市的余力。久而久之也就失去了触觉的敏锐，生活在日渐塌缩的圈子里而不自知。接触这本书是一种久别重逢的感受——曾几何时我也爱在奇奇怪怪的小地方四处游荡，有感于树影间漏下的月光、码头边跳跃的海浪、山径中泛滥的异香……这游记的意义除了阅读本身，更在于提醒自己，再艰苦的求索也不至于舍弃旅途中奇妙的风景。于是去年一月我来到大雪纷飞的芝加哥，在联合车站乘上名叫"加州西风"（California Zephyr）的列车，全程五十二小时开返旧金山。这趟怀旧的火车之旅跨越美国七个州，途经城市、村镇、农田、峡谷、林地和湖区，从中西部的寒冬腊月一直开到南方的春色初生。路上我给车窗外的土拨鼠、鹿和狼拍照，跟偶遇的澳大利亚小伙子聊聊同为异国人的所见所闻，或者只是捧着一本书，眼睛却望向远处正渐渐冲破坚冰的潺潺流水。我每每念及当时翻译到一半的书，好奇骡子背上的诺曼·道格拉斯与观景车厢中的自己，是否有过一瞬间相似的情怀。我想喧嚣忙碌的生活往往容易让人沉睡，而《老卡拉布里亚游记》这样的一本书就像一只闹钟，提醒人们踹开房门扬长而去，且行且歌。无论是上溯黄金时代的传说，还是投入光怪陆离的尘俗，旅行使人仿佛回到童年，每一步都走向美梦中的海阔天空。

前言的最后，我感谢一直支持我的父母，感谢花城出版社对我译笔的信任，感谢一年多以来助我解惑纠错的许多朋友。这一路边译边学，不敢说脱胎换骨，但着实获益良多。书中的一些译法与已有译本不同，如书名 Old Calabria 译作"老卡拉布里亚"而非现有译本的"古老的卡拉布里亚"，因为 Calabria 所指地区在不同的历史时期有所区别；联系书中上下文，个人以为 Old Calabria 应解作过去希腊统治时期的 Calabria 地区，如中文"老城区"。此外由于自己能力所限，在文法、语言等方面定有错漏瑕疵，还请读者诸君不吝指正。

2015 年 1 月 23 日

撒拉逊人①的卢切拉

卢切拉的特质——它在心灵上造成的印象——是难以一言蔽之的。当一个人见过太多的城镇之后，那种画面的新鲜感早已变得模糊了。卢切拉的房屋低矮而不失庄重；街道整齐而洁净；当地已有电灯，旅舍条件普通；理发店和药铺林立。放眼并无引人注目之处。可只要稍用心去把握，就会发现小镇的性格确在那里，因为每个小地方都有自己的灵性。在卢切拉，其性格大概是始终萦绕着旅人的某种超然。我们站在小山上——或许只能叫一片波浪状的土地，又或许还

---

① 原意指从现在的叙利亚到沙特阿拉伯之间的沙漠牧民，广义则指中古时代所有的阿拉伯人。

是叫尖坡较为适合，从南面兀然突起。这是一座形状奇怪的迷你山，然而高度也足以俯瞰广袤的阿普里亚平原。裸露的土地更凸显了这种居高临下的感觉。山上的"观景台"是一座公共花园，坐落在山尖，由此处可饱览东北方向美景。只是这里的树木于几年前刚刚种植，尚有成片的褐色土壤裸露在外，加上仅铺就了一半的小路和丛生的矮小灌木，给此地平添一种原始和初生的印象。我想设计师原本是安插了更多元素的；而现在，除了几棵一两年就要寿终正寝的柳杉和紫杉之外看不到任何针叶树，而意大利市政局特别喜爱的那些丝兰，恐怕很快会比现在更显病弱。不过，等冬青植物长起来，这座花园想必就会变得雅致喜人了；即使现在，它也是当地居民傍晚散步的好去处。总而言之，这些正于整个意大利南部兴起的公共花园证实了一种新兴的品位；花园和墓地常常是那些因喧嚷而聋聩，因缭乱而眼花的陌生旅人唯一能找到一点祥和绿意之处。这两处的意境竟可对应于弥尔顿的《快乐的人》① 与《阴郁的人》②所抒发的情思。在卢切拉的墓地，井然有序的小径覆盖在柏树的树荫下，玫瑰与闪亮的大理石碑错杂其间。此处实在是迷人的避世之所，而非仅仅是逝者安息之地。

可是这观景台并非我的最爱。我更爱到远处散步，到山谷的另一边，那里古老肃穆的斯瓦比安城堡③坐落在一片翡翠般的缓坡上。将城堡比作人的话，它给人的感觉并非蹙眉的怒色；相反，它沉稳地歇憩着，宁静安详却又透出毋庸置疑的权威；这大概就像一位意大利友人所感叹的，"得其所哉"。早在"红胡子"腓特烈一世将它作为他的南疆中心之前，早在罗马人在此地建立要塞之前，这片高地想必已

---

① ② 弥尔顿诗作，出版于 1645 年。
③ 意大利古城堡，据传由西西里王罗杰二世于 1132 年所建。

被看作阿普里亚的要冲。在遍布塔楼的墙垣（这些城墙的周长将近一英里①，据说内部曾容纳六万人）之外是一圈平坦的空地。无论白天黑夜，这里都是我最爱的去处。头顶常有雄鹰鼓翼，唳彻长空；脚下绒毯般的绿地绵延不尽，点缀以树木、潜溪与白色农舍——一切胜景更被远方的亚平宁山脉环抱其中。在晴朗的日子里，还能望见被称为贺拉斯②之乡的乌尔图雷山的火山锥；它总诱引着我去探索这片地区。在东边，加尔加诺山拔地而起，离它最近的小山山尖上伫立着一座可爱的建筑，也许是某个村落或女修道院，仿佛骄傲地对自己与大山间的低地点头示意。更远处耸立着庄严的大天使米迦勒③神殿，以及曼弗雷德镇。

由于这座城堡乃是国家级纪念遗址，当地委派了一位管理员来负责相关事务；那是个毫不起眼的老家伙，满口胡扯，可他表演得就像自己在偷偷地昧着良心出卖国家机密。

"先生，那个角落上的塔楼就是国王塔楼。是国王建造的。"

"可你刚刚说那是王后塔楼。"

"哦，是的，王后，是她造的。"

"哪个王后？"

"哪个王后？哎呀，三年前那些德国教授总在说起的那个王后。对了，我一定得给您看看我们在一个地窖里找到的（此时声音低了下来）一堆骷髅头骨。以前啊，人们成百成百地往这里面扔那些死去的

---

① 英制长度单位，约合 1.61 公里。
② 昆图斯·贺拉斯·弗拉库斯（前65—前8），古罗马著名诗人、批评家、翻译家，代表作有《诗艺》等。
③ 《圣经》中的天使长，神所指定的伊甸园的守护者。

可怜人；在波旁王朝①统治的时候，罪犯们就是在这里被绞死的，好几千个呢。那是多美妙的时光啊！这个塔楼就是王后塔楼。"

"可你刚才叫它作国王塔楼。"

"对的。那是因为它是国王造的。"

"哪个国王？"

"哎呀，先生，我怎么能记得那么些个人名呢？我连他们的样子都没见过！对了，我现在一定得给您看看我们在一个地窖里挖出来的（声音又低了下来）一些圆形投石弹——"

城堡里的一两件遗物被保存在约五年前建立的小型市立博物馆里。这里还陈列着相当可观的古钱币，几件在加尔加诺出土的史前燧石，一些精巧的古青铜小雕像，以及若干严重损毁的罗马名人胸像，这些胸像以大理石或坚硬的当地石灰石雕成。一只威严的石狮也在这里找到了庇护所，它是罗马帝国皇帝奥勒留之墓的一对石狮之一（另一只被偷去了），曾守护卢切利亚的统治者。其他藏品还包括许多碑文、宫灯、花瓶，以及一堆乱七八糟的现代玩意儿。一块伊斯兰教徒墓碑的石膏铸模十分引人注目，发现于福贾附近；与当代基督徒通常对神过度恭维的墓志铭相比，此碑的铭文透显出对神意庄重的顺从：

　　以仁慈怜悯的阿拉之名。愿神善待穆罕默德与他的血族，以他所愿的养育他们！此乃贾齐亚·阿尔伯萨索船长之墓。愿神怜恤他。他于伊斯兰历七四五年穆哈兰姆月五日中的土曜日（即公历 1348 年 4 月 5 日）接近正午时逝世。愿阿拉也赐福于读此碑

---

① 该王室起源于法国中部波旁地区，其成员曾统治过法国、南意大利、纳瓦拉、西班牙、卢森堡等国。波旁王室的近代成员以保守著称。

文之人。

任何来到卢切拉的人都会想起曾经居留此地的那两万名撒拉逊人。作为腓特烈一世和他儿子的护卫，他们在此地居住了将近八十年，曾在西西里王曼弗雷德身处险境时收容了他。编年史家斯比奈利（这些记载后被发现曾于十六世纪被历史学家科斯坦兹修改过，以满足自己某些关于宗谱的目的。伯恩哈德教授于一八六九年对其真实性提出怀疑，他的怀疑后被学者卡帕赛证实）记载了一则轶事，体现出曼弗雷德多么喜爱这些忠实的外族人。在一二五二年，当着君主的面，一位撒拉逊官员打了一位那不勒斯骑士一拳——对方马上还以老拳。斗殴引起了一场骚动，结果意大利人被处以断手之刑。那不勒斯贵族们只能向曼弗雷德争取到砍断当事人的左手而非右手。而始作俑者撒拉逊人仅仅被撤了职。现在，所有关于撒拉逊人的记忆已荡然无存。唯一勉强相关的是一份廉价的当地报纸《第二代撒拉逊人》——我心血来潮买了一份，结果发现是一份平淡无味的异教徒刊物。

博物馆里还有一尊丰满的灰泥天使像，被称为"保守主义之精华"。旧时它曾作为市政厅的装饰，面向入口；而现在沦为博物馆的展品后，则以宽厚的后背对着众人，馆长暗示这种姿态是恰当的——当然是从历史的角度来说。此外，博物馆还从罗马的众议院运来了鲁吉埃罗·邦吉曾坐过的椅子。敬爱的邦吉！忠于职守的他曾经定期造访位于首都的一座无聊又华而不实的房子，每次都很快就在沙发上坠入梦乡。有时一睡就是两个小时，而其他的访客都郑重其事地排队前去瞻仰他——看哪，伟大的邦吉也会睡觉！这里为他塑了一尊雕像。而有一条街道以另一位名人乔瓦尼·波维欧命名。假如我告诉镇民我同这两位英雄人物都熟识，他们或许会立一座大理石碑来纪念这件事。这个地方的人都迷恋于树碑立传。这种弊端是每次官员更迭时，所有街道都会改头换面，旧的雕像被眼下的热门人物雕像取代。因此当地的地标换了又换，速度简直快得跟电影放映机的转速一样。

腓特烈二世也有以他命名的街道，皮埃特洛·吉安诺也一样。这带着一点儿反教权主义的味道。但此地有为数众多的牧师，而且每天从阿布鲁齐要塞涌来大群狂热而肮脏的朝圣者——我猜这景象也称得上蔚为奇观了——由此看来，此地还是相当正统的。据我所知，当地每个正经的家庭都供养着一位私人牧师，为他们提供精神慰藉。

几天前，这里举行了一场纪念圣伊斯佩蒂托的宗教节庆活动。当地人只知道他大概是位朝圣者中的勇士，而对他的礼拜最近才开始。实际上他的故事是约四年前由一位富有的商人传入的，甚或是编造的。这位仁兄对当地旧有的圣徒们感到厌倦，因此修筑了一座祭祀这位新圣徒的教堂，从而使他位列当地的守护神中间。

在这个场合，广场上人声鼎沸，女性很少，而男人们大多身着深色服装，人们已经深受摩尔人和西班牙人的影响了。一个小男孩礼貌地向我致意，并问我能否告诉他伦敦人口的准确数量。

我说，那要看一个人如何定义伦敦。如果说人们口中的大伦敦地区的话——

就是不好讲！他总是得到这类的答案……那我觉得卢切拉怎么样？挺无聊的小地方，不是吗？显然是不像巴黎了。不过，如果我能推迟几天再走的话，就能看到法院审判一个杀了三个人的犯人，那倒可能挺有趣的。小男孩听说在英国这种人会被绞死，过去这里也是这么干的；看起来挺野蛮，因为正常来说没人会对自己的行为负责；不过在英国，毫无疑问——

这就是当地人对我们和我们的制度的常见态度。我们是野蛮人，不可救药的野蛮人，不过毕竟一点点的野蛮是完全可以接受的。如果你像这些英国佬一样有钱，那么一切都可以接受。

对我来讲，当我在那群不刮脸的家伙当中行走的时候，看着这群质朴粗鲁的人做着夸张的手势，穿戴邋遢，我就再一次像一个正常的盎格鲁－撒克逊人①一样问自己：到底他们全是土匪，还是只有一部分是？还有那种音乐——到底是其中的什么，使得一个像我这样受过教育的北方人听起来感觉那么糟糕？开头是一种乏味的节拍，而当最简单的旋律响起的时候，他们就开始随乐起舞，高兴得发狂，仿佛小孩发现了月亮。在音乐方面，这些人仍处于未入流的时代；一段幼稚的小曲对他们来讲就像某条押韵的愚蠢格言对阿拉伯人一样，他们将其视为神赐、奇物、永远的欢愉。

你也不妨去参观教堂，豪华的主入口两侧各矗立着一根古绿石圆柱。我正对这种结构感到厌烦，卢切拉的异教元素（过去在意大利语里称为"Lucera dei Pagani"）包围了我，我很想附和卡尔杜奇的那句名言："再见了，犹太人的神！"像这样颜色暗淡的教堂很常见，它们如出一辙地以精细的石雕来表现神秘主义与冥顽不灵。而且，狂热的鉴赏家们一次又一次地描述它们，这些人总是大肆赞美它们艺术上的巧思，而忽略了参拜它们的卑躬屈膝的人群，如同遭鞭子抽打的羊群一般，同时也忽略了由此而在它们的阴影下生长起来的人性，如同石雕怪兽般狰狞的人性。我更喜欢回到阳光和星光下，到城堡墙边去散步。

除了缺少树木和树篱之外，城堡这边的景色就像英国人对呆滞无

---

① 通常用来形容5世纪初到1066年诺曼征服之间，生活于大不列颠东部和南部地区，在语言、种族上相近的民族。

趣的内陆国家的印象——草地翠绿，天空灰云镶嵌金边。从云海遮蔽的琥珀色苍穹中，阳光自裂隙里散乱地射下来，照耀着崩塌的塔楼，正在成熟的玉米地，或是远处的城市——拜占庭①式错综复杂的特罗亚，或者以战争出名的圣塞韦罗。这是在春天。可是想想夏日的酷热，想象一下骄阳如同盛满熔铜的火盆，大地在其下化为焦炭吧！此地可算是意大利的撒哈拉沙漠了。

值得庆幸的是这座城堡并非处于霍亨斯陶芬家族②的发祥地。当然，内陆是相当荒凉的。半个卢切拉城都用此地的石头建造，而石头则是腓特烈大帝挖掘地底的古罗马堡垒而得；可这种荒凉至少和谐自然。这里的遗迹中间没有带铁丝网的走道，没有小吃摊、粗制滥造的吊桥复制品和张贴于每个角落的警察告示；没有衣着俗不可耐的女人们潦草地写给朋友的所谓的"京城"明信片，上面画着所谓的"古堡废墟"，而她们的丈夫端着庞大的啤酒杯，喝得汗流浃背。这里只有宁静。

在卢切拉，要使心情愉悦很简单：坐在古城墙根，眺望着柔和的云影斑驳了眼前的平原，浑然忘却远处那一大堆理发师和政客。对于那些能想象出此地过往荣光的人——他们多幸福啊！这种想象对我而言越来越难了。随着年龄增长，心里的英雄崇拜就日益消逝；接下来，人的锋芒被世俗的琐事与烦忧磨去，以至于宁可再次回到更简单的快乐中去寻求安慰——回到原始的唯情论。史上曾有过多少帝王

---

① 拜占庭帝国为东罗马帝国的别称，位于欧洲东部，领土曾包括欧亚非三大洲的亚洲西部和非洲北部，是古代和中世纪欧洲历史上最悠久的君主制国家。
② 神圣罗马帝国 1138—1254 年的统治家族，该家族共有三位到罗马加冕的皇帝：腓特烈一世、亨利六世和腓特烈二世。除了这三位皇帝，还有两位德意志国王，即康拉德三世和康拉德四世。

啊！而就像那个上年纪的城堡管理员说的一样，我连他们的样子都没见过。

可是腓特烈大帝无论如何都非同一般，他仿佛在朦胧薄雾中赫然耸立。现在有谁能理解他对征服东方的渴望？他和他的儿子"卢切拉苏丹"，以及他们的朋友与幕僚该有多么时髦，才将此地充盈着如斯的奇异之美？这里的风情到底是地平线下世界的余晖，还是黎明前的苍白曙光？现在瞥一眼那片曾喧嚷鼎沸的所在，那里曾充溢着流浪乐师的吟唱和妇女的浅笑，智者、画师与哲人的争辩，斧钺刀剑的交响——如今一眼望去，只有碧绿澄澈的湖泊和草浪翻飞的原野。不过没关系。这些伟人的雄心已多少得以实现。如今只要愿意，每个人都能雇一群异教徒做保镖，甚至可以像伊斯兰教徒一样养个三宫六院——至少报纸上是这么说的。

腓特烈大帝对他的东方主义十分认真，他拥有伊斯兰式的后宫，连宦官等都一应俱全，连娱乐活动都带有东方色彩。马修·帕里斯讲述了腓特烈大帝的小舅子从"圣地"以色列回来后，在大帝的意大利宫殿里歇息。除了别的消遣活动，他见到"两名美丽的撒拉逊少女，在平整的地上手持两枚金球，一边耍弄金球一边放声歌唱，腕上手铋声清脆悦耳，身体随着歌调乐音翩然舞动"。我多希望身临其境啊！

昨晚我散步到城堡去，希望能观赏到月食却未能如愿以偿，后来才知道月食出现在另一个时段。那是个万里无云的夜晚，可雾气湿重，福贾的电灯光在平原上忽隐忽现。斜坡脚藏着数处砖窑，附近几个池塘里蛙声聒噪，而砖窑里熔炉冒起的、被夜晚露水压低了的苍白烟气，形成扭曲的环状一路拖曳着贴向地面，如同郁闷的巨龙慢吞吞地爬向它的巢穴。从北边传来脚下的花园里夜莺的啼啭。加尔加诺山庞大漆黑的形体在月光下腾起，我不禁开始计划自己往那里去的远足。从此地还能望见圣天使城①——大天使显现之处；以及森林地带，还有湖泊棋布的莱西纳，加上偏远的维耶斯泰，一切的尽头……

然后我的思绪飘向了霍亨斯陶芬家族，以及那起为他们的命运复仇的阴谋。曼弗雷德与康拉丁充满浪漫色彩的形象；他们的宿敌查理一世；康斯坦扎，她的眉间嵌着一圈诗意的光轮（却在双眉的末端融成了一晕偏执的神色）；弗兰吉帕尼，罪大恶极；贝娅特丽克丝公主，在她被监禁了近二十年的地牢里蹒跚而行；她的救星洛利亚的罗杰将军，若非他的足智多谋与英勇无畏，阿拉贡王国②或将陷入不利；主教们和帕拉索罗格斯，为故事增添了曲折的异彩；英国国王与法国的圣路易；在画面的背景，勉强可见腓特烈大帝和英诺森教皇伟岸的影子，看上去仿佛在拥抱，却带着致命的意味；还有一大群人的形象，仿佛被某种电流穿过而生动起来——这电流就是普罗奇达的约翰③的人格魅力。如果觉得闹剧的效果不够，看看命运如何安排了波尔多的那场精彩的皇室决斗吧，两位当世雄主，互相口出不逊，为整个欧洲表演了一出上乘的滑稽戏。

从我所处的露台可以望见福贾和卡斯泰尔菲奥伦蒂诺——这场戏剧开场与落幕的两地。追忆这场华丽的复仇，人们毫不同情那位阴郁的教廷奴才。仿佛经过精准的数学计算，灾祸次第降临，直到最后他悲惨离世，被愤怒与绝望吞没。然后我们才心满意足。

不，不算完全满足。因为这惊人的谋划有一处似乎实现得不够完美。贝娅特丽克丝公主的弟弟们自一二六六年仍处襁褓中时便被监

---

① 意大利罗马的一座城堡，该建筑位于台伯河畔，邻近梵蒂冈教廷。
② 1035—1707 年时伊比利亚半岛东北部阿拉贡地区的封建王国。
③ 普罗奇达的约翰（1210—1298），意大利医师，外交家。

禁，历史学家仿佛都忘却了他们的存在。为何洛利亚的罗杰没有借着胜利而坚持还他们自由？还有，连康拉丁即将被处决之时，对敌人之子都手下留情的康斯坦扎，为什么没有救下这些她自己的骨血，这个伟大家族最后的子孙，从而成就她的宽宏大量？为什么在之后的和平时代，或至少在一三〇二年，他们没有被释放？原因简单而丑陋：没人知道该拿他们怎么办。政治理由促成了对他们的抹杀，以及仿佛他们根本不存在的遗忘。想想多么可怕啊，阳光普照的世界之大，居然容不下三个孤儿！在阿普里亚要塞，他们一直被系于镣铐。一二九五年，一纸皇家法令为他们解除了脚镣。整整三十年拴着脚镣的生活啊！之后他们的命运就不得而知了；中世纪精神的恐怖长夜再次降临到了他们身上。

一个身影突然出现，从某座塔楼转角渐渐逼近，打断了我的沉思。它潜行而前，不时停顿。不管愿意与否，难道我唤醒了那段尘封过往中的某个幽魂？

不，那只是城堡管理员，带着他的狗穆索里诺。在一堆恭维与道歉的话之后，他告诉我他的职责之一是防止有人挖掘这遗址下的财宝。他解释说，好几个人已经趁着夜色尝试过了。除了这一条，我随时都可以任意游览城堡。可是倘若想染指地底的秘藏，那可是严禁的！

他的突然出现其实让我高兴，因为我由此想到了东方传说里的精灵和地下宝藏。这个形貌古怪而不可靠的老傻瓜立即生出了一种新的自尊；化身为可怕的精怪，宝藏的守护者，或者——谁知道呢——甚至魔王的肉身。有时候，恐怕神魔确以奇诡之形显现吧。

二

曼弗雷德镇

在火车从卢切拉驰往福贾的路上，我让自己放松下来，凝望着祖母绿般的阿普里亚平原。这里很快就要被炎热烤得一片枯焦了，但现在仍遍布茴香的小黄花，中间夹杂一片片红宝石色的罂粟，而百合则显得苍白奄拉，它们花期已过。我追忆着这片无垠大地上的历史，琢磨着它远古以来的牧养旧俗衍生出的无数法规与理论。

然而生活一下子就变了样。我感到身体不适，异样的感觉来得如此突然，以至于我随手把一根刚吸了一半的雪茄扔出窗外，片刻后才发觉。火车正穿越卡伦达罗河，这是一条水流迟缓的河。这个地区的大小河流都汇聚其中，最后倾入不远处的沼泽中。就像是河中某个顽皮的小妖，从嘈杂的波浪中跳起，攀上火车扑到我身上，如同莫泊桑的幻想小说《奥尔拉》①中描写的那样。

我服下了会让英国医生震惊的奎宁剂量，可只招来卡伦达罗河妖精更恶毒的袭击。不过，正像法国人常说的，习惯了就好了。我开始研究这个让我染病的家伙，尽管它变化多端，但还是被我发现了三大要素：疟疾、支气管炎和枯草热——不是那种普通的枯草热，绝不是！而是仿佛将一头猛犸象从无菌的冻原中扔回潮湿多植被的中新世后，它会染上的那种病。

住处的女房东对这种病状有一种更常见的称呼——"热风症"。热风确实是一刻不停地刮着，它不温不火而挟带病症的气息覆盖了加尔加诺山脉、海平线以至阿普里亚沿海一带。她安慰我说，天气晴朗的时候我可以看见四十英里外的蒙特城堡②——霍亨斯陶芬家族的居所，在巴列塔城上方闪耀生辉。这听起来不大可能，不过，昨天傍晚在那个方向确实突然闪现了一座白色的城镇，遥远而如梦似幻，看起来在河的对岸极远处。那是巴列塔吗？还是玛格丽塔？它的影像借着一束射偏的阳光停留了一会儿，接着便沉入了暮色。

我从这扇窗望向不远处的小港湾，它的岸边星星点点地停着渔船。二三十艘帆船在那里下锚停泊，清早它们会扬帆起航，三两成群地去探索蔚蓝的深海——这会儿海水是黄绿色的——然后夜色降临时带着大海的掠夺品回归。从市场上摆卖的鱼类来看，它们所捕获的大多是幼年的鲨鱼。它们的白帆上绘着绝美的金色满月、新月和海豚，

---

① 莫泊桑作品，描写主人公与一个看不见的超自然生物一同生活，并最终被折磨而发狂。
② 位于阿普里亚大区，是一座八边形的城堡，由神圣罗马帝国皇帝腓特烈二世建于 1229 年到 1249 年。

有的还像红襟粉蝶一般在边缘带着印记。这里现在驻扎了一艘战舰，其神秘的任务与亚得里亚海另一边的阿尔巴尼亚人暴动有关。据说这边的年轻人中有非法招募志愿军的活动，政府正设法严厉禁止。使场景更有生气的是一艘汽船，不时招徕顾客到特雷米蒂群岛一游。该地确实值得一去，为了纪念那些拥护波旁王朝的烈士。这些人数以百计地被送到那些小岛上，然后被扔进地牢里等死。我见过这种地方，即地底挖出来的大岩洞；不幸的人们被囚禁其中，只能爬行至死而腐朽，活人和死人混在一起。今天人们在地牢里发现许多朽坏的骷髅，仍旧身背沉重的铁链和铁球。

一股丰盈的泉水从岸上喷涌而出，流入大海。可惜人们对它视而不见。如果我来统治曼弗雷多尼亚①，我会在这里建造一方精巧的大理石喷泉，上面雕刻成群的仙女和海怪，水从它们口中吐出，喷溅在泉水形成的小溪里。很可能正是这股泉水使曼弗雷德选择了此地来修筑他的城市，这样的水源在干旱之地很少见。很可能同样因为泉水，本地流传着圣洛伦佐与龙的传说，与上方高地流传的杀龙者圣米迦勒的故事很不一样。这些魔龙，水中高贵的精灵，经过了许多不同的描述才成为今日的形象。

曼弗雷多尼亚所处的平原向大海倾斜的坡度非常平缓——几乎是水平的，而这里也是意大利最炎热的地区之一。可是不知何故，此地并没有沿着大海的街道，每条交叉路都在岸边某个肮脏的处所戛然而止。这不禁使人思考究竟是出于什么考虑——政治、审美还是卫生——才使得城镇的设计者没有遵循一般的原则，没有在浪花之畔铺就一条大路，否则这里的万余居民在热得透不过气的夏天傍晚早就得

----

① 即曼弗雷德镇。

以沐浴海风，而不是像现在一样被关在令人窒息的四壁之间。将曼弗雷多尼亚建成港口显得它的建立者缺乏远见——愿他安息！此城只能永远在港湾中安睡，对商业鞭长莫及；它也只能永远疟疾横行，因为被斯邦图姆的沼泽地所包围。不过后一项弊端并非曼弗雷德的错，因为土耳其人于一六二〇年曾将这里毁为瓦砾，之后的城镇是重建的。根据勒诺芒的说法，重建完全按照旧城的规划。或许是担心海盗的突袭，建筑师们将新城修筑得大致与从前一样，这样更加有利于防御敌人。据帕奇切利的回忆，即便到了一七〇三年，曼弗雷多尼亚城仍是一副尚未完工的样子。

　　说到天气，女房东告诉我三个月前风刮得非常猛烈——"冬天的那场大飓风，你不记得了吗？"——将城镇到车站之间的所有铁质灯柱全都刮倒了。这是比起蒙特城堡来更不可信的说法，但至少可以实地检验。在气喘吁吁与不断的喷嚏声中，我蹒跚而行，最后发现居然真有其事。那必定是场骇人听闻的风暴，因为连灯柱的铸铁底座都从中折断了，无一例外。

　　那些土耳其人就是在这个地方放火烧城的。在过去的时代，这只算是平常事。如果读一下近两个世纪海盗入侵意大利的记录，就会发现只要抢掠过后尚有时间，他们都会将城镇付之一炬。现在他们是烧不了了，由于整个经济环境产生了巨变。对树木的滥伐造成建筑木料稀缺，从而以石料取代。这造成了国内建筑学的改弦更张，同时也改变了地貌，原本林木覆盖的山体变得裸露。国家因此而贫穷困顿，原本肥沃的平原沦为沼泽或干旱的岩原，偶尔有洪水泛滥。如果我没有想错的话，人们甚至因此而改变了性情。炎热干燥的气候也使得国人的幽默感蒸发殆尽。

穆拉多利在他的著作《古迹旧俗》①中有一段讲到古时的建筑方法，以及用于铺房顶的木瓦，拉丁文写作 scandulae——如果我还能回到文明社会的话，一定要找来细读。

这里的市政厅由一座多米尼加人的女修道院改建而成，在那里陈列着一幅当地贝卡尔米家族的一个年轻女孩的画像，她在土耳其人的一次袭击中被掳走，后来成了苏丹的王妃。这些被抢的女孩通常都嫁给苏丹——或者说人们觉得她们应该嫁给苏丹。可这个故事是有争议的，我认为不无道理。画像的笔触带着法国风格，而让苏丹的王妃在一位欧洲画家眼前抛头露面是难以想象的。传说接着提到她被马耳他骑士们所救，带着她的土耳其儿子，恰如其分地皈依了基督教，以修女之名终老。贝卡尔米家族也许能在其旧档中找到她的蛛丝马迹。如意大利人所言，大约是个美丽的谎言吧。只要看一眼那幅精致的画像，也就不难理解为何苏丹会对其真人一见倾心了。

天气稍有好转，因此尽管尚未摆脱"热风症"，我还是到周边做了几趟短途旅行。可这附近并无适于散步的小路，而三英里外的山对我的健康状况而言太遥远了。在这之间的地区是一片遍布岩石的平原，有的地方石面如此平坦，简直就像用凿子削平的一般，许多地方长满仙人掌。在奇形怪状的仙人掌阴影下还生长着一丛丛娇俏的花草：随风抖颤，品类繁多，有芸香、百合、百里香、野芦荟、小蓝鸢尾花，以及小片小片的虎耳草，将岩石装点得红黄相间。这野趣盎然的美景使人不禁想象，假如能为镇上优雅的铁质阳台都摆上花卉，例如垂下的康乃馨或天竺葵的话，那该多么增光添彩。可是实际上见不到这种景象，缺水已经成了此地的特色，这是座无花无草而死气沉沉

---

① 1741 年出版。

的城市。唯一可饮用的水来自乌尔图雷山的矿泉，以瓶装盛后在全国廉价售卖。大多数乡村的人们也长相平庸。他们的脸像是被短斧削成的面具，总带着阴沉严峻的神色，从表情就能读出他们在灼热的石灰岩间度过的艰难日子。

可是，这里也有座公共花园，比卢切拉那座更为粗糙，但品位却更佳。它的范围包括了古安茹①城堡附近一片半圆形的荒地，这本是个好位置。可是一旦树木完全长起来，这片别致的遗迹即使在稍远一点的地方就看不见了——也许只有在刚过护城河的一点地方尚可得见吧。

我向一位漫步经过的男人叹惜这件事，他思考片刻后答道：

"人总没法事事称心嘛。"

又考虑了一阵，他添上一句：

"因为有时候鱼与熊掌不可兼得。"

顺便说一句，这种把套话郑重其事地挂在嘴上，且每次都奉为新发现的金科玉律般的习惯（可怜的查尔斯·兰姆，居然认为这是苏格兰当地人特有的）在意大利人中间就像在英国人中间一样普遍。只是在堂皇的拉丁语法包装下，这些陈词滥调却带上了一股深奥渊博的味道。

"对我来讲，"他继续说道，对话题更加起劲了，"我很满意。谁会抱怨这里树木太多呢？大概只有几个不入流的画家吧。他们可以去别的地方。亲爱的先生，我们的国家满地都是古城堡和封建时代的奇怪建筑，要是我来管理这些地方——"

他还没来得及说完，帽子就被一阵狂风吹走了，越过一簇簇正在

---

① 本为法国古行省名，此处作城堡名。

绽放的雏菊飘向了中央大街的方向，他急忙追赶而去，消失在一阵扬尘当中。这肯定是趟长征，他再也没回来。

我在这座要塞的上层闲逛，这里的许多房间现在都用作水泥制品工厂或贫困家庭的避难所了，而我在砖石之间发现了一幅文艺复兴前的圣米迦勒与龙的浮雕，就悬在一棵生机盎然的无花果树绿叶上方，这棵树牢牢地扎根在坚固的古城墙间。在曼弗雷多尼亚这里，我们已经处于圣山和大天使的双翼荫庇之下，可是日常可见的天使像都幼稚而柔弱——完全否定了他神圣而英勇的特质。而这幅浮雕刻画了真正的、传统的上帝的战士：庄重而冷酷。除了这座城堡和环绕此地的城墙之外（北面的城墙保存得较好），曼弗雷多尼亚没有什么东西是早于一六二〇年的。有一座教堂钟楼相当精致，不过整座教堂看起来就像停放废旧公共马车的仓库。

沿着大街，不时可见房屋里伸出小红旗：为口干舌燥的旅人提供歇息之所。走进里面，眼前是一堆粗糙椅子与装满深色红酒的大小木桶的奇特组合，而在这富有伦勃朗装潢风格的房间里，只要花六便士就能醉得跟酗酒的领主一样。多么无忧无虑的绿洲啊！夏天傍晚，到这些热情好客的地方来消磨炎热难耐的时光一定很不错。即使是现在这个季节，它们依旧人头攒动，从而让人更明白了古典作家用"干渴的阿普里亚"这个词暗指的含义。

可是我留意到许多房屋上的另一种标记：一块有点吓人的蓝色金属牌子上绘着一个鲜红十字，用白色的字写着"夜间值班"。

这是防盗协会吗？我向一个路过的一脸严肃的人询问道。

他的回答并没解开疑团。

"只是个工作，先生，只是个工作！在切里尼奥拉有个协会，它的任务就是说服镇上那几个委员会，你知道的，'说服'嘛——"

他突然打住了，食指和拇指做个付钱的手势。然后他难过地摇摇头。

我继续向他打听这种神秘说法的意思，却一无所获。我追问道，到底是怎么回事？是不是某些家庭入了会就能让人夜间保护他们的居所？——可是这跟市政府又有什么关系——曼弗雷多尼亚是不是入室盗窃频繁？如果是的话，这个协会有没有打击这种犯罪？它建立多长时间了？

可是这个谜越来越难解了。他深深叹了口气，纡尊降贵似的回答道：

"那种通常的秘密组织！挣口饭……挣口饭吃，代代相传。挣口饭吃！他们别无所求了，这些刺客的后代……看哪！"

我沿着街道望去，见一位亲切而庄重的老者正缓缓行近，一个金发少年搀扶着他——我猜是祖孙二人吧。老人白须垂胸，有种圣徒般超凡脱俗的气质。他们越走越近了。少年毕恭毕敬地听着老人说话。他因为专心而双唇微张，那张坦率开朗的脸庞仿佛德拉·罗比亚①手制的雕像。他们在离我几英尺②处经过，天伦之乐融融。

"然后呢?"我转向那位路人问道，急切地想知道这天使一般的祖孙二人会被控以什么罪行。

但那人早已不在我身边了。他就在这顷刻间悄然隐去，他已经消失了，继续旅程。

就像预言家一般，多么难以捉摸的人啊……

----

① 卢卡·德拉·罗比亚,15 世纪佛罗伦萨的雕刻家。
② 英制长度单位, 1 英尺 = 0.3048 米。

三

....

曼弗雷多尼亚的天使

加尔加诺山岬的地图上遍布希腊文的人名和
地名——马修、马克、尼坎德、欧诺弗里亚斯、
皮尔吉亚诺（为皮尔戈斯的变体）等等。意料之
中，因为这些东方地区自古就与君士坦丁堡有来
往，今日它们仍残留着拜占庭的风骨。就是在这
座山上，大天使米迦勒在他第一次飞往西欧的途
中向斯邦图姆的一位希腊主教劳伦蒂亚斯显现；
从那时起，这位胁生双翼的上帝信使显灵的山洞，
就成了数以百万朝圣者的目的地。

被称为欧洲天使崇拜之都的圣天使城，其要
塞就是在这"虔诚与荣耀之岩洞"旁兴盛起来的。
晴朗的日子里，从曼弗雷多尼亚可以清楚地望见

城内的房屋。想要到圣地朝拜的人们最好是带上格雷格罗维阿斯①，作为随行的导游和神秘学家。

我原想等到天气不错的时候登加尔加诺山，可是天公不作美。最后我决定不管天气如何，不上此山誓不罢休。我叫来一个马车夫，开始就第二天早上的行程讨价还价。

他一开始开价六十五法郎，说是去年一位英国人登圣山的价钱。搞不好这是实话——在意大利，外国人什么都做得出来。也可能他是故意这么说来"刺激"我。不过我现在已经很难被刺激到了。我提醒他到圣山的来回公共马车服务也只要一个半法郎，就连这个价钱我都觉得过分。我这辈子见过不少神圣的洞穴了！而且话说回来，这位圣米迦勒是谁？永生的圣父吗？显然不是，他只是个普通的天使！这样的遗迹在英国数以十计。而且，我又加了一句，我很幸运地找到了一个私人的小旅行团，十四五个人驾一匹小马拉的车上山——他自己也该知道，这样每人只要出几便士就够了。更何况，天气如此糟糕……对，再想想的话或许还是推迟行程比较明智。另找一天吧，上帝保佑！要不要来根雪茄作为让他白跑一趟的补偿？

经过几个大起大落的回合，他的要价跌到了八法郎。那根雪茄立了大功；一位会白白送你东西的绅士（这是他的逻辑）——搞不好只是嘴上吝啬，其实毫不在乎花钱。先接受他的出价，赌一把吧！

他把雪茄塞到马甲里以便晚饭后再抽，然后离开了——表面上垂头丧气，但因为有了盼头，心中暗喜。

第二天早晨我拉开百叶窗，发现天气恶劣——大雨夹着冰雹一阵阵地扑打着窗格。不过没关系，马车已经在楼下等了，在旅店主人关

---

① 格雷格罗维阿斯（1821—1891），德国历史学家。

于早餐的一通例行公事而讨厌的道歉之后，说起来那顿早餐简直能让最理智持重的人想要自杀或者杀人——到底南方人什么时候能学会在适当的时候吃一顿真正的早餐？——接着我们动身上路。太阳偶尔于云后现身，但总是引诱似的转瞬即逝，马上就又被吞没在浓重的黑暗中，在暗影里我只能看见以前上山的石头小路不时穿插在这弯了二十一道弯的新马车道中间。我尝试在脑海中勾勒从前的诺曼①族王子们、帝王们、教皇们，以及数以万计的著名朝圣者攀登这乱石嶙峋的山坡的身影——他们往往不着鞋履——而且是在这样的天气下。即使是阿西西的圣方济各②，他的坚忍心肯定也曾受过考验。他也是朝圣者中的一员，据彭塔诺斯的说法，他还曾在经过此地时行了一次小神迹，这在他的旅途中似乎已经成为习惯了。

经过三小时的跋涉，我们到达圣天使城。这里海拔约八百米，寒气袭人。根据马车夫的建议，我立即进入圣所，因为他认为那里会温暖一些。五月八日的盛典已经过去，但仍有崇拜者成群结队前来，奇特的是他们衣着褴褛，像异教徒——他们的手杖顶端装饰着松枝和一块纸片。

这里的小教堂的厚重铜门是于一〇七六年由阿马尔菲的一位富有公民出资，在君士坦丁堡制作的，上面镶有金属环。作为一位虔诚的朝圣者，你得猛力叩击这些门环，向里面的圣灵通报你的来访；而离去的时候，你必须再一次用尽全力敲击它们，从而令你崇拜活动的圆满完成，得以上达天听。从噪声之大来看，上帝想必耳朵不大灵光。

---

① 中世纪时来自法国北部的一个族群，其贵族阶级大部分繁衍自斯堪的纳维亚。
② 阿西西的圣方济各（1182—1226），简称方济各、方济，方济各会的创办者。动物、商人、天主教教会运动、美国旧金山市和自然环境的守护圣人。

神祇们有时确实会无缘无故耳背的。

门的二十四块镶板上饰有珐琅质的众多天使像；其中一些还雕有题词，这里摘抄一段："兹衷心恳求圣米迦勒之祭司年年清洁此门，以吾人示范之方式，保其永耀常新。"显然，这个期望在过往多年里并未实现。

进门之后，在一群群假作虔诚、满嘴污言秽语的乞丐中间有一条长长的梯级，向下通往一处宽敞的洞穴，也就是大天使显现之地。它是岩石间的一处自然凹陷，以蜡烛照明。崇拜仪式正在进行风琴演奏，空气中充满了欢乐或歌剧般的气氛；水滴不断地从教堂的石拱顶上落到跪了一地的信徒们虔诚的头顶上，他们手持点燃的蜡烛，一边心醉神迷地摇晃着身体，一边随着乐声吟唱。说实在的，这是个奇怪的场景。而马车夫对温度差异的预测相当准确。这里很热，又热又湿，就像在兰花温室里一样。可是气味却绝不能说像花香，那是十三个世纪以来缺少沐浴而又汗流浃背的朝圣者的体味。"此地绝佳"，圣所入口上方的一段铭文这样写道。信然。在这种地方，人一下子就能理解焚香的作用，甚至想到它的起源。

可我还是留下了，我的思绪飘往古老的东方，这种神秘的习俗起源之处。不过一群东方礼拜者并不会像眼前的欧洲狂热信徒般让我触动。我注视着这些忘我的人，不禁忧心忡忡。设若给他们换个偶像，那么我们历尽艰辛所积累的艺术与知识，所有使文明人顺从于世俗存在的事物，就会随风而逝了。社会确实能够打击罪犯。可并非罪犯，而是像眼前这样一些盲目的狂热者，才是社会稳定的潜在威胁。反思是痛苦的，可是，寒冷的山路也冻住了我的同情心，还有，那顿糟糕的早餐。

跪拜的人群被我抛在了脑后。我登上梯级，在一束令人愉悦的阳光中爬到足以俯视城镇的高度，那里骄傲地耸立着一处遗址，被称为"巨人城堡"。其中一块石头上镌刻着一四九一年——据说某位那不勒斯王后就是在此地被谋害的。这些城墙今日正逐渐化为瓦砾。传言中君主被谋杀的城堡多如牛毛，以致让人怀疑到底这些君主有没有活着的时候。遗址的结构已经毁损严重，入口也被堵塞。我也没有多大兴趣在刺骨寒风中探索它连屋顶都没有的内部了。

不过，我发现这"封建时代的奇怪建筑"也像圣天使城的任何一座住宅一样带着一个号码——它是三号。

这是意大利政府的最新消遣：给全国的住宅重新编号；而且不仅仅是人的住房，还包括墙垣、遗迹、马厩、教堂，甚至某些门柱和窗户。政府似乎乐此不疲，对这个游戏无论玩多久都兴味盎然——当然了，直到下一种嗜好被开发出来。与此同时，只要这种潮流依旧风行，五十万风华正茂、年轻力壮的官员投身于这项编号工作，迅速地将号码写入比房屋数量多十倍的笔记本，并将其记录于遍及全国数以千计的市政存档中，这一切都出于某种神秘莫测却至关重要的管理需求。"我们有很多雇员，"一位罗马副官有一次告诉我，"因此，他们得找点事儿干。"

总的来说，今天的天气不幸使我研究与探索的兴致大减。在去城堡①的路上我偶尔驻足观赏它精致的塔尖，很遗憾附近似乎没有足够好的观景之处。我也惊异于数量庞大的圣米迦勒小雕像，其形象均偏向儿童，甚至近于婴孩。此处，一些不蓄须的老人也让我惊奇。这些样貌庄重而衣饰得体的"强盗"——要是早些年，他们肯定就是强

---

① 意指圣天使城堡，由罗马帝国皇帝哈德良于 135 年至 139 年期间兴建。城堡因设于建筑前面的多个天使雕像而得名。

盗了——现在安静地站在门槛边，身披剪裁合体的厚重褐色羊毛外套，形状像件斗篷。这种衣着引起了我的兴趣。或许它是曾短暂统治此地的阿拉伯人的遗产，他们曾洗劫圣地，附近的"撒拉逊山"便是这段历史的证明。这种服装也可能来自希腊，它曾出现在塔纳格拉陶俑和现代希腊牧羊人的身上。而撒丁人①也有类似的服饰。或许它是人类原始的衣着样式之一吧。

在晴朗的日子，从城堡望出去的景色想必美不胜收。我立于城堡高处向内陆眺望，记起所有自己曾计划游历之处——维耶斯泰、莱西纳和它的湖泊，塞尔瓦恩布拉——这个名字本身就暗指露水之下的林中空地。在这令人沮丧的阴霾之下，它们看起来多么遥远啊！我恐怕永远无法一窥它们的芳容了。在这些凛冽的高地上，连春天都难以展颜微笑，我们仍未逃脱冬的魔掌。

> 北望远山，
>
> 橡林瑟瑟，
>
> 桦叶早逝——

诗人贺拉斯如此吟咏加尔加诺山的烈风。我扫视地平线，寻找他的乌尔图雷山，可是那块地方被遮蔽在水汽织就的灰色帘幕下；只有盐池——坎迪拉罗河的污水汇集之处———直反射着光亮，仿佛打磨过的铅板一般。

很快雨又下了起来，我不得不到附近的房屋避雨，却瞥见我的马车夫熟悉的身影，他哭丧着脸坐在一处门廊下。他抬起头来，解释说

---

① 源自意大利西南部撒丁岛的民族。

（更像是带着想要些什么的语气）他为了找我跑遍了全城，担心我遇到什么不测。我被这些话打动了，被打动是因为他那孩子般的天真，居然以为我会相信这种无稽之谈。作为感动的表示，我掏出一法郎塞在他假作推辞的手心里，恳求他去买些吃的。一整个法郎……啊哈！他无疑在心中盘算：我对这位绅士的猜想，已经迈出成功的第一步了。

时间连正午都没到。可我已然对天使之城厌腻了，转而再次想起曼弗雷多尼亚。突然，街角传来夹杂英语和意大利语的喧嚷声，其内容实在难以下笔记录，只能说刺伤着我的耳膜，下流程度如同从大地的肠道翻滚而出。我还是停步聆听，惊异于在这么一个神圣之城竟会听到污言秽语。然后，好奇心使然，我循声走下一段长阶梯，来到一处地下酒窖。一群移民在这里喝酒玩牌——大家都兴高采烈。他们一半以上的人都讲英语，尽管说了好些无礼的话，但这句"来！喝一杯吧，先生"，瞬间就让我感觉一见如故了。

这个昏暗的隐蔽处是大天使洞穴之外的另一个圣地。出现了新一类朝圣者，他们认为漂洋过海到匹兹堡和驾马车到曼弗雷多尼亚没有什么不同。但他们的圣所弥漫着泼翻的酒与烟草的臭味，而不是属于信徒的美妙的阿布鲁奇花香，哎，他们崇拜的对象根本就不是迦勒底天使，而是另一同样古老的东方形象：玛蒙。他们满口谈论金钱，我还听到他们几次将本地的崇拜活动称为"天使行当"，而且是用"做戏"来形容，其结论是"只有傻帽才待在这个国家"。简而言之，这些人在人类标尺上的另一头。他们强壮，精力旺盛，或许残酷无情，但有一点可以肯定——他们聪明绝顶。

酒杯一直在人群中传来传去，大家纵情欢饮，并一致同意不管圣天使城有哪些缺陷，此地酿的酒实在是没话说。

这酒确实是佳酿，山葡萄酒中的上乘之作。当我费劲地爬上阶梯返回的时候心里还想着它，而我的心情因发现了这另一个圣地而愉悦，头也被烟草味熏得有些眩晕了。马车夫正靠在门廊上，他大概靠着什么地下共济会组织找到了我的所在。他面露呆笑，我很快就发现他并没有去买吃的来填饱肚子，而是采用了酒精疗法来对抗恶劣的天气。他只喝了一杯酒，他解释说。"不过，"他又添上一句，"马绝对是清醒的。"

这匹马可真是雪中送炭。带着对命运漠不关心的醉意，我们晕晕乎乎却驾轻就熟地沿路滑翔而下，离开了这座多少令人讨厌的山城。

来到山脚的平原，温煦的阳光早已等着欢迎我们了。

四

洞穴崇拜

为什么这个难闻的岩洞被选作崇拜大天使的圣地，而不是某个阳光下的宏伟神庙呢？"为了象征穿透黑暗的一束光。"人们会这样说。看起来更像是米迦勒以英武的战士姿态降临洞中，驱逐那些像斯特拉波所说住在阴冷角落的异端邪物，以基督之名占领此地。米迦勒常像赫拉克勒斯①清洗奥革阿斯牛圈一般行净化的神迹，而圣天使城只是他显现过的众多地方之一。

除此之外，洞穴崇拜在神魔之说出现之前早已有之。它是女性原则的体现——人类曾长时间

---

① 古希腊神话最伟大的半神英雄。他的十二伟业之一为一天之内将奥革阿斯牛圈清洗干净。

居住于岩石的裂隙中，它象征着大地母亲的神圣子宫，在我们生时供给食物，于我们死后接纳躯壳。对岩洞的敬畏，无论古今，都常被理解为这样的原始渴望，而各个时代的圣职者们都意识到信徒们在洞穴里感受到的神圣触动的商业价值，他们知道这种心灵冲击促使人们皈依。因此在祭坛边上，牧师们大肆售卖所谓的"圣米迦勒之石"的小碎片，很快就被抢购一空。

这座地下小教堂供奉的大天使像是文艺复兴后期之作。尽管那个时代的艺术风尚有些多愁善感，这种格调也作用于本地的文学艺术，并被归为诗人马里诺①的影响，不过这座天使像仍具有男子气概。可是那无数的其他雕像呢，教堂里或是房屋门框上的那些——它们真的塑造了那个杀龙斗士，天使中勇武之首的米迦勒吗？那个可爱的甚至像小女孩的形象——这就是基督的启明星，全能之神的宝剑吗？"谁似天主"②！倘若米迦勒真的是这么个幼稚的孩子，他连一只苍蝇也伤不了。

这双翼灰白的迦勒底天使，其形象原本吸收了许多庄严神祇的精华，而现在，经过了漫长的岁月，他却迎来了第二个童年。而且以他的角色来看实在是变得太幼小了，这种变形超出了任何传说或是常识的范围，他身上已看不见一丝神性与男子的雄壮。如此幼小，如此具有凡俗之美，他更像是一个头戴玩具头盔、手持木剑玩游戏的漂亮小男孩——让人不禁想跟他嬉戏一番。这不是战士的样子！他确实美，但并非应有的英武之美。

---

① 马里诺（1569—1625），意大利诗人，创作风格浮华，刻意雕琢。成名作为长诗《安东尼斯》。
② 为米迦勒名字的拉丁文含义。

人们说神祇是永远年轻的，而且要使意大利的信徒们一直敬拜，就需要一定的形体美感。这无可厚非。我们并不需要一个满身疤痕、毛发浓密的老兵形象，但我们至少需要一个力足以挥动宝剑的人，就像下面的文字所描述的：

> 战盔未系，耀诸繁星，体貌雄异，稚心褪尽；宝带围腰，灿若春曦，悬以神剑，群邪辟易；手挥长枪……

看哪！这才是大天使该有的样子。

而那条巨龙，或是上古的毒蛇，被称为魔鬼与撒旦的形象，也遭到了类似的篡改。它被缩小成一条可怜的爬行动物，顶多是条小虫，甚至让人心生恻隐。

可是像末世战天使这样庄严崇高的概念怎样才能深入人心呢？这些令人敬畏的形象是在重大的历史纪元中诞生的，他们一开始高高在上，可如今其显耀光辉已开始黯淡，其高傲的气度已开始磨蚀。他们被拉到最卑下信徒的水平，因为羊群行走的速度永远取决于最老弱的一只。这种待遇对神明来讲是无法容忍的——在人群中变得通俗与易懂。被大众所理解的神性就不再神圣了，埃及人和印度婆罗门①深谙此道。随意或前后矛盾地解读神祇，对神祇本身是毁灭性的打击。可是平民百姓对正当与公平并无概念，他们无法与神明保持合适的距离，他们永远任意妄为。到了最后，即使最骄傲的神也不得不低头。

我们在"小天使"这个词里就能看出这种大众化的致命性。这圆胖可爱而温顺无害的婴孩，与那手执火剑、庄严高贵的神使，何止

---

① 印度的祭司贵族，在社会中享有最高地位。

天渊之别！意大利的圣母像亦然，本来无论塑像反映圣母的何种情感，至少其举止必须庄重，而现在圣母像却日益露出幼稚的傻笑。圣子耶稣也一样——至少这一带是如此——男子气概的特征统统不知所终，退化成仿佛洋娃娃一般。其实这种趋势古已有之。阿波罗（现已被米迦勒取代），厄洛斯（即丘比特），阿芙洛狄忒（即维纳斯）——其形象都被篡改得柔弱多情，面目全非。我们最高贵的神祇们，一旦过了崇拜的鼎盛时期，都难逃肥胖、幼稚和呆痴的命运。

人类娇惯的本能使得圣米迦勒变成了他今天的模样。同时外在的影响也促进了这种改变——人们接人待物的方式在历史沿革中逐渐变得温柔和缓，这种去男性化是社会日益安定的必然产物。神明反映的是他们的创造者及其生活的环境，伟岸好战的神明在平凡的和平年代会逐渐变得多余，最后消失无踪。为了生存，神祇（就像人一样）也必须具有适应性。如果冥顽不灵，他们将渐渐遭到冷落，最后被人遗忘。在意大利，圣父和圣灵就是如此，从百姓的神殿里悄然逝去，可是魔鬼呢，由于它臭名昭著的见风使舵的本性，反而永葆青春，家喻户晓。

这种退化的另一始作俑者是十六世纪的意大利艺术风格。的确，对于南意大利的天使形象来说，文艺复兴的影响有害无益。作为外来品，天使的形象一开始是陌生的——它们并未出现在那不勒斯的地下墓室里。接着他们享受了艺术上短暂的繁荣。然后文艺复兴的大融合来了，人们将这些生双翼的天使与异教徒的小爱神混为一谈，将他们描绘得华丽而可笑，围绕在所谓的天后身边，像极了声名狼藉的丘比特伴随着行为不检的维纳斯。而正如青年形貌的厄洛斯退化成童稚的丘比特一般，这同一股作用力是对天使原本的尊严与圣洁的致命一击。时至今日，我们已经觉察到这种任意妄为的恶果，我们恢复了理智，并对恢复天使真正价值的工作大加赞誉。当代的雕塑家创作的天使是体面端庄的，保持了严肃的青少年形象，体现出最高的鉴赏品位——只要人们还保有当年催生出无数艺术瑰宝的那份信念。

我们旅行者游遍四方，通常对天使的世系相当了解，但现在拥挤在圣所的那些信徒却未必对此有所认识。要怎样才能知道信徒对于天使及其行迹的真正感受呢？

从圣地售卖的印刷品，我们也许能窥得一二。我买了三本这样的小册子，分别是在比通托、莫尔费塔和那不勒斯印刷的。其中《纪念圣米迦勒的流行诗歌》中有这样几句：

在死亡之瞬间

救我们于冥火

作王直到永远

因怜悯指前路

"因怜悯指前路"。这是受了墨丘利传说的影响。接着，《圣米迦勒之历史与神迹》以大天使与魔鬼之间关于灵魂的愉快对话开篇。结尾足足用了二十五行来列举米迦勒所行的神迹，包括救助产妇、使盲人复明，以及其他跟俗世的圣者所行无异之事。最后，印于一九一○年（第三版）并被教会承认的《荣耀圣米迦勒之祷文》中出现了以下一段，关于"信奉圣米迦勒洞穴中之圣石"：

虔诚地高举从圣地取得的石片是有福的，部分源于自远古时代起忠诚信徒就供奉它们，同时也因它们是圣体之墓与祭坛的遗迹。而且，当瘟疫于一六五六年肆虐于那不勒斯王国时，曼弗雷多尼亚的普契尼主教呼吁每人以虔敬之心手持一小块圣石，大部分人因此自瘟疫中得救，他们的信仰也从此愈发坚定。

目前霍乱正日益流行，或许这解释了为什么圣石一时供不应求。

这本小册子还收录了一篇连祷文，历数了米迦勒的头衔。他被称为上帝的近侍，地狱锁镣之粉碎者，亡者的卫士，教皇的监护人，光之精灵，战天使中最睿智者，恶魔的噩梦，天主军指挥官，异端毁灭者，圣道化身的信徒，朝圣者之向导，凡人的导师；玛斯、墨丘利、赫拉克勒斯、阿波罗、米斯拉——这些最高贵的神恐怕都是天使的始祖。非但如此，似乎以上这些复杂而责任重大的称号还不足以描述其地位，因为小册子里还记录了他的另外二十个称谓，其中包括"神圣家族的守护神"——说得像是上帝"家族"如同凡人的贵族一样需要保护。

"渎神的垃圾！"我仿佛听见卫理公会①的教徒叫道。诚然，人们不妨对那些朝圣者嗤之以鼻，因为这些小册子还是为他们中比较有文化的人准备的。他们显然是惹人讨厌的一群人：风尘仆仆的老妇人，看上去就像隐多珥女巫②的替身；披头散发，无精打采，一脸茫然的女孩；看上去连铲子都拿不动的男孩，毫无教养，大张着嘴，眼神里毫无收敛地透露出感情——从狂喜到痴呆。在这个岩洞里，我尤其能体会像鲁迪留斯·那马提亚诺斯这样有教养的古人对于洞穴崇拜的看法，那时这种崇拜流行于早期的基督徒中间，他们被称为"避光者"，

----

① 基督教新教主要宗派之一，1738 年由英国人约翰·卫斯理（1703—1791）和其弟查理·卫斯理于伦敦创立。
② 《圣经》中《撒母耳记上》里记述的可召唤死人魂灵的女巫，隐多珥为其住地。

与现在这群朝圣者来自类似的阶级，其地下仪式也相似。我实在无法爱或尊重这样的人，连假装同情都做不到，或许他们的信仰里有这种伪饰，我却断无此意。

但要理解他们再容易不过了。这种朝圣的风俗已盛行了十三个世纪。当真只有十三个世纪吗？不。早在人类未开化的年代，这个岩洞就被看作神谕之所，而我们知道那时候在此聚集的人们只会比现在更野蛮、更偏执——要是以为古罗马和雅典的人们比现在这些人有文化，那就大错特错了（德莫斯蒂尼其实就是对着一群野兽说话）。那就假设整整三十个世纪吧，信徒们被吸引到这个圣所——圣天使城仿佛一片虚空，必须定期有人从四面八方来将其填满。朝圣流淌在这些人的血液中：还在襁褓中时，他们就被抱到此地；成人之后，他们带着自己的子孙来参拜；迈入老年，他们被好心而强健的同伴们搀着，仍向这里蹒跚而行。

教皇与帝王们已不再攀登通往圣所的陡坡了，显而易见，虔敬的精神对于俗世的伟人而言已大为减弱。然而人间的至高处与秽臭的社会底层毕竟不可同日而语。况且，这些阿布鲁齐的山民还能指望什么呢？他们的生活就是悲惨与贫穷的代名词。他们没有游乐或体育运动，没有竞赛、俱乐部、家畜展览、猎狐、政治、捕鼠，或者类似于我们的农民日常生活中的其他乐趣。他们没有获得过人性关怀，没有好心的妇女给他们送果冻或毛毯，没有快活的医生为他们的孩子诊治。他们不读报也不读书，就连日常的闲言碎语也没有，比如教堂和小礼拜堂的异同，牧师女儿的风流事，乡绅和夫人最近大吵一架——什么也没有！他们几乎像野兽一般内心空虚。我了解他们，因为我曾与他们一同生活。一年里有整整四个月，他们都窝在潮湿的"洞穴"里，那根本不能叫房子，对英国人来讲这样的地方连养狗都不配——

四周污秽不堪，若非亲眼所见简直无法想象。余下的时间他们为了糊口苦苦挣扎，每天汗流浃背，为了在石灰岩遍布的贫瘠土地上种出几穗谷物。他们的朝圣之旅便是他们唯一的娱乐了。

据说朝圣活动自九十年代①早期以来有所减弱，先前每年到此朝圣的足有三万人。这是很有可能的，但我想这种减弱并非因为人们愈发开化，而应归因于向美洲的移民潮，许多村子最近都只剩下原先人口的一半了。

他们手持蜡烛，双膝跪在这个恶臭难闻的山洞里生长的菖蒲上，狂喜地注视着微微发光的神像，听到衣着华丽的牧师背诵满是拉丁文的祷告词时雀跃不已，头上的风琴带着喘息演奏着《命运的力量》②中的乐句，或是博伊托的《梅菲斯特费勒》③中的华尔兹……对他们而言，这肯定是天国的前奏！很可能这些就是所谓"心灵贫乏的人"④了，将来天国是他们的。

我们不妨将此称为基督教教义的劣质表现。如果基督教创始人看见这一幕会不会觉得恶心则另当别论，而且无论恶劣与否，它至少充满了生气，仅这一点就超过了别的宗教仪式。不过对于大天使而言，其形象就不可避免地遭到了篡改。原本作为光明使者，作为阿波罗的地位已不再属于他，这份权力已被他新的主人，"世界的光"⑤据为

---

① 此处指 19 世纪 90 年代。
② 由威尔第作曲的四幕歌剧。
③ 博伊托歌剧的成名作。
④ 《马太福音》第五章第三节："虚心的人有福了，因为天国是他们的。""虚心的人"原文作 the poor in spirit，又作 the poor in heart，此处作者表字面意思"心灵贫乏的人"，为讽喻义。
⑤ 指耶稣。《约翰福音》第八章第十二节："耶稣又对众人说：'我是世界的光。跟从我的，就不在黑暗里走，必要得着生命的光。'"

己有。一项又一项，他的权能遭到剥夺，只留下虚名，就像凡人在嫉贤妒能的领主手下任职时一样。

现在的圣米迦勒，这光芒显耀的天使长，还剩下什么？他还能在阳光下长存吗？还是说他已萎缩成了幽灵般的赫尔墨斯①，一位可怕的灵魂引导人，埋首于日渐衰微的荣光里，将人的灵魂带往地府而非天堂——那埋葬了一切往昔之处？或许过不了多久，他自己也将被某个燃烧的恶魔推进米诺斯的领土，这朦胧幽暗的地域收容了萨杜恩②、克洛诺斯③，以及其他失去了光芒而崩溃失常的神祇们。

那个下午，当我在遮蔽风雨的马车里，沿着圣天使城的斜坡蜿蜒而下时，我一直陷入沉思，血液里的山葡萄酒更催化了我的想象力。最后，阳光突然在水汽中打开了一道缺口，显露出绵延的亚平宁山脉和乌尔图雷山的火山口。

这壮观的景象使我心情大好，并想起不妨以游览斯邦图姆来结束这一天，它就在从曼弗雷多尼亚朝向福贾的大路几英里外。我担心马车夫会不满这项额外的工作，便小心翼翼地向他提出想法。恰好相反，他已经对我挺有好感了，带我到哪里去都行。只去斯邦图姆吗？为什么不去福贾，去那不勒斯，去世界的尽头？至于马，它完全胜任这趟旅程，它最喜欢拉着车跑了，更何况，这是它的职责。

斯邦图姆是如此古老，以至于有人说它是狄俄墨德斯建立的，正如他建立贝内文托、阿尔比及其他城市一样。但史学家萨尔内利主教并不满足于这种说法，他认为在诺亚的长子闪做王的时候，它已经是

----

① 希腊神话中奥林匹斯十二主神之一，宙斯之子。
② 又译作萨图尔努斯，罗马神话中的农业之神。
③ 希腊神话中第一代提坦十二神之首领，天空之神乌拉诺斯与大地之神盖娅的儿子，宙斯的父亲。

个繁荣的城市了。闪大约于创世后一七七〇年即位。大洪水之后两年，他年满百岁之际得子亚法撒，之后他又活了五百岁。斯邦图姆的第二任国王是阿普鲁斯，于创世后二二一三年即位。后来，圣彼得曾旅居在此，并为人施洗。

今日的斯邦图姆却没有留下什么古迹了，除了一座教堂。相比《圣经》之记载，它的年代也算是近代了，它建于公元十一世纪。这是一座名闻遐迩的比萨风格教堂，其加工过的大理石柱的底座或作狮子形，或作菱形以及其他精致的石雕图样，赏心悦目。这里原本是大主教任职之处，其精美的主教座椅现在保存于圣天使城。人们仍可在此敬拜拜占庭式的圣母像，它是圣路加所作木版画的真迹，画上的圣母肤色棕褐，鼻梁挺拔，双目凝视前方，左臂环抱着圣婴耶稣。这座城市因地震与撒拉逊人入侵而毁坏，曼弗雷多尼亚就是以它遗留的石料建成，之后此城就完全荒废了。

几件象征着异教古迹的石柱顶和花岗石圆柱散落在教堂的旧地窖里。外面的一块田野中孤零零地竖着一根立柱，教堂附近另有两根立柱，较大的一根为云母大理石材质，表面覆以一层金色苔藓。在茂密的杂草中，说不定埋着某个大理石制的井口，已被井绳磨得粗糙不堪。一度矗立着宏伟的西普斯城的原野，现在早就芳草萋萋。原有的海水退散无踪，曾经堂皇的码头与王宫所在，今日只余半野生的牲口四周游荡。真是片石不留。瘴气与荒败在土地上弥漫。

此乃感伤之地，我却颇以这情这景为快。我将长久感怀这座古教堂——它经过细心雕琢的轮廓上起了一层石灰华，在暮光中染作橘黄。我也将纪念远方孤寂的平原，往昔的幽灵在其中徜徉不息。

至于曼弗雷多尼亚，它是个可怜的小地方。在那里，南风悲吟，而群山隐于雾中。

五

贺拉斯之乡

今日的维诺萨交通并不发达。从罗凯塔小站出发到维诺萨的火车一天只有三班，而火车走完那人烟稀少的三十公里路程需要一个多小时。这是一趟上山的路，因为维诺萨所处海拔相当高。据说时有醉心于贺拉斯研究的德国教授乘火车到此，但一般来此的旅客要么是农民，要么是意大利北部的商人。这比瘴气或土匪更糟糕，因为面对这两者至少还可以采取保护措施，而现在则毫无办法避开这些人——他们病态般地好打听，傻里傻气，总的来说讨厌至极。他们可真是南意大利的恐怖之处。也难怪，想必他们的群体中最无能和脾气最差的才会被差到维诺萨这种偏远之地来。

我不禁要想，这座城镇是否自罗马时代以来已是沧海桑田。毫无疑问是的，国内的灾祸（比如 1456 年的大地震）使其面目全非。原本可容纳一万人的圆形竞技场沉入地底，所有罗马时代的建筑中，存留下来的只剩一处砖石建筑——马克卢斯之墓，他被汉尼拔的士兵杀害于此处，以及几面网格状的墙垣，约建于公元二世纪，被称为"贺拉斯故居"——就像维罗纳的朱丽叶故居和洛雷托的圣母马利亚故居一样，显然只是冒名。不过这种做法古已有之，而这座房屋的建筑者确实颇具诗意眼光，选取了山谷中的一处胜景。集市上立着贺拉斯的一尊塑像，平平无奇。之前另有一尊也被说成是贺拉斯，最后却发现雕塑的其实是别人。这是我从卢波利的《贺拉斯之旅》① 中读到的。

　　但此地有大量的古代铭文，有的刻写在建筑物的表面，有的散落四处。蒙森在他的《拉丁铭文集》中收录了相当多的铭文，而在那之后又发现了约六十条。另外，罗马时代的石狮黯然躺卧在街角、院子里与喷泉边，形态衰朽不堪，颌损鼻折，缺腿少尾！维诺萨是这类损毁古物的名副其实的存放处。狮子毫无疑问是高贵的象征，可是——千篇一律！为什么没有几只狮鹫或其他的装饰呢？看来罗马人不是一个充满想象力的民族。

　　四周的田野在古时想必是另一番模样。据贺拉斯描述，它原本遍布森林，而从最近出版的一部十七世纪早期的手稿来看，当时四野满是"大小野兔、狐狸、獐子、野猪、貂、豪猪、刺猬、乌龟，还有狼"——这些栖居林中的生灵现在大多都在维诺萨绝迹了。城镇的后面仍有几片橡树林，主要地貌也没有变。远处耸立着贺拉斯塔和"鬼脸天蛾巢"；再极目远望，能见到班提亚（现在的班齐）的林间空

---

① 　出版于 1793 年。

地。绵延的加尔加诺山脉，是贺拉斯常凝望之地，它如海中岛链般从阿普里亚平原升起（实际上也是如此：地属奥地利的岩石岛搁浅在意大利边境上）。乌尔图雷山仍旧占据了主要的视野，尽管在这样的近距离看起来，火山口已不是匀称的圆锥形，而显出了锯齿状的边缘。山峰上能望见一个巨大的十字——全国有不少这样的象征符号，是由当时罗马崇尚理性主义的国会下属的教士们树立的。

从这位编年史家①那里我得知另一个有趣的史实：维诺萨在他的年代并没有瘴气。他称此地环境健康，并说居民们唯一的病痛是肋膜炎。现在这里是瘴气感染区了。我敢说全国性地砍伐森林，使得河水滞流——河床因而碎石淤积，并形成了滋生蚊虫的死水塘——助长了意大利多处的瘟疫蔓延。在贺拉斯的时代，虽然罗马与一些乡村地区已经出现了瘴气，维诺萨却不受瘴疠烦扰。离此地不远处曾出土古代奉献给热病女神梅菲迪斯（意为瘴气），就在今日的城市波坦察之下的平原上。

这里似乎仍流淌着古罗马的血脉精魂。在经历过那不勒斯诸省让人无法思考的喧嚷之后，我宽慰地发现此地的人们形貌庄重，饱含自尊，他们像苏格兰人一般，说话方式客观而缺少人情味。他们对宗教信仰的看法是非常贺拉斯式的，并非明显的怀疑论，而是一种温和的容忍，或者像他们中的一员所说的"漠不关心"——顺从于崇拜活动与其他（无论是什么）随时间流逝而被称为神圣的惯例，这就是拉丁文中的"敬意"——保守而尊法的古罗马精神。如果沿着通往田野的任何一条路，朝日落方向走的话，你会遇见干完农活归家的农民，带着他们的狗、猪和羊。你会在他们当中认出许多种古罗马面

---

① 指前文"十七世纪早期的手稿"作者。

相——演说家与政治家的脸庞，就像古钱币上镌刻的那些。约三分之一的人口肤色介于黝黑与白之间，眼睛是蓝或绿色。女人们并不美貌，尽管此镇以贝诺斯（即维纳斯）命名。某些纯血统的罗马家族一直延续到今天，例如切纳家族。前面说到的编年史家就来自这个家族，在当地的三—①修道院墙上存有一幅浅浮雕，描绘了这个本地家族的一些早期成员。

这个小地方周围诞生的文献著作之多让人讶异——不过实际上，关于每个意大利小镇的专著都卷帙浩繁。稍做深究就能发现，在所有这些著作中都流淌着强烈的灵性——以几位学识渊博、思维缜密的作者为核心，培养出最佳的思维传统。你不会在镇议会或小饭馆里找到他们。没有哪家报社颂扬他们的辛勤，没有百万富翁或学术社团施以援手，而且尽管排印花销不大，他们也常常力行简朴从而心无旁骛地进行著述。在这里，世俗生活与精神生活之间划下了深深的鸿沟。这些人过着隐士般的生活，其对待学术近乎苦行的精神让人肃然起敬，这种精神在所谓的"政治"、恶行与腐败横行的国家里，如同沙漠中的绿洲。

据说维诺萨的市政官员们富可敌国。可是他们的城镇却肮脏不堪，远甚于卢切拉。不是那种乱糟糟的肮脏，而是一种由来已久、自封建时代已然的对洁净的安然蔑视。深一脚浅一脚地穿过狭窄且经久未铺的路面，向下能望见居民家宅里设于地下的卧室，不难想象那里冬天必然潮湿难耐，而夏天则恶臭难忍。这里当然是有电灯的——只手遮天的政府把油价定得吓人的高，从而使得最贫困的地方以电灯作为这里街道照明的主要方式，可那呆板的强光只能照出一片肮脏污

---

① 基督教神学术语，即圣父、圣子与圣灵三位一体。

秽。这种情况的成因之一是附近没有生产铺路石的采石场,另一原因是维诺萨缺少成形的所谓市民阶级。居民主要是小地主和田里的长工,他们每天赶着牲口早出晚归,又出于经验决意住在镇上而不是乡下,因为后者不久前还常有强盗出没,并不太平。人们崇尚辛辛纳图斯式的归隐务农生活,而在农业人口主导的城市里,洁净是不切实际的。

但维诺萨有一处优点是卢切拉和大多数意大利城镇难以望其项背的:这里没有货物入市税。

有人相信那不勒斯城周有一道陶土垒的城墙,绵延十数里,墙顶设有构造复杂的警钟系统,并配备一队武装到牙齿的守关人员日夜巡逻——唯恐有农民将一捆葱头扔进城市的辖区,而逃掉八分之一便士①的关税。此说不可信。恐怕没有哪个国家会容忍这种做法。人人都恨透了这群官派的闲人,他们四处扰民,如果被派去意大利大量的休耕地上种葱头肯定更好。这种税收系统根本未见成效。

"不过,"我的罗马副官朋友有一次问我,"如果我们解雇这帮人,要让他们从事什么工作好呢?"

"没有比这更简单的了,"我回答说,"将他们编进那不勒斯的城镇议会。那个地方的雇员数量已经比伦敦所有的政府机构加起来还要多,再多几个也没关系吧?"

"我的天哪,"他叫道,"你们外国人确实有点子!用你的办法,我们至少可以安置一万到一万五千个这样的人。我得把这个记下来,下次会议作为提案。"

他确实也这样做了。

----

① 此处应为英国旧制单位,1 英镑 = 20 先令,1 先令 = 12 便士。

不过那不勒斯议会尽管机构庞大，却是个地方关系户单位，我很怀疑它的成员们会接纳除了自己的堂表兄弟和大小舅子之外的人。

无论是农业还是工业，任何创新都被立即课以花样翻新的重税，使得每个敢为人先的意大利人大受打击。所有国外生产的用品或器械，其关税当然也高得难以想象；加上货物入市税——中世纪的余孽，最不科学，最无用，最气人的税种；还有市政费，其适用范围包括豢养与宰杀的动物、牛奶、葡萄藤支架、砖块、搭脚手架的木料、铅块、瓦片、酒类——一切能想到的农产品或农民日常的必需品。所有人都该看看那些市政官员榨取这些税费时的嘴脸。天知道这些人都是从哪里招募来的，确定的是他们的脸上写满了卑劣的贪欲。德国的军国主义和奥地利的官僚主义或许多少还可以忍受，但看着这些粗鄙的野人对忠厚的意大利农人们作威作福实在恶心，这帮名副其实的穴居人，他们脸上唯一的表情就是天生的呆痴脸相后边那掩藏不住的恶意。

我们听说过古意大利的众多天才艺术家与豁达的哲人。在当今的意大利，艺术家们就是那些巧立名目收税的官僚，而哲人们则是老老实实缴税的农民。

即使仅从手段来看，这些政府恶棍的勒索也毫无可取之处。有一次我见到一位老妇人因为身携一磅①海盐而被罚款五十法郎。即使是对最愚昧的人，他们凭什么说从海中取盐是错的，而人人都从海中打捞比盐贵得多的鱼类却没问题呢？在这种事情上做的官样文章所浪费的时间，恐怕足以在任何地方激起一场革命了，只是此地的人已经被这种暴政奴役了太久，习以为常。怪不得农村来的女人们从不浪费三

---

① 英制质量单位，1 磅 =0.45 公斤。

个小时来跟官员们争吵几片奶酪该不该缴税，而是将奶酪藏在腹部伪装为孕妇；怪不得最睿智的老人会将专制的政府当作有组织的诈骗犯，因而认为给政府添乱是所有公民的本分。人人都不妨试试——以合法手段——将一瓶酒从一个城镇带到另一个城镇；或者乘帆船，从海上将一个旧煎锅从国外带进意大利的某个村庄。这是一门精深的艺术，只有多年修习才可熟能生巧。关于这些事情的规定尽管难以言喻的幼稚，其表述却相当简单，完全不考虑在南意大利举足轻重的"个人因素"，亦即那些衣着光鲜却懒惰迟钝的官员的脾气，他们一旦从午睡或自娱自乐中被打搅，就有可能故弄玄虚地在一堆废纸中间翻来翻去而让你等个半天。这种情况下他们显得特别有责任心。一切都没问题，亲爱的先生，但是——哈！那个产地证明呢？公章呢？通行证呢？

这一切都仅仅为了一个苏①的税！

怪不得连英国人都发现，在意大利，犯法成了必要之恶，生活的法则之一。

很快，它就不仅仅是必需的了……

譬如刚到婆罗洲的旅人，即使第一次接触榴梿的时候闻之欲呕，可是吃上几口就会以其为伊甸禁果般的美味，并惊讶于自己如何在缺少如此神品的愚昧土地上存活至今；譬如一位真正的鉴赏家，即使从热带雨林中获得一尊稀有的深红色神像时，会一时将其弃如敝屣，可是当他回头对着这巨大繁复的艺术品沉思达旦之后，就会意识到只有它才与斯科帕斯和米开朗琪罗心底对美的热望若合符节；譬如一位第一次在达连登上山峰远望的人，即使当时凝视着浩瀚的太平洋深感敬

---

① 法国旧货币单位，价值为一法郎的二十分之一。

畏，可是当他游历四方之后，心情就会超越以往最美妙的期待，转为对无穷无尽新景色的翘首企盼。

即便如此，适应了意大利生活的英国人会惊奇地发现自己拥有一种迄今未开发的官能，一种新的视野，新的生活追求——犯法的意识。起初，作为一个诚实的人，他讶异于这种想法的产生。接着像每一个理智的人一样，他意识到这是不得已而为之。最后，出于其民族天赋，他如此熟稔此道，以至于惊骇莫名的政府官员们不得不承认（这是他们能给出的最高赞誉了）：

意大利化的英国人——
就是魔鬼的化身。

是的，犯法的诱惑渐渐地在意大利化的撒克逊人心中滋长。也许缓慢得难以察觉，但日积小流，终成江海。这是一种新野蛮主义，却绝不仅仅存在于艺术中了。

六

在维诺萨

　　毫无疑问，维诺萨总有一座城堡。腓特烈一世住在此地的时间甚至比在西西里还多。从这里他常常远眺他所渴望的东方，而且这座要塞守御坚固，他可以放心存储财宝。不屈不挠的历史学家休伊拉德·布莱霍勒斯从霍亨斯陶芬家族史料中发掘过关于这些财宝的记录。从中我们得知，皇帝将一顶珍奇的宫帐收藏在此处，它"乃不世瑰宝，上绣日月之形，佐以山川草木，并有纹饰指示昼夜时刻，分毫不差，价逾两万金"。此宝乃是巴比伦王国苏丹所赠。仍旧是浓厚的东方气韵！

　　我们今天所见的城堡形貌别致，外围环绕护城河，四角矗立塔楼，它是那位令人生畏的皮埃罗·德·巴尔佐公爵于一四七〇年所建。此地原本是座教堂，但善战的公爵意识到这是一处战略要冲，于是将圣所移往城内别处。城堡现在已成废墟，尚能居住的部分被改造成供各色贫民暂居的廉价房屋——改造的花费来自当地某富豪的投资，他在这建筑上足足投入了三万法郎。在某座倾颓的塔楼中沉睡着一尊古炮，四周灌木杂草丛生。夜间此地寒鸦云集，悄无声息地疾飞回巢。奇怪，意大利的寒鸦相比英格兰的同类安静许多，在一个人人唯愿消灭它们而后快的国度，它们学会了缄口以自保。城堡里也有一处地牢，石墙上特意设计了多处硕大突起物，以防因犯沿墙爬上；另有其他严刑酷法。

维诺萨教堂中包括一座小礼拜堂，入口呈现文艺复兴风格，而当地最负盛名的建筑则要数破败了的本笃会①三一修道院。这栋建筑没有顶，它其实并未完工，而且遭遇了时光荏苒、人祸连绵。地震也对它的拱门与石柱造成了损伤，尤其是一八五一年毁灭了附近梅尔菲镇的大地震。它位于今天的城镇上方，所处之地现已是一片草原，附属于它的一座诺曼礼拜堂里存储着博西蒙德一世的母亲阿尔贝拉达及其亲属的遗骨。这所教堂原有的结构已所剩无几，尽管它的残垣断壁上仍旧散落地装点着绘有原典天使形象的壁画——其优美生动的形貌，远胜于拜占庭时代毫无生气的死板结构或十八世纪绘画中多而枯燥的女性形象。此处还悬挂着一幅威严高贵的画像，据称画中人是著名的圣加大利纳。我更愿意相信它实际上是西格尔盖塔的肖像。

尽管很小，这个地方——礼拜堂与毗连的修道院——并非休闲游玩之处。勒诺芒将三一修道院称为"碑铭博物馆"——以形容僧侣

---

① 天主教的一个隐修会，于 529 年由意大利人圣本笃在意大利中部卡西诺山所创。

们镌刻在其砖石上的拉丁铭文之多。他们用铭文将整面整面的墙壁覆盖。从那时起，此地也存放过数目繁多的其他古物。遗迹中散布着石柱与各式精巧设施。这类建筑里常见的石狮安憩于已生了野草的地板上，旁边另立着一方异教徒的祭坛石，曾经用于装饰附近的圆形竞技场。此景让人不由得暗想，要多少人力才能将这些庞大非常的石块抬起，而且在没有灰泥黏合的情况下将其拼接到现在的位置——石块本身也来自那座圆形竞技场，其中一些石块上还留着明显的刻字，它们曾经连起来绕竞技场一整圈，记录了它的奠基者的名讳。

除了拉丁铭文以外，这里还有不少让人饶有兴味的希伯来①墓石，因为在公元四百年至八百年间，此地曾是犹太人聚居处。大多数人都身无长物，没人知道他们自何处来，或欲往何处去。一般人很容易就会忘记南意大利其实曾有多个世纪布满犹太人。维诺萨的地下墓室于一八五三年重见天日。它们的入口隐匿在今天的火车站附近一处小山下，而迷恋维诺萨的穆埃勒教授将自己过往二十五年的岁月都用于撰写关于它们的一部皇皇巨著。可惜（据说）此书恐怕难以付梓，因为就在出版前夕，在世界另一处发掘出了新的犹太人地下墓室，教授只得将自己之前的所有理论推倒重来。全书都必须根据新发现重写，可是没等写完，又有新的地下墓室出现，于是书必须进一步修订。教授不得不再一次从零开始……

在贝尔陶、舒尔茨等人的著作里常能见到关于三一修道院的记载。意大利作家们持一种令人惊讶的意见，即这座修道院乃依照伦巴底②风格而建，并非法国风格。这是有可能的，他们的确猜想得有理

---

① 民族名。
② 民族名，是日耳曼人的一支，起源于斯堪的纳维亚，即今瑞典南部。

有据——不过不管怎么说，这片遗迹充满了罕见的魅力。要找一处将罗马人、希伯来人与诺曼人的生活共冶一炉的古迹并非易事，而在眼前的寸土之地，它们被宏伟而美观的本笃会建筑熔焊在一起，而同时又贯穿着现代社会里中立的冷漠精神，这是一种愤世嫉俗般的漫不经心。尽管这里是"国家纪念遗址"，却没有经过任何修葺。每个月都有满刻铭文的石块跌落野草丛中（注：通过比较我拍的建筑东面照片与朱塞佩·德·洛伦佐的专著《乌尔图雷的维诺萨及其周边地区》①中的相应照片，可以看出建筑毁坏的过程），而如果不是某位市民热心出资维护的话，修道院的内部早已乱石杂草遍布而无法通行了。如果没有数额庞大的花费，三一修道院就无法修复，没人会妄想这种事。可是只要一年十英镑，它就不至于倾颓。可是钱从何来？这个狂热的国度以对艺术的迷恋知名，却在修建司法行政部大楼上一掷六千万法郎，而且该楼尚未完工已显裂痕；国家乐于拨出八万法郎（参阅《每日新闻》）来为该部门提供笔墨——承包商真幸运——可是三一修道院及其他数以百计的文化艺术瑰宝却被遗弃在此，任由其自生自灭。

离修道院不远处是一座供奉圣洛克的礼拜堂。如果想要对比本笃会一贯的尊严法度与今日年轻人中流行的天主教义里越来越多的滑稽之处，在此地可略见一斑。在它的山形墙上蹲坐着一尊古怪的象征物：一只石雕大狗，温和地望向远方。这位圣徒在早年常牵着爱犬相伴，而今日便将它置于自己圣所的楼顶上。

附属于三一修道院的诺曼礼拜堂位置比修道院稍低，根据卢波利的说法，此地本来是许米纳厄斯的神庙。这确有可能，但卢波利的说法未必足以取信。这里保存了一座非同凡响的诺曼建筑，现已改造成

---

① 出版于 1906 年。

了圣洗池，我饶有兴味地看着一列女性朝圣者对其顶礼膜拜。她们因崇敬而浑身颤抖，绕圣洗池而行，亲吻它的每一角，然后她们将手浸入水中，并虔诚地亲吻它们。

一位女巫似的老妇人，作为仪式的主持人，在每次亲吻池子时都喃喃吟唱着："列位圣徒——列位圣徒！"接着，她们俯伏在地，吻着冰冷的石块，入神祈祷一阵后，站起身来开始亲吻墙壁上砖石间的裂缝，那个老妇人低语道："赐福！"毫无疑问，这景象并不陌生①，可它带来的冲击却不因熟悉而减弱。墙上那些藏污纳垢的裂缝多少带着女性外阴崇拜的暗示，我怀着必欲一探究竟的好奇，恳求一位牧师解释其宗教含义。可他语气里含了一抹中世纪般的轻蔑，抛下一句：

"女人嘛！"

迟些时候，他向我展示了礼拜堂附近的一根罗马圆柱，其表面都被那些挤进柱子与墙之间缝隙的女人身体磨得光滑了，据说这样神能保佑她们怀上孩子。这多少让他觉得好笑——显然，他认为这种做法是维诺萨独有的。

我告诉他，在我的国家，能避孕的柱子会更受女性欢迎。

李尔给出了这种生殖崇拜现象的另一种解释。他认为如果两人手牵手于石柱旁绕行，那么他们必成一生挚友。

这恐怕是一种显著的"维多利亚时代②"说法吧。

---

① 此处暗指前文描写的圣天使城的崇拜活动。
② 英国历史时期名称，指 1837—1901 年，即维多利亚女王统治的时期。

七

班度西亚泉①

来到这片地方的旅人们长期处于半饥饿状态。在维诺萨，酒质甚佳——实际上是难得的佳酿，食物却单调而匮乏。缺吃少食是众多罪恶的根源，而且带来长期的恶性循环。没人会相信我如何日日夜夜奋力与邪恶的诱惑斗争。人最可怕的敌人是他饥饿的胃。没人比贺拉斯对这个了解得更透彻了。

可是他宣称自己只需要生菜一类的简单食物足矣。诚然，诚然。"橄榄使吾饱足"。正是！在梅塞纳斯的学院里，任何人都会学到简朴生活的美妙之处。不过我敢担保，如果贺拉斯在他的家

---

① 贺拉斯诗歌中的泉水名。

乡吃上一周我现在吃到的饭，他肯定会很快记起自己在首都尚有要事——恺撒·奥古斯都当时正渴盼他的随侍。当然如此，我突然想到我的下一个目的地塔兰托，那里除了气候温和之外，还有几间过得去的餐厅。我再不迟疑，立即收拾行装。乌尔图雷山只能过后再去了。单单是风，所谓的"乌尔图诺斯"也就是东南风，已经足以让人对登山望而却步。自从我来到维诺萨，它就讨厌地刮个不停。

为了避风，我常到这片地区的几道裂隙——偏僻隐蔽的山谷中散步。溪流于沙沙作响的树枝和茂密的马尾草、长春藤中间蜿蜒而过。岸边覆盖着榆树与杨树的浓荫，它们是常见于贺拉斯诗篇中的树木。夜莺、黑头莺与黄莺在灌木丛中欢唱。这些潮湿的幽谷相比于烈风吹袭且耕种过度的山地，简直就是世外桃源。

昨天，就在这里我遇上了意料之外的景象——一队工人不遗余力地挖掘洞穴。他们告诉我，这条隧道将成为庞大的阿普里亚水渠系统的主干道之一。这一发现唤起了我的古罗马情怀，因为这种宏大工程的构想与实施正符合古罗马人的手笔。多年来因干旱而水贵于酒的三个省份得到了灌溉——人们努力克服了施工与资金上的种种困难。这项工程共将修建二百一十三公里的地下隧道，雇用一万一千名工人，花费约一亿两千五百万法郎。意大利政府正为自己树立一座不朽的纪念碑。凿岩引水的天赋是他们从古罗马人承继下来的遗产——约束原本具破坏性的环境，并令其为人类造福。它是古罗马人"平靖四方"才能的一部分。对于拉丁人①而言，未开发的自然永远是必须跨越的

---

① 民族名，指古代定居意大利半岛中西部拉丁姆地区的部落民族。罗马人被认为起初属于拉丁人，后来融合了其他古意大利民族。故此处"拉丁人"意指上文的古罗马人。

障碍——也就是敌人。

贺拉斯的观点也是如此。硕果累累的田野与强壮的耕作者们备受他的喜爱，而大海与白雪皑皑的阿尔卑斯山则不获他青睐。他对自然的爱发自本心，可是他眼中的自然与我们不一样。他所见的是庞贝城中那样的古罗马景观；自然应当附属于人的需求，展现仁慈亲和的一面。维吉尔①的《泪下之事》暗含神秘而极其属人的渴望。对于这些行吟诗人来说，自然具有传统的固定模式——作为装饰布景，以助抒发真情。浪漫主义艺术家们总歌咏其粗犷险峻的形态。可贺拉斯从不允许幻想超越智慧，他一直脚踏实地，人才是宇宙的最终测度，而清醒的头脑则是人的最高天赋。自然的位置必须"恰如其分"，它的过分之处不该得到欣赏。这种人类中心说的精神造就了最终的他——完美的反感伤主义者与反世俗者。因为过度的情绪，就像其他所有的放纵行为一样，是那种混混沌沌且反复无常的野兽——俗世人群的标记。

日月如梭，时移世易。随着世界越来越小而人们的恐惧与神秘感越来越淡，我们也变得更加宽容。尤其哥特人②已经懂得品鉴自然之美，而拉丁人直到今天，眼中的自然仍旧充满混乱与冲突。

身临其境，我发现自己确实倾向于回到古时的观点；享受田野河流之美，但仅限于人类自身需要被满足之后；赏玩一处风景如画的所在——带着精明世故的眼光考察它潜在的用途。"我热爱的花园，"一个意大利人某次对我说，"一定种着可口的蔬菜。"过去的几天里，

---

① 维吉尔（前70—前19），古罗马诗人。著有《牧歌集》《农事诗》、史诗《埃涅阿斯纪》三部杰作。
② 民族名，是东日耳曼人部落的一支分支部族。

盛行于南意大利的这种功利主义对我而言已是浅显易懂。就连我自己，也变得偏好花椰菜多于蒲包花了。

到班度西亚泉的朝圣之旅（如果能这么称呼的话）并不怎么艰难——只花了一个上午。圣杰尔瓦西奥村是铁路沿线维诺萨的下一站，坐落在离维诺萨仅十三公里的高地上。

这里曾经流淌着一眼泉水，在十二世纪时被称为"班度西纳斯之源"，厄格海利在他的《神圣意大利》① 中引用了一一〇三年的一段史实，其中提到"维诺萨附近的班度西亚泉边"的一座教堂。教堂与泉水都已杳无踪迹了。不过据说教堂旧址所在地还是有人知晓，在它附近曾有一处水源丰富的泉眼，被称为"伟大之泉"。这很可能就是贺拉斯描绘的泉水；毫无疑问，它也是切纳编纂的维诺萨编年史中提及的："在圣杰尔瓦西奥之塔旁乃是一座城堡的废墟，以及一眼丰盛的泉水，其水比维诺萨所有的水都要寒冽。"这水冷得可爱。

我四处询问，但无人告知这座已湮灭的教堂旧址在何处。我宁可相信它曾坐落在今天的圣安东尼教堂所在地，该教堂是圣杰尔瓦西奥最古老的建筑了。

至于那泉水——现在有两眼了，它们之间相隔甚远。二者都水源丰沛，而且都位于村庄如今所在的山脚附近。盖普马丁·德·肖比提出论据认为，在古时圣杰尔瓦西奥并不处于如今这块高地上（卷三，第 538 页②）。

其中的一眼泉水喷涌至火车站附近的平原上，最近经过重新修葺，它被称为"断裂之泉"。另一眼名为"无花果之泉"的泉水位于

---

① 第一卷出版于 1643 年。
② 指盖普马丁·德·肖比的著作《贺拉斯故居考古发现》。

通往斯皮纳佐拉的大路附近，共有七个喷口，而附近就是一座无花果种植园。与此泉相连的水池也在约十年前被重修过，花费不菲，今日已呈现出一副完全现代和商业的外貌。听说在重建的过程中，工人们经挖掘发现了一整套复杂的地下管道系统，至于通往哪里则"天晓得"。据亲眼所见的知情者说，这些管道建构之精巧令人叹服，但他也说不出更多有意思的事了。

到底哪一眼泉水更符合贺拉斯的颂诗中最后一节的描绘，或许每个人都有自己的答案。实际上，恐怕唯一的解决之道就是依个人喜好猜测了。从学者的角度想，我应该根据诗中对洞穴与"奔流而下"之水的描写，否定班度西亚泉处于这二者任一处的假设。可与之相对，同样可以论述说罗马文学的传统修辞总会加上这些润色的成分，同时引用倒数第二节的最后两行为证，因为它提到在泉边解渴的动物，如果泉水真的在山洞中的话便无法方便这么多动物饮用了。而且，洞穴也未必都在山峰附近，它们也许位于山脚。而水，即使是伦敦桥下的泰晤士河，总是往低处流淌的——或多或少吧。更重要的证据是肖比发现了其中一眼泉水是北向流动的——"苦寒之季，天狼闪耀，亦无能为"①。由此看来，或许在"无花果之泉"的背后有过一个山洞，"断裂之泉"则不大可能曾流淌于山洞中。

除此之外，没有什么有力证据证明泉水自古并未移位了。恰恰相反，好几处事实都指向泉水不得不自高地转移到它现今的低位这种可能性。首先，村庄所在的小山上，如同蜂巢般遍布着居民们在松散的砾岩上挖出的洞穴（顺带一提，这与贺拉斯的《岩石》一篇所描绘的大相径庭）。很可能某次大规模的岩洞坍塌堵住了泉水最初的源头，

---

① 贺拉斯诗句。

使得它不得不由低处流出。

其次，不能不提采伐森林那臭名昭著的恶果。一位老者告诉我，他年轻时山上满覆密林——确实，虽然这整块土地现在只是遍生野草的一片丘陵了，可它仅仅在不久之前仍是林木茂密的。我注意到此地三座教堂中最古老的圣安东尼教堂的房顶，是由木质椽子（附近很罕见的木料支撑的）。滥伐树木同样也会造成水位降低。

最后，也是最主要的原因——可能由地震造成的毁坏。譬如曾摧残维诺萨的大地震，就有可能破坏此地的水道，堵塞住原先的水流通路。可惜以我对阿普里亚一带地震规律的了解，以及我在流体力学和圣杰尔瓦西奥地质形成方面的知识，并不足以提供一种成熟的见解。我只能满足于向未来的研究者们提出这一言之成理的理论——言之成理是因为难以反驳——过去的某种地质突变造成了今日的情状。

不过这只是三种假说。以下我将提出三项事实来支持我的观点，亦即泉水过去是从更高处流出的。首先，这个颇具深意的名字"断裂之泉"难道不是暗示水流曾被截断或拦阻吗？

其次，在从"断裂之泉"上山入村的小径上，沿着斜坡的右边约低于圣安东尼教堂一百码①处，一口古井立于玉米地中，遮蔽在三株核桃树与一株橡树的阴凉里。这井仍在出水，人们都说它"年事已高"。因此必定有某条地下河仍旧从高处流下，但规模无疑远逊当年了。

再次，村里有条小道从"曼弗雷德路"（我很高兴发现曼弗雷德的名字仍在这片土地上流传）穿出，它的名字为"海妖径"。这名字很有意思，海妖跟这些内陆地区有何关联呢？唯一可能的联系是它们会被作为装饰用的雕像：这些雕像常用于为意大利的街道命名，比如

----

① 英制单位，一码等于91.44厘米。

欧依达的小说里的"半羊人大街",或者那不勒斯的"巨人大街"
(现在已被重新命名了)。这不禁使我产生了一种细微却颇有学术性
的猜想:或许由于海妖最主要的装饰用途是泉水守护神,因此这条鲜
为人知的小路还保有古时"伟大之泉"的传统——我们不妨大胆假
设,泉眼池边装点着大理石的海妖像——它的所在现已被人忘却了,
就连这个名字也渐渐地淡出了乡人的记忆。

那么,我经过在圣杰尔瓦西奥两小时的漫步,得到了什么收获
呢?至少有这样的可能性,即某处高地曾存在一眼现已绝迹的泉水,
其形貌更为符合贺拉斯颂诗中的描写。假如厄格海利笔下"班度西亚
泉边"的教堂真的位于此处——好吧,我将很高兴在读过他书中的各
种信口雌黄之后,终于能支持厄格海利一次。而如果肖比神父关于村
庄曾坐落山脚的论点被证伪,那么,他那和蔼的灵魂在九泉之下,应
该也乐于知道,即使这样也不代表他的维诺萨演变学说是错的,而注
释家阿克隆的说法才正确,他的理论仍可自圆其说。

可圣杰尔瓦西奥的泉水是否就是贺拉斯赞美备至的那一眼——
啊,那又是另一回事了!可以肯定的是,很少有诗人比他和维吉尔更
强烈地依恋儿时的记忆。不过,也有可能整幅图景都是他虚构出来
的——就连"班度西亚"这个词说不定都是杜撰。谁能知晓呢?人们
提出过迪简提亚假说①。我知道,我知道!我读过此理论的一些拥护
者的文章,并认为(私下里说)他们言之成理。但我现在没有讨论他
们的主张的心情——还不到时候。

在圣杰尔瓦西奥这里我更愿意单纯地想着贺拉斯,那么理智而又
欢快的人,以及想着那潺潺的流水,清冷明澈,自从它引起贺拉斯孩

---

① 关于班度西亚泉的一种理论,认为该泉最终流入拉齐奥大区的安尼奥河。

提时的幻梦时就是如此。我不愿意听那个魅惑者布瓦西耶对贺拉斯的评价。我更不愿意看事情的现状；不愿意看那群拌嘴的洗衣女工，以及其他毁掉这片古老图景的不协调事物。何不如此呢？羞怯之人本来就会被时空上的任何不和谐所烦扰。而其中的智者则自有一验方，能将一切纯洁的尊严与浪漫，赋予眼前这条平淡无奇的泉流。他只要闭上一只眼就好。这是他年少时习得的技艺；简简单单，却总能带来快乐。那些总是警惕的人，那些认真保持清醒的人——他们反而会错过多少美妙的事物啊！贺拉斯懂得大智若愚的道理：趁早闭眼，或塞耳，或二者都做。所谓"适时放纵"。

八

耕　者

　　我记得某天自己注视着一位老农固执地独自犁地。他顶着烈日苦干不辍，缺乏力量但技艺足以弥补，其熟稔出于对土地的长久热爱。地面久经日晒，但仍有下雨的希望，农民们都翘首以盼。我了解这种劳作的艰辛，因此我坐在绿藤环绕的凉亭里继续观看，心存敬佩却绝无嫉妒之情。

　　后来我走上去问他有没有孩子做帮工。

　　"都死啦——祝你健康！"他答道，伤心地摇着白发苍苍的头。

　　"连孙辈也没有吗？"

　　"都是美国人（移民）了。"

　　他带着做梦般的神态说起多年以前，他也曾

远航出海到非洲采珊瑚，并去过荷兰与法国；是的，也去过英国。但我们的船厂与城市已从他脑海中淡去了，他只记得我们的同胞。

"强健的民族……强健的民族！"他一直反复说道。"后来，"他补充说，"美洲新大陆就被发现了。"他一天耕作十四个钟头，而他已是八十三岁的耄耋之年了。

除了在寓言里为大家熟知的、虚构的农夫之外，我在这个人群当中找不到多少闪光点，他们所言所梦都是地里的事情，除了定期的冬夏之交与他们一成不变的劳作与回报外一无所知。除了辛辛纳图斯与加里波第①之外，恐怕没有谁会因挥动铁锹而变得高贵吧。在我脾气糟糕的时候，甚至会觉得即使最堕落的城里人也会有热情与自制的时刻，而这群贼眉鼠眼、不思进取和一毛不拔的人从未如此过，他们的生活就如同地里的野兽，而且学会了太多的动物法则。但他们的动物性中有一点不得不让人尊敬——逆来顺受。在这个方面他们与俄罗斯的农民阶级颇为相似。可是，谁又会可怜沙俄农夫呢？他的脸颊过于油胖，价值观过于野蛮，他注定过着暴食一顿、饥馑一顿的生活。但说着荷马、维吉尔与薄伽丘的语言的意大利农民很容易被冠以殉道的光环；人们也很乐意去同情一个将路易十四的举止与奥古斯都或柏拉图的轮廓兼备一身，而且在性情上让人回想起《奥德赛》② 时期淳朴生活的人。因此，他们至今还穿着那种"牛皮缀补的绑腿，用以避免荆棘划伤"，就跟老拉厄特斯在伊萨基岛的高地农场里缚在腿上的一模一样。他们将此物称为"加兰德利涅"。

----

① 朱塞佩·加里波第(1807—1882)，意大利军人及爱国者，意大利建国三杰之一。
② 古希腊最重要的两部史诗之一（另一部是《伊利亚特》），相传为盲诗人荷马所作，讲述了希腊英雄奥德修斯在特洛伊陷落后返乡的故事。

在干旱或洪涝的日子里，他们并无一丝抱怨。我熟悉这些靠地吃饭的男男女女足有三十年了，可从未听过任何一人对天气发牢骚。并非他们漠不关心，而是他们真有哲学领悟——顺天知命。而至于种柠檬与批发作物的农民们的满腹委屈则是另一回事，他们的一桩好买卖常常被新条例或新关税规定一笔断送，也怨不得这些人长时间地大声咒骂了。但是种豆的农民，那些收入取决于风与气候的人，只会说一切是上帝的旨意。他们包容自然的缺点就像包容一个任性的孩子一样。也难怪农民们信任自然远过于信任人。他们遭受过多年的压迫与暴政；而阳光雨露，即使有时反复无常，也比地上的主人们更像他们的益友。可以想见，有一天政府会醒觉意大利实际上不是个工业国家，然后回过头再来榨取农民的血汗。

不过一切正在起变化。像那位老农这样的人日益稀少，因为像克里奥兰纳斯那样的父权制度，南意大利往日的荣耀，正在分崩离析。

这并不是征兵造成的，尽管征兵确实灭绝了旧方言、旧观念与旧惯例，同时也通过将崭新而合理的思想带入家庭而拓宽了人们的视野。它催生的改变实际不止于此。入伍者们学会了读写，从而与知书识字的人打交道不再像过去一样危险了，这些能力从前只是律师与其他狡诈可疑的人物的特权。现在，乡下人也能读书写字，而且同时保持诚实。

真正损毁家庭生活的是从移民滋生的投机思想。人们来去无定，三分之二的青少年与成年男性此时身处阿根廷或美国——远的甚至去到新西兰。过去对几个苏精打细算的人们现在一说就是上千法郎。父母对男孩的管束放松了，而时时渴望着金钱的女孩们则将节操与原则抛诸脑后。

"我的儿子们连铲子都不肯碰，"一位农民告诉我，"我打他们，他们就报警。他们每天只是喝酒赌钱，等着上船出海。如果我告诉你我们这辈人遭过的打，先生，你肯定不信，你肯定不信，即使我赌咒发誓，你也不会信的！我现在还能感觉到那几下子——千真万确——就这儿！"

这些移民通常一走就是三四年，然后回来花光他们的钱，接着再出去挣更多。有的人在外留得更久，回来时带着更高的收入——一天二十法郎到一百法郎。这样的例子产生的效果就跟赢得州彩票的寥寥几人一样，人人都将他们挂在嘴边，却忘记了没那么幸运的其他的众多投机者。与此同时，农业深受其害，角豆树就是一例。这种植物美观并长寿，被萨瓦斯塔诺教授称为"南亚平宁的希望"，它们的豆荚极具商业价值，而其枝叶织成的浓荫在正午的烈日下给人以岩洞般的凉爽，过去它们曾遍布南意大利。角豆树不惧日光暴晒，在岩石崎岖的山坡上照样枝繁叶茂，而且能在最贫瘠的土壤里扎根，于别的作物都无法存活的地方生长——带来周期长但风险小的利润。现在角豆树却在遭受砍伐。尽管豆荚的价格每年都在上涨，却没人种植哪怕一株新的角豆树，等待收获的时间对他们来说太长了。①

这简直就是一场社会革命，使国家最勤劳的一部分人口大幅减少。光是一九〇六年就有七十七万八千名移民背井离乡。在巴斯利卡塔省，人口流失率已超过了出生率。我不晓得一去不归的人数比例，但肯定不小，此地满是怨女弃妇。

毫无疑问，事情终归会走上正轨的。在这个敏感的过渡期，新制

---

① 仍有几个值得赞美的例外，比如贝尔蒙特王子（西班牙王室在那不勒斯设置的贵族头衔——译者注），他在大片的劣质土地上种植这种树，见《意大利领事报告》，431号。但他却不是农民！——作者注

度里令人丧气的弊端比其终将带来的好处要显著，这也合理。而且积极作用已经开始显现了。村庄周围的房屋如雨后春笋般冒出，与此同时归国的移民对这个国家的许多惯例不屑一顾，而这些惯例目前甚至还没露出其糟糕无理之处。生育一大群男孩的家庭从前是悲惨命运的象征，而现在则成了最理想的投资方式。男孩们到美洲后不久就开始给父母寄钱，老农场因此再度繁荣起来，女孩们的嫁妆也变丰厚了。我认识的一些农民，每月从他们在美洲的儿子们那儿收到不止三英镑——那些孩子都还不到服兵役的年龄。

"我们干活，没错，"他们会这样告诉你，"但我们也能抽烟斗了。"

在这种大规模移民潮之前，事情糟糕到地主雇一个劳工只要一法郎一天，工人吃穿就靠这点钱，这几乎就是奴隶制。现在情况颠倒了，在地主日见潦倒的同时，富有的移民要么买下农场，要么自己定工作条款，工钱翻了三倍。这样就催生出一种新农民，摆脱了家庭、祖产或传统的束缚——当家乡的生活不堪忍受时，还可以到大洋彼岸的港湾寻求庇护。

是的，变化近在眼前。

移民和社会新秩序摧毁的另一样东西，是古老的看待自然的拟人眼光，以及对其传神的用语。去年我看到一个小男孩在收集无花果，他告诉我说无花果树最爱石头和蓄水池。意思是，它的根很容易深入并损坏砖石结构，并且能敏锐地感知水源的距离。他还告诉我一件我之前从不知道的事，就是无花果的种类远不止两三种。你能想到他列举的数目吗？以下就是：

阿内色无花果（个头最小）和桑提罗无花果，它们晒干了最好吃；佛伦波拉无花果，它从来不用晒干，因为只在春天结果；莫雷纳诺无花果，最迟能到十月底才成熟，一定得吃新鲜的；克雷托托无花果（"歪心"——从形状得名），它的皮最坚韧，不过经常被雨后爬出来的幼虫吃掉；特洛伊阿诺无花果、阿尔扎诺无花果，还有维斯科沃（意为主教）无花果，在其他种类的收成季节过后才成熟，可于二月食用（这可能就是斯坦莫在《温柔的那不勒斯》中提到的那种，据说它出自索伦托，在那里人们发现第一株这样的无花果树从主教宫廷花园的墙边长出，由此得名）。所有这些都属于黑无花果。

下面是白无花果的种类。帕拉迪索无花果果皮柔软，可是容易被雨水损坏，要晒很久才能干；佛塔托无花果也是新鲜的更好吃；佩佐托罗无花果常被虫蛀，但每过两到三年就长大一点；帕斯卡雷洛无花果一直到圣诞都能吃到；纳塔利诺无花果；最后，还有一种无花果——名字就不便记录于此了，尽管它绝妙地体现出了那种拟人化的思维。他补充道，桑提罗无花果和阿内色无花果在晒干的时候，要将其切成两半，纵向地叠在一块。（疑问：这难道不是贺拉斯笔下的"双无花果"吗?）

"当然还有别的种类，"他说，"不过我一下子不记得了。"当我问他能不能不看果实光靠叶子和茎就分辨出这些无花果树时，他说每一种树，即使在冬天，都保有它独特的"容貌"，只是其中几种比另外的更容易认出来。我接着询问无花果授粉的方式，了解到其中几种，主要是桑提罗无花果、佛伦波拉无花果、帕斯卡雷洛无花果和纳塔利诺无花果，采用滴上一滴油的方式来人工促成授粉。然后他向我描述了不同品质的无花果在不同季节的价钱，其差异足以让食品商大吃一惊。

以上说明了我们多么容易错看这些人，他们不知道法国的首都是巴黎，但是对他们日常所需的技能却驾轻就熟。他们是关于万物生长的土地专家，看着他们像训练有素的园艺家一般，精确地嫁接橄榄与柠檬的枝条，简直就是一种享受。他们常说起"管一管"自己的土地，这是他们说到孩子的时候会用的词。

无花果既不是白的也不是黑的，但是用词却是这样。白石头和黑石头；白腌橄榄和黑腌橄榄；白葡萄酒和黑（红）葡萄酒。这种用词的色盲性究竟是因为人们从小一直被眼花缭乱的色彩包围，反而对其失去了敏感度，还是因为关注色彩并不会带来任何实质的利益，所以选择性忽视呢？除了在艺术与人种学方面都颇具趣味的手语——为什么没有学者增补朱里奥的《模仿古人》呢？——之外，很少有比研究这些人的色感更有价值的课题了。他们对蓝色没有任何概念，或许是因为自然界极少有蓝色的事物。马克斯·缪勒认为从人类的角度来看，对蓝色的认识是相当现代的成果。因此万里无云的天空被他们描述为"挺白的"。我有一次问一个小伙子他觉得大海是什么颜色，而海水在当时正是绝美的宝石蓝。他沉思了一会儿后答道：

"某种死气沉沉的颜色。"

知道绿色的人稍多，但仍旧主要跟室内的事物相联系，比如绿手帕。缘由或许是自然中绿色太多，人们反而将其忽略了。又或者是因为绿色与草的联系对他们来说会被周期性地打断——我们眼中的原野总是一片青葱，而他们的在夏日则会被炙烤成棕色。就像一些古代作家笔下那样，他们有时会把树木描绘成黄色，但更多的是"半黑"或"树色"。曾有人在我面前将一株枝繁叶茂的山毛榉描述为黑色。"红"这个词对于他们并不代表红色，而是颜色深或暗淡之意，土地就是"红"的。需要表达我们说的红色时，他们会用"土耳其"这个词，源自土耳其人曾垄断技术的著名染料。因此就有"土耳其"苹果和"土耳其"土豆。但"土耳其"一词亦可指黑色——因为传统认为土耳其人，也就是撒拉逊人，是一支肤色黝黑的民族。在这一带通常是棕灰色的蛇，被说成要么是白色要么是黑色；鹰鸮是半黑色；茶隼近于白色。服装与丝绸的斑斓色彩要么漂亮，要么难看，到此为止。将这种现状与荷马生活的年代对比是很有趣的，他那时正探索文字的新领域，而一旦我们亲眼得见他描绘的事物，就能更好地理解他对色彩用词之准确。当然我这里所讨论的只是普通的农夫，其除了用词以外的盲目性尚可救药。

我们不妨将以上的论述推而广之，推断出农民对微妙的气味无知无觉是因为他成长在充斥各类强烈气味的环境中；他们对悦耳的声音反应迟钝——因为婴儿的啼哭与家中其他的噪声一直伴随他们，从摇篮到坟墓。这就是为何这些人没有"神经"，像皮耶迪格洛塔那种地方的喧闹嘈杂对他们来说，造成的刺激就跟别人听到勃拉姆斯的四重奏时的反应一样。如果有人因不忍心见本地雀鸟被大量猎杀而发明一种无声而廉价的火药，其努力终将收效。因为其实不是杀戮的快感，而是令人愉悦的枪响，造就了这些本地的猎手；就像那位睿智的"山外之人"很久前指出的那样——"那不勒斯人热爱打猎，"他说道，"因为枪声悦耳。"① 这种对于噪声的天然热爱，或许能在某种程度上与他们快速的神经冲动联系起来。

我怀疑历史上的多次动乱早已使南意大利人的希腊血统不纯了，尽管善感的北方旅人刚到此地时总会发现人群中有"典型的希腊轮廓"。当然，如果特意寻找的话，的确有一种人可被称作希腊后裔：身材小巧，个头偏矮，耳小鼻挺，头发卷曲，色泽从金黄色到意大利人口中的"浅栗色"都有。他们不仅与更健壮好看的北方人种不同，

---

① 我在约斯·布兰科的《书目》中查到了他。他名叫 C. 霍勒。——作者注

而且也异于周围的深肤色人种。可是关于其确切的本源众说纷纭，我还是以最基本的疑问做结论吧——纯正的希腊人种真的存在吗？或许并不比日本艺术家们虚构出来以供大众娱乐的可爱种族真实多少。

希腊血统无疑仍旧流淌在他们的传说、诗篇与歌曲中，这些传说诗歌今日还在博斯普鲁斯海峡沿岸的溪谷中回响。希腊语词汇在此地倒是少有使用了，那些仍可听见的——比如 sciusciello（一种当地面包名）、caruso（男孩）、crisommele（杏子）等——都已在很久之前被德·格兰蒂斯、莫尔特多和萨尔瓦多·米勒这样的学者记载下来。那不勒斯在方言、传说、歌曲和手势方面比这些地区远为希腊化，该处仍普遍使用纯正的拉丁语法，例如 surgere（产生）、scitare（唤醒）、è（是）、fetare（产卵）、trasete（鹌鹑走过的路线）、titillare（搔痒）、craje（明天）、pastena（长满幼藤的种植园；乌尔比安曾提到的"锄耕之地"）。女人被叫作"muliera"，女孩叫"figliola"，孩子们将父亲称为"tata"（见马提亚尔《隽语》卷一，第 101 篇）。就在昨天我还在自己的拉丁语收藏中加入了一条美丽的短语，那是在我有时去小憩的村舍，年迈的女主人评价我道："Non avete virtù oggi"——你今天不太像样。真正的古代美德！我该拥抱她才对。怪不得她刚才会说我"不像样"——缺少美德了。这野蛮的乌尔图雷山山风——难道它没有吹尽坎尼的古罗马德行吗？

所有古文明的遗迹都在征兵、移民和全民教育的标准化影响下日趋式微。很快就连"诨名"系统也要成为历史了。我会感到难舍的，尽管它经常几乎把我逼疯。

什么是诨名呢？

就跟族名一样。它就像俄罗斯农民沿用的那样，将教名和姓同时取代。一个人会这样告诉你："我名叫路易，但是人家叫我的诨名，奥坎兹罗。我不知道自己的姓。"有的诨名明白易懂，例如奥斯博拉姆雷拉，指的是不用砂浆垒墙的职业，这种墙经常倒塌需要维修；或者奥西亚夸利耶罗（acqua——漏洞——钱从口袋漏出去的人——败家子）；或者桑·皮耶特罗，源于圣徒般的外貌；奥斯维尔，该人并不怎么文明；或者克里斯托佛洛·科伦坡，因为他总是很清醒。可是百分之八十的诨名，其含义即使本人也一知半解，要回溯到某种被忘却了的把戏或儿时的某个事件，或者某只宠物的起初就毫无意义的名字。村里几乎每个老少男性都有个独一无二的诨名。有诨名的女性较少，除非具备某种显而易见的特质，比如阿斯比拉（间谍），或者阿帕彭妮萨（胖子）——其男性的对应称呼是奥特利彭尼。

现在想象一下吧，你要在一个陌生的村庄找个人，如果你刚好不知道他的诨名（而且天晓得怎么才能知道它），居民也都不知道他的姓，同时他又跟一百来个其他人共用一个教名的话，事情该有多麻烦。在教名这种事情上他们惊人地缺乏创造力，四五个教名就能涵盖一个地方的所有人口。十有八九你都会找人找上整整一天，除非以下的情况发生：

你对着一群聚拢来的村民开始找人。这再简单不过了。你想要找路易·某某。一个好心的看起来乐于助人的村民开始向人群解释：

"这位先生要找路易·某某。"

显然，这种说法本身就有笑话的成分，他们都笑起来。接着人群里传出一阵迷惑不解的低语：

"路易——路易……他到底说的是哪个路易呢？"

你高声重复了一遍他的姓。毫无效果，除了引起更响亮的笑声之外。

"路易——路易……"

"可能是奥佐科洛尼?"

"或者是奥瑟蒂奇欧?"

"还是奥兹巴洛奇欧的儿子?"

那个好心的村民自告奋勇去遍访周边地区，把能找到的路易都带来。过了半个小时他们陆陆续续地来了。你要找的路易不在其中。为了弥补他们浪费的时间，你给他们每人送支雪茄。

与此同时，半个村的人都蜂拥而至，看热闹不亦乐乎，盼着这事一直持续到深夜。你开始不知所措，不断有新人从田里涌来，想看看这关于路易的神秘笑话如何收场。

"路易——路易，"他们又开始了，"那么，到底他说的是哪一个呢?"

"可能是奥玛尔扎利耶罗?"

"或者是奥库克利罗?"

"我倒没想起他来，"好心的村民说，"哎，孩子，跑去告诉奥库克利罗说有位外国绅士想请他抽根雪茄。"

等奥库克利罗来到现场，围观的人群早已愈发密集。你将事情解释了第五十遍。还是不对——他当然也叫路易，但不是你要找的路易，他对此表示深深的遗憾。然后有人给他解释了这个笑话，他开怀大笑。你已经濒临崩溃了，但村民们开始对你喜爱有加:

"会不会是奥西亚贝奇诺?"

"或者是奥恰皮诺的儿子?"

"搞不好是奥布西亚尔狄耶罗。"

"他已经死啦。"

"哦对，他确实死了。我都忘了。那肯定就是阿西丝维塔的丈夫。"

"他在坐牢。那奥卡奇安费尔诺呢？"

突然一个干瘪的老妇人带着毋庸置疑的口吻，哑着嗓子说道：

"我知道！这位先生想找的是奥滕迪罗。"

村民们的和声：

"那他怎么不早说呢？"

奥滕迪罗的住处离此地甚远。一个小时过去了，最后他来了，满怀期望。不，这不是你那个路易，他是另一个路易。你巴不得挖个洞钻进去，可是无路可逃。人们从四周如潮水般涌来，显然消息已经传遍了周围的村庄。

"路易——路易……我想想。说不定是奥拉坡。"

"更可能是奥玛萨西罗吧。"

"我知道了！是奥斯彭纳迪耶罗。"

"我倒没想起他来，"那位好心村民熟悉的声音响起，"哎，孩子，跑去告诉——"

"或者奥奇切勒尼耶罗。"

"奥维尔格尼耶罗。"

"奥西亚博洛尼。"

"别管那个狗娘养的，"一个快活的人用纯正的英语说道，他刚刚赶到现场，"听我说，我在布鲁克林住过十五年，好地方！一定要到我那儿来喝一杯。你说的路易肯定到美洲去了。如果不是，送他下地狱吧。"

这倒是个好主意。

"他到底姓什么？"他接着问。

你又解释了一次。

"哎，你要找的人就在那儿。就那儿，站在你面前！他叫路易，姓也跟你说的一样。当然了，他自己都不知道自己姓什么。"

他指着那个好心的村民。

这些乡民会吃奇怪的东西。一个男孩吃掉了路边一条死蛇；一个女人吃了三十个生蛋外加一盘通心粉；一个男人吞下一头刚宰的生猪身上六公斤未经烹煮的脂肪（之后他病了一周）；另一个生吃了两只小鸟，连喙、爪和羽毛囫囵咽下。这样的事被严厉斥责为野蛮行径，不过它们仍时有发生，而且几乎总是伴随着赌注。我本希望能在喝酒方面找到与其相称的英雄事迹，可是，唉！我只听说一个老人习惯于每天豪饮二十二升酒，但在这些堕落的日子里，八升才被形容为"差不多过量了"。

根据穆沃斯的说法，巴比伦人在祭祀时会将老鼠作为牺牲。在这里，就像在英国一样，老鼠被做成肉酱给孩子吃，用以治病。为了去除小男孩们对大海的恐惧，人们在孩子们的饭菜里混上从大鱼胃里取出来的小鱼——寓意是这些被消化了一半的小鱼熟知海上的风暴与深海的艰险，从而能将这些见识传递给食用它们的人。这跟让阿尔卑斯山上放牧山羊的男孩们喝岩羚羊的血是一个道理——纯粹的心灵感应魔法，据说"它的根本概念与现代科学并无二致——对自然之秩序或同一性的信仰"。

我也遇到过一些人声称年轻时食用过炖小狗肉，治好了他们的佝偻病。但只有一种狗有此功效，要从那些数以百计的私生婴儿一出世就被带走的弃婴堂获得。私生孩子的母亲们为了缓解不得不与新生儿分离的难过，会在那里买一种小狗，带回家像照顾孩子一样抚养。这些小狗卖一法郎一只，通常养一阵就会被屠宰，它们就是烹煮后用来治疗孩童瘰疬①的小狗。燕子的心脏也有某种药效。乌龟的血也是——用于强健孩子的背部（乌龟背上有硬壳）。蛇血亦然，人们通常将蛇头尾提起，以针刺戳；它们越痛，血越有益，一般做法是以棉絮浸过蛇血后涂抹肿大的腺体。实际上，几乎每种动物都被认为具有某种药用价值。

对这些生物的魅力，人们却一无所知。实在与古时大相径庭！这些传奇而优雅的生灵曾赋予多少诗人、画家和雕刻家以灵感——这些美丽的造物现在坠入了仅有使用价值的范围，被编进了药典。

考虑到这些省份连年的悲惨遭遇，这种降格其实很好理解。几世纪的暴政使得饥饿驱走了人们对优雅美丽的印象，除了充饥之外再没什么值得关注，或具有价值。西班牙人总督和波旁王室的专政延续了这种野蛮化。西班牙人培养或甚至引进了克莫拉②，那个如多头怪物般恐怖的组织几乎渗透了南部的每个小城镇。关于这个时期人们品位的退化，迟些时候我发现了以下稀奇而让人信服的小小证据：在一五五八年，一群村民于一次海盗突袭中被俘；他们之后被赎回，在其中女人的教名里我注意到：维尔吉尼亚、美狄亚、维奥兰塔、加利奇亚、维托里亚、迪亚曼塔，等等。这些悦耳的圣名两个世纪后在哪里——它们今日何在？如今像马利亚、露西亚以及另外大约四个著名的天主教圣徒名就包括了附近所有女性的教名，难道那些消逝的名字不恰恰证实了一种高于当下的文化修养吗？

再一次地，变化正在发生。更高的舒适标准渐渐出现，尽管从前

---

① 即淋巴结核，与前文佝偻病不同。原文如此。
② 1820 年前后在意大利那不勒斯组成的一个秘密团体，一度发展成颇有势力的政治组织，后因从事诈骗、抢劫等非法恐怖活动而被取缔。

的颠沛不安仍有残余。例如，即使在富裕家庭里，也缺少钟表和方便的衣物用具储藏室；例如，他们惯于赤贫的生活，买日用食品时巴不得一分钱掰成两半花，仿佛永远无法预见明天的境况；又例如，他们害怕夜晚出门（他们有句谚语：晚上噤声，白天警觉），缺乏幽默感。因为幽默生于安适，而在动荡的年代里没人能享受安适。这就是为何世上少有幽默的诗人，他们无休止地牢骚满腹的天性于其观念上产生的作用，就如同一种不稳定的外部环境一样。

要破除这一切的迷信恐怕尚需时日。南意大利的魔法巫术值得好好研究，因为这个国家可谓鬼神学的大杂烩，东方信仰——直接从巫法的发祥地埃及传入——与西方教义共冶一炉。外国人在此地不幸顿处劣势。如果他提问，只会得到由怀疑或有意误导而生的回答——圆滑世故的答案。无论是谁，如果真心相信这些解释，那真是人种学上的一朵奇葩了。

睿智的妇女与巫师不乏其人，但都没法同我于九十年代曾拜访过的那不勒斯附近的那位"圣女"相提并论，她在巫术方面可谓名动一时，就连波佐利的主教也是她数百顾客中的一员，长期每周一次驾车上门问卜。这类人的主业是制作能预示彩票幸运号码的吉祥饰物，以及哄骗那些想换个情人的花心女人。

关于药草的传说并没有多少人研究。要是擦伤，就敷一片仙人掌，或清凉的墙草类（当地叫"pareta"或"paretene"）；甘菊和其他常见疗法也很流行；鳞毛蕨、芸香、圆柏和（自制的）黑麦麦角碱①的功效尽人皆知，但不像在俄国那样普遍使用，因为在俄国子孙众多简直就是灾难。此地人们并不随便打掉正当怀上的孩子，而即使

----

① 均有引致流产的作用。

是私生子，在附近的弃婴医院"圣母堂"留下孩子也比堕胎便利得多。

弃婴堂真是一种僧侣式的应急设施，它使人避免了因罪遭诉的风险。唯一的区别是，如今的圣母而非孩子的生母，负上了迅速而几乎不可避免地害死婴儿的责任。[1]

月亮护佑草木是农民中间的普遍信仰。他们只在新月时修剪作物——用他们的说法是"薄月亮"。总之，月亮在他们的传说中占据重要地位，在一个人们曾膜拜月亮的各种形象的国家，这也在意料之中。它表面的黑斑被解释成月亮曾是一位女面包师，她的秀靥被炉火映照生光，但有一天她惹怒了她的母亲，于是母亲抓起她们用来扫炉灰的刷子，弄脏了她的脸……

无论是谁，只要整体回顾一下这些人的宗教仪式，就会发现它们充满了矛盾与不协调，一下草率举行，一下又随便散场。对此，他们的心智就像小孩——我的意思是，他们如此崇信圣经故事与神话传说，以至于只要是现下能供消遣的东西，他们就不在乎孰真孰假。这就是他们容易掉进江湖郎中圈套的原因。他们会相信任何奇怪复杂的事物。一位说话简单明了的医生无人问津，他们想要的是那种故弄玄虚的"巫医"。对此一位法国作家——他的名字我忘了——曾做过明智的讨论：有一次我建议一个流鼻血的年轻女人试试将冷钥匙按在颈

---

[1] 在那所据说圣洁非常的机构——那不勒斯弃婴堂，偶尔会传出使人不寒而栗的丑闻。1895 年，受它"慈母般"照料的 856 个婴儿中，一年内就死去了 853 个——只有 3 个存活，这简直就是一场屠杀。这 853 个死去的孩子仍被登记为活着，该医院年收入超过 60 万法郎，却仍旧以照料他们为名收受补贴，其 42 名医生（并非法定的 19 名）继续以看顾这些无辜孩童的名义领取薪水，而与此同时孩子们因饥饿与折磨致死。关于这些恐怖事件，官方报告结尾写道："据合理推断，此种情况绝不仅仅发生在 1895 年。"——作者注

后的家庭验方，她笑得差点背过气去！在他们看来，难以置信的简单方法肯定没有效果。

这里的教士们对于民间流行迷信的态度跟别的地方一样。他们足够聪明因此不信这些，而又足够狡猾因此不去开导别人。种种迷信如果利用得法，就能使大众保持愚昧。除此之外，这些牧师大都是得饶人处且饶人的好人，比起争论礼法和三位一体来宁愿自己种种土豆。当然了，他们也像大部分南方人一样贪得无厌。我认识一个教区牧师，双亲赤贫，全靠自己努力积攒了一笔五十万法郎的财富。他无法容忍任何的懒散，如果他突然转过角落，逮着他的雇工们正浪费自己的时间和他的钱在偷懒，那么一幅相当于中世纪风格的画面就会出现——

"哈，闲人，无赖，恶棍，歹徒和长角流氓的儿子们！要不是上帝让我穿上法衣并禁止我口出污言（紧抓着长袍，露出足有半码长的紫色长裤），我就让你们知道知道，你们这些通奸谋杀犯的孽种，在我眼里到底是个什么模样！"

但在新制度之下，牧师们正日渐成为仅充门面的旧时代遗老，他们作为一景挺不错。但除了做媒与借钱的功用外，没人把他们当回事。

他们的信仰的强烈现实化是其仍旧受心灵匮乏者拥戴的主要原因。教士们口中圣徒与魔鬼跟人类的互动，就像古希腊神人关系一样耳熟能详。孩童们不知道"地狱"的含义，他们将其称为"魔鬼的房子"，而如果他们淘气，母亲就会说，"圣母会责怪的"。以下是一则关于圣彼得的传说，其兴味在于其现实性，以及由于它被嫁接到一个十分古老的主题上：

使徒彼得是个不知满足的人，总是在抱怨这个那个，提出对世间万物的改进方案。他以为自己比我主耶稣基督本人还要聪明。有一天他同耶稣在橄榄园里散步，彼得说：

"看哪，要采集这小得可怜的橄榄，多么费时费力。我愿它们如柠檬一般大。"

"很好，就按你的话而行吧，我的朋友彼得！可是尴尬之事定要来临了。你知道的，以你的改进法子，此事总会发生。"不出所料，其中一粒巨大的橄榄从树上落下，正砸在圣徒彼得的头上，毁了他的新帽子。

"我已告诉过你了。"我主耶稣基督说道。

我记得一个女人曾向我解释道，天国里的圣徒们就像我们一样吃一日三餐，就连时间也不差分毫。

"食物也一样吗？"我问道，"圣母真的吃豆子吗？"

"豆子？不太可能！但是肯定有煎鱼，还有小牛排。"我尝试想象那个画面，可是对于遗传了清教徒倾向的我来讲实在太困难了。我没法达至现实主义的高度，从而由于我不合时宜的灵性发现，被判定为异教徒。

"夫人，晚餐备好了。"① ……

---

① 原文为法文，常用于玩笑。

九

一路向南

开往塔兰托的火车要在维诺萨后的第二个站斯皮纳佐拉停留过夜。得知此消息之后,我打听了一下这个地方,据说其旅馆住宿条件相当不错。但命运还是跟我开了个玩笑。当我深夜到达时,所有旅馆早已关门,而镇上大多数人也"跟小鸡们一个点",早早睡觉了。我被告知最好还是待在车站,那里餐厅的女经理通常会准备几间卧室,提供给像我这样遭遇窘境的旅客。

回到车站,温和的女经理点了一盏昏暗的灯笼,领着我穿过一片沼泽般的空地(当时正在下雨),来到我将下榻的小屋门前。她在门口停下脚步,告诉我有一支乐队的人已占用了几乎所有的床,现只剩下一张;如果我能出半个法郎,这个床位就归我。之后她就将灯笼递到我手中，回头深一脚浅一脚地隐没在黑暗里。

我踏进了这间低矮的小屋，床上堆着各种各样的布单。空气暖和——仿佛散发出一种难以言喻的"波动之气"。摸索着向前，我来到另一间房，房顶呈拱形，比前一间还要矮，或许是一间旧式牛棚改造成的卧室。看一眼就够了：那张所谓的沙发床绝对睡不得。谢天谢地至少能躲雨，于是我点着了烟斗，准备在疲困交加之间挨到早上四点。

没多久我就发现这陋室里有另一张床，正对着我的那张，床上有人，正波动起伏不止。过了一会儿床上露出了一张年轻的脸，双目紧闭，脸色涨红。他一边呻吟一边痉挛般地乱踢，然后平静了一会儿，可是很快又躁动起来。从他的枕头下伸出一管长笛。

"可怜的年轻人，"我想，"倒了大霉。因为生病，乐队的其他人丢下了他，都跑到斯皮纳佐拉去为某个婚礼演奏了。他在发烧，或许病痛缠身——骨神经痛或天晓得什么神经紊乱。这么一个年轻人被扔在猪窝一样的地方受苦，真是命运多舛。"我厌恶他的症状——那痛苦不堪的脸色和间歇性发狂般的抽搐，于是开始翻找我包里为数不多的家常用品，思索着哪一种才能对症。我有橡皮膏药和鞋油、奎宁、升汞以及辣酱油（恶心的玩意，但在这一带不可或缺）。

就在我决定试试辣酱油的时候，他浑身极其剧烈地抖动了一下，坐起身来，睁开眼睛叫道：

"那些该死的跳蚤！"

好吧，这就是病源。我问他为何没有跟同伴在一起。

自己很累了，他说，对生活感到疲倦，尤其是对吹长笛，而且对某些动物特别厌烦。他如同下山猛虎般跳下床来。

一旦完全清醒，其实他是个友善健谈的人，尽管被一种无法疗治的忧郁缠绕着，无论多少烟草和维诺萨的美酒都驱散不了。他以孩子气十足的口吻向我倾诉着人生与理想。他在学校出类拔萃，但是——是你的话怎么办？——所有的工作岗位都人满为患。他喜欢音乐，如果在他的这个烂乐队能学到哪怕一丁点儿东西，他都很愿意将音乐作为职业；他对一切感到厌倦，彻底厌倦。他最想做的事情就是旅行，美洲的胜景在他脑海飘过——可是钱从哪来？而且，兵役也迫在眉睫；然后，在家寡居的母亲——避无可避的母亲，还有几个小妹妹，一个男人怎么能抛下自己的家人？他出生在穆尔杰——亚得里亚海与意大利间的分水岭。想到穆尔杰①，那些形状模糊凄凉的石灰岩小山，其名本就暗示着这种忧郁的单调，我开始明白他缺乏信仰的惆怅源自何处了。

　　"快乐的外国人哪！"——这是他的口头禅——"快乐的外国人，总是能从心所欲！跟我说些别的国家的事情吧。"他说。

　　"说点真事？"

　　"什么都行——什么都行！"

　　为了让他振作一点，我讲述了关于印度生活的许多不知真假的奇闻异事，比如王公与钻石，幽深丛林里双眼闪耀如月光的黑豹，战船般庞大的大象，嬉戏的猴子给彼此的尾巴打结，在林间造小屋制柠檬汽水，热情地供给口渴的旅人饮用，此外还有别的提神品——

　　"香烟也有吗？"

　　"没有，不批准他们种烟草。"

　　"啊，垄断，人类的祸根！"

---

① Murge 是 Murgia 的复数，源于拉丁文词语 murex，意为"陡峭的岩石"。

就在我快要把他逗笑的时候，凌晨两点半，一阵狂暴的敲门声传来，乐队的其他成员兴高采烈地从不知何处涌进了房间。总的来说，这是难忘的一晚。但四点钟的时候灯笼熄灭了，于是这座洞穴般的屋子褪去了萨尔瓦多·罗萨画作中的那种魅力，而再度成为一间乏味无奇，肮脏不堪的陋室。我望见坚定的晨光从门外透入，点亮了那些昏暗的角落旮旯，不禁激动得战栗起来。

夜的幽灵很快就被沿着铁路的旅途驱散了。就在火车加速下山的时候，闪耀着显赫光芒的太阳从穆尔杰的山峦背后升起，将层叠的迷雾吞没，那些雾气如此厚重，以至于当被第一缕日光照射之时，就像雪原一般熠然生光，而它们阴暗的部分或许会被误认为片片神秘的沼泽，其中有树顶若隐若现，色深而宛如小岛。这幻境般的效果只持续了片刻，很快地貌的全景就一览无余了。一片荒芜，与北非某些地方颇为相似。

不过铁路还是穿过了几处历史名胜。谁会不想在阿尔塔穆拉待上一天，回顾卢佛红衣主教与他手下那支杀人不眨眼的军队在此地的暴行呢？本地人民进行了英勇却徒劳的抗争，其惨烈程度只有萨贡托或佩特里亚之战能与其相比，每一片金属与每一枚钱币都被熔成子弹来抵挡侵略者，在城镇陷落后发生了一场长达三天、不分老幼的大屠杀；接着红衣主教祝福他的军队，并在鲜血浸润的街道上宣布大赦。即使这个人都能找到拥趸，即使再卑劣的动机，恐怕也总会有某些人为其辩解吧。

那天早上我从科勒塔的书中想到的就是这些，然后立即决定到站后跳下车厢在阿尔塔穆拉逗留几日。可我一定是在过站时睡着了，直到能望见爱奥尼亚海时我才醒来。

维诺萨让人怀想被汉尼拔击败后溃逃的古罗马军团，想起贺拉斯，想起诺曼人的野心；卢切拉和曼弗雷多尼亚唤起对撒拉逊人的记忆和历史上霍亨斯陶芬家族那昙花一现的辉煌；加尔加诺将人带回到拜占庭时期的神秘主义和修行生活。而如今随着旅途，我们从阿尔塔穆拉与它背负的波旁王朝黑暗记忆中走出，接着滑进了照耀古希腊时代的灿烂阳光里，那时睿智的阿尔库塔斯，贤人与立法者，柏拉图之友，统治着这座塔伦图姆①城。这短短的路程，却经过了多少历史华章啊！如果伯里克利时代还不够久远的话，远处山顶还矗立着奥里亚镇，古希腊前几乎可称为传说的梅撒皮人②要塞；如果想联系更近代的历史，仅仅几英里之外就是圣乔治的阿尔巴尼亚人聚居地，纪念斯坎德培与他大胆无畏的同伴们。

在这片曾繁荣过多个文明的土地上旅行可谓魅力无穷——旅人时刻都在邂逅不同层次的文化，为它们的同生共存着迷。

根据之前在塔兰托的旅行经验，我在旅馆订了一间面向内海的单间（南向的房间已经热得难以忍受了），并打算在外面的饭店解决三餐。我在这间旅馆一住就是十天，渐渐唤醒自己旧日的记忆。此地已今非昔比。实际上，据某些人的说法，人口从三万增长到九万只用了——我忘了仅仅几年了。兵工厂的兴建为城镇带来了活力，它占据了"新城区"内最大最好的建筑用地。这到底只是隔靴搔痒，还是真能激起全城的元气？毕竟在塔兰托，多少兵工厂一度拔地而起，可又随风而逝啊！

兵工厂所在区是意大利人痴迷于形象工程的绝佳例证——无事不以视觉效果为先。它包括成簇的阴沉街道，其间一群群黑色雨燕乱

① 塔兰托的旧名。
② 民族名，印欧人的一支，曾居于意大利半岛东南部。

飞，道路按照拉丁人钟爱的矩形原则排布，充满现代气息，却极为单调。这样没完没了的一排排刷灰泥的房屋，到底是风雅绝伦呢，还是舒适惬意？在一年日照长达八个月的气候下，建造满是石灰粉的大路与广场，以至于粉尘吹进人眼中甚至险些将人呛死。这些撒哈拉沙漠般的地方，即使在当下的季节（六月初），如果不戴褐色眼镜，以及像图瓦雷克人①一样把脸罩个严实，根本没法轻易通过。且不说这种设计合不合理，难道它合乎基本的卫生吗？等到了真正酷热的季节，一直到十月，兵工厂区恐怕可谓人间地狱了。

不像巴黎或开罗或任何其他日照充足的城市，这里连哪怕一棵能为路人遮荫的树都没有种。

这一切的原因之匪夷所思，有谁能猜到呢？至少一个英国人不会相信，而其实这是事实，即如果光秃秃的街道被改造成林荫笼罩的大路，住房的租金立即就会下降。种植树木之后，房客们抱怨不断，最后搬到别的区去。这个实验已在那不勒斯和其他地方被进行多次，屡试不爽。树木一种上，租金就暴降。租客们不愿意被剥夺掉自己人生的最大乐事——盯着街上的路人看，因而路人必须走在大太阳下，才能让他们看到并以此为乐。不过假如走在街上的你也是个爱八卦的人，你完全也可以依样画葫芦，从外面窥探住客们最隐秘的生活点滴。把他们在家里的所作所为看个够吧，想怎么瞧就怎么瞧。他们一点都不在乎，一点也不！北方人致力于培养起来的，即使繁华市中心的人们也具有的隐私意识，在本地人们心中相当陌生。他们喜欢窥视人，也喜欢被人窥视，他们的生活就像水族馆里的鱼一样。这都是那种"宫廷体系"带来的后果，人人都对自己邻居的事情了解得比他们

---

① 民族名，是一支主要分布于非洲撒哈拉沙漠周边地带的游牧民族。

本人还清楚。说到底又有什么关系呢？我们不都是"基督徒"吗？①

与此同时，市政府的雄心壮志在这个新城区建成之时达到了极点，而正是由于这种不切实际的抱负，它早已负债累累。为了还债，当权者们将货物入市税提到了顶峰。课税业务被外包出去，（据说）一天就能催收到一百二十英镑，市郊有不下百座收税站，它们的职员每月工资为三英镑。照理说他们应该是诚实可敬的人，但仓廪实方能知礼节，如果考虑一下高得吓人的房租和被课以重税的日用品的话，很难想象那点工资怎么养活一家人。

我费了大劲寻找此地兵工厂区建成前的照片，但一无所获。虽然这样的照片于后世肯定是宝贵的经济情况记录，可是似乎没人认为保存它有什么价值。全然出于好奇，我还去访求旧区的平面图，当时这里是个人们摩肩接踵的迷宫，街道常常窄得两个人刚好能从对方身边挤过。人们告诉我根本就没人画过这样的平面图。大家都认为绘制一张此类地图会很有趣，并且进一步建议我来担此重任；政府无疑会赞赏我的贡献。我们外国人在当地人们的眼中，无所不能而又终日空闲，最喜欢做这类吃力不讨好的事情了。②

我很高兴能从兵工厂区的灼热沙漠离开，走进另一区石头铺就的阴凉街道，这里让人想起马耳他。在萨里斯－马尔施林斯的时代，这座城市只有一万八千名居民，可是"比已经够肮脏的意大利其他地方更糟糕，污秽恶臭，无处落脚"。现在它已是一尘不染——实在太干

---

① 此处应为讽喻义，《圣经》中记载耶稣曾说"要爱邻舍如同自己"（《路加福音》10：27）。

② 旧塔兰托地图见于拉索·阿·瓦利亚（即萨佛纳罗拉）的《万国羽毛笔速写》（1713），卷二，第 552 页；另有一幅收入约翰内斯·布劳的《剧院之城》（1663），他在书中提及这座镇子里的"简陋房屋"。——作者注

净了，以至于几乎失去了其别致的风味。建筑物并不怎么吸引我，除了古老庄严的多立克①式"三一"柱廊——希腊古城塔拉斯②的唯一遗迹，看上去与其所处的现代环境格格不入。而最有价值的古代遗迹之一，旧时关于此地的图画中描绘的奥尔西尼③塔，今日已化为瓦砾了。

巴洛克风格④的爱好者可以去参观圣卡塔尔多的神坛，可谓赏心悦目，但在石雕艺术方面却是个噩梦。如果想知道这座古怪建筑的来历，可以去读读莫洛尼于一六四二年所著的《圣卡塔尔多行传》。就像神坛本身一样，它可谓堆砌乏味辞藻的典范。其书名《圣卡塔尔多之恩赐》本身就含有荒谬可笑之处，而无论是谁，将那六本拉丁六步格⑤诗读完之后肯定晕头转向。不管怎么说，看到一个邋遢的老修道士⑥被歌颂成仿佛阿喀琉斯一般的英雄，简直就使人世界观混乱。如果这书是戏谑之作还说得过去，可它写得一本正经。古往今来总有那么一两个人写下悖谬至极的著作，可让人惊讶的是之后整整一代的作家居然还煞有介事地称许这类怪谈。

---

① 古典建筑的三种柱式中出现最早的一种（另外两种柱式是爱奥尼柱式和科林斯柱式，它们都源于古希腊）。特点是比较粗大雄壮，没有柱础，柱身有 20 条槽纹，柱头没有装饰。多立克柱又被称为男性柱。
② 塔兰托在古希腊时的名称。
③ 为当地一贵族姓氏。
④ 欧洲 17 世纪时的一种艺术风格，运用夸张的运动性和清晰可辨的细节在雕塑、绘画、建筑、文学、舞蹈和音乐等领域来营造戏剧、紧张、繁琐、恢宏的效果。
⑤ 常见于古希腊文或古拉丁文中的一种诗歌写作格式，其代表作包括荷马的《伊利亚特》与《奥德赛》。
⑥ 这位走四方的爱尔兰传教士据说于 7 世纪在此地去世，如果谁看了印刷版的其生平后仍不满足，可以到那不勒斯的科莫图书馆去读一份汇编于 1766 年的 550 页手稿。——作者注

这座陈旧的岛上要塞（在新石器时代已算是大都会了）的奇怪方位尽人皆知。它呈椭圆形，较宽广的两侧毗邻爱奥尼亚海与一个产牡蛎的潟湖；两个端点各有一座桥，一头连着兵工厂也就是新城区，另一头通往所谓的商业区。看上去就像一枚戒指上的三颗宝石，一颗贵重的位于两颗普通的之间。或者换一个比喻，这座卫城与它密集错杂的小道，是塔兰托搏动的心脏；兵工厂区是它的头部；另一区可以说是胃部；跟头比起来胃显得很小，印证了梅契尼可夫的观点，即胃这个迄今备受称赞的器官即使不完全废置，也该缩小一些。

从这扇窗，我凝视着那紫色的潟湖，湖上星星点点地排布着战舰与帆船。更远处，在美名素著的杰帕基亚那儿就是意大利的靴跟①，其色泽如血石般的连绵山势直逼亚得里亚海的分水岭。夜间，混合着花香与成熟玉米味道的馥郁之气从湖的那一边飘入房中，而当旭日初升时，夹杂在橄榄园与葡萄园之间的一片片房屋就开始流光溢彩。我常注目其中的一处：格罗塔列，在去往布林迪西的铁路线上，离塔兰托几英里远。我一定要去一趟格罗塔列，因为那是飞翔的修士②曾经的学道之处。

飞翔的修士！

最近的报纸正在热炒巴黎—罗马飞行大赛和博蒙特、加洛斯及其战友们的英勇事迹，因此说起这个主题也算迎合时宜。我特地带了飞翔的修士的传记，以备随时品读。首先我来说明一下自己如何了解到这位十七世纪的飞行先驱。

---

① 意大利版图形似靴子，故有此说。
② 指库比蒂诺的约瑟夫（Joseph of Cupertino，1603—1663），传说其陷入宗教狂热时会浮在空中，由此得名。他被封为乘飞机的旅客、飞行员、宇航员等人的主保圣徒。

那完全是个奇怪的巧合。

那时我刚到那不勒斯，急着找北部一个航空会议的记录，我的一位经验匮乏的朋友坚持要参加该会。报纸上关于这类娱乐活动的报道总是烦人不已。尽管我对现代科技在此领域取得的巨大进展赞赏有加，但在那时候我确实衷心希望飞机从未被发明出来。而纯属巧合，当我满脑子想着这个，跌跌撞撞地踏进大学附近的一条偏斜小巷时，我的目光恰好停在了一间书店橱窗里某幅十八世纪的版画上，画的是一个男子并无任何可见的支撑而升起在空中——简单说来，就是在飞。他是个修道士，悬浮在一座圣坛前。旁边画着他的同伴，神色痴迷地盯着这浮空的奇景。我走进店里，表示要看看那本以此画为卷首插图的书。

老板是个看上去饥肠辘辘、上了年纪、手和脸都邋遢不堪的人，他开始向我解释。

"飞翔的修士，先生，就是库比蒂诺的约瑟夫。他是个强大的圣徒和法师！或者您还想看看别的书？我有很多很多的圣徒传记。比如说，瞧瞧这本伟大的厄齐迪奥行传。我能告诉你他的所有故事，因为他让我母亲的舅爷爷起死回生。对，就是人们说的从坟墓里复活。这本书里有详细记载，这只是他行过的上千个神迹之一。这儿还有著名的吉安朱塞佩传记，他是个很厉害的圣徒，还有——"

我充耳不闻。飞翔的修士已将我迷住了。毫无疑问他是一位飞行的先驱——真是个大发现！

"他会飞？"我问道，脑子里又闪过那些被极力吹捧的现代科学成就来。

"为啥不呢？现代人不像那样飞的唯一原因是——嗯，先生，因为他们做不到。他们靠机器飞行，还觉得挺新鲜奇妙。可是飞行这回事其实就像那些山峰一样古老！比如伊斯加略①——我的意思是伊卡洛斯——"

"那仅仅是个传说吧，老伙计。"

"任何事情经过足够的时间都会成为传说的。这儿有一本传记——"

"库比蒂诺的约瑟夫传记要多少钱？"管他多少钱，我心想，自己一定得拥有这本书。

他把书拿起来开始爱怜横溢地翻着书页，仿佛手中是某本无价的祈祷书一般。

"精心之作，"他低声评价道，"这是飞翔修士众多传记里最好的一本了。作者是修士所属的圣方济各会会长罗西；不妨叫它官方传记——经允许，它被题献给教皇克雷芒十三世，而且它采用了与修士的宣福礼相关的文献。总的来说，是本不可多得的书——"

他停顿了一下，然后继续说道：

"我还有一本比较便宜的修士传记，卷首也有插画，作者是蒙塔纳里，它的好处是排印于最近的一八五三年，不过这个说法未必可靠。这儿还有一本，是安东尼奥·巴西莱写的——噢，写飞翔修士的书可多了，他是个名闻遐迩的行神迹者！至于这本一七六七年的修士行传，我本着良心说，估价至少是五法郎。"

"我尊重你的感受。但是——五法郎！我也有自己的顾虑，你知道的，我觉得花五法郎买飞翔修士的传记太难接受，除非你再送我六七本别的书。

"十二个苏一本——这才是我眼里这类书的合理价格，至少对外国

---

① 意为加略人犹大，此处为店主的口误。

人来讲。这个价的话我还会买伟大的厄齐迪奥传记，还有蒙塔纳里写的飞翔修士行传，再加上巴西莱那本，以及吉安朱塞佩传记，还有——"

"没问题！您挑多少都可以。"

于是乎，花了一张又薄又黏糊糊的五法郎纸币，我买下三本飞翔修士的传记，外加一本厄齐迪奥的，两本吉安朱塞佩的——我肯定是被痛宰了一笔，不过等等！没人能一边赶时间一边砍价，而且我实在太急于了解这位飞行先驱的生平，以至于忘却了事物的正常价值——口袋里鼓鼓地塞着乱七八糟的书本，我向旅馆方向走去，想着今天终于能读到些未必轻松但肯定新颖的东西了。

可我还没走上二十步，书店老板就追着我跑来，手臂下夹着另一大摞东西。更多的书！悲剧的征兆——清楚地证明了我的完全败北；我已经被盯上了，人为刀俎，我为鱼肉。作为一个在南部有多年经验的人，我感觉这简直是种侮辱。

他开口了，声音里带着毫无疑问的得胜调子：

"这儿还有几本传记，先生。有空的时候读读吧，您随意付点钱就行。您肯定天生慷慨大方，我从您脸上就看得出来。"

"我确实总是求知不倦，如果你从我脸上看出的是这个的话。可是今天早上，我感觉天上掉下来的圣徒多得跟下雨一样了。"我加上一句，酸溜溜地说。

"这位先生真爱开玩笑！我嘛，我但愿明天下钱雨。"

"一点小阵雨吧，有可能。但千万别像今天这种倾盆大雨……"

十

飞翔的修士

说到飞翔的修士，毫无疑问，他实至名归。他能飞起来。作为一名修道士，他自然只能在修道院里行这些奇迹，并且也取决于当时的特定环境，但是这毕竟不影响他曾经飞在空中这个事实。

在他于库比蒂诺一地进行的飞行当中，就有超过七十次，据我读的书的作者罗西神父所言，于修士死后被记载在目击证人宣誓为真的证词当中。以下就是一例：

"他在濯足节①晚上因狂喜而做的飞行也实在惊人。……他突然径直飞向圣坛，并未碰触任何

---

① 复活节前的星期四，乃基督教为纪念耶稣基督最后的晚餐，设立了圣餐礼，宣传濯足服侍精神的重要日子。

装饰物。过了一阵，因修道院院长呼唤他回归，他便飞回到原先的出发点。"

另一例：

"他以同样的方式飞上一棵橄榄树……于其上保持跪姿达半小时。真是不可思议，承载他的树枝只是轻轻摇晃，仿佛一只小鸟停在上面一般。"

库比蒂诺只是个边远的小地方，但已经由于记录了多次神迹的出现而闻名遐迩。按常理揣度，说不定修道院里人们对修士的热忱诱使他们夸大了修士的异能。可并非如此。他不仅仅在库比蒂诺，而且还在意大利多座大城里展示过飞行，例如那不勒斯、罗马，以及阿西西。观者绝非一群无知群众，而是无论地位还是诚信均在任何社会中首屈一指的人。

"当卡斯蒂利的海军上将爵士、西班牙驻梵蒂冈大使，于一六四五年经过阿西西时，修道院院长命约瑟夫从房间下楼至教堂，海军上将夫人正在那里等他，急于与他见面交谈。约瑟夫回答道：'遵命，但我不知能否与其对话。'事实上，他一进到教堂抬眼望见神坛上的圣像……就腾空而起，从所有会众的头顶上飞过了十二步的距离以便拥抱圣像的双足。停留片刻后，他又从人们头顶上原路飞回，口中发出他一贯的呼喊，接着立即回自己的房间去了。海军上将目瞪口呆，上将夫人昏倒在地，而所有目击者则对此敬畏万分。"

假如这还不足以取信，以下的记录肯定足够了：

"由于上帝要使他（指修士）甚至在最尊贵之人面前都显露非凡，他行旨意令来到罗马的约瑟夫奉圣方济各会会长之命去亲吻教皇乌尔班八世的脚。于是，约瑟夫冥思着教皇所代表的耶稣基督，之后狂喜而升入空中，一直停留到被会长唤回为止。大为惊讶的教皇转头道，倘若约瑟夫在他的教皇任期内去世的话，他自己就是约瑟夫神迹的见证人了。"

但他最令人难忘的飞行发生在福松布罗内，有一次他"从神坛急速升空，喊声如雷，迅捷如电，在礼拜堂内四处盘旋，其势令修道院宿舍各房间摇晃不已，以致修士们惊恐而呼：'地震！地震！'"同样在这里，他将一只绵羊羔升入空中，并紧随其后飞至树顶的高度，在那里他"保持跪姿，深陷狂喜而双臂舒展，持续两个钟头，得见此事的神职人员均惊异不已"。这看起来是他的户外记录了——滞空两小时不落地。

有时他甚至会带个乘客一块飞，如果能用"乘客"这个词的话。

有一回，当修道士们都在念祷文时，有人见到他飞起并迅速冲向修道院里的告解神父，然后"抓起神父的手，以神赐之力拉他脱离地面，狂喜地带着他飞翔，疯癫热舞般地将他转了一圈又一圈。使神父飞翔的是约瑟夫，而使约瑟夫飞翔的则是上帝"。

修士在阿西西的这类飞行更为出名，此地有一位身体残疾的先生，约瑟夫"抓住他的头发，像惯常一样大呼'噢！'然后离地升起，依然拉着那个人的头发，就这样带着他在空中停留了一阵，观者注目而激赏"。这位名叫切瓦利尔·巴尔达萨雷的病人落地后发现，他一直深受其苦的严重神经疾患霍然而愈。

我在书中寻找库比蒂诺的圣约瑟夫的其他有趣事迹，然后发现，与其惊世骇俗的才能相对，他为人极是低调谦恭。即使已是成年人，他也保有孩子般欢快振奋的纯洁心灵。"我的妈妈，"他会带着笑闹而圣洁的语调这样提及圣母，"我的妈妈让人捉摸不透。我给她带来花朵，她却说不要；我给她带来蜡烛，她也说不要；当我问她到底要什么，她说：'我只要一颗真心，那是我唯一赖以生存之物。'"怪不得"他常常只要听到马利亚之名就能离地升空了"。

可是，大恶魔总是在夜里爬进他的卧房殴打折磨他，修道院里的其他修士听到捶打与铁链碰击的可怕声响时总是惊骇不已。"我们只是在玩个小游戏。"他会这么说。这话孩子气得可爱。有一次他赶了一群羊到礼拜堂里来，当他对它们背诵连祷文时，有人讶异地发现："它们总能适时回应他的念诵——他说圣马利亚，而它们以自己的方式答道，咩！"

我并不否认，像这最后一件之类的事情，对于我这样北方来的严肃清教徒来说带着点稚气未脱的味道。幼稚！但如果要讨论各种宗教相对而言的欢快与阴郁程度，恐怕就离题万里了。说到底，搞不好这只是气候的影响，我们就不必深究下去了。在意大利明媚的阳光下，谁不会变得积极乐观些呢？

库比蒂诺的圣约瑟夫还行过一系列其他神迹。他使面包和酒增倍，平息暴风雨，驱走恶灵，让瘸子健步如飞，令盲人重见光明——每一件都由目击者宣誓证实。尽管"目不识丁"，他天生就熟稔基督教教义；他靠嗅觉就能探知过着败坏生活的人，而罪人在他眼中脸色是暗淡的（土耳其人相信那些被罚入地狱的灵魂在审判日就会被这样标记出来）；他有两位守护天使陪伴，不仅他自己，就连别人也能见到。与太多的圣徒一样，他也落入过宗教裁判所的掌握，那种地方总在寻找受害者，无论其本心虔诚与否。

有一个小细节，为诚信故不得不提。这就是：书中写到圣约瑟夫从小笨拙而胆怯。童年的他总因为张大嘴巴盯着看的习惯被玩伴取笑，他们管他叫"咧嘴怪"。在蒙塔纳里所著其传记的卷首插画里，他被画成一个四五十岁的蓄须男子，而嘴依旧是咧开的。而且他学东西很慢，据罗西神父描述，他从课程中学不到什么，而且是个文盲。

他十七岁时仍无法分辨白面包与黑面包，还常常碰翻水罐、打破花瓶以及摔坏盘子，以至于雇用他的修道院修士们不得不在八个月试用期后将他解雇。他在牧师考试中名落孙山。在二十五岁时，他被卡斯特罗的大主教授予圣职，免去了考试等一系列程序。

所有这些都暗示着某种程度的智力障碍或发育迟缓，假如这是个个例的话我们也许会认为教会是依照阿拉伯人的那种原则来封约瑟夫为圣的，即将傻瓜、癫痫病人和其他有缺陷者提拔到修士之位，并鼓吹他们身负超自然力量。

但圣约瑟夫不是个例。南部的大多数圣徒都因具有特别的习性而与众不同，现代医生以奇怪的词语为这些习性命名，如"女性恐惧""语意不清"和"魔附妄想"。① 即使是飞翔修士的修会创始人，伟大的阿西西的圣方济各，也一度被控患有某种名字古怪的精神错乱症，因为他曾毕恭毕敬地脱下法衣，裸体置身于上帝座前。可这又能说明什么呢？

飞翔的修士在不止一个方面与圣方济各相似。他也曾脱下外衣，甚至衬衫，就这样面对耶稣受难像，大呼道："我来了，主啊，弃绝一切。"而且，他在日常用语中引入动物世界这个可爱的习惯也与圣方济各相似（"狼兄弟、燕姐妹"，等等）。因此约瑟夫常把自己叫作小驴，他临终时发生了以下的动人一幕，他在病床上咕哝道："小驴去爬山；小驴上山腰；小驴登上顶；小驴再难前，此地空留皮。"

关于这一点，值得指出的是库比蒂诺的圣约瑟夫出生在牲口棚里。

---

① 被马克斯·诺尔道称为"仿语"的病症可以在这本传记里（第 22 页）找到很好的例子。——作者注

恐怕不仅仅是巧合，因为非凡的圣方济各同样出生在牲口棚里。

可是为什么这两位圣徒非得出生在牲口棚里呢？

很容易就能想到合理的解释。据说一位日本政治家曾敏锐地评论道，希腊艺术中各个方面的长处与多样性是由于希腊人没有"前辈"以供模仿——没有所谓的"学派"来为他们的想象提供既定的模型，从而限制与埋没个人的创造精神。如果这些南部的圣徒能像希腊人一般自由挥洒其八斗之才，他们能绽放出的异彩一定会让人惊叹——假如他们不被难以撼动的前人所束缚的话。例如，设若飞翔的修士只是个普通人，那么没有什么能阻止他出生于公共马车或其他数以千计的凡人出生地之一。但是——不行！作为圣方济各会的圣徒，他有义务遵从伯利恒与阿西西教派。他有义务选择牲口棚。这就是传统的力量。

库比蒂诺的约瑟夫生活在西班牙总督时期，他不仅仅在意大利家喻户晓，而且扬名法国、德国与波兰。他的好友与崇拜者中包括八位红衣主教，托斯卡纳的李奥普王子，布永公爵，奥地利的伊莎贝拉王后，萨伏依的玛利亚郡主和布伦瑞克公爵，最后这位公爵于一六四九年拜访欧洲多处宫廷时，特意到阿西西去拜访修士，并在亲见其一次飞行的奇观后抛弃了路德会①的异端而皈依。卡西米尔王子，波兰王位继承人，是修士的密友，在他父亲去世和自己继承王位后仍跟修士保持通信。

在他去世前一段时间，飞翔的修士名声实在太大，以至于上级们不得不把他软禁在奥西莫的修道院里严加看管，以便其飞行"不被群

---

① 属于新教宗派之一，其肯定"因信称义"，即认为人凭信仰蒙恩而得称义和得救。又名信义宗。

众打扰"。他在此地于一六六三年九月十八日逝世，享年六十一岁。当时他已病弱了一段时间，不过还是在去世前一天又短程飞行了一次。

修士甫一去世，他所行奇迹的证据就被收集起来呈给罗马的教仪圣会①进行检视。该会在筛选及衡量各种证词上极为细心负责，这一点从库比蒂诺的约瑟夫死后九十年才正式受宣福礼可以看出来。宣福礼于一七五三年举行。日期或许是随意选择的，但无疑有人会觉得这件事冥冥中自有天意，似乎它是对伏尔泰的质疑，他那时正以一堆害人的教条将欧洲搅得鸡犬不宁呢。

---

① 罗马教廷中圣会之一，成立于 1588 年。负责弥撒等圣礼及封圣仪式。

十一

内海之畔

去往格罗塔列的铁路线沿着内海岸边绵延两三英里，然后转向别处。静谧的水面那端，旧塔兰托城高傲地闪耀着微光；一阵远古文明的气息充溢着这片遍布赤褐色泥土、橄榄与金黄玉米的大地。

在格罗塔列，人们将我带到唯一尚开放的男性修道院，名为圣方济各修道院，最近刚被耶稣会①占据。我被安排在其教堂里的圣器安置所等候，这里有一位身材苗条的年轻牧师正在一幅画前祈祷，据旁边的大座钟显示他祈祷了足有二十

---

① 天主教的主要男修会之一，1534 年由依纳爵·罗耀拉与圣方济·沙勿略、伯铎·法伯尔等人为应当时基督新教的宗教改革在巴黎成立。

分钟。接着他缓缓站起，一双闪烁而恍惚的眼睛转向我，仿佛刚从另一个世界苏醒似的。

他解释道，这座修道院年头不长，有可能就是我要找的那一间。但是此地还有一间，已经倾颓荒废了，现在被改建成供穷苦老妇居住的避难所。他很乐意为我带路。他问我，我是"Germanese"吗?①不，我回答道，我来自苏格兰。

"加尔文②教徒。"他评论道，并不带挖苦的意味。

"是长老会③教徒。"我礼貌地纠正道。

"当然——长老会教徒。"

在我们顶着正午的日光沿街而行时，我向他阐明了我的来意。他从没听说过飞翔的修士——令人吃惊，他说，他要尽快查查修士的故事。飞翔的修士！像我这样的新教④徒居然从"世界另一头"长途跋涉来寻访一位本地天主教圣徒的事迹，而他居然连这位圣徒的存在都不知道，这对他而言与其说是意外，不如说是警示。

在其他的本地名胜当中，他指给我看教区教堂的大门，那是件精

----

① Germannese 或 Allemanno 这两个词意为"德国人"。如果用 Tedesco，在这附近的意思就是奥地利人——被人们憎恨的国籍，即使是过了这么久之后。我自从写下以上这些就一直思考，到底这是不是罗西提到的地方。他将其叫作 Grottole（拼写的细小差异无关紧要），并说它离库比蒂诺不远。可说不定还有同名之处是比此地更近的，这个名称在这些蜂窝一般的石灰岩地区很常见。这个格罗塔列确实是另外一位宗教名人的出生地，人称"牧师土匪"的西罗，曾让理查德·彻奇爵士头疼不已。——作者注
② 加尔文主义是 16 世纪法国宗教改革家、神学家约翰·加尔文毕生的许多主张和实践及其教派其他人的主张和实践的统称。在现代的神学论述习惯中，加尔文主义常指"救赎预定论"跟"救恩独作说"。
③ 西方基督教新教的一个流派，其根源从 16 世纪的苏格兰改革运动开始。
④ 又称基督新教，是在 16 世纪宗教改革运动中脱离天主教会而形成的基督教派别，与天主教、东正教并列为基督教三大派别。

美却年久失修的艺术品，其上方是一扇大玫瑰窗。他告诉我，这个城镇以巨大岩洞而得名，居民们过去常在洞中躲避撒拉逊人的劫掠。这一点我已从斯温伯恩和桑切斯的著作中得知。而我则告诉他，某个名叫贝尔陶的法国人曾写到过这些洞穴里的拜占庭式壁画。对，那些古希腊人！他说。本地著名的陶器也源于希腊，并且极好地保存了希腊传统。我并没告诉他赫克托耳·普里科尼曾特意到此研究陶器，却失望而归。

我的向导在那座荒废的修道院门口与我道别，临走时以各种礼节向我致敬。我踏进了一处宽敞的庭院，裸露的土地中心立着一口井，或许是旧时修士们用来取水浇灌果蔬的；一条弧形的小道环绕着这口天井，墙上绘有壁画，现在已经暗淡褪色了，所画均为神圣之物。修道院本身是个布满阶梯、房间与走廊的阴暗迷宫——所有的空间，包括房顶，都堆满了亮晶晶的各种大小式样的陶器，它们都是在此地近旁烧制的。

我漫步在这不见天日、犹如蛛网密结的迷宫，居住此地的老妇人们如同暮色中的蝙蝠般纷纷从我身边掠过。我窥探了许多间小房，哪一间才是约瑟夫那著名的被血溅污的房间？

"他经常顽固地用别针、缝衣针和钢制刀片折磨自己的身体，流血如此之多以致即便是今日，过了这好些年，他的卧室和其他歇息处的墙上仍因血污而变色，甚至结了一层血垢。"哪一间才是那间见证了如斯残酷的血浸之屋？可这里的一切都显得那么阴郁而凄凉。

接着，我推开了黑暗中的一扇门，突然发现自己沐浴在耀眼的阳光下。身前出现了一道门廊，放眼望去只见一片片多节的橄榄树，在午间无瑕的碧空下熠然生光，围绕它们的是蓝宝石腰带一般的爱奥尼亚海。骄阳碧海！修士们肯定常常赏玩这片美景。而其中的睿智者，望着农人们在夜幕中返家，孩子们玩耍嬉戏，俗世生活的这般喜乐对他们而言如此陌生，说不定也曾黯然长叹。

与此同时，廊下已聚集了一群市民，显然是见到我这个初来乍到者而觉得新奇。这些简单淳朴的人似乎觉得我的寻访是件天大的趣事，他们听过乞讨的修士、偷窃的修士，还有言之不雅的另一类修士，但飞翔的修士——不，闻所未闻！

"那些黑暗时代，"其中一位说道，我敢说他肯定是镇长，语气里带着不容置疑的权威，"相信我，亲爱的先生，这种难以置信的怪人存在的时代已经一去不回了。"

现在看起来，的确是如此。

并没有一幅照片或雕像记录过这位飞行奇人，在这片遍地都是纪念岩画的土地上，没有一幅大型壁画记录了他的生平；他的成就，仿如西班牙宗教权术之杰作，却未能永垂不朽；没有街道以他的名字命名。仿佛他从未存在过一般。与之相反，似乎命运开了个奇怪的玩笑，这条途经他的修道院的铁路引起了我对于一位异教诗人的模糊印象，他同修士一样也是本地人，不过库比蒂诺的约瑟夫肯定从没听说过他——恩纽斯，关于他我只记得一行印象深刻的诗句："啊，泰特斯·塔蒂厄斯①——"恩纽斯从没尝试过飞行，但他用糟糕的拉丁文来咏唱这大地上的事物就已心满意足了。

以恩纽斯的方式。

随着时钟的钟摆，时光飞逝如白驹过隙。可是那位古时的异教诗人，在此时或许却比飞翔的修士更接近我们的理想与抱负，尽管后者在历史的长河中只像是昨日刚刚离世一样。

---

① 萨宾人的国王，曾攻占罗马。

不过几年之后，谁又说得准呢？

之后发生了一段特别的小插曲。我特意看准了时间去搭那趟回塔兰托的火车，可当我走到半路时，却望见火车已经缓缓而来，我大吃一惊。我连忙拔脚飞奔，刚好在火车离站时跳上了一节车厢。列车员立即向我索要车票，并因我没有买票而要罚款（由于某种事关重大的"内部管理"原因，来回票向来不予出售）。我看了看表，上面显示离发车的时间还有六分钟。列车员掏出了他的表，时间跟我的一样。"不管怎么说，"他说，"我没法为司机的反常负责，他可能有什么私人要紧事得到塔兰托去办吧。罚款一定得交。"一位同行的乘客则给出了一种更大度的解释，他暗示说车上有一位铁路巡检员，一旦司机知道这件事，自然就会想着显摆一下自己能开多快。

在离塔兰托还有一英里左右的地方，铁路跨过了一条流入内海的溪流。我很愿意相信那些哲人，他们认为这就是名声远扬的加拉厄索斯河。它源自附近的一片沼泽，其间满布茂密的芦苇、野草和气味浓郁的花朵，澄澈如水晶的池塘里冒出气泡——就像深而隐蔽的大锅悬在人们脚下颤抖的土地上。这些泉水汇聚成一条四百码长的河流，另一眼丰盈的泉水从河口附近的海水中喷涌而出。这就是维吉尔、贺拉斯、马提亚尔、斯塔提乌斯、普罗佩提乌斯、斯特拉波、普林尼、瓦罗和科拉梅拉不吝溢美之词的那条河吗？在这些生命短暂的流水之畔，环绕着多少灿烂不朽的名字啊！真的是"今不若昔之盛名"了，就像薄伽丘评价那条一度知名的赛比瑟斯河一样。

我游历过此地多次，试着重构它往日的荣光。几年前，我甚至痴迷到去市政厅确认它的官方名称，而工作人员告诉我："通常的叫法是希特里奇，但是正确的名字是勒加德里奇，你知道的，先生，就是快乐的意思。"这位职员显然忽略了一件事实，即早在一七七一年，

《欢乐的塔兰托人》那位博学的作者（即卡尔杜奇）就已经对这种流行的词源解释表示讥笑。他还补充了一件有趣的事情，即"在我们先祖的时代"，这个区域满覆森林，野兽众多。在盖普·克莱文的时代，山谷里"稀稀拉拉地种着棉花"。从上方看，它就像一片五百码宽的古老河床，而我认为很有可能是更高处的森林被滥伐使得泥土顺流而下，阻塞了水源，使得水流不得不改道至低处，从而溪流变短而水量降低。

但谁说的才对呢？根据波利比乌斯①的说法，在内海远端的另一条小河似乎更像是传说中的加拉厄索斯河。维吉尔称它为"黑色加拉厄索斯"——一个有趣的诨名，至今仍用于称呼意大利与希腊（马弗洛马蒂等地）的某些河流。"对我来讲，"吉辛②写道："加拉厄索斯就是那条我找到并一路追随，听着它的浪花奔流入海的河。"作为业余爱好旅行的人，在这些古物研究方面永无定论的争议上，表示出如此态度也确有可取之处。

从勒加德里奇河出发，一条舒适的大道沿着内海岸边一直通往塔兰托。黏土构造的岸上满是各个年代的贝壳和陶器碎片，而插满木桩的浅水区则表示该处养殖着大量牡蛎与蚌——如果看看地图的话，会发现这整个潟湖分为两片，就像张开的牡蛎壳一般，仿佛在暗示着它的功用。

岸边星星点点地立着渔民的小屋，以树枝搭成，上面覆盖着数不清的草绳，从朽坏程度可以看出年头各有不同，有的还很新，而有的则已解体成了一堆稻草。这片荒凉岸边的小屋颇有石器时代或上古湖边原始人居所的味道，两三块用于崇拜的巨石立于入口边，柳条编制

---

① 波利比乌斯（前200—前118），古希腊政治家和历史学家，著有《历史》。
② 乔治·吉辛（1857—1903），英国小说家。

的巫术用品散落在地；近旁，几根木桩从宁静水面下的淤泥中伸出。我想象着，在这样一间小屋里住着两位忒奥克里托斯①笔下的渔夫，他们并头躺在一堆海草上熟睡，身边堆着粗糙的渔具。

这些打鱼人的生活习惯很古老，因为他们的职业特点一成不变。有些人从塔兰托渔夫的长相和语言上看出了希腊人的痕迹，我倒是没有发现类似的特点。

对于其他的人也是一样。希腊的印记在塔兰托已经荡然无存了，就像此地的历史证明的那样，在奥古斯都治下它已完全拉丁化了，尽管拜占庭人在尼基弗鲁斯·福卡斯②的带领下曾占领此地——图德拉的本杰明③认为当时这些人是"希腊人"——他们也早已融入了意大利文化。只有理发师好像还保有一些旧传统：言辞浮夸，喋喋不休，就像阿特纳奥斯④笔下的厨子一样。

我在一家理发店里见过相当阿里斯托芬⑤式的一幕：一个头脑简单的外地人，来自北意大利，是某个兵工厂的官员，带一个小男孩来理发，告诉理发师"别剪太短"。而他从隔壁的烟草铺逛了一圈回来之后，发现理发师剪得比他想要的短多了。

"该死（以类似意义的用词），"他说，"我告诉过你别把他的头发剪太短。"

理发师泰然自若地微微一躬，他在整理思路以及调匀呼吸。

----

① 忒奥克里托斯（约前310—前250），古希腊著名诗人、学者，西方田园诗派创始人。
② 拜占庭帝国皇帝。
③ 中世纪著名的犹太旅行家，曾在 12 世纪访问了欧洲、亚洲和非洲，其游记后来被译成多种欧洲语言广为流传。
④ 活跃于 1—2 世纪的罗马帝国时代作家，著有《观宴的智者》。
⑤ 古希腊喜剧作家。

"我说，我告诉过你别剪太短。这看上去糟透了——""糟透了？这个嘛，先生，恕我直言，见仁见智。我完全知道您不想孩子的头发剪得太短。那是您的原话。尽管如此，我猜如果您仔细想想的话，也会像我大部分受人尊敬的顾客一样，同意我的观点。首先，我们谈谈这个问题的民族学方面。您一定熟读历史，知道在上一朝代，留髭须即使不是犯法，也是不合时宜的。可是现在时移俗易了，这证明了潮流是变化的；是的，此一时彼一时，先生。而智者依时势而动，当然，是在某个限度内，在某个合理的限度内。""可是，该死的——"

"借以支持我的论点，即现在头发应当剪短，我只需要指出当今圣上的尊发，我们都知道，修剪得如同赛马的鬃毛一般短。不管看起来是不是糟透了（这是您说的），这种风格目前得到了皇室的认可，光凭这一点就足证所有忠实的臣民都不该认为它不值得模仿。其次，还有卫生或气候上的考虑。夏天就要来了，先生，除了其他不须详述的不便之外，您一定也会觉得一个男孩完全不必留长头发来忍受炎炎夏日的考验。我自己的孩子头发都很短，而我有理由相信他们对此心怀感激。为什么您的孩子不这样呢？男孩与男孩之间或许在体格、肤色、道德水平或心理素质方面有差异，但他们对于什么更舒适的意见是惊人一致的。而父母显然应该负责为下一代提供舒适的生活，当然，是在合理的范围内。"

"但是——"

"最后，我们来探讨一下不乏争议的一点：我指的是此事的审美方面。毫无疑问，从一些古画上看，比如著名的曼特尼亚①的作品，

----

① 安德烈·曼特尼亚(1431—1506)，意大利画家。热衷于描绘古罗马的建筑和雕像，代表作有《恺撒的胜利》《哀悼基督》等。

在某些时期人们确实认为孩子们留长发比较好看。我并不否认那些肖像画有其独特的魅力，不过我想，那种魅力主要来自当时优雅得体的衣着。与此同时——"

那个外地人再也听不下去了，他甩下一枚钱币，带儿子走出了理发店，咕哝着一些对理发师的女性亲属不大友好的词句。

可理发师不为所动。"说到底，"他对着那扇顾客仓皇逃出的半开的门，继续发挥道，"真正的问题在于：什么叫'太短'？您说，别剪太短。这表示什么意思呢？多模棱两可的一句话啊！

"对一个人来说太短，或许对另一个人来说就太长了。一切事物都是相对的。是的，先生们。"理发师转向店内他的助手们，"世间万物皆是相对的。"

除了这唯一的例外，我在塔兰托就再也找不到希腊遗风了。

即使从勒加德里奇河，也能望见在内海的另一边，比兵工厂更远处，孤零零地伫立着一株高大的棕榈树。它是最后一棵，或几乎最后一棵曾装点过旧日的那些花园的树木了，该地现在已被改造成了"新城区"。我估计它是意大利最高的棕榈树，而我很庆幸自己在它像同类一样被砍倒之前给它拍了张照片。这种树是撒拉逊人从他们灼热如火的非洲故土带来的，它们曾一度使塔兰托声名远播。

博蒙特别墅区的绿树也遭此厄运，那里原本是个阴凉的歇脚处，后来被市政府买下并"清理"了。这体现了南部人们的虐待癖：他们迷恋于折磨树木，他们会不断地修剪松树，直到它们看起来像风干了一夜的油漆刷一样。这也解释了他们对于洋槐的热爱，这种树生命顽强，无论被修剪成什么匪夷所思的形状都能存活下来。对于拉丁人来说，仿佛见到一棵枝繁叶茂的树就是受了侮辱一样，似乎只有人有自然发育的权利。不过我不该对市政官员们失之偏颇。他们种了两排柳杉。这里的人们是不是永远都学不懂，柳杉在南意大利不可能长得好？为什么不放弃这种外行的园艺，转而请教称职的专业人士呢？他们用九重葛、木槿和五十种其他的植物，就能把这片地方变成人间天堂了。

博蒙特别墅区和沿着海军运河的大路现在已成了市民们主要的消遣地。在一八六九年之前，旧城区南面沿海的维托里奥·伊曼纽尔大道是他们散心的唯一去处，即使这条街道也是近期才建成。我徒劳地想象着中世纪的塔兰托人到哪里去呼吸新鲜空气。那时的塔兰托肯定很像今天的曼弗雷多尼亚。

这条大道的人行道走起来相当不便，此外它径直对着南面也不合我心意，但日落之后这里就变得有趣起来。成排的塔兰托青年在这里倚着栏杆，背对大海——他们望向路对面，从窗户里和阳台上，显露出少女们的曼妙身姿。没有人说哪怕一个字。他们只是像害相思病的小狗一样凝望着彼此。一连几晚观看此景后，我感觉还是更稳定的方式比较好——我觉得这种大道两旁的求爱，只能留给年轻人和被热情冲昏头脑的人。可是在南部，这种注目礼只是冰山一角。这些优秀的青年并不是真的坠入爱河——不，一点也不，他们没糊涂到那个地步。他们只是在假装，因为这样看起来有男子气概。

对于这些南方人的爱恋情欲，我们恐怕得重新审视，没有人在情感问题上比他们更明智了。他们完全没有我们那种令人迷乱的感伤，除了幼时以外，他们很少陷入稚嫩的痴恋。八到十岁的女孩会偷偷地在心上人家的白墙上抒画心曲，这些颇有古风的涂鸦直奔主题，足可代表未来争分夺秒的社会中情书的终极形态。而当青少年时代到来后，信件就退化得极尽模棱两可之能事。它们满含讽喻，并且像波斯地毯一样过于华丽，常常以一颗被刺穿而血流不止的心做标记。

到这个年龄段为止他们都没有心机，而常常是女孩采取主动。她年轻的心上人则会将收到的情书扎成一捆，按部就班、认真负责地退还给相应的作者。男孩很少主动出击，他自己受到的追求已经应付不来了，而他依然很迟钝，并对这样的倾慕多少感到厌烦。

而现在，成为青年的男孩醒觉过来他已是个男人了，对于"男子气概"的狂热成了他将来伪饰夸张人生的一部分，从此他就开始哗众取宠了。

读一下市政大事纪，会产生一种错觉，即南意大利的年轻人是世界上为情所伤最重的生灵，他们总是为爱服毒自杀。当然，有时候他们成功地一命呜呼，可是也有时候——天哪！只不过因为自杀能表现阳刚之气。这是一种策略。聪明的年轻人知道刚好服下多少升汞不会立即致命，从而给自己争取时间去到最近的医院。好心的医生和他的洗胃器将使他起死回生，而他这辈子都能头戴勇者的桂冠了。大部分的自杀行为，其意义不逊于法国式决斗——主人公们用来荣耀自身的无害的例行公事，它们为人颁授男性雄风的证书。乡下人的满腔热血也同城里人一般无二，但他们甚少自杀，因为——没有便利的医院，而即使到了医院，医生也很可能正在出诊，风险太大了。

这些自杀行为中有相当一部分是假冒的。狡猾的"受害者"买一点无损健康的药剂，让自己全身抽搐，症状看上去就像服毒，而在治疗出院后，立即变成了为男人的激情而牺牲、受众人称羡的英雄。随便问镇上一个药剂师就知道了。我的一位医生朋友最近分析了一个病人的化验结果，那是个青年男子，有人见他从瓶子里喝了些看似可怕的液体，当他被送到医院时，整个人痛苦不堪地扭动着，医生不仅没有从他身体里化验出毒药，而且连最轻微的有害物质都没有。

塔兰托的这些唐·乔望尼真正求爱的时候，就完全是另一回事了——现金交易，不许赊账。在服过兵役之后，他们会在母亲和一大群叔伯姑婶的参谋下寻找自己的另一半。一切都按部就班。

与此同时，他们也注视着姑娘们，或许还唱唱小夜曲。这样使他们看上去陷入苦恋之中，因此也就成了游戏规则的一部分。年轻人必须保持"炽烈如火"的诗意传统。何况，这也是种惠而不贵的消磨时间方式——看场电影还得花四十生丁①，而人也不能在理发店坐上一晚上吧。

不过他们一旦遇人不淑，那就有得瞧了！

又及。以下是我收集的两封出自年轻人手笔的情书。

1. ——来自一位失意的少女，十三岁。很有意思，因为这个年龄刚好在幼年与青年之间：

我心恋慕之人：

当你凝望夜空，难道听不见繁星召唤？难道你不知月亮对你诉说，柳树枝头的黑头莺何时挥别日光？君莫非不见，天地间群鸟翔集，阴郁的田间唯有数枝残花？你的模样一度炽热多情，穿透我心如璀璨阳光，而现今它炙烤我身如无情烈火。难道你不曾体会过不朽之爱？我爱你如（书写不可辨认）热爱自由，如玉蜀黍热爱日照，如水手热爱大海，无论其静谧如镜，或狂风怒涛。我将幸福与未来托付于你。只为你一句话，我愿流血身死，绝不迟疑。

在我所有的恋人中，只有你与我是天作之合。我只愿为你付出真爱，奉上我灵魂的极限，献给你我青春的热望，我所知最深切的情意。噢，你这残酷的人，今日赐我甜蜜的鸩酒，而明日就

---

① 货币单位，1 生丁 =0.01 法郎。

于我身畔漠然走过，像以往那样冷淡、高傲、严肃、轻蔑——你可明白？无论怎样，我不可驯服的心向你发出无悔的高呼：我爱你！

夜色已深，而我难以入眠，此时我孤寂难言的灵魂伤痛不已；我凝望昔日的爱恋与你亲切的身影。我爱你太深，以致没有你的眷恋只能（书写不可辨认）。

忆起那个感伤之夜，一草一木绝美难言，而你悄声的甜言蜜语，今日只化作锥心利刃。那时我如此喜乐，生命因幸福发光，被你的挚爱照亮。可现在那份欢愉荡然无存，一切都画上句点。即使只是说一句，也使我不禁凄然。我曾渴求幸福，而此刻我心已毁伤残败，与幸福南辕北辙。

（这样的文字还有三页。）

2. ——作者是一位十四岁的男孩，主动求爱，这种情书很少见。请注意其公务般的简洁。

亲爱的安妮小姐：

我谨以这寥寥几行，略表对你良心美质之了然。因此，若我有幸做你佳偶，请不吝告知。此致敬意，盼答。

亲笔签字，萨尔瓦多。

这口气，简直就像是"收到速回！"

十二

....

温和的塔伦图姆

　　我仔细端详这些塔兰托人的脸，聆听他们的日常对话，试着归纳出他们的生活方式。可是在揣摩他们性格的时候，很难不将此地历史所暗示的因素加入其中。

　　我比较熟悉的上层社会人们，基本上都成熟练达而有见识，就仿佛古希腊智者的那种吸引力仍旧真的在他们身上徘徊一般。他们的魅力在于文明开化，却并不利欲熏心。他们的礼貌自然真诚，和气如同天性。他们让我想起新英格兰人，以柔顺的优雅气质取代了西方人惯有的自高自大。在塔兰托和其他一些地方，人们从小所受的就是一种温和的教育。它使人变得沉稳而可爱。一点一点地，他性情里的纠结棱角被磨平。他变得像水流冲击后的卵石，平滑、光亮，而且（就外貌而言）与侪辈无法分辨。

但我并不关心一般的城里人。他们总带着某种说不清的高傲，恐怕是长久以来半吊子文化的产物。他们看起来总像是在说那个不可救药的词："知道！"可是他们实际上知道什么呢？他们只是在自己的死水潭里做白日梦，就像潟湖里的牡蛎一样，对外界疑心重重，忽略一切自身之外的人类活动。几乎听不到他们提起"美洲"，那个新事物的源泉。他们也从不说起移民。整个群体都缺少活力——他们宁愿待在家里。他们也并不关心本国的政治：这里的报纸比大多数意大利城镇都少。"我们的中产阶级，"我之前提到的那位罗马副官朋友说，"就像我们的骡子一样：要让他们吃苦耐劳，就得一天十二个小时里赶着他们干十三个小时的活。"但是对他们来讲，没有唤起工作热情的行业，没有体育运动，没有远大志向，这种状况已经持续了好几个世纪。在塔兰托，一天里任何时候都像是下午收工了一样。"塔兰托的人，"斯特拉波曾说，"一年中度假的日子比上班还多。"

再也没有哪里的城市人口与乡村如此隔绝，再也没有哪里的农村和城市居民之间的鸿沟如此巨大。在新城区的远端有几条可爱的小道——一片平坦的地方，齐膝高的成熟小麦香气四溢，其间夹杂着橄榄树、无花果树、杏树与石榴树；但市民们对这片地区的了解并不比对廷巴克图①的居民的了解多多少。这里很少下雨，我上一次来时，已有整整十四个月没下过一滴雨；结果就是乡间的大路往往覆满尘土。沾土的靴子在和气的市民们眼里是桩丑闻也是种侮辱，因为他们从未踏足过城镇的高墙之外。他们已经忘却了乡间生活的日常用具，

---

① 现名通布图，西非马里共和国的一个城市，位于撒哈拉沙漠南缘。

例如厚靴子和手杖；在城里从来都见不到这些东西。我一开始没注意到这种风俗，还常常拄着手杖走在街上，后来发现人们都对我大惊小怪，就把手杖留在了家中。要是他们见到一个人骑着马蹄踏踏作响地穿街过巷，就像在维诺萨常见的那样，他们恐怕要堵住房门，准备迎接末日审判了吧。

总的来说，这里的人们本质上心地善良，贪图安逸，害怕手忙脚乱或标新立异，对他们自己和生活表现出昏昏欲睡般的满足。愉快健康的旅行，艺术或科学的熏陶，河流与林荫道之秀美——所有这些都与他们绝缘。他们的兴趣狭窄到只包括纯粹的生存需要：这是局部退化的表征。这种情况需要矫正。然而他们还没得到足够的教训，这就造成了为什么他们如此高傲。我们必须考虑到整个大环境的影响——它对人的行为方式起着潜移默化的作用。毫无疑问，他们有自己的历史。可是除了伯里克利时代的昙花一现外，尽管此地的历史久远而多变，公允来说却并不光彩。

改变就在眼前。

格雷格罗维阿斯曾悲叹过旧城区的脏乱不堪，它现在一尘不染了。

他也曾谴责塔兰托没有博物馆。这种境况也得到了改变，而且当地博物馆的美誉是实至名归的，尽管有时候旅人们会因其最喜爱的展厅暂时关闭而气恼（意大利有哪间博物馆不会"展品变更，部分展厅不予开放"呢）。新展品源源不断地流入，最近增加的是在一处墓葬中发现的，希腊时期厄洛斯与阿芙洛狄忒的小塑像，三十厘米高，是公元三世纪的赤陶器。女神娇羞半露地立着，而厄洛斯轻巧地停在她肩上，用双翼为她扇风——真是精致之作。

格雷格罗维阿斯也曾感慨此地没有供大众阅览的图书。可是现在，没有比新成立的市政图书馆更好的了。它敞开大门欢迎所有人，人们可于闲暇时在这里阅览年代久远的加拉提厄斯、乔万·乔万尼，以及其他名家的著作。

漫步于书架间，我发现了一本最近（1910 年）的出版物，它比那些古旧的作品更引我遐思。它名为《普利亚①纪事》，收录了几十篇文字，都出自老卡拉布里亚省境内②的作家手笔，描写本地特有的风土人情、历史、气象、方言，曾提及本国的经典著作、旧时经济情况记录摘抄、阿普里亚地区印刷业的发展、现代地方漫画的范例、对中世纪标志性建筑的描绘。简而言之，就是乡间传说的选集。这本了不起的书，其印刷样式、纸张质量与图形画工都无可挑剔，它们足以向伦敦或巴黎最好的出版社致敬。那么此书究竟为何而出版呢？它完全不是商业炒作的结果。它是赠与一对新婚夫妇的礼品——就像一束鲜花，一捧智慧的锦簇，从阿普里亚草原上撷取而得。我很高兴看到那对新人并不是什么公爵或王子。这份厚礼并没有势利的味道，而只是几个朋友兴之所至，表达祝福的方式。可它所表征的品位则是至高的。它看似不起眼却能恒久流传，与我们那种铺张的婚宴、笨重的镀金大钟和茶点服务真有天渊之别啊！送这份礼物的人一定对心智与头脑怀着崇敬，它可谓文明开化的最佳佐证。这只是南意大利人们精神潜流的冰山一角，而先入为主，认为此地邋遢败坏的游客们，对此完全视而不见。

这本书是在巴里付梓的。不久之前，巴里的老城区还是黑暗曲折，跟塔兰托的要塞一模一样。现在它也有了耀眼的新城区，比此地

---

① 即阿普里亚。
② 这一区包括意大利版图的"鞋跟"部分。——作者注

一点也不逊色。为什么塔兰托在文化上不如法炮制呢？赫拉克利亚、锡巴里斯和其他沿海的希腊城市都已湮没无闻了，只有塔兰托和克罗托内存活下来，尽力保持着传统。它们的存留要归功于特殊的地理气候条件，使其与入侵者隔绝。

但这些条件也带来了一些缺点——巴寇会津津乐道地枚举这些缺点，以证明其对塔兰托人习性与气质的影响。这种沿海区位……想想吧，吹了三千年的热风，寒暑不停！光这一点就能解释所谓"温和的塔伦图姆"——这种气候足以将一只纽芬兰狗的精力消耗殆尽！然后，还有乡间路上令人作呕的扬尘——实在是令人作呕。若地表是花岗岩，或者甚至是普通的亚平宁石灰岩，居民们或许就能更接近自然万物，从而保留一眼永不止息的乐趣与灵感之泉。而眼下这种特别的地貌使得他们无精打采，对一切漠然视之。这座要塞的孤立加重了这种影响，从而令他们只关注动物性的生存需要。还有那片内海，设若它不是一片养殖贝类的完美处所，塔兰托人的食谱应该早就丰富多样了。吃了三千年的贝类，不可能对身体状况没有损害。

要是内海不存在的话，政府就不会起意建造兵工厂，也就不会有后来的新城区和随之出现的市政苛捐杂税。"那个兵工厂，"一位老船夫曾对我发牢骚道，"就是我们受炼狱之苦的开端。"一顿牛奶餐对市民的身心健康是大有裨益的。但自从新城区落成，这样的一餐就成了奢望，牛羊很快就要变得跟大懒兽一样珍稀了。养一头牛一天要收一法郎的税，而如果养十只羊，大概是刚好能让一个穷人一年糊口的数量，则每年要缴三百八十法郎的货物入市税。面对这些重税和其他披着法律外衣的劫掠，要是换一个更刚烈的民族，人们早就把镇长和政府官员吊死在最近的灯柱上了，而现实中的本地人却选择逆来顺受。这就是"懦弱的塔伦图姆"——缺乏悍勇的种族。

我也想建议居民们吃点蔬菜，这对改变他们久坐终日的习惯有好处，可是事与愿违！似乎此地土壤的特点之一就是根本长不出一片生菜或卷心菜叶。就连马铃薯都成了奇珍异物——它们就跟英国的豌豆一般大小，让我想起罗斯金写给那些老妇人的信，里面描绘了托斯卡纳某地的芦笋。在饭店就餐时，这种想法常会引起侍者毫不掩饰的惊讶。

　　"这位先生这么有钱，足够吃得起肉了。为什么要在这种食物上大惊小怪呢？"……

　　不过，改变就在眼前——南部诸地正从长久的沉睡中甦醒。意大利有几位最敏锐的思想家和最睿智的政治家，就在这些被遗忘许久的海岸诞生。我们得摒弃那种"人种决定性格"的梦魇般的偏见——就想想我们盎格鲁－撒克逊民族吧！现在的英国人，还有哪一点像当年那些惹人喜欢的纨绔子弟、酒鬼和暴徒，那些刚为了某个乡下姑娘或者一只哈巴狗而开枪打死自己最好的朋友，接着马上就为拜伦的《巴丽希娜》倾倒不已的人？人种之间的区别，只在特定的历史时期存在而已。

　　我有时候问自己——时至今日，这些南方人与我们的决定性区别到底是什么？我想是以下这点。在世俗的，个人误差显著的问题上，他们所做的判断是紊乱而乖张的；可一旦问题升入纯心智的高度，他们就变得心如止水，公正无私了。而另一方面的我们呢，则在法律与政府这些世故的事情，以及精神的次要层面上明察秋毫，却没法在形而上的问题上平心静气。"心智亦须优雅得体"，雷米·德·戈芒曾说。那么，这种被英国最上层社会所唾弃的，优雅得体的心智，在本地却是美名盛誉的徽标。此时此刻，这的确是个实实在在的区别。

　　哲学思维到此不幸打住。

女主人的儿子与媳妇突然归来，要求收回他们的公寓，这样一来我就被驱逐出屋。我找了间旅店姑且栖身。那份宁静一去不复返，而我在塔兰托的日子恐怕也所剩无几了。

怀着恋恋不舍之情，我流连于新城区远端的爱奥尼亚海岸边。地上到处散落着贝壳与海参，还有古色古香的蓝色镶嵌玻璃和大理石碎片，以及洁白的马赛克铺路石与出自各个年代的陶器：从希腊罗马那种光泽闪亮，带着象征这座海滨城市的贝壳状突起的器物，一直到最近的粗制廉价品。大理石中我找到了云母石、孔雀石、铅黄石和古红石，不过没有发现更硬的像斑岩或蛇纹岩一类的材料。这一发现与所见的纯白色马赛克结合起来，说明曾使用这些材料的房屋至少要追溯到奥古斯都时代。①

我坐在这里，在这微温的沙砾滩上，听着波涛拍岸，望着日落西山。远山在白天云遮雾罩，到了夕照的傍晚却隐约闪现，仿佛一座金铸的仙境。更远处密覆着卡拉布里亚的西拉森林，那里被称作盗贼之国。我将取道罗萨诺而击之，接着漫游掠过隆戈布科，以至全地。在

---

① 这里没有时下正流行的古绿石，也可作为年代的一种旁证。科西并没提及它被用于建筑的时间，我也尚未拜读希连亚里利欧的专著，但据我自己观察，古绿石在提比略治下应该尚未知名。那些更硬的石材则并非如此：早在提比略的前任奥古斯都在位时，它们就成批进口了，奥古斯都号称厌恶奢靡（君主都爱摆出这种姿态），自己却在公共与私人设施的装饰石材上挥金如土。对石材的浪费程度让人吃惊，要么当时的人们对此昂贵的花费视而不见，要么就是更先进的石料加工法尚未流行。奥古斯都逝世后不久，石材切割技法上一定出现了革命性的突破，因为经考古发现，那时人们已经能将最坚硬的顽石切得像纸板一样薄，用来铺路太薄了，应该是用来覆盖墙面与柱廊的。奥古斯都时代的人们没法用自然的石料做出这种效果，于是他们尝试了人造石，并大获成功。我有一块他们用石膏仿制的细密埃及花岗岩，上面石英的油亮光泽如此新鲜，云母闪烁的特殊岩石结构如此惟妙惟肖。即使在两千年后的今日，一位经验丰富的矿物学家都被它骗过了。——作者注

沉浸于对古典的怀想与礼节繁复的文明生活后，我终于又要与溪流和林地亲密接触了！

离我不远处立着一座炮台，旧名"齐安卡炮台"。二十多年前，人们在此处找到了一颗精美的大理石维纳斯头像，现存于当地博物馆。我注意到这座要塞最近被重新命名为"阿尔库塔炮台"。这是为了纪念那位曾经统治塔兰托，既是将军又是智者的阿尔库塔斯呢，还是用来迷惑外国间谍的巧妙伪装？

这里也有人们用蓝黏土烧制成瓦片和花瓶的砖窑。我为一个制作瓦片的男孩计算了一下时间。他的平均产出是每四分钟五块瓦片，包括来回搬运湿黏土的时间；他的工资大约是每天一先令。不过如果想看更复杂的陶器制作，就得到火车站后面那片邋遢的城区去。一到那儿，你一定会对陶匠的转轮和在它上面像施了魔法一般诞生的美丽形状百看不厌。塔兰托产的陶器经海路运到南意大利多个地区，不时能在各地的街角小摊瞥见它们排成别致的行列。

太阳还没完全落山，东边的灯塔就开始闪烁了。它所在的海角被称为圣维托，是以那些陈旧发霉的圣徒之一的名字命名的，他们的事迹大多都被人忘却了，名字却依然存于沿海一带。这位可敬的圣徒坚决保卫其自古所受的崇敬，不受耀目而常胜的圣母马利亚侵蚀；而她呢，也没有将其赶下神坛，只是使用了一种有争议的权宜之计来借用他的名号：她把自己叫作 S. M.①。"这就是生活。"他们就这样相安无事了。他来自西西里的马扎拉，那里的人们到现在还会将癫痫患者或其他精神错乱的人抬到他孤零零的神龛前祈求医治。假如我想东拉

----

① 原文如此，疑为 Saint Mary（圣母马利亚的名号之一）的缩写。

西扯的话，我会努力在对他的供奉和塔兰泰拉舞①之间找点联系——一边是圣维塔斯②的舞蹈，另一边据说是能治好塔兰托蜘蛛咬伤的民间舞步。

不过我现在没有心思做这些。尽管暮色正四下围拢，卡拉布里亚的山地仍约摸可见；此景吸引着我继续攀登，与塔兰托步步远离。在山上的冷杉与山毛榉林间，想必会清冷沁人吧。

并且，这是一片交杂着错综的记忆与兴味之地——这就是卡拉布里亚，英雄辈出的沃土。早在一七三七年，博学的阿切提就能数出两千多位卡拉布里亚名人——运动员、将军、音乐家、寿星、发明家、烈士、十位教皇、十位国王，还有六十余位著名的女性。此地也是思想纵横的国度。生于一七〇五年的老扎法洛尼为我们列出了七百位卡拉布里亚作家，我可不想去更新这份目录。最近在那不勒斯拿到手的《卡拉布里亚文库》就已经收录了许多文章，而且几乎都是现代的！

说到自然风光，谁又数得过来呢？另一位旧时的作家这样写道：

> 这里有品种繁多的玉米，各式各样的酒，盛产各种水果，洋葱、蜂蜜、蜡、藏红花、棉花、茴香和芫荽子。此地也出产橡胶、树脂、松节油和苏合香液。古时候这儿就不缺金属，但现在矿藏更为丰富，绝大部分地区都富含矿产，比如金、银、铁、大理石、雪花石、水晶、白铁、三种白垩、朱砂、明矾、硫黄，还有硬石。硬石的硬度为五，比不上铁，色泽乌黑。这里还种有大

----

① 塔兰托当地民间舞蹈。
② 即圣维托。

麻及两种亚麻，称一雄一雌；还有从天降下的吗哪①，真乃稀世之物；尽管丝绸没有那么丰足，可我敢说意大利其他地方的产量加在一块儿也比不上这里。另有多眼温泉，从热、微温到冷，具备几种温度，可治百病。海岸附近和地中海近旁遍布美丽的果园，种满了多种橘子、香橼和柠檬。众多河流灌溉这片沃土。在亚平宁的山地上，漫山皆是高耸的冷杉、圣栎、梧桐、橡木，林间芳香的蘑菇会在夜间闪光。这里还出产名叫弗里吉亚的柔软石头，据说靠着它每月都能收获品质优良的橡胶；以及传说有助生育的艾提特斯石，不过我们把它称为阿奎利那石。这片地区有绝佳的猎场，野物众多，例如野猪、牡鹿、野兔、狐狸、豪猪和狨。同样也有几种贪婪的兽类，像狼、熊和蜥蜴。蜥蜴眼力锐利，尾部带着多彩的斑点。这种野兽是从法国传入罗马以供庞培大人狩猎的，猎人们发现它是如此健忘，以至于即使它正狼吞虎咽地进食，假如偶一回头，就会忘了身前的美餐，转而另行觅食。

即便只是为了看一眼这种健忘的蜥蜴斑斓的尾部也好，谁不愿到卡拉布里亚一游呢？

---

① 《圣经·出埃及记》中记载的上帝耶和华赐予以色列人的食物，色如白霜，小而圆。经考证，疑为某种树子或菌类。

十三

深入林间

　　在塔兰托经历了过于俗世的生活后，短暂的林中旅途真使人身心舒缓。波利科罗森林沿着爱奥尼亚海边延伸，铁路线将其切成不对等的两块，靠海的一块较小。它的西面被西纳河挡住，我估计自从盖普·克莱文探索过它的隐秘地带以来，这片地方并没改变多少。

　　暮光盈满了这座高大落叶树林搭成的迷宫，林间的矮树丛也很厚密。我量了量一棵有年头的乳香树——在意大利，它只能算是种灌木——其周长足有三米。但这片小林的奇异之处其实是那些密密麻麻的藤蔓，它们攀上树干，摇荡于树顶之间，只容最细碎的阳光从它们织就的华盖中漏下。波利科罗具有热带沼泽的那种纠缠之美。腐坏的树叶与潮湿的土壤中飘出恶臭；当身处这片绿茵迷宫中时，就像置身于某块人类从未踏足的太初之地一般。

可是许久之前，此地曾回响着战斗的喧嚣与战象的怒吼——那就是皮洛士与罗马人之战。就在这儿，在我立足的土地里，据说埋葬着西里斯古城。

人们通过挖掘运河来尽量排走湿气，可是多处土地仍是沼泽，尤其在冬季常常无法通过。不过，冬季也是人们狩猎的季节，主要的猎物是野猪和狍子。它们被赶向海边，不过只到铁路线为止。那些逃到低处的动物得以再苟活一年，因为该地不许打猎，而被作为永久预留地保护起来。据说赤鹿曾被引入此地，但最终无法存活，大概这里实在是太热太湿了。在杜雷·德·塔瓦尔对卡拉布里亚的描写中①，他有时会提到猎杀扁角鹿，那是一种土生的第勒尼亚野兽，现在大陆上已绝种了。他不可能将它跟狍子混淆，因为他曾同时提到这两种动物——例如，在他于科里利亚诺所做的记录中（1809 年 2 月），有以下这些肯定能让今日的卡拉布里亚人垂涎欲滴的文字：

> 野物繁殖得如此之快，田地都被踩躏殆尽了，我们猎杀它们真是为民除害。我很怀疑欧洲还有没有别的国家，能打到这些应有尽有的品种……我们归家时马车里和骡背上都堆满了野猪、狍子、扁角鹿、野兔、野鸡、野鸭、野鹅，更别提狐狸与狼了，我们猎到的多不胜数。

野鸡似乎也灭绝了，除了皇家园林里还饲有一些。

---

① 该书的英文译本出版于1832 年。——作者注

它们是被强大的猎人腓特烈二世带到卡拉布里亚来的。

将这些大片土地分为小块的做法带来了对林地的破坏和野物的完全消失。这被赞誉为新繁荣时期的开端，从商业角度看，该说法不无道理。但旅人与自然爱好者更愿意将一些未开发的土地留在它们富有的拥有者手中，因为这些富人并不打算寸土必耕，削山平石，断河引流以及滥伐树木。要是分成小块给了农民，这片森林很快就会变成一片通过科学手法灌溉，种植西红柿或别的作物的平原，就像庞蒂涅沼泽附近的"埃伦娜庄园"一样。国库会因此充实，这一点毫无疑问。可我质疑这种纯经济上的考量——从人类的角度看，它未必是明智之举。有一种繁荣是在物质以外的。或许某位漂泊孤旅的画家或诗人，能从自然的美景中汲取灵感，从而以其创作为人类贡献喜乐，这无疑比一群眼光狭隘、邋里邋遢和好打官司的西红柿种植园主能做的要有意义多了。

据我观察，意大利刚刚被一种众口称誉的"开发自然资源"的狂热所感染——当然了，以富有的地主们为牺牲品，他们被描述成欠了人民一屁股债。这种做法听起来公平合理。可我们不能忘了，每天在报上读到的这类文章几乎都是由一群不负责任的记者和政客发起的运动，他们利用愚钝人民的无知来中饱私囊。无论是在意大利还是英国，任何人只要知道这种运动背后的黑幕，以及一点——真的只要一点！——那些所谓国家救星的肮脏龌龊的私生活细节，他们该会多么深恶痛绝啊！

在美洲大陆被"发现"之前，南方农奴的生活已经够糟糕了。再早些时候，更是不堪忍受。一七八九年，在离此地不远的一个村庄，只有封建领主的仆人能住正常的房屋。其余两千居民，即农奴们，都苟活于山洞和稻草房里。想象一下卡拉布里亚边远地区的恶劣环境吧！乡民的生活如此贫苦，以至于直到二十世纪八十年代，他们还在卖儿卖女，并且还有经镇长证实核准的、正规的买卖合约。可是今天，我却对他们的抱怨有点漠不关心了。

"你过得很糟吗，朋友？我完全相信；真的，我能想象。那么，去阿根廷卖马铃薯吧，或者去宾夕法尼亚挖矿。你在那边会发财的，就像别的同胞一样。然后回来送儿子们去上大学，让他们当律师或者国会议员，他们会一路把那些恶毒的地主折磨到坟墓里去。"

以上确实是相当一部分农民的生活写照。

除此之外，波利科罗这块地方在古老一些的地图，例如玛吉尼和里奇－扎诺尼的版本里拼作 Pelicaro 看上去管理得不错，值得仔细研究。不过，我的研究进行得并不顺利，我所到的庄园，管理人显然怀疑我问的那些简单问题背后隐藏着不可告人的目的。他对我友好的提议毫无反应。他开始焦躁不安，而后很快变得语焉不详，最后沉默不语。或许他以为我是乔装打扮来收税的。我所在之处是一座结合了宫殿、要塞和修道院特点的建筑，矗立于高地之上，有人说它脚下就是赫拉克利亚旧址。它是耶稣会建造的。劳工们住在丛聚四周的简陋小屋里。那些正在收割玉米的工人每天赚两个卡利尼（相当于八便士）——波旁王朝的币制实亡而名存。

一条大路从火车站直通到这座庄园，路边的桉树自种下以来已历经四十个年头了。我嫌恶所有产树胶的树，因此从来不放过任何机会来大谈特谈我的感受，这种树是令人作呕的典型范例，碍眼之至，长得就像灰头发的稻草人。结果一群被误导的狂热分子正是用这植物中最劣等的一种，将整个地中海流域毁了个干净。他们现在终于意识到桉树根本没法预防疟疾。很快他们还会晓得，不仅是不能预防，它实际上助长了疟疾，因为它那所谓干枯瘦弱的枝叶为一群群蚊子提供了庇护。这些面目可憎的树木或许在它们的发源地会相对好看些，我真心希望是这样。从《枯死的澳洲之心》① 一书中看来——这本书带来的梦魇将永远萦绕我心——我会说一根上了漆的啤酒花杆在那里就能算艺术瑰宝了。

可是在此地，这个入侵的物种就该被无情地驱逐出去。只要一棵桉树就能毁掉最秀美的景色。当风吹过那些终年憔悴不堪的枝条时，世界上没有哪种植物会像它一样，发出可怕的金属摩擦一般的沙沙声；这种噪声寒入骨髓，就像鬼怪在低声絮语，唠叨不休。它产的油被认为有"药用"仅仅是因为特别难闻。作为树木它也一钱不值，无论是外形还是色彩都令人不快，尤其令人不快的是它乖张而反人类的习性。还有哪种树会厚颜无耻到将它们尖锐的叶缘——好像这些叶子还不够窄似的——对着太阳，从而确保每时每刻都为人类降下最少的树荫和最多的不适？

但我承认波利科罗的这条大道几乎使我愿意接受那些了无生气的澳洲树木。由于某种原因（或许是难以忍受的恶劣土质）它们的叶子结成了厚厚的簇状。在阳光照耀下，叶子就像抛过光的黄铜般发亮，又似上了釉彩的金绿相间的鳞片。这种桉树是意大利独有的。凝视着它们我不禁心软了，差点就能宽恕它们罄竹难书的恶行，它们对水源的邪恶掠夺，它们使人意气消沉的早衰和缺陷，它们褪下的树皮引起的难以启齿的皮肤病，还有在地球的这一边简直丢脸到家的那种根系……

庄园管理人因为终于能摆脱我而欢欣鼓舞，他借我一辆狗拖车以载我去森林的边缘，同时也为我找了个一脸睡相的男孩做向导，不过

----

① 出版于 1906 年。

警告我千万别踏入林中一步，不然会染上早就开始肆虐此地的疟疾。这附近已能见到太多病弱的脸庞了。此地与森林间的平原，能望见山顶上的一座宏伟建筑，名曰阿西纳普拉。如果有时间的话，我应该到那里去感受一番俯视整个波利科罗地区的胜景。

成群的水牛在泥坑里打滚。有一头老水牛独自安睡，姿态高贵安详，也从而使我能靠得很近，足以窥见两三只青蛙在它背上来回蹦跳，捕食烦扰它的蚊蝇。如果能为人类设计一种像这样高效而廉价的装置，那该多有用啊！

我们步入了微暗的密林。那个睡眼惺忪的男孩，之前嘴里只吐出过几个单音节词，而现在在森林神秘的感应下突然醒了过来，他一下子变得活泼而亲切，讲述着过去流窜林中的亡命徒那些激动人心的传说，悲叹道快乐的日子一去不复返了。保罗①有一种成为一流绿林好汉的潜质。我激起了他那勇敢的幻想，最后他提议说，我应该与庄园管理人永结盟好，这样我们就能在礼拜天一块儿暗中劫富济贫了。

然后我们又出了丛林，踏入宽广而阳光普照的西诺河河床。河水从一片闪光的卵石上温婉地潺潺流下。但它冬日的急流却是可怕的，在上游河岸陡峭之处，怒涛自山间奔腾而来，激荡的浪花在河床肆虐咆哮，曾经夺去了许多人的生命。那时的流水可谓翻脸无情。它们刹那间从宁静的水道变作活生生的怪兽，就像阿尔戈斯②或巨龙，从幽深的巢穴中涌出，化作黄褐色的毁灭之流，一路虬曲翻滚着奔向海洋。

---

① 男孩的名字。
② 希腊神话中怪物名。

十四

龙

正是水流这愤怒的一面被称许为河中龙神传说的起源之一，这种传说一度流行于南意大利，直到西班牙人的文化随着侵略笼罩全地，导致该类异教的神话故事终告凋零。此地有些溪流仍旧以此命名——例如龙骑士河，它从离科隆涅海角不远处注入爱奥尼亚海。

水流平静的一面也被认为是龙的一种起源：平原上河流蜿蜒九曲的态势，比如它们形成的河湾，让人联想到蛇那盘绕的躯体。而古人常以蛇与龙为同义词。

我认为，这两种解释都只是龙的形象演化中的晚期进展。它们使人依旧疑惑，究竟这种升天入地、驾浪吞云的神兽最早源出何处？我们还得往更古老的年代回溯。

什么是龙？人们也许会说，一种以可怕的巨眼观望或凝视的动物。荷马的某些篇章证实了这种说法。

希腊人一定对涉及动物眼睛的措辞特别敏感——看看"目若牛眼"的赫拉，或者那个骂人的绰号"狗眼"就知道了。总的来说，我们越是研究他们留下的动物学知识，就越意识到他们在自然历史上是多么敏锐的观察家。例如，亚里士多德早就指出雌雄小龙虾的足形状有区别，而这一点直至最近才被注意到。赫西俄德也坚决认为龙的眼睛有特异之处。值得一提的是 ophis，这个表示蛇的词，就像 drakon 一样，其词根就是察觉或注视的意思。这两个词都没有凶猛的含义。很久以前格斯纳就怀疑过龙的名称纯粹源于其敏锐迅疾的洞察力。

人们喜欢寻找这种虚构生物在现实中的原型，因为他们晓得完全无中生有地创造此物并非人类心裁所能及——至少是超出已知历史之外的。说不定荷马时代的作家熟悉在小亚细亚出没的刺尾飞蜥，而无论是谁只要见过这种动物，肯定免不了像我一样触动于它沉思入神般的姿态，仿佛在专注地凝视（drakon）某物。而且它是一种"岩间居民"，再加上是草食动物——"食毒草者"，就像荷马在诗中对龙的描述一样。因此亚里士多德曾道："龙食果甚焉，则必饮苦苣汁；人亲见之也。"

我们对龙的追寻到头了吗？这就是最原始的龙吗？我要说，绝非如此。正好相反，这只不过是个旁支问题，要是揪着不放只会误入歧途。爬行动物式的龙是在人们开始忘却原初之龙的时候被创造出来的；它是一种晚期——具象化时期产物。在此时期人类尝试以自然主义的方式，来解释过往的晦涩传统。我们还得更深入挖掘。

我自己关于龙的理论多少有点难以置信——或许必然如此吧，毕竟龙本是缥缈难及的生物。我认为，龙是地底生命的化身——生命神秘未知且无法控制，而其本身对人类怀有敌意。容我解释一下我是如何得出这个结论的。

正在观望或凝视的动物。……为什么？为什么要特意说动物？为什么不说 drakon，也就是正在察看的某物？

那么，"看"这一动作的主体是什么？

眼睛。

这就是理解问题的关键，也是解开地下巨龙之谜的线索。

将泉水或别的水源幻想成"看"（drakon）的发出者——也就是眼睛——或想象成与眼睛类似，是许多民族的共性。比如在意大利，近塔兰托的内海处有两处泉水就被叫作"Occhi"——意为眼睛；阿拉伯人将含水丰足的泉水称为眼睛；这种叫法在英国最多——在坎伯兰有口泉水叫"Blentarn"，意为盲泪（tarn 意思是一滴泪水），"盲"是因为它常常干涸少水，因此没有明眼的闪亮光泽。

那么，泉水中有眼睛：一只观望或凝视着的眼睛。有眼睛自然意味着有个头部，有头部而无身体又是难以想象的，从而某种自水源深处往外窥视的实体就应运而生了。我想这就是原始的龙，亦即其真正的原型。它是万物有灵论的产物，遍布大地；正是这种概念的普遍性让我摒弃了所有的本地起源论，转而寻找某种共同的源流。泉水是无所不在的，龙也一样。泉中之龙存在于日本，存在于凯尔特①族的迷

---

① 民族名，公元前 2000 年活动在中欧的一些有着共同文化和语言特质的有亲缘关系的民族的统称。今天凯尔特主要指不列颠群岛、法国布列塔尼地区语言和文化上与古代凯尔特人存在共同点的族群。

信中，存在于地中海流域。万特利之龙①住在井里；兰博顿长虫②生于淡水中，后来才移居陆上。我在前面曾谈过曼弗雷多尼亚的圣洛伦佐斗龙的故事，我怀疑这个当地神话与镇里港口边的泉水关系密切，并且和新传入的杀龙者圣米迦勒的传说并无牵连。希腊与意大利的许多泉眼都叫作龙之泉，马耳他的一眼洞穴泉水也叫龙泉，米歇努姆海角附近也有一处同名泉眼——都是各种传说的源头。这水中的魔物啊……

因此龙就成了一种地下怪兽，每每从其幽暗的居所向上窥视——通过泉眼或泉眼所在的山洞。说它终日不眠是合理的，所有的龙都是"不眠"的。它们的巨眼永不闭合，因为流水闪耀的光亮从未变暗过。而大胆的探险者们失足落入这些涨水的隙缝中时没准就会被龙吞掉，一去再不复返。

而且，由于金子和其他为人类渴求的财宝往往深埋地底，险阻重重，于是善妒的龙就被想成了财宝的守护者，从而造就了它与岩石关联的特质。长着"永恒警醒"之眼的巨龙守护着赫斯珀里得斯的花园，它被称为大地之子。大地或岩洞之龙……卡拉布里亚有几处据说居住着龙的洞穴，朱塞佩·桑切斯的《坎帕尼亚地下景观》③ 中对其就有所记载。

火山地区的岩间有喷出毒气的裂隙，这些就是所谓的"气门"，地下巨龙呼吸的通气口。那不勒斯和蒙德拉戈内两地龙的传说或许就是这么起源的，罗马坎帕尼亚的传说也是如此，其中杀龙勇士因接触

---

① 英国约克郡南部传说中的怪兽名。
② 英国东北部传说中的怪兽名。
③ 出版于 1833 年。

龙剧毒的鼻息而死：这被禁锢于地底的怪兽偶尔会呼出一道毁灭性的岩浆流——就像柏勒洛丰与喀迈拉①的故事里一样，这就是火龙。或有时洪水突然从山上涌下，泉眼喷发。这是饥饿的巨龙从巢穴里冲出寻食，这就是河龙。它一怒而翻山越岭，迅疾无比，狂暴难抑。

这些主要都是诗人的杰作，不过神学家们也曾为其添加一两笔润色。不过无论龙以何种形态显现，无论其双眼是否如同异教的蛇怪一般射出邪火，也无论其庞大可怕的身躯是否与启示录之兽②混同而意味着亵渎，它始终都是人类及人类所创秩序的凶恶之敌。到了近代——就像大部分蜥类动物一样——龙也有点退化了。在现在的希腊，人们尝试将基督教义移植到外来的神话之上，从而导致了荒谬可笑的拟人化潮流，龙也因此平添了人的属性，像人一样说话行事（参看亨利·范肖·陶泽③）。这里，在卡拉布里亚，它出现在给孩子们听的童话里，名叫"sdrago"，形象是对其本相的滑稽演绎。

对业余爱好者而言，追溯中世纪以来龙的各种变形是消磨时间的良方。多少高贵庄严的形象在中世纪染上了一抹荒唐之色啊！仅瑞士一个国家，由于其境内有众多杳无人迹的神秘地缝，曾是各种巨龙传奇的故土，尤其是岩洞林立的雷蒂亚省。可它们只能是次级、变相的龙。因为当时的僧侣们不遗余力地扫除了关于龙这种本土怪兽的记忆。当代学者们对该地的塔佐蠕虫④和巴什托森虫⑤已进行过深入的研究。而编年史家们对我们知道的那种龙也相当熟悉，老齐萨特就以

①　希腊神话中的怪兽名，拥有羊身、狮头和蛇尾，会喷火。
②　《圣经·启示录》第十一章第七节记载"那从无底坑里上来的兽"。
③　亨利·范肖·陶泽(1829—1916)，英国作家，教师，旅行家。
④　一种神秘生物，传说出现于阿尔卑斯山。
⑤　与塔佐蠕虫同为阿尔卑斯山的神秘生物。

其为主题撰写了著作的第二十五章（顺带一提，从中也能对卡拉布里亚的龙了解不少）。接踵而至的有约翰·雅各布·瓦格纳，接下来有舒策泽，他是寻龙者中首屈一指的人物，他指出许多关于龙的历史都是胡编乱造的。

但是卡拉布里亚与总是奔走考证、气喘吁吁的舒策泽还是格格不入的，后者擦着眉毛上的汗水，勇攀阿尔卑斯山脉以记录真正的龙的传说和靠不住的气压计读数。卡拉布里亚与中国也很不一样，中国可谓龙之神话的集萃之地。① 卡拉布里亚甚至与我们的纹章院②也南辕北辙，在那里龙与其他野兽为了逃离那些纠缠不休的学究，不得不罩上稀奇古怪的伪装，以致它们自己的母亲见了恐怕都认不出来了。

---

① 中国神话中，龙与大地的关联毫发未损。龙是大地之神，可行云布雨。——作者注
② 英国处理贵族事务的机构，成立于1484年。

十五

拜占庭风格

经过在波利科罗一整个上午的漫步，加上火车旅行，以及到罗萨诺路上将近一千英尺，烈日当头的马车跋涉，我实在筋疲力尽，于是一反平时的习惯在当地最大的旅店落脚，想着先歇口气再探索其他地区。旅行指南上说这间店"整洁宜人"，可是，唉！我根本一丝平静或满足都没得到。我本指望能安睡于上的床早已被一群不速之客①占据。出于好奇，我数出了五十二只。之后，我就对此失去了兴趣。实在太单调了。它们长得都一样，除了大小之外（有几只真乃庞然大物）。

---

① 应指某种虫子。

即使斯瓦莫丹也会因其物种单一而伤心的。

　　我对自己说，这就是诞生了无数诗人、演说家和伟大的尼路斯这样的圣徒，以及两位教皇——最后但同等重要地——和一位伪教皇的名城！对于那些虫子，除了它们不会跳之外我不想再多详述了。我也再不会回到这个话题来。就让读者们忽略它们吧。（它们肯定也是有某种用处的。珂雪①曾道：如果人因瘴疠得病，只要有合适的饮料送服，沟里的虫子可作强力解毒剂；也可治妇女病与子宫脱出引起的异味。）他提到这片地区大部分的客栈的条件都恶劣到无法居住，其原因除了虫子之外不一而足，要住店除非做好巨细靡遗的防护措施。

　　那么，我通常到哪里找住处呢？

　　一般我会先到药店去问询，那里总有一群年长而睿智的常客聚谈。咖啡厅、理发店和卖酒的店也是人们聚会之处，但这几处的人不是我要找的——他们要么是年轻人，要么见识浅薄，要么仅仅是口渴而偶然到此。药店则不然，可谓真正的有闲阶级中心，哲人的俱乐部。此处的专家（也就是药剂师）自己就是个上了年纪而广受尊敬的人，责任心强，见多识广；总的来说他是位上流人士，在大学接受过教育。你需要做的只是走进店里，买一便士的凡士林。这一行为将赋予你俱乐部的所有特权。然后就该寻个座位，向聚会的诸友露出和气的微笑，但不要发出哪怕一个音节。如果你严格遵循这种礼数，很快就会有人礼貌地询问你最近有何计划，现居何处，等等。过不多久，几位"会员"就会争着为你介绍一间干净舒适的房间，价钱只有旅店的一半。

　　即使在找到住处之后，我同药店小团体的联系也不会切断。我每

----

① 阿塔纳斯·珂雪(1602—1680)，17世纪德国耶稣会成员和通才。

每造访，表面看来是去聊天，而实际上是去聆教。在此处可以感受到本地真正的脉搏。人们平心静气地讨论当地的事务，礼节周到，语言就如西塞罗般优雅。这真是属于精英的圈子。

旧时我到南意大利来，总是带着给商人、贵族和地主的介绍信。我现在已经弃用这套方式了，因为这些好心的人总是过分热情好客，使得像我这样的旅人从早到晚没有一刻留给自己的时间。而写给像市政官或警官这样的当权者的信，则毫无用处甚至适得其反。就像中国官僚一样，这些官员如此自命不凡，以至于拜访他们根本是浪费时间。如果要求这些人办事，总能找着他们。不然的话，还是别去招惹的好。他们不仅是人群中识见最为短浅、态度最为恶劣者，而且还极度怀疑任何陌生人的政治或商业企图——天知道他们乌烟瘴气的脑子里酝酿着什么——于是只要他们一认识谁，就绝不会让其脱离视线。

除了在科森扎、克罗托内和卡坦扎罗，一位普通白人根本没法在卡拉布里亚的任何旅馆找到他习以为常的日用必需品。这种现象很好解释。本地人尚未养成“管理”文明开化的旅客的习俗。他们没有意识到旅店经营是一种需要习得的买卖，就像裁缝或政治一样。他们仍旧奉行家长式的作风，本身大部分都是富裕的地主，不管外来人的生活习惯。他们还没学会瑞士式的服务态度，因而你得做好准备忍受看似糟糕透顶的待遇。进门的时候，没人会挪动哪怕一步来问问你需要什么。你得自力更生，如果他们稍微用心听你的话就该感谢上帝了。感觉就像人们并不欢迎，而仅仅是在容忍你的存在一般。不过只要陌生人懂得韬光养晦，以同样的简慢态度回应主人，就会发现当地人实在有着虽非传统却无可挑剔的待客之道。

旅店普遍都是由业主自家经营的，因此为优良服务而给小费总会被默然婉拒，即使主人家收了小费，也丝毫不会为客人带来好处。恰好相反，客人从此会被认为头脑粗鲁愚钝。要赢得年轻人的好感，最佳方式是谨慎得体地夸赞他们家乡的小镇或村庄。与父辈相处，最好是了解一点关于美洲的知识，来显示你怀抱四海，从而意味着可敬。不过假如店里有一位男性厨师，那他多半是被聘请来的，应该从一开始就定时定点，毫不吝啬地给他好处，即使对业主一家一无所知也罢。厨子能做的事，可是常常超乎想象的！

这里的习俗是不付固定房租，也不要为任何饮食，即使小到一片面包，付那个故意抬高的价格。在经过相当次数的试验之后，我的应对方式是每天一早都看一眼账单，而在住下的头一两天，友好地在每一项收费上讨价还价，并对某些项目不遗余力地砍价。他们并不是在坐地起价，他们的诚信是声名远播的，而且对外国人和本地人一视同仁。这是原则问题。以我的方式，只要砍价不过度，你在店里的地位慢慢就改变了。从仅仅是客人，你会变成朋友，甚至兄弟。因为你有责任显示出你并不笨——也就是蠢得缺根筋——这在南部是不赦之罪。你搞不好是个假货贩子或者杀人犯——那又如何呢？这些跟别的一样都是门生计，男人的生计。可要是一个人没法照顾自己——也就是说，照顾好自己的钱——那这个人就不能信任，无论他从事哪种职业，他一文不值，他就不能算个男人。通过从账单上削掉几法郎的简单手段，我与几家旅店的主人成了挚友。要是我想要他们的哪个女儿的话，博得整个家族欢心的毋庸置疑的方法，就是这种友善却不苟言笑的砍价论争。

当然了，这边的旅店总是邋遢的，不仅仅体现在卧房上。缘由是就像土耳其人或犹太人一样，店主对污垢视而不见（希伯来语里根本就没有"污垢"这个词）。当你对他们指出肮脏之处时，他们反而会觉得奇怪。我记得曾有一次，在我还挑三拣四的时候，我抱怨过自己的座位上有一条别人的餐巾。餐巾表面一处干净地方都没有，我坚持要换一条新的。他们给我换了，可是换之前主人咕哝了一句："任性得跟孕妇一样。"

在罗萨诺的新住处，窗外的景色足以弥补各种大大小小的瑕疵。朝下眺望，目之所及是一片千沟万壑的峡谷，橄榄与水犀花铺展在炽热的红土上，远处的爱奥尼亚海闪耀着深邃的蓝宝石色，纯白的沙滩更为其添上一条灿烂的镶边。在我左边，海水温柔地拂向内陆，那里高卧着锡巴里斯平原，古老的克拉蒂河横贯其间，奔流入海。另一边的景观被耸起的波里诺和多切多尔梅丘陵阻隔，那些锯齿嶙峋的山峰即使此刻（盛夏）也残留着数点白雪。在晨光中，这些壮丽峰峦的轮廓清晰可辨，而到了暮色苍茫时，则在紫晶色的薄雾中渐趋朦胧。真乃悠然安详之美。

当我在抵埠的第二天晚上从窗口远望时，诧异地发现北极星悬于爱奥尼亚海正上方——我确信那是南边。如今一周已过去了，尽管地图上的方位明确无误，我还是不敢相信这番奇景，与之比肩的还有夕阳明显落于东边的波里诺山后。

罗萨诺引以为傲的是其著名的神创圣母像。在圣尼路斯传记中，作者巴托罗缪写道，古时圣母常着紫衣，手持神圣火炬，驱走进袭本镇的撒拉逊人。在近代，她也曾救助人民免遭蝗灾、霍乱，以及其他重大灾祸的侵害。跟大多数这类圣母像不同，这一幅不是圣路加的作品。她是神创的——非经人手绘制，在这个方面她与一幅玛格纳梅塔的古画很像，那是她的原型，据说该画也出于神工。一般认为这幅圣母像是绘在木头上的。不过迪尔持反对意见，他认为此画是一幅石壁画的残片。

就在近旁，广场的钟楼里，立着一座纪念菲利策·卡瓦洛蒂的大理石碑。卡瓦洛蒂之名无人不知，他是最后几位——与因布里亚尼并称——共和国的巨子之一，激情澎湃的雄辩家与记者，咄咄逼人的斗士，与他非凡却令人扼腕的结局若合符节。他激怒了一位同事并与之相斗，在一次疯狂的进击中被对手将剑刺入口里，从此永远闭上了那滔滔辩才与汹汹斥责的源泉。

卡瓦洛蒂与神创圣处女①——新近与古昔。的确，眼前交错着这两种极端的典范，罗萨诺的市民们恐怕有时候真要困惑究竟何者为正义了。

他们自称为卡拉布里亚人。我们是卡拉布里亚人！他们骄傲地宣称，意味着自己的诚恳信誉是毋庸置疑的。事实上，他们在血统上是混乱的一群，而且行事上为了任何成功的机会往往欺诈成性。如果想看看真正的卡拉布里亚人种，就得去观察一下夜晚收工回家的农民——络腮胡，矮瘦而结实，肤色黝黑。这些乡人身上烙着不可名状的种族印记，他们从外貌到性格都与意大利人不同，是某个清苦朴素的西班牙人种。他们对奢侈甚至普通的舒适生活表现出令人费解的鄙夷，寡言少语却字字精辟，坦诚率直，吃苦耐劳，随性而居，其中信教者力行苦修。他们对生活的态度里总显出一丝超脱。与这类人打交道，我每每感觉他们的亲切态度并非出于心性，而是来自某种注定的义务。其血统中的希腊和其他成分为他们注入了多才多艺的天赋和相对友善的外表，但整体上的性格基础仍旧依循那种简朴严谨、温文尔雅的古西班牙人风格。

据普罗科匹厄斯②的说法，罗萨诺为罗马人所建，而在拜占庭时

---

① 指圣母。
② 普罗科匹厄斯（约500—约565），著名的东罗马帝国学者。

期成为举足轻重的要塞。旧城址很可能在海岸边上，这个海港直到伊德里西的时代都被标为"良港"。跟许多老卡拉布里亚的港口一样，尽管仍有几艘船停泊于此，可它已经被泥沙淤塞了。我希望多了解一下此城昔日的荣光，于是向市政当局询问公共图书馆的位置，但一位高傲而多少有些无礼的秘书告诉我，这座名城没有此种设施。他又加上一句，说一位牧师会为我提供一切所需信息的。

卡诺尼克·利佐是一位讨人喜欢的老者，白须如雪，湛蓝的双眼透着坦率诚实。看起来，简直就像我在那时的出现是他最值得高兴的事。他先对英国和英国文学发表了一番睿智的论述，接下来我们从弥尔顿谈到加尔文和苏格兰的清教徒运动。然后，我们又论及利文斯通，以及在非洲的殖民活动。最后，由埃及、阿比西尼亚①帝国和长老约翰的传奇，我们说起了东方教会的早期历史。拜占庭风格——圣尼路斯，我终于抓住机会提到了我来访的目的。

"罗萨诺的历史？噢，噢！市政厅秘书太看得起我了。你一定得先读读《创世记》②，以及赫西俄德和贝洛索斯他们的作品。不过等等！我有本比较近代的书，能替你为这些古代作家分好类别。"

从这本一八三八年出版，作者为德·罗西斯的书中，我搜罗到两项事实：首先，罗萨诺城到今天已历经三千六百六十三年了——在城镇中可谓历史悠久；其次，在公元一五〇〇年它已设立了自己的学士院，成员自称为"无忧者"，其格言是"勿为生活所虑"——毫无疑问，是受了宽宏的阿方索治下的那不勒斯地区文艺复兴的影响。教皇

---

① 1270 年到 1974 年期间非洲东部的一个国家，是今日东非国家埃塞俄比亚的前身。

② 《圣经》中《旧约》的第一卷，讲述神如何创造世间万物。

乌尔班八世和本笃十三世都是这个"无忧者"社团的成员。在书的最后给出了一份长得吓人的名单，上面列举了过去本地出身高贵、德才兼备的要人。这不禁让人要想，这些娇生惯养的名士是如何在罗萨诺存活的，假如他们的寝室也如旅店一般——

要是在这儿住得够久就能意识到，此地虽然看上去只是个朝一片隽美的苍翠山岭向下铺开的小地方，而实际上却宜于筑堡防御。和其他的卡拉布里亚（以及伊特拉斯坎）城市类似，它坐落于河床环绕之间，其中一条河冲出了一道深深的溪谷，罗萨诺就矗立在与其垂直的刀削般的悬崖之上。这座天然石壁的上部由灰砂岩构成，下部则是红色的花岗岩结构。或许此镇正是由这种随处可见的红色岩石而得名罗萨诺（词根 rosso 意为红色），依此可以推断它的落成并不至于非常古老。不过有那么几位爱国的语言学家坚持认为它是由"rus sanum"一词得名的，意为健康的国度。此地旧名有罗西亚，以及罗西亚努姆；它在《普丁格地图》① 上未有标注。崖壁上栖息着无数寒鸦与茶隼，还有成群若云的雨燕，阿尔卑斯种与普通种都有。这些雨燕是罗萨诺的标志性鸟类，我想市民们有理由感谢它们的存在。有了它们，苍蝇、蚊子和其他有害飞虫几乎绝迹。要是这些可爱的鸟儿能被引到卧室里去灭虫该多好！

在城市背后这片阴暗的幽谷，植被稀疏，庞大的深红色岩石被激流切割成裂谷与沟壑，使得此地自有其魅力。不可否认，这块地方让人想到地狱。一条小道从这希农之谷② 中直穿下去，如果你沿着它走到溪流的汇合处，就会找到一条朝上通往城镇的路，途中会经过老圣

---

① 罗马帝国道路图。以其出版者。
② 《圣经》中地狱的一种说法。此处为比喻。

马可教堂，那是座很有意思的建筑。它有五个小穹顶，而由八根圆柱支撑的内部则新近被粉刷过。这座建筑已经恰如其分地被宣布为"国家纪念遗址"了。它建于公元九世纪或十世纪，根据贝尔陶的说法，它的设计与尺寸跟著名的斯蒂洛的卡托利卡教堂①相同，而在风景如画的斯蒂洛盘桓过的雅士李尔则没有提到这一事实。据现在流行的说法，圣马可教堂由当时卡拉布里亚的统治者尤普拉希厄斯所建，而在圣尼路斯的时代，人们认为修建者是圣安纳斯塔西厄斯。在罗萨诺这里，我们又体会了一次拜占庭式的错综诡秘。

罗萨诺并不仅仅是一座政治堡垒和拜占庭帝国行省最可畏的要塞，它还是一座宏伟的文化中心，文学、神学和艺术在此共冶一炉。以下是我们正努力摆脱的荒谬历史概念之一——过去认为南意大利盛行拜占庭风格的时期充斥着败坏、懒散与虚掷光阴。恰恰相反，罗马文化和语言的生命力在那时如此强盛，以致后来的东方殖民者们用尽一切智巧手段，才得以将其灭绝（拉丁语文直到十五世纪才复兴于罗萨诺）。无论是在当时人们的社会与政治抱负，还是在他们面对人多势众的撒拉逊人、伦巴底人和其他入侵者而赢得的军事胜利中，都看不出一丝一毫的颓废倦怠。另一方面，就我们现在所知，那些圣巴西流派年长修道士的生活，则恰恰体现了名副其实的文艺复兴。

在罗萨诺周边兴起的十间圣巴西流修道院中，最著名的是受难圣母修道院。与其他几间一样，它承继了一段灵修隐居生活盛行的时期，独居的隐修士们的住所像蜂窝一般，排列在面朝爱奥尼亚海的温暖山坡上。

几份珍稀的文件记载了这些来自希腊－卡拉布里亚地区的隐士的

---

① 拜占庭帝国时期教堂，建于 9 世纪。

生活。在加埃塔诺的《西西里圣徒简介》（1057 年出版）中，可以找到他们中的一个，圣徒以利亚传记的拉丁文译本。他逝世于公元九〇三年。该传记由当时一位修道士撰写，讲述了圣徒所行的许多神迹，其中包括步行渡河而双足丝毫不湿。而博兰德会①（见《圣徒行传》②，9 月 11 日）则重印了圣以利亚·斯佩拉奥特斯——也就是人称"穴居者"的圣徒——的传记，该书由其弟子以希腊文写就。这是本更为有趣的读物。他住在所谓的"荣耀之洞"里，那是他在公元八六四年看到一群蝙蝠飞出后发现的；他曾被女人陷害，与约瑟和波提乏的妻子③的故事一模一样；他活到了九十四岁高龄；撒拉逊人想焚烧他的遗体却徒劳无功，而之后用来洗刷他遗体的水治好了另一位圣徒的牙疼。可即使这些人有时也服从于常识的灵光一闪。这一位就曾说道："德行胜于奇迹。"

我们要怎样解读这些岩洞中的隐士及其不雅的习惯呢？

如何才能说明这种对人类自尊的自我践踏？

我是这么想的：在宗教信条的影响下，他们不得不回归原始人那种更为野蛮的品性。换句话说，他们被强迫着退化。他们成了离群索居者，形同牲畜，羞怯寡言——就像我们心目中浑身长毛的祖先那样。这样也就造就了他们的肮脏与恶习，对学习的厌恶，蓬乱披散的头发，极度的自给自足，对阳光与有序社会生活的疑惧，搭配失衡的食谱，想象恶灵而生的恐慌，居于岩洞的癖好。全是动物的特征！

---

① 由语言学家和历史学家组成的协会，自 17 世纪早期开始研究基督教圣徒传记。
② 第一卷出版于 1643 年。
③ 《圣经·创世记》里的故事，约瑟在埃及官员波提乏手下做管家，波提乏的妻子勾引约瑟未果，于是陷害他，使他入狱。

这种返祖现象，这种向原始状况的回溯，肯定是有其魅力的，因为它吸引了众多的人。终于，它受到了一种客观条件的限制。

岩洞不够了。

于是，穴居的信徒们只好不顾邋遢地挤在一块儿，长此以往就形成了修道院。共处一隅使得人们中间形成了某种初步的纪律与主从关系。不过他们尽力保持了那些未开化的习性，将房间布置得如洞中一般，憎恶整洁，恐惧魔鬼，以及胡子拉碴。

渐渐地，平常人的社会生活习惯悄悄潜入了这些肮脏怠惰的巢穴。隐修士们开始洗澡刮脸。他们购置财产，耕种土地，学习读写，最终成为书画酒色的行家。他们高高兴兴地忘掉了阉人和乞丐才是真正基督徒或佛教徒这一事实。换言之，理性生活的吸引力压倒了他们原有的信念。他们放下戒条，成了讲道理的人。这就是隐修主义如何转化为现在的修道生活的，不仅仅在卡拉布里亚是如此，在世界其他被这些怪人占据的地区亦然。如果想到一个小地方便利地观察不同时期的修士生活，不妨去阿索斯山走一遭。

这间受难圣母修道院早在十世纪就在当地举足轻重，近十一世纪末，它由内而外彻底翻盖一新。到了一六七二年，其教堂又被彻底复原。但教堂连同其他修道院建筑都于一八三六年的大地震中粉身碎骨了，尽管此地有神创圣母的佑护，当时罗萨诺的一万五千座房屋中，还是有一半化为了瓦砾。

一般情况下，这些修道院后来都被本笃会成员占据，他们驱逐了圣巴西流会的人，自己随即又被之后盛行的教派如瑟阿丁会①取代。那些方位便利的修道院现在已被改建成邮局、市政厅，以及其他公共

----

① 天主教男修会名。

建筑——这种做法司空见惯。但其中也有许多，就像这间受难圣母修道院一样，毁损过重地方过偏以致不适宜居住使用。在一六九一年出版的菲奥莱的著作中，他历数了卡拉布里亚地区约两百间修道院中九十四间荒废失修的圣巴西流修道院；并且他提到在受难圣母修道院及另外十三间里，那些古老的仪式当时仍得以维持。巴提佛近日以其一贯的详尽风格对此进行了探究。

　　没有比现代社会中的废墟更丑陋的东西了，这个地方本不值得从罗萨诺花三小时车程来游览，可是已被整修过的教堂以及周围如画的风景弥补了一切缺憾。旅程本身也让人着迷，路线之一的通用马车道从罗萨诺盘旋而下，经过环绕着山脚的橄榄林与卵石铺就的河床，最后穿过一片布满水犀花、迷迭香与桃金娘的醉人香阵，到达修道院所在的平地；另一条较长的路线，也就是我归来时选择的那条，沿着修道士们建造的旧水道潜入一座密林，林中闪烁的凤尾草丛中生长着粗壮的栗树、橡树、冬青和卡拉布里亚松树。

　　一群常来此地割草的乡下姑娘尾随着我进了受难圣母修道院。这里有一座神圣的十字架，那些女孩虔敬万分地将遮盖它的帷幕掀开来让我朝拜。没错，它就在那儿。不过我在想，这些不洁的人①待在如此的圣所会有什么结果呢？今日的风俗与古时已经大相径庭了，以前任何女性只要踏入此处一步就被视为亵渎，即使圣母本人在拜访正为修道院打地基的圣尼路斯时——那时他的身份还是此地的建造者，尚未封圣——她常与他交谈，但也从未步入过圣所。稍晚些时期，据贝尔特拉诺及其他多人证实，这里出现了一种现象，每当女性进入教堂时，天空立即乌云密布，电闪雷鸣，仿佛上天愤怒一般，直到犯了亵

---

① 指那些乡下姑娘（wench）。Wench 一词有"不贞，淫乱的女孩"之义。

渎的那位女性离开才停止。

我猜想，那幅神创圣母像就是由这座古老的修道院起源的。蒙托里奥对此知之甚详，他于一七一二年六月从本地的大主教处了解到神创圣母像的历史，而后者的学识则来自圣公会档案。关于另一种创造神迹的偶像传说——受难圣母——则不妨去读读厄格海利的大部头巨著。

至于著名的《罗萨诺紫红古卷》①是不是受难圣母修道院馆藏的一部分，则尚有待考证。这部绝世奇珍的古手稿——现存于罗萨诺——在齐萨雷·马尔皮卡的著作中首次被提及，该书叙述了关于卡拉布里亚的阿尔巴尼亚人与希腊人聚居地的轶事，但手稿真正被发现则是在一八七九年三月，归功于杰布哈特与哈纳克。他们在著作《希腊福音手稿》②中展示了它。哈瑟罗夫也于一八九八年对其进行过描述，并指出其图像学方面的重要价值之一，即它是在以希腊文书写的《新约》手稿中唯一附有公元八九世纪前基督生平插图的。这些插图的确精致绝伦——与其说美丽，不如说是精致，就像众多拜占庭艺术作品一般。它们如此珍贵，以至于这部羊皮纸古卷被定为"国家文化遗产"。它受到严密保护，倘若要将它运出罗萨诺——就像最近它在格罗塔费拉塔展出时那样——就有一队骑枪兵寸步不离地护卫着。

那群乡下姑娘仍旧跟在我身后，而我此时决定要到教堂的底层去探索一番，那里的镶花大理石步道上描绘着半人马、独角兽、狮子、牡鹿和其他野兽的图样。我正注目欣赏着这些精美的遗迹，突然从女

---

① 一部于 6 世纪完成的插图福音书，在罗萨诺出土。因其书页呈紫红色，故称"紫红古卷"。

② 出版于 1882 年。

孩们那里传出的几句风马牛不相及的谈话打断了我的沉思，她们似乎觉得牡鹿头上有某种可笑的奇怪形状。

"看哪!"其中一位对身边的同伴说，"它有角。就像你那个相好帕斯夸雷一样。"

"真的像帕斯夸雷! 那安东尼奥呢?"

我问她们知不知道这些是什么动物。

"古时候的动物呗。没人晓得的东西。长角的野兽——就像某些基督徒一样……"

从修道院遗址前的草坪上，可以望见科里利亚诺小镇，那些迷人的白房子坐落在山洼里。科里利亚诺（希腊语里称 xorion hellaion，意为橄榄之地），这个地名的起源即使不是完全正确，也至少是合适的，因为它被围在一片橄榄树林中。在波旁王朝时代，它是个愉快的小地方，由一位公爵统治着。据说，锡巴里斯的幸存者们在城市被毁后避祸于此，而该城旧址所在的平原就位于我们脚下，背靠宏伟的多切多尔梅山脉。作为一个理智的人，斯温伯恩总是支持锡巴里斯人。他为其人工遮阴的街道和其他骄奢淫逸的象征辩护，这些东西从现代研究的角度来看，很可能主要是为了防治疟疾而存在的。俗世的幸福，对身体健康与舒适的崇拜——这是他们的理想。

与这样力求享受相反的是那些年长修士的追求，他们将肉体蔑视为纯粹的累赘，从而寻求精神的启蒙与超凡出世之物。

而现在，锡巴里斯人和圣巴西流教士同归尘土!

如果今人被问到希望重建哪个文明，答案无疑是希腊的锡巴里斯。读过勒诺芒著作的人都能记得，在他华彩的字里行间描绘了锡巴里斯城址下埋藏着多少人间奇迹。他提出的挖掘计划听起来完全可行。可是想想赫库兰尼姆古城①的例子，这一出土工作又变得多么遥不可及啊！我们确切地知道，无数的古代艺术与文学珍藏近在咫尺，可是我们无能为力。这些地下的瑰宝是全人类的遗产，可是于这个国家在其位不谋其政的政府治下，它们无法重见天日，这个政府哪怕只拨出半数的公务开支，即使不靠外国援助也能轻易完成文物出土的工作，而那笔钱现在却用来供养及监管一群绞死十次都不嫌多的罪犯。与此同时，它禁止别国参与挖掘。德国人合理的提议被弃如敝屣，后来，查尔斯·瓦德斯坦恩爵士的计划也遭回绝。

"什么！"《意大利报》如是说，"难道我们要让什么国际发掘委员会骑在我们头上吗？难道我们要遭到土耳其人一样的待遇吗？"

好心的先生们，这就是事情的现状，分毫不差。

成立一个这样的委员会，其目的是成就一国无法或不愿做到的，有益于全人类的壮举。您②在赫库兰尼姆的所作所为跟土耳其人在尼尼微如出一辙。因此处理此事的方法也应该一样才对。

我怕是永远见不到文物出土的那一天了。

但我不会忘记一份美国报刊上的一篇文章，我想应该是《纽约时报》。在受难圣母修道院，眼望这片古昔的希腊人聚居地，耳听那些女孩的轻佻笑语，那篇文章让我陷入了新的思考。其作者提出了一项有争议的意见，即失传的萨福③诗歌在意大利地底埋藏的文物珍品中居于首位。失传的萨福诗歌——独特的见解！作为旁证，他引用了约

---

① 意大利古城。位于维苏威火山西麓，面向那不勒斯湾。公元 79 年毁于火山爆发。其发掘从 1738 年至今，仍有不少公共及私人建筑尚未出土。
② 指意大利政府。
③ 萨福，公元前 7 世纪希腊著名女抒情诗人，女同性恋者。

翰·阿丁顿·西蒙斯①对那位和蔼而神秘的年轻诗人的极口称赞。其实他不妨再加上阿尔戈农·斯温伯恩②，后者将萨福称为"古往今来诗人之最伟大者"。

萨福和这两位维多利亚时代的人物，我自言自语道。……为何只有这两位？这种跨越时空的亲和力是多么强烈啊！柏拉图曾道，灵所求者，凡揣测之；灵所欲者，其踪渺渺，溯而寻之，其路茫茫。

其踪渺渺，其路茫茫——

所以人们总会不经意地发现，在当代连智者都承认对某些问题一无所知。可我确切地预见到将来会显现的墙上铭文③，以最清晰的语言写着 1 + 1 = 3。这是一段不能被擦去，而应被阐明的铭文。它永远无法被消除。因而我们不需要一位德国女士来阐述那"被造就"的性别④，那无角却有脑的性别，为人的精神世界所做的贡献。而另两位⑤呢，则一直在开垦俗世的荒地，生儿育女，争斗不休——倒是挺符合他们长角的特征。

---

① 约翰·阿丁顿·西蒙斯(1840—1893)，英国历史学家。
② 阿尔戈农·查尔斯·斯温伯恩(1837—1909)，英国诗人、剧作家、文学评论家。
③ 源自《圣经·但以理书》，指注定的厄运。
④ 指女性，并指上文诗人萨福。《圣经》中记载，上帝创世第六日造人，先以尘土造出男人亚当，然后取亚当肋骨造出女人夏娃。
⑤ 指前文两位赞美萨福的诗人。

十六

························

小憩于卡斯特罗维拉里

我记得有一次与前文提过的那位罗马副官朋友聊天，他已被我视为意大利风土民情方面的圣贤，我问他为何意大利的火车站都跟它们指向的城镇相距那么远。我提到罗卡贝尔纳尔达，跟它的火车站足足隔了三十三公里；甚至国内的几个大城市都离铁路甚远，既不便又毫无必要。

"对，"他回答道，"非常正确！确实不便……但未必完全没必要……"他习惯性地点点头，这是他在深思某个难题时的常态。

"然后呢？"

"因为万事万物都有它的缘由，无论是地理上的，社会学上的，还是其他的……"接着他又陷入了沉思。"说说我对咱们俩这英国与意大利两方面观点的想法吧，"他终于开口说道，"首先，几条通则！我们必须认可，现代生活中的成功以正确领会某些准则为前提，这些准则是我们一切经历的依据——不妨将其统称为为人处世的科学态度。那么，英国人有没有养成这种态度呢？恐怕尚有欠缺。他们还在中世纪学究的那个阶段，满足于为每种现象找出独立的本因，而没有通过探索次级的因由而追寻其必然的、全局性的内在关联。换言之，他们并不从事实中提炼升华；他们仅仅尝试去调和各种事实。你们的政客和所有的公众人物行事都靠心血来潮——他们称其权宜之计。他们依循经验主义，他们从不试着将自己的行为规范化，他们鄙视这种做法，认为它构建的是理论上的空中楼阁。结果呢？他们这种过时的左支右绌的方式，不可避免地处处碰壁。然后他们就指望某种天公作美，某种意外，来拨乱反正。英国人的成就很大程度上得归功于这些意外——也就是其他人所犯的错误。总的来说，他们蒙上天青睐，可是总有一天他们会失去运气而摔个跟头，就像那些不懂得科学思考的俄国人在跟日本人打仗的时候一样。总有一天其他人不会再犯那些笨得可爱的错误。"

他顿了顿，而我克制住自己，没有打断他的滔滔伟论。

"现在来谈谈实际应用——这个具体的情景。告诉我，你们英国的铁路系统能体现出建设性的远见吗？我很确定，铁路公司在伦敦花了天文数字的成本，于城市中心建造了一系列地铁站。这种只看眼下，朝不保夕的政策后果如何？只要再过五十年，这些设施就难免被废弃——在眼下你们做梦也想象不到的新城区背后，成为贫民窟中的鸡肋，于是又得造新的站点。可是在意大利，现在看来遥不可及的城市在五十年后就会扩张到火车站的位置，而再过个五十年，就会将火车站包围住。多亏了我们的远见卓识，火车站正好建在了合适的位置，在未来的城市中心，我们的子孙后代将心怀感激。而这一点，相信你也认同，是一项值得追求的政治愿景。而且，如果没有人需要坐马车的话，我们的马车夫又将何去何从？那些可怜人总不该忍饥挨饿吧！这就是所谓的明事理而存热心；对于一个以真正文明开化为傲的社会而言，人道主义关怀是不可或缺的。我相信我已经解释得够清楚了吧?"

"当然清楚，你一向如此。可是为什么我要为了讨好你的后人，甚至是我的后人，从而给自己带来不便呢？我也不认可那种将我的需要置于马车夫之下的热心。你并没完全说服我，亲爱的先生。"

"说实话，有时候我也没法说服自己。比如我自己乡下的火车站，也奇怪地离城市很远，寒冬腊月的晚上要驾着马车在泥泞里走六英里确实很气人，尤其是当你急着回家吃晚饭的时候。因而在我偶尔自私自利的时刻，我宁愿当局采用随便哪种徒有其表的英式做法。不过话说回来！罗马的终点站可没有这个问题。"

"确实没有这个问题。可我能举出另两个问题。站台的布局不便，旅客常常找不到洗手洗脸的地方，而说到热水——"

"我承认铁路线上的设施有其欠缺之处，可是天哪，城里有无数的旅馆与公寓，一个人到底为什么要在车站洗濯呢？哎，你们这些英国的怪人！"

"那么假设，"我追问道，"他急着要赶另一班南下的火车，去那不勒斯或者巴勒莫的话呢？"

"那你就错了，我尊敬的朋友！没人会从罗马往南走的。"

没人会从罗马往南走……

我常常思考这句话。

我不得不回想起这段对话的时刻，我正与辛勤的老马们一块儿颠簸了两个半钟头（这些拉车的马中有一匹还是前一天刚花了六英镑买的）从卡斯特罗维拉里火车站到达城镇入口，在那里我们又被耽搁了二十分钟，因为那些贪婪的税务官员翻遍了这辆邮车上的每个大小包裹。

许多人都说过这地方的坏话。可我对它唯一一次不愉快的印象早就被新建的整洁小旅店抹掉了。与罗萨诺的肮脏污秽相比，这里简直是天渊之别！可以确定的是，卡斯特罗维拉里并没有那么久远的历史来养成根深蒂固的不良传统。它落成的时代较晚，是由诺曼人建造的，也有说是由罗马人所建，并将它命名为阿普鲁斯图姆。还有一种可能性是由希腊人所建，他们在这片土地上筑起了阿比斯特戎城，其选址依据跟早期的青铜与石器时代的原始人相同，至今大英博物馆等地仍存有那些原始部落打制的武器。①

可是跟亘古常在的罗萨诺比起来，石器时代又算得了什么呢？一位教会作家证实了在诺亚时代的大洪水前，卡拉布里亚就已有人居住；而我们相当确定，罗萨诺是那时的古人常往盘桓的处所之一。不过，像我现在这样睡一张干净的床，吃一顿卫生的饭，总是种可喜的改变。

我们身处南部，从各种各样的小细节可以看出这一点——比如，从猫的行为习惯……

据说，是塔兰托人将猫带入欧洲的。如果南意大利的猫还与它们的努比亚祖先类似的话，那么这种动物真的不值得传入。一到这个地区，我注意到的头几件事情之一，就是附近的猫狗在外表上与英国或

---

① 塔兰托、库迈、帕埃斯图姆、梅塔庞图姆、蒙特利翁和其他几座南部城镇也是先人们在史前遗址上建成的。——作者注

其他任何北方国家里的同类动物有着天差地别；还有，它们在性情上也大相径庭。我们的狗动作敏捷，终日警醒；这里的狗则是昏昏欲睡的劣等杂交种，双目无神。我们的猫毛色光滑，优雅慵懒；这里的猫则四处潜行，看上去鬼祟憔悴，饱经风霜，毛皮结成一块块的仿佛打了补丁，而耳朵一直在焦虑地颤抖着。本地的普罗大众并不觉得这类家养动物应该养在家里，因而它们得外出觅食。狗以垃圾堆里的残渣剩菜为生，而其他动物则到田野里捕捉蜥蜴。吃蜥蜴是会使它们变瘦的（反正我吃了的话肯定变瘦）；但我怀疑南部的猫如此瘦弱不仅仅是因为这个，还因为它们确实长期挨饿。许多猫一辈子都没喝过一滴牛奶，就连自己母亲的奶也远远不够。

我认为我们英国人的宠物溺爱症——我们对哈巴狗的狂热——是堕落退化的铁证，可这并不代表我认同虐待动物，这种做法已经惹恼了许多到此地的游客，并被归咎为“撒拉逊人”的影响。当然这么想是错的，倒不如说这是古希腊人的作风。① 我们知道希腊的牛群如何任劳任怨，运载建造神庙用的巨石——在任务完成后，又如何被带到草场上放牧，无忧无虑地过完一生。我们知道希腊人喜爱犬类的优美与忠诚——难道荷马笔下的阿尔戈斯②不是文学作品中狗的典范吗？可是对于他们而言，狗，即使是史诗中的狗，也无法超越它的本质：一种被驯服的野兽。餐桌上的希腊人厌恶狗那种无礼的态度，即盯着主人吃进去的每一口食物，从脸上就能看出来它认为自己也该大吃大嚼一顿。由此产生了那个意味深长的词（希腊文作 kunopes）——长着一双狗眼，意为不知羞耻。与这种清醒明理相对，看看英国人从一

---

① 顺带一提，古希腊人对动物的态度既非麻木不仁又非温情脉脉。——作者注
② 荷马史诗《奥德赛》中奥德修斯的忠犬。

条狗的眼中能读出什么吧：

> 它水汪汪的瞳仁浸满忧伤，
>
> 从那惹人怜爱、灵性充盈的丰泉里
>
> 似有维吉尔式的呐喊汹涌而来——
>
> 洒泪于一切白驹过隙之生命……

（这就是马修·阿诺德笔下一条叫费多的狗的心情，当时它正注视着主人享用一块肥嫩的牛排……）

可怜的撒拉逊人！他们成了全国范围内的替罪羊。其实在动物这方面首当其冲的罪人要数梵蒂冈教廷，其官方教义就意味着权威认可虐待动物。当奥多·罗素爵士打算成立一个协会以防止意大利境内的动物被虐待，并就此征询教皇的意见时，教皇的答复是："教廷不会批准这样的协会，因为它犯了一处神学错误，即认为基督徒对动物负有责任。"这话说得再清楚不过了，如此明了的陈述对教廷而言倒是难能可贵。不过，之后欧依达写给《泰晤士报》那些激情四溢的信，开创了一个真正的人道主义的时代。

还有晚餐时间特别迟——南部的另一特征。我到达的那天，坐下来吃晚饭已是十一点了，而旅店的常客比如技师们，仍在陆续进店用餐。现在暑热天时已开始，要很晚才会有胃口了。

炎夏真的来了。热得令人晕厥的夏日遍覆全地，草地变得光秃秃的，头上终日蝉鸣不息。尽管卡斯特罗维拉里的海拔有一千英尺，它到了八月肯定暑气逼人，因为四周都是烤焦的田野，此外还有一圈圆形竞技场似的石灰岩山反射阳光。要是你漫步在田野中，就能望见正在修建的途经卡萨诺的铁路，那是个风景如画的地方，以酒与矿泉闻名。你也可以研究那些巨型蚱蜢的习性，它们成群结队地悬挂在干枯的蓟草上，一旦受惊就四散奔逃，发出的噪声足以让人以为那是一群鹧鸪。或者不妨去旁观这个季节人们为牛钉蹄铁的过程，这么做是为了让牛帮着为玉米脱粒。旧时的作家们众口一词地说此镇曾被橡树林环绕。直到一八四四年，人们还在哀叹砍橡树这种"上古的野蛮风俗"未受阻止。现在大错已然铸成，而我很有兴趣了解现在的夏日气温与古时到底有多大区别。

这片地区曾种植过花白蜡树。我不晓得它那种能制成泻剂的分泌物现在还是否流行。人们一度将它的分泌物与《圣经》中的吗哪混淆，以至卡拉布里亚曾被传说是"吗哪如甘露自天而降"之地。桑迪斯声称吗哪是由桑葚加工而成。此君四处抄袭别人，不过还是留下了几处自己的疏漏。顺带一提，理查德·波考克是不满卡斯特罗维拉里的人之一。他游历此地时除了一间徒有四壁的房子，找不到任何别的住处。用他的话说这是个"穷地方"。

要是驾着马车穿过今日的卡斯特罗维拉里，你也许会觉得此地过于平坦，与 castrum① 这个词根不相称。不过老城区就不一样了，它傲然矗立在高地上——海角的一头，俯瞰两河交汇处。新城区则位于它背后较平坦的区域。这座一度熙熙攘攘而现在却几近荒颓的卫城，散发出事物衰败时那种让人毛骨悚然的魅力。那些曲折不平的道路弥漫着霉烂的鬼气；墙上灰泥剥落却无人理会；野生无花果树葱郁的臂膀从宫殿的窗户伸出来，那里的阳台锈迹斑斑，原本粉刷一新的门廊早已崩碎为尘土……一幅凄凄切切、瘴疠横行的废墟景象。

这里作为要塞，当然也有一座城堡。阿拉贡人建造或是重建了

---

① 拉丁语，意为"适于驻兵之地"。

它。它有四座角塔，其一之中曾发生过可与加尔各答黑洞①比肩的惨剧。大批关押其中的盗匪无人照料，饿死在四壁高墙之内。据历史学家波塔所言：

> 那股可怕的气味使看守们都不敢接近；无人来抬走死尸。瘟疫愈发肆虐了，撕扯啃咬，如同牙尖爪利的疯狗一般。卡斯特罗维拉里的塔楼成了腐烂败坏的魔窟，那股恶臭飘延甚远，持续逾季。

城堡现在用作关押犯人。卫兵们曾提醒我切勿离墙太近，这是"禁令"。我没有什么违令的理由。从蜂拥而至的老鼠看来，这儿恐怕说不上是模范监狱。

这座倾颓的要塞中有一条街道，时至今日仍刻有铭文"Giudea"，意为犹太人区。南意大利居住着许多希伯来人，对此 H. M. 阿德勒先生曾发表过一番睿智的谈论。他们有自己的居住区，而且看起来名声不错。卡斯特罗维拉里的犹太人自从被斐迪南二世于一五一一年驱逐后，殷勤地将他们的一所学校捐给了镇上。不过他们不久后就回来了，并要回了那所学校。尽管他们曾遭迫害，却从未像卡拉布里亚的瓦勒度派②教徒们那样不幸殉道。

从这个犹太街区的房屋能俯瞰科西勒河，旧称锡巴里斯河，从街区某处伸出一条陡峭的小路直下到河岸。河岸别是一番气候，清凉而

---

① 法国于 1756 年 6 月，在孟加拉仓促建立，用来监禁英国俘虏的场所。1756 年 6 月 20 日，监禁于此的英国人与印度佣兵 120 余人均窒息身亡，引起了国际争论。
② 约从中世纪兴起的基督教教派。

潮湿。乌青色的河水欢快地奔向平原，穿过一片片贫瘠的扁豆和西红柿田，以及从未清理过的杂乱菜地。然后如果你再度爬上山来，不妨去参观海角顶端那间著名的礼拜堂，名为城中圣马利亚堂。那儿有个小平台供人小憩和观景，我在那消磨过几个傍晚——让目光沿着乡间漫游而上，直到多切多尔梅及其附近的峰峦，然后往西掠过地势如波起伏的西拉，那里的最高峰波特多纳托由于其独特的形状，即使在四十英里外的此地也不会认错。

保存在该礼拜堂中的圣母像过去常常显灵，其神迹多得我数不过来。不过，现在正是新的奇迹该降临之时。经过几次地震的破坏，礼拜堂已多处毁损，甚至摇摇欲坠。会不会有哪位从美洲回来的移民慷慨解囊整修呢？

某种程度上，这也能算个奇迹了。但现在信仰的时代已经过去——在以前那个年代，脾气暴躁的新教徒约翰·海因里希·巴特尔斯曾旅居此地，当他只数出七间修道院时大发牢骚（过往曾有两倍之多），并认为那一百三十名牧师是"大腹便便的流氓，终日在街上游手好闲"。

我从旅馆窗口能望见远山上覆着一小片白雪。我知道那个地方，它就是所谓的"王子山"，旁边的小道蜿蜒通往波里诺地区。我肯定会去那边，但麻烦的是即使只到森林里漫游三日，也得带上一定的食品与衣物——一匹骡子是不可或缺的。而卡斯特罗维拉里看起来并没有这种牲畜。

"去莫拉诺！"人们告诉我，"它就在近山的地方，那儿的骡子跟黑莓一样多，去莫拉诺吧！"

莫拉诺位于峡谷中往上几英里处，在那条通往拉戈内格罗的军用大道上。大道由缪拉所筑，穿过巴斯利卡塔的内部，于坎波特内斯往上直到海拔千余米处。这段景色宜人的道路上现在有了公共汽车服务，收费低廉，每公里只要一个苏。

那么，这就上路！

又及。——南部的另一特征：

一旦南下过了那不勒斯，除了最有教养的一群，没人会说 grazie（意为谢谢）这个词了。但并不能由此推定南方人就都是忘恩负义者。他们对这件事情的概念完全不同。我们北方所说的"谢谢"是一种复杂的产物，其无意识中平衡了对已收到的与将要来临的馈赠的感激。而这里的人所持观点则无异于希腊礼节中的完美范式，即像阿喀琉斯的传说一样，他的母亲为他从赫淮斯托斯那里取得了一件神甲，而他却一句感谢的话都没有，无论是对母亲还是对因此受了点小麻烦的火神。他们将赠物视为随机发现的东西，幸运的偶拾，生命中缘分带来的喜事，馈赠者则只是幸运女神手中盲目的工具。这种冷漠的态度使我们厌恶，而我们溢于言表的感激则使这些人诧异不已，跟东方人的反应一模一样。

这方面更深一层的区别是，他们会用一种外在的、理智的态度来看待实际的赠品，要么看它被交易或售卖的价值，要么看它如果被留存，能如何提高获赠者在众人眼中的地位。再一次的，这纯粹是荷马式的观念——或者也可以叫原始观念，见仁见智。奥德修斯在与热情款待他的阿尔喀诺俄斯做不复再见的诀别时，说道自己很想获得一份告别礼——用来纪念友谊吗？不，而是"因为当他返乡时，这份礼物会为他增光添彩"。纪念品这个说法，即为某种小东西附加情感价值，是北方的概念。南方这边的生活是给予和获取，得到多于付出的人就是幸运儿。这就是马哈菲教授所说的"希腊性格中根深蒂固的自私"。对于除了最上层阶级外的人，我想无私的仁慈之举是超越其理解力的，善良慷慨的人会被他们视作愚蠢。

这个人难道没有家人，所以要对陌生人行善吗？还是说他生来不幸——脑子不灵光？他们会这样争辩。他们会对家人做出许多自发的善举，远远多于我们所习惯的频率。但出了那个小圈子，利益（奥德赛式的自利）就成了他们行为的主要动机。因此他们对陌生人温文尔雅，彬彬有礼，其无止尽的友好表示足以骗过粗心的人——他们希望永远能够博得你的欢心，因为早晚用得上你。而假如你刚好遂了他们的愿，他们将带着哲学意味地惊讶于你奇怪的慷慨之举，以及你在辨别力与自制力上的欠缺。机敏的自利行为被视为坦诚率真而受到尊敬。识见渊博而不讲原则的北方人很快就熟谙此道，并为己所用。在降低自己的道德门槛后，北方人很快——某人是这么对我描述的——"如鱼得水，应付裕如"，而且那种名不副实的胸无城府、买卖公平的名声使他们如虎添翼，从而他们能一辈子受人奉承讨好，人人都希望能最终得到他们的信任。生性柔顺乐天的南方人想与坚韧不拔的撒克逊人或条顿人①较量，简直是痴人说梦！这一点造就了南部外国商行的成功。生意归生意，落后者遭殃！这话没错，但要是有人既非商业需要而扎根此地又无法接受卑鄙的行事作风，那他多半会觉得长住在那不勒斯这种商业中心——每日所见所闻皆是钩心斗角争名逐利——对其惯常的坦率与自尊是种玷污。

这些南部城镇里确实弥漫着某种残暴冷酷的味道。

克莫拉，即恫吓胁迫的法则，统治着这座城市。当司汤达提到

①　民族名，古代日耳曼人中的一个分支，公元前 4 世纪时大致分布在易北河下游的沿海地带，后来逐步和日耳曼其他部落融合。

《威克菲尔德的牧师》①中"单纯无害"的人物时，他评价道"在意大利暗无天日的时代，单纯无害的人死无葬身之地"，所指的就是这种凶残暴力的风气。在一片要靠獠牙利爪生存的土地上，一个人受尊敬的程度与其对他人的威吓成正比，因而无害的人是绝难得到尊重的。社会生活充斥着暴行，以至于要不是他们的文明历史确实比我们长久许多，恐怕人们会认为他们还处在不适宜大范围群居的野蛮时代。一般说法是后父系社会的状况催生了这个民族最糟糕的劣根性。我们得改变对胖子和瘦子的看法；我们应该同情卡西乌斯，并痛恨法斯塔夫②。

"跟你打官司的那个对头，"你对某个大腹便便的人问道，"出什么事了？"

"你说哪一个？"

"噢，M先生，那个木材商人。"

"我把他给吃了！"

小心身材肥胖的那不勒斯人。他块头大是因为成功，因为吞掉了他瘦弱的兄弟们。

这让我想起了一个至关重要的主题——饮食。

这里的饭菜比英国正常，我们的饮食特色包括无处不在的动物油脂（在英国，即使白煮蛋吃起来也像羊油），还有汤锅、板油，以及其他各种魔鬼的发明物，我们能存活下来只因长期采用以下方式中和或驱散其可怕的味道：（1）药物，（2）运动，以及（3）酒。这儿的

---

① 爱尔兰作家奥利弗·哥尔斯密发表于1766年的小说。
② 典出莎士比亚戏剧，卡西乌斯被形容为"带着干瘦饥渴的人的神色"（喻其渴望权力），而法斯塔夫的形象为体形臃肿的胖子。

食材确实相对合理，但人们的饮食结构却一塌糊涂。一般的从业人员早上起来就喝一小点清咖啡，仅此而已。在如此不健康的状态下，人还能做出多少工作来？那当然一个人的工作得十个人来完成；当然这十个人一早上都绷着脸，动不动就发脾气，满脑子只想着他们的午饭。然后确实——他们饱餐一顿来弥补失去的时间；至少对于少数几个受优待的，吃得起大餐的人是如此。

我有一次观察过一个小伙子，他或许是哪里的职员，中午在饭馆用餐。他一开始告诉侍者自己那天没胃口——老天哪！一点胃口都没有！不过最后听了侍者的建议，吃了凤尾鱼和橄榄做开胃菜。之后他又被说服尝尝通心粉，因为它"特别适合白天吃"。于是他吃了，或者应该说囫囵咽下了一大盘。接下来上了几片切好的肉和一盘蔬菜，后者足以喂饱一头快饿晕的小公牛。还要点鱼吗？侍者问。嗯，不妨来一点吧，只是求全责备——两条煎鲻鱼外加一些难以形容的配菜。再接再厉，他"为了调理自己虚弱的胃"又吞下了几个生鸡蛋，外加一碗沙拉和一大块乳酪。我多少带着点嫉妒走开了，留下他继续享用餐后甜点，那时他已经又吃掉六个桃子了。在这些东西上（这是当地很正常的一顿饭）再加半瓶烈酒、一杯清咖啡和三杯水——在像蟒蛇一般这么胡吃海喝之后人还能工作吗？他还是像早上一样烦躁易怒，这次是因为吃得太撑……

这就是为什么他们大多患有消化器官慢性病。那不勒斯的一家医院院长告诉我，在当地胃病比在欧洲任何其他地区更流行，而不管感伤主义者怎么反对，胃才是人情感的真正依托，因而一份合理的食谱有可能对人们的情感调控产生奇效。几乎所有地中海沿岸的民族自古以来都吃得不健康，因此他们个头都较小。假如我能为意大利人安排几个世纪的营养搭配，我有把握将其平均身高提高几英寸①。我有把握改变他们对待生活的整体态度，把他们从功利主义者改造为浪漫主义者——如果这种变化可取的话。因为如果说功利主义是饥饿制造出来的幽灵，那么浪漫主义无疑就是饱食散逸出来的蒸气了。

可是人们仍旧把种族特性说得一成不变，根深蒂固！

犹太人，在他们还于巴勒斯坦忍饥挨饿的时候，是世界上最偏执、成见最深的种族之一。现在他们生活与饮食回到正轨了，于是学会了处世公允——他们成了理性论者。他们的同伴闪米特人②，即后来的阿拉伯人就没那么幸运了，一直难逃饥饿的煎熬，仍旧凭《可兰经》③立誓——腹内空空，脑内亦空空。仓廪实而知礼节，衣食足而知荣辱。他们中最明智者只好投向禁欲主义——对环境的无声抗争。丰衣足食的人们中间是没有禁欲主义者的。罗马人在摒弃共和国的吝啬传统之后就自己发现了这一点。

简而言之，对我来说无法以生理学角度解释的美丑善恶根本不值一提；假如某种道德规范不是由我们的生理规律所形成的，那它就没有存在的资格。既然如此，什么是最显著的原罪呢？

嫉妒，毫无疑问。

出于嫉妒，人们憔悴而亡；出于嫉妒，人们自相残杀。要创造一

----

① 英制长度单位，1 英寸 = 2.54 厘米。
② 民族名，起源于阿拉伯半岛和叙利亚沙漠的游牧民族，相传诺亚的儿子闪即为其祖先。
③ 伊斯兰教的最高经典，共有 30 卷 114 章 6236 节，每一章以一个阿拉伯语词作为名称。穆斯林认为《可兰经》是真主阿拉的话语，通过大天使吉卜利里传授给穆罕默德的。

个更为平和淡泊①的族类，要驱散嫉妒心及其引发的劣行，说到底就是个健康饮食的问题。我很想看看，那早晨的一点清咖啡要为多少肮脏龌龊的念头和冤冤相报的仇杀负责。

　　一旦吃得好了，日常街上所见的脸孔也会发生变化。眼下，嫉妒写在几乎每个中产阶级市民的脸上，而最穷的人们常常饿得面如槁木，心神涣散——连将饥饿催化为道德沦丧的时间都没有。大学毕业的人身居要职，其薪水却连伦敦的电梯服务员都会嗤之以鼻。此地的另一特征就是尊重正直却贫穷的人——在英国则刚好相反，自从某位极其势利的主教掌权之后，收入微薄就被视为耻辱的象征之一了。

　　南部还有一大特点是——

　　够了！钟指向了傍晚六点二十，是时候去散个步了——最后的一次——到城中圣马利亚堂的露台上徜徉。

---

① 这里的平和淡泊，所指并非基督教（新教）意义上的爱好和平与悲天悯人。爱并宽恕敌人的教条纯粹是出于懦弱；这种意义上的怜悯他人，与自怜这种臭名昭著的恶行就相去不远了。而天主教教义——即使理论上不是，实际上也是如此——巧妙地对这种外来的反常美德避而不谈，因为知晓它们不会受阳刚气概的信众欢迎。我说的平和淡泊是坚忍沉着，独立自主。——作者注

十七

老莫拉诺

　　莫拉诺是座名副其实的古城。图法雷利于一五九八年撰文证明当年此城恰好三千三百四十九岁高寿。奇怪的是，这么说来它与罗萨诺几乎是同时建成的……

　　莫拉诺或许有骡子。的确，这儿应该有。但它们是幻影般的存在：可谓幽灵骡。尽管许多人，比如骑枪兵队长、当地客栈店主、民警、市政厅秘书、一位友善的教士加上几位普通市民，都热心协助，我足足三天掘地三尺却一头骡子都没找到——与此同时，还不得不在莫拉诺与卡斯特罗维拉里两地来回奔波。因为莫拉诺尽管是座大城（据说比卡斯特罗维拉里要大些），却没有任何以北方的标准称得上能吃的食物，或能住的旅店。

从卡斯特罗维拉里来的路上，莫拉诺的景色是令人屏息的。视野的核心是一座陡峭的锥形山峰，一片洁白的房屋如瀑布般从山的一侧流下——峰顶的城堡耀眼夺目，碧空在其破损的窗棂间若隐若现。可是城内就远衬不上外景的堂皇了。就我漫步所及，莫拉诺是座由昏暗、曲折和恶臭的小巷构成的迷宫，随处有黑猪在杂乱难闻的垃圾堆中打滚——换句话说，此镇可谓某种公民自由主义的范式，即每个人都有权利将自己的垃圾扔到公共的街道上不管不顾，代代如此。龙勃罗梭①是怎么说的呢？"在许多城镇，街道清洁工作全靠老天降雨，而当没有雨的时候，则仰赖街上猪们的胃口。"不过，在等待那些最终也没有来的骡子时，我沿着那些小巷巡视了一番，一开始纯粹是出于无聊，但很快就被其间微妙而迷人的一切吸引了——甚至包括那一大片肮脏污秽。可是第二天，城内公告说出现了一起霍乱病例，从而浇灭了我继续探索的热情。因此我便没有去瞻仰后来人们所言此城的标志性珍宝——某间教堂里的木刻祭坛装饰画。

"它壮美惊人，而且年代久远。"我向一位热心的市民打听时，他如是说，"我去过美洲六次，见过各种千奇百怪的东西，可是世上还没有能跟它媲美的。那位雕刻家——提醒您，那是一位真正的艺术家，不是什么普通的技师——在这件作品上倾注了一生的心血。你知道，它是为教堂而作的，而作者想要展示自己创造一件传世奇珍的能力。接下来，它完工并被安置好后，牧师们拒绝付酬。他们说，这不是为他们而作的，而是为了神的荣耀，这就足以作为报酬了。而且，

---

① 龙勃罗梭（1835—1909），意大利犯罪学家、精神病学家、刑事人类学派的创始人。

作者此后一生之罪都得赦。作者说自己不在乎赦不赦罪，他要的是钱——钱！但他一个子儿也没拿到。此后他就焦虑不安，并变得胆小怕事。钱啊——钱！他只会说这么一句。最后他又丧气又嫉妒，脸色发绿，郁郁而终。他的儿子接手了这项争端，但他也没比老爹向教堂多要来一分钱。你明白，画已经安放在教堂里了，他没法将它拿走。有一晚他爬窗进入教堂想把它烧掉——那些焦痕今天还在——但牧师们太机灵了，他无功而返。他心里对这件事念念不忘，以至于他也英年早逝！又沮丧又妒忌，脸色发绿——无异于乃父。"

以上这段口述历史中最有特色的要数"脸色发绿"这个词了。南部的人们在形容灰心丧气或妒火中烧时常用这种颜色。他们有句谚语叫"要么倒，要么爆"——放下负担，不然会崩溃而亡。我们夸耀的那种自我克制的理性，所谓对神经反射的支配，在他们看来不仅是空中楼阁，更于健康有损。因此，一旦情绪无法缓解，他们要么闷头深思而陷入一种"绿色的"忧郁，要么死于突然的"血脉偾张"，就像我熟识的一位年轻女子，由于觉得自己与电车售票员讨价还价时，亏了一便士，即刻便"血脉偾张"，几小时后就死去了。这真是自尊心最原始的体现啊……

既然没法详述莫拉诺的街道，我便沿着山后青葱的斜坡爬上了那座废弃的城堡要塞，眼前肥沃丰饶的山谷让人心旷神怡，数条溪流灌溉着种植各色作物的土地，有桑葚、石榴与杨树。上面这里有几个男孩在捕鸟——捕的是小茶隼，它们的巢筑在一扇坍塌的大门之上。捕鸟的装备是一根棒子，一端连着一段弯曲的铁丝，看上去成功的希望甚是渺茫。但突然之间，他们爆发出一阵狂野的欢呼，原来是钩到了一只，接着他们便兴高采烈地带着鸟儿回家吃晚饭去了。与此同时，我从望远镜中可以看到小鸟的母亲不停地在附近盘旋，注视着孩子们的一举一动；她偶尔滑翔到很近的地方，接着突然转向，振翅在他们头顶徘徊。很显然她不忍就此离去，而掠夺者们刚走开，她就停在门墙上，开始察看巢的残骸。那儿恐怕已是凌乱不堪了。我为她难过，但如此轻率的做法也是自作自受。这座古城堡有如此多的裂缝可以筑巢，为何选了一处任何男孩子都能用棍子够着的地方？下个季节她应该会小心一些了。

少顷，一位年迈的牧羊人爬上山，坐在我身边的大石上。他是近视眼，且身患哮喘，没法工作。医生建议他傍晚到城堡来散散心。我们聊了一会儿，他从马甲的口袋里掏出一枝康乃馨——马甲口袋放花真不寻常——并送给了我。我提到万众瞩目的骡子的话题。

"骡子在莫拉诺可是抢手的动物，"他解释道，"劳作终日的牲口啊。"不过，他答应尽力帮我的忙。他认识的一个人有一头骡子——或是两头——可能的话，他会把那人叫过来。

莫拉诺的一景是妇女的衣着，其代表为自家染的红裙子与发辫上的同色缎带。那是种美丽而静雅的红色，在庞贝红①与砖红之间，那种色泽与突尼斯的贝都因②已婚女子佩戴的红布甚为相似。或许它就是撒拉逊人传进来的。我猜，也是他们引入了对红椒的热爱（红椒是受大多数东方人青睐的菜肴），这在附近地区是独有的，人们大啖以各种做法烹制的红椒，尤其是以其作为辛辣调料的红肠。

此地处处弥漫着关于撒拉逊人的记忆。据说，城名莫拉诺就是由

---

① 颜色名，鲜红而略带橘色。庞贝为古罗马城市，于公元79年8月24日被维苏威火山爆发时的火山灰掩埋到地下。据说庞贝红的名称源自庞贝城中房屋的颜色。
② 民族名，是以氏族部落为基本单位在沙漠旷野过游牧生活的阿拉伯人。

moro 一词而来，① 意为摩尔人②。在小广场上，这个形状不规则而别致的地方，几株巨大的老橡树遮荫蔽日，附近流水潺潺，墙里嵌着一尊摩尔人的头像雕塑，人们告诉我那是为了纪念古代某次抗击撒拉逊人的功绩。它是此城的荣誉勋章。这个摩尔人头像戴着一顶红色的土耳其毡帽，面目被涂成黑色（这是流行的"撒拉逊人"外貌），头像下面刻着一行铭文"居于桑树之下"。繁荣的村镇萨拉切纳也坐落在附近，自古以麝香葡萄酒闻名。该酒以撒拉逊人从马斯喀特带来的葡萄酿制，今日这种葡萄已遍布西西里了。

在莫拉诺，男子移民到美洲的现象十分普遍，三分之二的少壮男性人口眼下已在大西洋的另一边。而留下的老人们则是十分有意思的一群。他们通常戴着尖顶帽（当地称为"石板帽"），为其佝偻却显出精明狡黠的身影遮荫。在眼下的夏季，他们于凌晨三点半离镇耕种田地，常要去到很远，夜幕降临时才归来。要观察这一群佳妙难得却行将绝迹的人，你得到通往卡斯特罗维拉里的大路上找个据点，望向日落的方向，然后就能见到他们或骑驴或步行，在一天的劳作后踏上归途。

尽管衣着简朴，这些农民依旧家境殷实。据说莫拉诺的邮政储蓄高达两百万法郎，绝大多数都是这些卑微耕作者的存款，他们在譬如

---

① 当然这是错的。同样的错误还有说它从 moral 得名，那是一种桑葚——尽管附近这种树确实多不胜数。还有一种更离谱的说法，认为莫拉诺得名于神秘的奥耶诺特里安人（古民族名，曾居于意大利帕埃斯图姆至卡拉布里亚南部。——译者注）中的一条谚语——那个著名的部落——据说他们游荡于这片地区寻找定居地，发现此处后感叹道：Hic moremur——吾其留焉！莫拉诺（说来奇怪）只是古罗马的穆拉努姆城罢了。——作者注
② 多指中世纪伊比利亚半岛（今西班牙和葡萄牙）、西西里岛、马耳他、马格里布和西非的穆斯林居民。

为女儿置办嫁妆这样的重大时刻总能掏出一笔令人惊讶的款项。仅是婚纱，一件蔚蓝真丝镶以蕾丝与纯金绣线的耀目珍品，就得花费六百到一千法郎。总的说来，莫拉诺尽管看起来邋遢，却是片丰饶之地，它也以众多博学之人的出生地而闻名。十七世纪那不勒斯的名诗《被遗忘的二弦琴》的作者，就曾在此地暂居而被称誉为莫拉诺之子，尽管他明确说过那不勒斯才是他的故乡。这里的古代著名文人中包括莱昂纳多·图法雷利，他是如此颂唱自己的故乡的：

续说——古往今来，扬名于兹，多少文人贤士！其间——略举一例——吾人之时代有利奥帕多·德·罗索，精医术而晓哲理，诸学科无一不通，足可与毕达哥拉斯比肩。及至今日，于神学，于二法①，于医药，孰知每科饱学才俊几何？而史家、诗人、文法家、画师、名伶，又岂可胜数？

现代作家尼古拉·莱奥尼也是莫拉诺的骄子。他的巨著《大希腊之卡拉布里亚三省》于一八四四年至一八四六年面世。他同样不遗余力地赞美自己的出生地，并为那些黑暗时代中卡拉布里亚文学的衰微而悲叹。

阿曼泰亚学院永远门扉深锁！罗萨诺学院无法再见天日！蒙特利翁学院早已门可罗雀！卡坦扎罗学院实在人迹萧索！而蒙特利翁的公众图书馆，吾等亦再难踏足！噢，古昔的荣光！噢，父

----

① 指基督教中的道德法（即神授摩西之《十诫》）与礼仪法（即摩西颁布之法典）。

辈的睿智！何处可寻？……

能在莫拉诺这样污秽不堪的环境中过上丰富的精神生活，本身就体现了一种让人嫉妒的明哲心境———一种近于无知无觉的超然。但或许我们只是在这堕落的时代变得太易于被外物影响了，又或许古时的环境会整洁些——谁知道呢？人们总喜欢美化过去，尽管证据往往指向相反的结论。

大大出乎我意料，一个拥有骡子的人出现了。他是个有北方血统、身强力壮的市井无赖，双目明亮，留着好看的唇髭，整个人总带着一种不怀好意的快活味道。

是的，他说，他有一头骡子，但要连续爬三四天的山——哈！哈！——你知道的，那可不是件容易的活儿。他问我晓不晓得山上有林子和积雪？有没有上过那座山？还上过！那么，我得明白山上可没有食物——

我用手指指从卡斯特罗维拉里买来的食品储备。他柔和的眼光扫过那一堆东西，最后停在了各式各样的酒瓶以及一个十二升的坛子上。

"自家喝的酒，"我推波助澜，"可不是你在餐馆喝到的那些便宜货。"

最后，他同意成行。是的，代价是有一点，不过这趟去得。他还有另外一头骡子，是一头母骡，他突然想到我或许有时需要骑一下。它很温顺，还可以为原先那头做伴。两头骡子，两个基督徒——想想正合适。……而且加一头骡子只要每天多出四个法郎。

成交！真的很便宜。有点太便宜了，以至于我立即就开始怀疑那头"母骡"的真实性。

我们干了一杯本地的混合酒作为敲定买卖的标志，接着我向他要求一笔押金———一小笔钱来保证他会信守诺言，即带着牲口于凌晨两点到我的住处来，这样我们就能在烈日炎炎的正午前进入山地了。

他的脸色沉了下来——好兆头，说明他开始尊重我了。然后他掏出钱包，勉为其难地放了两法郎在桌子上。

那天晚上我一直在做临行准备。我早早上了床，试着睡一会儿。一点钟到了，然后两点，然后三点——骡子没来！四点钟时我来到那个人的住处，将他从酣睡中叫醒。

"你这么早就来看我了？"他问道，从床上坐起来揉着眼睛，"你这人真不错。"

他轻描淡写地解释道，有一头骡子前一天下午丢了一个蹄铁。他马上就去把它钉好——马上。

"你可以昨天傍晚就告诉我呀，害得我为了等你一晚没睡觉。"

"是啊，"他答道，"我当时想告诉你来着。但我之后就躺到床上去了，睡得死死的。啊，先生，能睡是福！"他夸张地伸了个懒腰。

骡子的蹄铁终于钉好，我们于清晨五点钟总算出发了。

十八

非洲入侵者

　　本地有一种面相，毫无疑问属于闪米特族
——头发卷曲，肤色黝黑，鼻似鹰钩。我们不妨
猜想它源于撒拉逊人，因为首先可以将腓尼基①人
排除在外，其次中世纪的犹太人是从不与基督徒
通婚的。它与巴勒莫常见的相貌属于同一类型，
该地曾是那些非洲人②的都市。拥有类似面貌特点
的还有科森扎，该城过去也常被撒拉逊人占领。
人们的性格里也带着一抹东方的特征。因此本地
人的做派与沉迷琐事的闪米特人颇为相似，他们
宁可被冠以最不堪入耳的浑名，也不愿丢掉赚一

① 民族名，闪米特人的一支，为犹太人的近邻。
② 指撒拉逊人。

个苏的机会；他们永远在哭穷，而且不能忍受别人拿他们臭名昭著的财富来开玩笑；他们终日谈论秘藏的财宝，行踪隐匿，再加上许多其他东方的小细节，以至只要在东方住过的人就会附和爱德华·李尔①身边希腊仆人的评价："这些人就是阿拉伯人，只不过多穿了几件衣服而已。"

许多撒拉逊词汇（主要是海产与舶来商品）仍沿用至今；我随手就能举出一百来个，部分是书面语（如 balio，男保姆；dogana，海关，等），部分是方言口语（如 cala，海湾；tavuto，棺材，等等），还有地名例如 Tamborio（闪米特语中的塔博尔山），Kalat（卡拉塔菲米），Marsa（马尔萨拉）。

关于撒拉逊的戏剧仍受中低阶层民众欢迎，它们在每一座沿海市镇均有上演。实际上，对这些入侵者的追忆一直活跃到今日。他们留下了一道难以褪去的伤疤。

尽管如此，本地作家们还是很少提到撒拉逊人入侵的年代。即使像罗卡索这样认真负责地描绘卡斯特罗维拉里地区的现代作家，也直接从希腊罗马大事记跳到诺曼人治下的时代。但这是与这类作品由来已久的写作理想一致的：绝无片言只字贬损描写对象（也许斯帕诺·博拉尼的《雷吉欧史》② 是个例外）。当论及自己家乡的自然美景与辉煌历史时，疟疾、地震与撒拉逊人入侵总是棘手的话题。因此一度知名的由格拉诺和其他人所著的本省地方志，实际上只不过是华丽辞藻的堆砌；它们所表现的是"美化的卡拉布里亚"。而且，它们的信息

---

① 爱德华·李尔(1812—1888)，英国艺术家、插图画家、音乐家、作家和诗人，以创作废话文学诗歌及散文著称。
② 出版于 1857 年。

来源有限，并难以获得。而像穆拉多利①和杜切斯内的集子还没有面市，除了修道院之外没有别的图书馆。作家们恐怕不会了解拜占庭人、拉丁人、伦巴底人、诺曼人与霍亨斯陶芬家族的编年史，更别说像诺瓦尔里、阿布菲达、伊本·赫勒敦和伊本·艾西尔等阿拉伯学者的成果了——这些阿拉伯前人对那个黑暗时代略有记载，而今天的学者们已经可以方便地查阅这些文稿了。

细细研读一下这些充满了谋杀与祷文的前代文献，我们了解到在撒拉逊时代以前，南部诸镇的卫成部队被撤去，而其要塞年久失修。"既无恐惧，亦不忧战祸，万众同庆祥和，直至撒拉逊人来袭。"在意大利的这个地区，以及塔兰托和老"卡拉布里亚"的其他几处，入侵者们一开始得以长驱直入。

公元八七三年，撒拉逊人从萨莱诺回师后涌入卡拉里亚，到八八四年他们已经占领了数个城镇，比如特罗佩亚和阿曼泰亚，但之后暂时兵败被逐。据赫佩丹诺斯考证，他们于公元八九九年劫掠了伦巴底人的领地（今卡拉布里亚境内，详细地点未知）。公元九〇〇年，他们摧毁了雷吉欧，接着又于九一九、九二三、九二四、九二五、九二七年多次入侵，直到希腊皇帝下旨向其连年进贡以靖边疆。到了九五三年，由于没有拿到贡物，撒拉逊人在卡拉布里亚大败希腊军队，然后于九七四和九七五年再度入侵；在九七六和九七七年的掠夺中，他们带走了大量战俘并劫去了巨额财宝。奥托二世于九八一年在克罗托内击退了他们，但下一年又溃败于斯奎拉切附近，皇帝自己险些被活捉。这是连年战争中最具传奇色彩的轶事。在九八六、九八八、九

---

① 穆拉多利（1672—1750），意大利历史学家、神学家及考古学家。《穆拉多利经目》的发现者。

九一、九九四、九九八、一〇〇二和一〇〇三年这几年间，撒拉逊人长期肆虐于境内；确实，十一世纪初几乎每一年都有他们入侵的记载。他们于一〇〇九年第三次或第四次攻下了科森扎；一〇二〇年，他们到了比西尼亚诺的克拉蒂河谷，后来也常回到该处，并于一〇二五年击败了奥勒斯特斯的希腊军队，然后一〇三一年又击败了拜占庭帝国卡塔潘省召集起来的军队。（我还没有读过莫斯卡托的《卡拉布里亚地区穆斯林编年史》①，该书或许列表详述了以上史实。想来那肯定是本稀有的史书了。而马尔托拉纳则只介绍了西西里的撒拉逊人历史。）

从入侵者们的角度看来，这可说是段挺光彩的记录了。

可是，他们从没实现征服大陆的最终理想。而他们长久以来的手段无所不用其极，到了骇人听闻的地步。

不过，这些外族人易于推想的意图或野心只能说是无可厚非。他们希望在这里按西西里的模式建立一个地方政府，而在西西里岛上，据说他们的统治带来了前所未有的繁荣。

据记载，文学、贸易、工业与和平时期的一切行业在西西里都欣欣向荣。农业方面，撒拉逊人致力于种植橄榄；我推测他们也首创了山边梯田的开发与灌溉。他们引进了海枣、柠檬和甘蔗（甘蔗不仅仅足以供给内需，还大量出口），他们的丝织品在当时首屈一指。前代作家如马泽拉等人曾提到卡拉布里亚的大片甘蔗田（一生好学的卡皮奥比撰写过关于这方面的专著），约翰·埃佛林亲眼见过那不勒斯附近的甘蔗园，现在它已因经济与可能的气候原因而绝迹了。撒拉逊人带进西西里的还有莎草纸，以及曾遍布南意大利的棉树，我自己就曾

---

① 出版于 1902 年。

见过棉树在此地生长。

　　这一切听来无疑值得赞赏。但北非在他们治下分崩离析，后来花了好几世纪才恢复到撒拉逊人到来之前的繁荣，而我认为他们管理西西里并不会比北非高明多少。游牧四方，不思远虑的阿拉伯人，其自身本就带有某种野火一般只破不立的倾向。图德拉的本杰明曾在描写巴勒莫时对他们的统治大加赞赏，但不要忘了他在巴勒莫的短暂盘桓发生于诺曼人占领该地的一百年后。据他所言，巴勒莫城中居住着约一千五百名犹太人，以及大量基督教徒与穆斯林，西西里"坐拥世上尽善尽美之物"。可是，它在撒拉逊时代之前就是如此，今日依然如此。而他们在西班牙的行径，则显然与北非相类。

　　人们常控诉撒拉逊人为摧毁大希腊古神庙的罪人，其动机为宗教信仰等。我不相信这种说法，这与他们通常的做法相悖。他们洗劫修道院是因为修道院是政敌们守卫的要塞，外加它们藏金之多令人垂涎。但在他们的非洲领地，古文明遗址向来毫发无损，拜占庭的宗教传统与伊斯兰教井水不犯河水。为什么到这里就变了呢？撒拉逊人的宗教狂热被严重夸大了。将各家相互矛盾的说法比较言之，似乎在撒拉逊人治下的西西里，尽管各代总督宽严不一，但基督教礼拜仍旧得以留存。证据就是在阿拉伯人统治了二百五十五年后，诺曼人来时仍在当地发现了基督徒居民。相比之下，不如说十字军东征中的基督徒才是宗教狂热的典范。早期的撒拉逊人袭击并不比我们对德兰士瓦和其他地方的入侵带有更多的宗教色彩。撒拉逊人出外抢掠财物与土地，跟英国人并无二致。（诺曼人的做法与撒拉逊人迥异，他们一占领阿拉伯人的国家，就将数以千计的神庙和圣所夷为平地。光是在巴勒莫的几百座宗教建筑，就没有任何一座得以保全。）

　　他们也不会为了建造宫室而毁掉古遗迹，因为他们在大陆上并未兴建过像巴勒莫的库巴①或吉萨②这样的殿宇。而要是说他们像一般传言的那样生来偏爱破坏，又难以解释他们为什么放过了帕埃斯图姆的神殿，该地离他们的要塞阿格罗波利和切塔拉仅一步之遥。不。地震后幸存的这些古迹实际上是被基督徒翻了个底朝天，他们将意大利每个角落的珍宝洗劫一空，以装点自己在比萨、罗马和威尼斯的圣殿——其品位倒确实不低，对古物却毫无敬意。例如在卡拉布里亚，杰拉切大教堂的二十根花岗岩柱就是从老洛克里的遗迹拉来的，而梅利托的石柱则来自古希伯尼厄姆（即蒙特利翁）。因此在撒拉逊时代之后，帕埃斯图姆就成了伦巴底人和阿马尔菲的富人们建教堂时的采石场，狡黠而虔诚的罗伯特·盖斯卡德也如法炮制。概而论之，这些在像拉韦洛这样的乐园中寒来暑往、虚掷光阴的诺曼人养成了对石雕的高雅品位，而并不问其出处，只求它们来自某处古迹即可。至少古石雕得以保留，不像后来在科隆纳③与弗朗吉帕尼④家族统治下被烧成了石灰岩。

无论人们对阿拉伯人统治西西里的看法如何，他们在意大利本土造成的影响真乃可悲可叹。他们于所到之处烧杀抢掠，第勒尼亚、爱奥尼亚与亚得里亚海滨的居民被迫逃往内地。城镇和村庄接连被毁灭，肥沃的耕地沦为荒漠。他们一次就从雷吉欧掠走了一万七千名俘虏，从特穆里则是一万三千名。他们将马泰拉搜刮馨尽，以至于据说一位母亲烹食了自己的亲生儿子。这就是他们大批涌入意大利本土后的所作所为。从路德维希二世于公元八七一年写给拜占庭君主的一封

---

① 巴勒莫城内宫殿名，建于 1180 年。
② 巴勒莫城内城堡名，建于 1175 年。
③ 意大利贵族家族，在中古世纪和意大利文艺复兴时期的罗马拥有强大的势力。
④ 中世纪意大利贵族家族。

信中可以推知他们人数之多，信中抱怨道"那不勒斯成了第二个巴勒莫，和第二个非洲"；而三百多年后的一一九六年，总理大臣康拉德·冯·希尔德什姆做了一则可圈可点的记录，开头如下："我在那不勒斯见到了撒拉逊人，他们能凭唾沫杀死毒蛇，我将简述其缘由……"（他接下来言道："《米提利尼使徒行传》中记载，使徒保罗在卡普利姆岛附近遭遇海难，与其他生还者一道在附近上岸，受到当地人的热情接待。"）接着是一段保罗召唤火焰与大蛇的描述。撒拉逊人见此，自然尊其为圣徒。为了酬谢人们的厚待，保罗赐予他们及其后代杀死有毒野兽的异能，其法如上所述——吐唾沫——直至今日，南意大利仍流传着这种迷信。这些天赋异禀的凡人被称为圣保罗瑞，在希腊语中则为彻罗利；生于圣保罗之夜（1 月 24—25 日）或六月二十九日的男子即属其类。圣保罗作为"异教徒的救星"，在这一带被尊为伟大的术士，对其祈愿的一段祷文是这样说的："圣保罗行神迹者，诛此渎神凶恶兽，救我脱离大悲苦，怜我为圣母骨肉。"

因此，我们可以毫不夸张地说南意大利沿海被阿拉伯人掌控了好几个世纪，而人们总会想象他们间接统治的时间更为长久，因为撒拉逊人影响了人们的日常用词、地方传说、建筑风格，甚至脸形外貌——到此的旅人对穆斯林国家及其生活习惯了解越深，则这种影响越见显著。本地人在生活与社交上的许多怪诞之处，都可用撒拉逊文化来解释。

我以为，在这些动乱不安的年代里，"基督教徒"这个词更适用于本国人民，而非信奉伊斯兰教的敌人。

而"撒拉逊"则仍是一个被滥用的概念。

我们不妨将卢切利亚被攻陷作为撒拉逊统治时期终结的标志。从那时开始到格拉纳达城破之间战事暂缓，但并未完全平息。接下来海盗侵略便开始了。海盗与撒拉逊人的区别之一，在于他们行踪不定。诸如风向改变，一只意大利船的突然出现，或是岸边居民们的突然反击，都足以打乱他们的临时计划。沿海一带从未被其控制，他们只是常常骚扰本地居民。而撒拉逊人尽管很少建立地方政府，甚至连军事统治都不常见，但其制度完全不同。他们遵循"留守制"，在哪里饮食，就在哪里歇憩。

就破坏性而言，海盗与撒拉逊人大同小异。想想被海盗们夷为平地的数以百计的村庄吧，以及遭其毁坏的修道院与珍贵史料（在此方面，基督徒所为比异教徒更甚。在所谓的灰铅时代——波旁王朝末年——史料档案流失毁损比撒拉逊人与海盗所造成之和还要多。将古籍当成废纸卖给商店老板在当时司空见惯。得以幸存的可谓见证了十足的奇迹——比如著名的帕杜拉之圣洛伦佐修道院①。历史学家马林克拉当时路经萨莱诺的集市，无意中瞥见一块用来包奶酪的羊皮纸。他探听出这块羊皮纸出自该修道院，于是半途截住了将修道院古籍送往集市卖废纸的车，并以一点小礼物贿赂车夫，使得第二天晚上整整两车的羊皮古卷得以送往拉卡瓦的图书馆）。还有他们掳走的成千上万的俘虏——有时人实在太多以致船险些沉没，他们就将卖不出好价钱的人投进海里。这种暴行持续了几个世纪。他们是盗匪和奴隶贩子。但他们的基督徒对头实际上也是一丘之貉，海盗在与其竞争中发展壮大。非洲奴隶们要么在海船上被锁链捆绑，要么在陆地上被驱使奴役。因而旅者摩尔记载道，卡塞塔王宫②是由大批奴隶所建，半数为意大利人，半数为土耳其人。我们难以考据阿拉伯奴隶在欧洲国家

---

① 位于意大利南部帕杜拉镇，是著名的加尔都西会修道院。
② 位于意大利南部卡塞塔的前皇家宅邸，由那不勒斯王国波旁王朝建造。

境遇如何，不过阿尔及尔的基督徒奴隶倒是有许多乐在其中。他们中不少人拒绝了埃克斯茅斯爵士为其赎身的安排。我自己就认识一位先生，其祖先就是如此通过赎身回到了亲人身边，可是很快又自己跑回了非洲，声称欧洲无论是气候还是宗教都简直无法忍受。

在撒拉逊时期，威尼斯人向土耳其人出售基督徒奴隶。帕里诺提到过十六世纪的一条严刑峻法，用以惩治诱拐小孩上船，然后将其卖给穆斯林为奴的基督徒水手。我想土耳其人恐怕没有为自己的恶行受过制裁。

顺带一提，这位帕里诺还介绍了西班牙总督为了防范这些东方匪徒不知疲倦的侵略，在当地采取的各种措施。民兵组织林立，军税高企，沿海城镇中用于避难的塔楼比比皆是——每一座体面的房子还有自己的避难所①。胆大包天的海盗是不知退却的，他们甚至驾船到了那不勒斯当地，劫走了一批俘房。除了内陆，整个王国都因其来去如电的突袭而恐慌不已。

这段时期成就了一种特定的文学体例——韵律上的"悲叹派"，其作品传达了被海盗劫掠之地的哀伤。

圣徒们也没闲着。每一位神圣守护者都为其村镇而战，有时我们还能目睹一类令人鼓舞的场面，即不同地区的两位主保圣徒联手以大冰雹、风暴、幽灵与其他神异之象，抗击海盗的进犯。这段时期出现了一种尚武的圣母形象，例如"自由的圣马利亚"和"君士坦丁堡的圣马利亚"，后者突出其直面强敌勇敢无畏的精神。毫无疑问，这些侵略活动刺激了基督教信仰的壮大，它们多少助了无数的主保圣徒

---

① 历史日期详见朱塞佩·德尔·朱蒂奇于1871年所著《那不勒斯总录》，第108页——作者注

一臂之力，使其安坐于高位。撒拉逊人真可说是圣徒缔造者啊。

但除了少数的几次抗击成功之外，沿海人民的境遇每况愈下。史学家如苏蒙特留下的手稿讲述了人们从卡拉布里亚与别处，向更安全的首都罗马进行的大规模流亡，以及衣冠楚楚的罗马市民对这些新来者的厌憎。

"警戒崖"——用于观察海面是否出现土耳其船只的悬崖——这个不祥的词在南部广泛使用。"红胡子"一词也于此地流芳，有许多小山、泉眼或城堡都以其命名。红胡子兄弟①代表了海盗中的至强者，而这些使基督教世界遭灾蒙难的名字——阿鲁吉和海尔丁，看起来就像贺拉斯关于阿里阿德涅的篇章中那些古典称号。委拉斯凯兹②曾为一生传奇的阿鲁吉绘制过肖像。海尔丁则与阿雷蒂诺③互通书信，后来抱憾"像懦夫一般"地死于病床之上。我每次到君士坦丁堡都要去拜谒其位于贝什可塔的肃静陵墓，那位一生陷于狂热纷争的海之霸主，终于在该处安息了。

近代学者卡尔·菲利普·莫里茨记载道，那不勒斯的斐迪南一世每次到领海诸岛巡游时总会命两艘巡洋舰护航，以防自己被土耳其人劫走。但其臣民却没有巡洋舰来自保，他们终日活在对土耳其强盗的恐惧中。这种长期的恐怖生活加诸国民心智的影响，谁可胜数？

足有一千年的时间——从公元八三〇年到一八三〇年，从阿马尔菲人赢得"信仰卫士"的尊号之时，一直到多愁善感的诗人瓦伊布林格扬名的年代（1826年），意大利海岸饱受东方盗匪的蹂躏，其行

----

① 此处"红胡子"非指腓特烈一世，而指下文的两位著名海盗，二人均被冠以"红胡子"的绰号。
② 委拉斯凯兹（1599—1660），西班牙画家。
③ 彼得罗·阿雷蒂诺（1492—1556），文艺复兴时期意大利作家。

径令人发指。海军上将德·拉·格拉维热倒是高呼"高卢①人终得胜"——或许美国人也多少做了点贡献。事实上，无论是欧洲还是美国军队都没能消灭海盗。要不是蒸汽机的发明，我们或许今日仍旧活在北非海盗的阴影之下。

---

① 民族名，居住在现今西欧的法国、比利时、意大利北部、荷兰南部、瑞士西部和德国南部莱茵河西岸一带凯尔特人的统称。

十九

波里诺高地

"多切多尔梅"这个词有种愉快的含义：它意为"甜睡"。但没人能告诉我为何这片峰峦以此为名。人们倒是给出了一堆解释，但都稀奇古怪，不足为信。据说，波里诺得名于阿波罗，古昔作家们有时会将其写作"阿波罗山"。但巴瑞斯①提出了一种不同的词源解释，与阿波罗之说同样荒诞，认为此名与本地发现的药草相关。他言之凿凿地说道，波里诺是养育了各色草药的沃土，同时也出产多种美味的乳酪。他又补充道，此地也产黄金与弗利吉亚石②。

---

① 加布里埃尔·巴瑞斯(1506—1577)，意大利文艺复兴时期历史学家，人文主义者。
② 一种可用于染色的石头。

哀哉巴瑞斯——人人都嘲笑这位"卡拉布里亚的斯特拉波和普林尼"！他如此孤芳自赏，以至于向教皇讨了一纸禁令，禁止任何人重印其作品，进而诅咒任何胆敢将他的大作译成意大利文的人遭受天打雷劈，万劫不复。不过，其著作于一七三七年里程碑式的出版应该能让他含笑九泉了，而说到他所谓的一贯正确性，就不得不提与之同时期的学者们，其中眼光敏锐者早已批判过他口中的故乡情，即对卡拉布里亚的过度热忱。对于显然没有愚昧到对自己的出生地钟爱欲狂的人，其实这种批判才是合适的评价方式。要是嘲笑他们，那就犯了对特定历史时期判断失当的错误。文艺复兴时期的精神就是以堆砌华章美文的学术，来表明爱国恋乡之心。当时的人们对自己的故乡做了许多奇妙的猜想，也犯了为数不少的错误。当他们故意说谎时，自有其奉为正当的理由——以眷恋故土的学者与绅士之名。

菲奥莱的《卡拉布里亚风景绘本》①一书同样饱受非难。不过我不愿在此重申批评者的意见，必须承认，我个人十分钟爱菲奥莱神父的作品。

一位名叫马拉费奥迪的修士也曾详述波里诺产的这些草药，并对他从两位亚美尼亚植物学家处习得的某种医学秘辛大发议论。惜哉马拉费奥迪！虽然他的书索引完备，其帕多瓦式的字体与纸张也朴实无华，但公正无私的史家索里亚还是评价道："为了使其作品显得渊博深奥，他毫不迟疑地引用了各种杜撰、虚构或是古往今来无人知晓的书与作家之名。"简而言之，他跟普拉迪利同出一派，后者凭着自己伪造的一批铭文写出了一部高屋建瓴、微言大义的卡普阿地方史；与其并称的还有利格里奥·皮尔洛，可谓业界翘楚，他造出了数以千计

---

① 出版于 1691 年。

的假古钱币、假古文抄本和假石雕，一切全凭自己高明的创意与精湛的技法！

当时，别出心裁的想象力尚未枯萎凋零，可是今日，那些瞒天过海的美妙时光早已一去不复返了。

悠游地继续前行，从莫拉诺再过十二个小时就能到达波里诺的泰拉诺瓦村，我将在那里度过这趟旅程的第一夜。途中我得攀上波里诺丘陵的最高峰，当地称为"电报峰"，其名源自山顶上的一堆石块——本来是个旧信号站。可是既然我只能在卡斯特罗维拉里找到合适的住处，那么只能从那里出发，这样旅行的时间就多了一小时。而且，波里诺的山峰在多切多尔梅之下，以致向海的景色大多被遮挡，因此我也该继续登上多切多尔梅的峰顶，如此一来很可能还要加上一小时——总共十四小时。至于时刻准备奉承拍马的本地人，则把这趟路称为"六小时的远足"。尽管我与莫拉诺的许多人交谈过，我只找到两个去过泰拉诺瓦的人，其中一位就是我的骡夫；大部分人连它的名字都没听过。他们不喜欢山峰、溪流与森林，并不只因厌恶其景色，且将其视为农业的绊脚石与人类及其秩序的大敌。"山"这个概念在全意大利都相当不讨好。

越过峡谷到达对面的山坡花了一个小时。此地的平原上，遍布现已枯萎的海芋花，这片地区因它而闻名。旅人一路跋涉来到卡拉布里亚，只要能在六月初看到它盛放的美景，几乎就可说不虚此行了。

山脚下是一片背阴的高地，景致如画，矗立着一座城堡般的建筑，那是一所修道院。它名叫克罗利多，现已废置。据说，它因为匿藏了与波旁王朝结盟的盗匪而遭到法国人的炮击。南部几乎所有的修道院，甚至包括那不勒斯的几间，都曾经庇护过土匪强盗，修士与强盗之间的这种关系使得当时秉承正道的政客们头疼不已。这座修道院孤零零地靠着山边，忧郁与浪漫交相堆叠，就连安妮·拉德克里夫都会为之着迷，真想入内一探。可即将来临的正午暑热使我望而却步。于一六四五年去世的莫拉诺的雷翁就是这座教会的成员，被誉为牧师中的博学者。此教会最杰出的人物之一，罗利亚诺的弗拉·博纳尔多的生平被记载在图法雷利的某本著作中，可我尚未有幸得见其书。它一定相当稀少，但肯定出版过。①

　　小径转而上升，穿过一道被称为高多里诺谷的石灰岩裂口，道阻且长，只有最后半个小时的路程有树荫。正是在这山谷里，一支由法国士兵组成的分遣队与他们追赶了数月的著名匪帮斯卡洛拉帮中的一批强盗不期而遇。士兵们趁匪徒睡着时突袭，杀伤甚众，夺得大批财宝。战利品如此丰盛，以至于有人见到他们以珍贵的西班牙金币做赌注玩沙狐球。匪帮头子斯卡洛拉本人带伤逃走，但后来当其向一群牧羊人寻求庇护时，被他们绑送官府，换得一千达克特②的赏金；斯卡洛拉恶贯满盈，终被绞死。其匪帮共有四千名流氓无赖，它仅仅是肆虐于南意大利的几股盗匪之一。当时黑恶势力的规模，由此可见一斑。

　　实属不幸，好几周的晴朗天气过后，今早居然多云。脚下的山谷里有阳光，波里诺峰顶却环绕着圈圈薄雾。我想，景色怕是毁了。的确如此。在云层迅速移位的间隙，我瞥见了山下的平原与碧蓝的爱奥尼亚海，还有正前方的西拉森林、右方的"王子山"，以及背后广袤的林区。秀美撩人，可惜只得数眼！

----

① 海姆从未提过这本书。但老托比在其《文库》（1678）里引用了它（第317页），萨佛纳罗拉的《万国羽毛笔速写》（1713年版，卷一，第216页）中也提到过此书，等等。以上两位都记载它付梓于科森扎；前者说是1650年，后者则说是1630年。——作者注

② 曾通用于欧洲多国的金币名。

如果从下方观看，这座波里诺峰形如金字塔，上山的路恐怕满布光秃秃的石灰岩，陡峭难行，但实际上登山并不费力。山上并无大树。岩石表面覆着厚厚一层勿忘我与三色堇，还有一些欧瑞香与几株矮小的刺柏，它们仿佛匍匐于地面一般，生长在峰顶附近。我上一次旅行路过这里时，是六月六日，峰顶盖满了白雪。即使现在也还有几片残雪，其中一片犹如冰川，沿山另一边直铺而下。人们说它"终年不化"，但我怀疑它耐不耐得住八月的酷热。除了一对红脚山鸡之外，我再没见到别的鸟儿了。波里诺的这片山体崖壁林立，峰峦险峻，直落七千英尺而至西巴里平原，它为自热那亚与博洛尼亚一路毫无滞碍奔腾到此的亚平宁山脉画下了堂皇的句点。此地往西有许多山，但再不属于亚平宁山脉了，再没有石灰岩构成的峭壁悬崖。卡拉布里亚与巴斯利卡塔两大旧省区的边界正好从此地穿过。

我很高兴终于能再次下山，来到波里诺高原。它属于阿尔卑斯山脉，绿草如茵，上有一片小湖（实际只是个小水坑），奇花异草争相斗妍。这里的海拔有一千七百八十米，尽管它离大路有些远，但游历此地的旅人总不会错过这群山环绕的世外桃源。我在罗萨诺吃过草莓，可是这里的草莓甚至还未开花。其植物群带有北方的特征，特拉齐亚诺和其他意大利植物学家曾对其进行研究。

在这片青翠欲滴、繁花似锦的草场，因登山而疲惫不堪的我打算试试自己骑骡的技术。但那头母骡脾气火爆，我根本无法在其背上稍待片刻。它鼻子上绑的引路绳根本没法作为缰绳，它没有能让我抓住以自保的鬃毛，而要说抓它耳朵的话更不可能。因为我刚一上鞍，它就埋头于地上，同时后腿向空中乱踢。连续几次被摔得四仰八叉、疼痛不堪之后，我向其主人抱怨，后者一直饶有兴味地静静在旁观看。

"这头母骡啊，"他说，"背东西是不错的。但直到今天它还没载过人呢。我很好奇它的反应会如何。"

"我的神哪！你觉得我付了四个法郎一天就是为了这样摔个骨断筋折吗?"

"能怎么办呢，先生？它还小呢——刚满四岁。等等就好了！等到它十岁或十二岁吧。"

不过，公道起见，他试着在别的方面讨好我，而他也确实熟悉道路。但他是个归国移民，一个意大利人一旦漂洋过海，对我而言就毫无价值了，他已经失去了本土的风味，其原有的美质已然丧失。在这片地区，真正的意大利人很快就要像渡渡鸟一样灭绝了。这些"美国人"就像狡猾的蛇一样，轻易就将本族古已有之的泛灵论和父权为本的性情抛诸脑后。从而诞生了一种新的族群，一种大相径庭的性格——圆滑世故，有时利欲熏心，总是着眼现实，效用为本；对任何传统冷嘲热讽，眼观六路耳听八方，却偏偏缺少德国人口中的"Ge-muet"（头脑）。（很遗憾，我们自己的语言中急需这样的词。）因此从他口中我没有听到圣维纳斯与仙子，或是邪眼①的传说，反而学了许多关于巴西高原粮食价格的知识。

他告诉我的唯一一点本地知识是森林中某种"夜间发光"的神秘植物。我敢说他指的是白藓属植物，其中有的能发光。

我们在下午经过了林中最美的一段。它名叫加纳切，由冷杉与山毛榉构成。植物学家特诺雷说高达一百五十英尺的冷杉在此"不难找到"，而一位森林督察向我保证，这里的一些山毛榉足有三十五米高。山毛榉银白色的树干挺拔傲然，它们的根系则常与冷杉的缠绕在一块

---

① 一些民间文化中存在的一种迷信力量：由他人的妒忌或厌恶而生，可带来噩运或者伤病。

儿。这一路并非康庄大道。路上必须跨越溪流，沟壑间怪石嶙峋，水波激荡，日光从枝条的密网中漏下，落在一片由黄褐落叶与灰白卵石铺就的地毯上——好妒的山毛榉不允许其脚下生长任何植被，偶尔也能经过草地，金凤花与兰花点缀生辉。这片森林里完全没有松树。但在伸入科西勒河谷的悬崖上抓附着矮小的几株，或许是西拉的群山中松树的种子被风吹送至此，然后生根发芽的。

古时这片林地里满是野物。文献中提到过熊、牡鹿和梅花鹿。现在只有狼和少量狍子了。森林给人的感觉是忧郁的，但不至于阴沉，我多想在这意大利已日渐稀少的林间多盘桓几日，体察其风物与生命的脉搏——可是何其难也！此地路途遥远，无房屋可容身，连牧羊人小屋或山洞都没有；夜间寒冷彻骨，而即使是盛夏时节也时有浓雾大雨。不过下一次，我或许会带上一顶军用帐篷。它轻便易用，而且恐怕到中南意大利边远地区旅行的最好的方式，就是找一位来自阿布鲁齐诸省的厨子一块儿露营。合适的食材倒是在多小的地方都找得到，问题是没人会做。如果白天吃得差，晚上睡得糟，那再强的进取心都会被时间压垮的。

这条路只有夏天才会有人走。我上一次路过此地时——方向相反，从拉戈内格罗经拉特罗尼科和圣塞维里诺往卡斯特罗维拉里——地上还残留着片片雪迹，许多溪流都因涨水而难以逾越。那是在六月，从雪中长起无数茂密的山毛榉是种奇异的景象。

在这午后漫步中，我常好奇塔兰托的居民们会怎么看这片荒野密林。无疑他们会与莫拉诺的一位有教养的摄影师意见一致，其人曾向我展示当地新娘身着礼服的彩色照片，那是婚礼后寄给美洲亲戚的。他有一台上佳的照相机，于是我问他有没有拍摄过这片隽美林地的风景。没有，他说；他只去过一次波里诺圣母堂的庆典，但他是一个人去的——他本来的同伴，一位律师，临阵退缩而没有出现。

"所以我就只身前去了，"他说，"不得不说，那片森林太荒凉了，不值得拍。如果我的朋友同行的话，他可以做我的模特，在树下摆个滑稽的坐姿，双腿交叉，点根雪茄，像这样……或者他可以装作伐木工，弓身向前砍树……咔，咔，咔……当然得先脱掉他的外套。这才像张照片。但是只拍那些树和山——不行！摄影可不能这样。就像所有的上乘艺术一样，在摄影当中人的元素必须占主导地位。"

想来伤心，几年之后几乎所有这些森林都将不复存在。下一代将无人识得它们的故地。某个来自莫尔贝尼奥或是瓦尔特利那的协会买断了木材的拥有权，正在没日没夜地大砍大伐。他们从北意大利运来自己的伐木工，并且花了两百万法郎（据报载）建了一条电缆铁路，足有二十三公里长，用来将砍下的树干从山上运往山脚的弗兰卡维拉，在那儿木材被锯成小块运到西巴里附近的切尔基亚拉火车站。据说，这种砍伐的特权将持续二十五年——他们现在才砍了两年，造成的影响已经显而易见了，有些曾经长满参天古木的山坡今日已是光秃秃的一片。

这里倒是有几个巡查员——其中有的也还有良心——来确保留下相当比例的树木不被砍伐；但众所周知拿着那么点微薄薪水的一般意大利官员是什么做派，有时候他们也是不得已而为之。我得到的确实消息是他们常常将自己负责保护的那部分树木拿去卖钱，但生活所迫，实在也无可厚非。

在莫拉诺和第勒尼亚之间那片分水岭上的密林也难逃此劫。据卡斯特罗维里里的一份当地报纸登载，该森林的开发权被一间德国公司购得。

事已至此，叹惋也是无用——当代这种对"工业化"的狂热已经席卷了这个往昔的纯农业国家。尽管政府正在悉心重新培植莫拉诺背后山边的几片森林，但也只是杯水车薪。想在这些绝美的林地永别人世前看它们最后一眼的人哪，抓紧时间吧！

离开林区后，足足走了三小时的下山路才到达波里诺的泰拉诺瓦村，它的海拔仅九百一十米，背靠一圈罗马竞技场般的金黄色山坡，萨尔门托河在其入口处将岩石冲开形成了一座壮观的门廊。这是个邋遢的小地方，男性居民几乎全在美洲，年长妇女几乎全患有甲状腺肿。我欣喜地发现这儿的房门结构都是传统的卡拉布里亚式，这在文明发达之地是绝看不到的。这些门分成两扇，不像我们的左右对开，却是上下分离的。上一半总是开着，从而家中得享新鲜空气与日照，同时也方便主妇同路对面的邻居聊些流言蜚语；下半部则关闭，以防白天猪群跑进房子（而它们晚上会睡在房子里）。这种结构体现了人的社交本能，以及一种对原始状态加以改进的意识。

泰拉诺瓦村的景致很快就让人厌倦了。人们对我提到树林附近的一间房屋值得一看，距离大约四小时的路程，现有牧羊人居住于斯。于是我们约定第二天下午三点启程前往。

道路沿着荒野直上，最后来到一座昏暗的石峰，它是个显著的地标，看上去像个火山口但实际并非如此。它名叫"石头石块"——我猜这种奇怪的冗言是因为这么大面积的岩石本应覆有草或灌木的，但眼前这片却跟任何小石头一样寸草不生。

接着我们经过了一片水清草盛、景色如诗的田间，右边的风景尤为壮美，向下越过重峦叠嶂能望见远方的西诺河谷。左边则是林区，不过其中的冷杉多遭戕害——低处的枝条都被砍掉了。整棵树因此而枯死，只在山毛榉丛中留下一截凄凉的树桩。人们砍枝条不为生火，而是作为奶牛的饲料。通常来讲这种饲料很少见。但卡拉布里亚的奶牛什么都吃，而其牛奶的味道则取决于它们吃了什么。怪不得本地人宁愿喝油腻的羊奶。

"怎么会呢？"他们会问，"你们英国人，大大的有钱——你们怎么会喝牛奶呢？"

山羊泛滥于此，路边的冬青、橡木和荆棘都被它们啃成了稀奇古怪的形状，颇像旧式花园里的树木修剪造型。如果它们在地上找不到可口的食物，它们真的会爬树。我就曾亲眼看到它们在离地六英尺高处大嚼大咽。这些可怕的动物毁了南意大利，正如它们毁了整个地中海盆地一般。瘴疠与北非伊斯兰教海盗在沿海造成的所有灾难，山羊们在内地都做到了，甚至变本加厉。以更严苛的法令来限制其牧区及削减其数目实在刻不容缓，阿布鲁齐某些地区的贤达政要已经致力于此。但这个问题已是老调重弹了，却一直悬而未决。

我们终于来到了那座孤零零的小屋，名叫"维蒂耶罗"，想来是以其主人或建造者——诺埃波利村的某位业主的名字命名的。小屋周围景色迷人，背后是一片溪流潺潺的森林——而围绕着它的是牧草、欧洲蕨和野梨树，还有大片大片盛放的犬蔷薇。夕阳西下，我在铃响叮当的牛羊群中漫步，它们刚挤完奶，正被赶回荆棘围成的圈栏里过夜，由四五条凶猛的白色坎帕尼亚种牧羊犬看守。尽管有它们保护，昨天还是有两只绵羊被狼叼走了，就在光天化日之下。畜群通常在六月中被赶到这么高的山上来放牧，十月又被赶回山下。

牧羊人们用其仅有的吃食招待我们——久负盛名的波里诺乳酪，就是上古时代波吕斐摩斯所制的那种。万不得已时它可以充饥，本着德国谚语"魔鬼饿了连苍蝇都吃"的原则。还好我们的包里仍留着一些干粮，尽管这几天我的骡夫胃口奇佳，为其属于狂战士①的祖先大大增光。

我们早早睡下了。可是他们鼾声如雷后很久我仍醒着，裹在毯子里瑟瑟发抖，被新木材烧火生出的刺鼻烟味熏得咳嗽连连。门半开着以便烟能散出去，但这么做的唯一结果是阵阵寒风从室外无情地扫了进来。这是个酷寒之夜，而且我身下的木地板似乎比大多数这类板材都要硬。我悔不该离开塔兰托与卡斯特罗维拉里那尚有余温的良夜，心里暗骂自己愚不可及，居然爬到这种极地一般的处所来。以我一贯的做法，我开始思索到底自己是中了何种躁动不安、刚愎自用的邪，才会踏上这条异想天开的旅途。

---

① 北欧神话中可进入狂暴状态，获得超常力量的战士。此处为戏谑语。

二十

山中盛典

　　一早挥别了好客的牧羊人们后，我们继续赶路，沿着迂回曲折的林间小路于午后到达了波里诺圣母堂。这座避世独处的教堂如同鹰巢般，栖息在弗里达溪头顶的悬崖边上。以其崖边的区位，加上高峻的地势，面向内陆的一边景色美不胜收。尤其是向晚时分，日光一抹一抹地淡去，远方山脉依次显现，其峰峦的曲线相互重叠，形成淡紫深灰交杂渐变的层次。在此幅图景的终端，极目千里的远方，巍然耸立着西里诺山与阿尔伯诺山的轮廓。其他各方皆为密林，缀以岩石。但近在咫尺的一座峭壁脚下，铺展着一片如茵的绿地。现在它已被宿营者的帐篷占满了，人们都是为明天的节庆而来的，而狂欢的气氛早已到达了顶点。

据说在这个一年一度的节日，有幸躬逢其盛的外国人少之又少。节日在七月的第一个周六与周日，其规模隆重实在值得长途跋涉来一见。那些严守传统的人，没有被现代化与移民潮污染的人，每年聚集于此。这里能看到来自各处乡间的人。在这块人口稀少的土地上，农民们拖家带口从三四十个村子迤逦而来，有的一走就是两天。路程越长，代表对圣母的奉献越丰盛。正如波利诺斯主教在将近一千五百年前所咏唱的那样，"心诚何惧路多艰"。

庆典实际上就是一次为了荣耀圣母的大野餐会。两千人围绕教堂扎营，另有浩浩荡荡的驴和骡子，其哼叫声混在芦笛与风笛演奏的乡村音乐中。风笛有两种，常见的卡拉布里亚风笛与个头更大，带有一个共鸣基键的巴斯利卡塔风笛，后者想来不久就会销声匿迹了。眼前尽是起伏的人潮，篝火在临时居所前摇曳，而大吃大喝则是这种场合的惯例——"为信仰而饕餮"。每一处都有打扮别致的舞者们随着风笛的嗡嗡声跳起农人的佩克拉拉舞①——那可说是一种较矜持的塔兰泰拉舞，男舞者以农牧神一般的热情，打着响指、雀跃着靠近舞伴，而舞伴则低垂眼帘东躲西藏。与此同时，教堂里水泄不通：布道与崇拜活动接连不断，牧师们可有的忙了。

教堂与草原间的崎岖小路也被人挤满了，两旁林立着树枝搭成的临时小棚，棚里的摊贩们大声叫嚷着招徕顾客——服装、毛织品、伞、热咖啡、酒、鲜肉、水果、蔬菜（当时霍乱正流行，但是没人在意），还有金表、戒指和胸针，它们很多在明早前都能卖掉，人们买来作为今晚大会的纪念。展示还愿物的商店最有趣，展品是蜡制的曾

---

① 意大利传统乡间舞蹈。

被圣母治愈的身体部位：手臂、腿、手指、乳房、眼睛等，甚至还有蜡制的婴儿。最奇异的是一件蜡做的整个腹腔器官模型，五颜六色而观之令人费解，可谓艺术上的大胆尝试，就像将胃痛这个概念首次物化了一般。要不是它肯定一碰就碎，我早就买一件了。（我敢说，这些展品中有很多表现的是受疟疾感染的脾脏。据威廉·亨利·登罕·劳斯博士所说，古希腊的还愿物中，躯干的模型是很常见的，仅次于眼睛——又是疟疾的影响。）

南部教堂里的这些还愿物往往能抓住旅人的眼球。不仅异教中有此习俗，就连新石器时代的上层阶级也有类似的风俗。塔兰托曾出土过大量的这类物品，大英博物馆藏有一些雅典的出土品，有一些是银质的，但大多数都是赤陶烧制而成。这种风俗肯定很早就传入基督教世界了，因为公元四二七年去世的狄奥多勒就曾言道，"信众携双眼、双足或双手之画像而来；时为金质，时为银质。此类还愿物足证疗治疾病之神迹"。今日，因为这些蜡制的物品实在太多了，人们将其熔解来做蜡烛。伯里克利在几次演说中曾谈到为了共和国的利益出售这些东西。

庆典参加者的服饰之艳丽缤纷也让人吃惊，目前为止最光彩照人的，要数那些从山边七八个阿尔巴尼亚村子来的女子的服装。她们身上五彩斑斓，巧克力色夹杂着白色，翡翠绿和金色间又透出闪烁的紫罗兰色，这些女人就像草地上会走路的热带花卉。但奇维塔的阿尔巴尼亚女孩们的贵族优雅气质则更为出众——黑色丝质褶裥礼服，饰以精心缝制的金色与白色蕾丝，领口开得很低。莫拉诺来的妇人们同样衣着光鲜开放。

夜幕降临，却无人休憩。恰恰相反，会场比之前更为喧闹了。草地上与树下的篝火越烧越旺。舞者们不知疲倦地跳着，风笛手们也愈发起劲，一点没有疲倦的意思。当下，为了这个场合特意请来的卡斯特罗维拉里的市政厅乐队登上临时搭建的舞台，开始向夜空中倾泻明快的轻音乐。接着焰火表演开始，壮丽绝伦，恐怕花了不少钱。有火圈与其他冒火的装置，透出一股刺鼻的气味。花样繁多的小火箭，将山间枝叶繁茂的凹处照得通明，连好几英里之外的猫头鹰和狼都被惊动了。

有人告诉我说如果喜欢偷窥，现在正是时候窥视一对对满溢爱意的情侣牵手步入暗处——从不同村子来的年轻爱侣，每年就等着这个机会相见，在山毛榉的慈爱遮蔽下热烈相拥。某些一脸严峻的男人（这么说的总是男人）宣称这种夜间的节庆是对文明的亵渎。他们还说，很久以前的希腊喜剧就曾将之斥为女性道德败坏的元凶——还说它也曾遭到埃尔维拉会①、马赛的维吉兰蒂厄斯，还有伟大的圣杰罗姆的谴责，圣杰罗姆还曾写道处女在这种场合不能离开母亲半步。他们希望人们相信，在这样温暖的盛夏良夜，在自然的脉搏清晰可感，而音乐、美酒与舞蹈刺激着人的官能之时，青年男女的行为并非是以基督徒的方式敬拜圣母，而更像达夫尼或巴比伦的丛林中的异教徒，以玛格纳梅塔之名饮酒狂欢（其实今日的巴比伦地区已不再供奉玛格纳梅塔了——不过以前也许有过）。

实际上，他们暗示道——

搞不好他们说的是真的。可是道德家们意欲何为呢？

这样的节庆确实是异教的遗产，但我对其赞许有加。到了现在，我们英国人至少应该懂得，压抑快感是种危险的谬误。今日即使意大利这样以寻欢作乐著称的国度，也受到外来影响，从而人们变得道貌

----

① 3 世纪初于西班牙境内召开的基督教宗教会议。

岸然，表里不一，那么只有这种由来已久的放纵时刻才能使生命的循环重归正轨。即使单从伦理学上讲——将其作为安全阀也好——在这些地区也该保持此种黑夜节庆的传统，因为乡下可没有我们那种"设施"①。在圣母宠溺的眼神注视之下，奉上古时代与繁星诸天的神圣之名，谁能对享受本能欢愉的人加以指责呢？每个人都尽情欢乐，且并无失态。没人大叫大嚷，没人骂骂咧咧，没人烂醉如泥，整个集会弥漫着一股普天同庆的气氛。与之相对，我不情愿地想起了我们的高地赛会②完结后醉汉遍野的会场，还想起宣称敬畏上帝的格拉斯哥城周六傍晚的情景，以及格拉斯哥生活的其他方面。

我接受了牧师们共进晚餐的热情邀约，他们还提出或许能替我找个住处。我在旺盛的火堆前（夜深而逐渐变得寒冷起来）受到了旧式的款待，另有其他几位客人参加，包括森林巡查员与其他这类人物——中间有一位女士谨守封建传统，整晚都没说一个字。像之前有过的那样，我再一次为这些乡村牧师的学识之渊博而震惊。他们对维多利亚时期的英国各大作家异常熟悉。会不会是那些名作译成意大利文之后反而比原文更易读呢？其中一位带着一种人到中年的幽默感，提到自己在玻利维亚丛林中与印加人共处多年的生活；与此同时，我的邻座则沉浸在关于贺拉斯的传说中。他引用了大量广为传诵的诗句来支持自己的一项理论，即贺拉斯是个"典型的意大利乡人"，而当他发现我也有同感，甚至能为他提供——尽管不大恰当——另一条贺拉斯的名言以做将来的引据时，简直高兴坏了。

这些睿智的哲人是守旧派。在他们的黄金年代里，牧师是生死的

---

① 指妓院。
② 每年于苏格兰等地召开的，纪念苏格兰与凯尔特文化的赛会和庆祝活动。

仲裁人，其一言就足以将一个人流放海外。那时有权有势的家族中最聪慧的孩子都被送去担负神职，并为此接受优良而所费不菲的训练。这一类旧人已日渐稀少，牧师所负的职责愈发无关紧要，从而该行业也失去了往昔的荣耀。现在只有穷人家的聪明孩子，或者富人家的笨孩子，才想要进教会任职了。

关于本次节庆的起源，人们告诉我是"传统"。据说圣母曾在此地附近的山洞中向一位牧羊人显现过——以她平时的样子，在一处普通的山洞；到目前为止，没人能告诉我究竟那个山洞位于何处。知道是传统就好，别往下问了。

招待我的牧师们和蔼而模棱两可地回答了我这个提问，而并未支持里加迪的《庇护所》①一书中关于圣灵显现的强词夺理的说法。我猜，他们这么做是明智之举，即避免无中生有地创造一个传说。在这些固定的日子聚集于此似乎是最近才有的风俗，我倾向于认为它是本地某些有头有脸的人的狂热引致的。不过另一方面，这里许多年前早就有圣祠了，因为此地刚好是从圣塞维里诺到卡斯特罗维拉里之两天艰苦旅程的中点，这段炎夏中的陡峭山路肯定自上古时代就存在了。

晚间的卧房里横着两张粗糙的沙发椅，由四位牧师与我共用。尽管我有幸睡在两位年龄最长且最有智慧的同伴中间，我却难以入眠。外面的嘈杂已经发展成了一场大喧哗。到了凌晨两点半，我依旧醒着，而其中一位牧师爬起来碰碰其他人，低声而半带玩笑地说了句"该祈祷了！"他们于是踮着脚尖去了隔壁屋，无声无息地掩上了门，开始准备早课。我一边听着他们在冷水里沐浴净身时水花欢乐的泼溅声，一边迷迷糊糊地想着这个寒冷彻骨的凌晨时分，有多少那不勒斯

① 出版于1840年。

的牧师遵循自身的正道与教会的规条，而正在进行这种仪式。

之后，我伸展四肢，努力入睡。现在狂欢偶尔有了间歇，但仍不时有巨响爆发打破平静，我的脑海中开始出现相互追逐的人群的幻影。梦里跳出了阿尔巴尼亚女孩们金绿相间的奇异服装，让人联想起北非更热闹的节日里能见到的颜色——就像弗洛门汀总爱描绘的那些一样。身着同样华丽浮夸的金色与绿色的妇女身影，模糊而阴暗，大群大群地舞动着从我眼前掠过；我还见到阿拉伯人，骑着马喧嚣来去，他们的风帽斗篷猎猎飞扬；乞丐匍匐在热沙上，哀号着乞求救济；缎带与旗帜飘舞——头顶是灼人的日光，地上各种颜色与声响因狂欢而沸腾于一处。我想我还听见了水果摊贩刺耳的叫卖声，毛瑟枪发射的轰鸣，驴子的啼鸣，以及骆驼们着了魔一样的嘶吼——

那真的是骆驼吗？不。比骆驼要糟糕得多，而且就在我耳边几英尺内。我猛地跳下床来。就在窗边站着一位年轻人，抱着巴斯利卡塔风笛正在吹出骇人的噪声。我知道了！我记得曾对一位牧师表达过我对这种稀有乐器的兴趣，他一定是周到地为我请来了这个男孩做表演——特意为我吹一首清晨的小夜曲。这些人真是体贴入微。现在连四点都没到呢。怀着遗憾的心情，我告别了梦乡，跌跌撞撞地迈出门，昨夜的那些人早已忙活开了。吃喝，舞蹈，吹风笛——尽管他们还带着清晨那种毫无醉意、没精打采的眼神，但都玩得不亦乐乎。

大约正午的时候人们组织了一次盛大的游行。队伍像五彩的大蛇一般从教堂蜿蜒而出，像幽魂似的扫过错综复杂的小路，接着在阳光普照的草原上自由地翻卷盘绕，一路向其致敬的有礼炮声，从乐队爆发出的军乐声，牧师与妇女们的唱诗，以及所有风笛手吹出的混响，每一位都演奏着自己最喜欢的曲调。圣母像———尊现代的，并不吸引人的雕像——被高高举起，周围环绕着衣饰华美的牧师，随后跟着一排穿着别致的妇女，手中都举着大大小小的蜡烛作为奉献物。这些虔诚的女朝圣者，恐怕头顶上举了好几英担①的蜡吧。这些各色的蜡烛排列起来形状迷人；它们被固定在木制的框子上，看起来就像篮子或鸟笼，更有明丽的缎带和纸花作为装饰。

如此铺张的庆典谁来付账呢？首先，牧师们为这引人入胜的一切花了不少钱。他们出资修整了教堂，建造了几所永久的木头屋子（以防下雨使活动泡汤），以及一个用于储存饮用水的大蓄水池，而其中的水则用桶从远处运来。至于请乐队、放焰火等的一切费用——圣母像被安排"竞拍"。用他们的话说是"圣母自有其魅力"。换言之，出价最高者在游行当中荣获特权，得以帮忙将圣母像从教堂抬出并送回。由于在这次短短的巡游中会进行多次竞拍，因此不断有新的狂热信徒喜洋洋地挤上前来，递上钞票并同时献上自己坚实的肩膀——整村的人你争我夺——这样能收集到相当可观的一笔钱。有的人还会临时捐赠金钱。还有以彩布装饰的山羊与绵羊，被农民们拉着"供奉"给圣母；现场的屠夫们购买这些动物来宰杀，于是它们的作价也就添进了庆典的账目里。

今年的花费估计有一千法郎左右，而以上的收入大约达到该数目的三分之二。

不要紧。如果牧师们补不上差额的话，总有热心人会站出来。祝下年好运！人们希望这个节日会越来越受欢迎，尽管也有人做过"这种闹剧，总会收场"这样泼冷水的预言。顺带一提，收到的钱并不经牧师们的手，而是由两位称号为"调解员"与"先遣员"的人保管，他们互相制约。这两人来自名门望族，自愿担负起这项光荣而

---

① 英制质量单位，1 英担 = 112 磅。

艰巨的任务，并自掏腰包补上任何账目差额。不过监守自盗的情况也家喻户晓。

游行为这一宗教集会画上了句点。游行甫一结束，大部队离场的疯狂混乱就开始了。很快林子里就回响着沿各路归家的朝圣者们欢笑着互道告别的声音；我们与一大队人一道，推来挤去地沿着卡斯特罗维拉里到莫拉诺的山道穿过森林——与我上次经过这条路多么不同啊，那时唯一打破静谧的是枝头花鸡的鸣叫或远处啄木鸟的敲击声！

庆典就这样结束了。一年一度，这座深山中的教堂被喧嚷叫嚣的人们粗暴地从安眠中吵醒；接着当秋风将山毛榉染成一片金黄时，它又沉沉入睡。很快漫长的严冬就会到来，刺骨的寒风摇撼山林，将树叶打散一地；快到圣诞的时候，维贾内洛的某个伐木人或许会进山一探，心里还念念不忘盛夏树影婆娑下的狂欢，却发现那座熟悉的圣所一直到门楣都淹没在闪闪发光的白雪里……

下午晚些时候发生了一件小事。我们当时已经到了高多里诺谷底，开始横穿平原，这时我们碰见了一个披头散发的女人，痛哭流涕，狼狈不堪，给人的印象是她被洗劫一空或遭了一顿毒打。事实并非如此！她像我们其他人一样参加了节庆，而当她和最早走的一队人一块儿到家的时候，在镇子的入口处被截了下来，人们坚持要将她与同伴们的衣服烟熏消毒以防霍乱。如此而已。但她无法忍受这样的侮辱，于是跑回来警告我们，每个人都得忍受这样的恶行。她宣称，医生们正密切注视着每个试图接近莫拉诺的人，以防朝圣者们从意想不到的小道进入。

随着她的讲述，我的骡夫若有所思。

"我们该怎么办呢？"他问道。

"我倒是不介意烟熏。"我回答说。

"噢，可是我介意！我非常介意。这些医生一点都不可信。我们该怎么骗过他们呢？……我知道了，我知道了！"

他提出了以下的详细逃避方案：

"我在你前头走，一个人，牵着两头骡子。你随后而行，离我远远的。我来到医生面前的时候，他就会狡猾地问：'啊哈，你觉得今年的节日如何啊？'然后我就说：'医生，今年我可没去；哎，没过上节啊！我替一个在森林里收集虫子的英国人干活，看到了吧？这头骡子就是他骑的。他走在后头——噢，医生，他是个文明人！真的，一位好心肠的绅士——只不过他更喜欢走路；他真的很爱走路，哈哈哈！'"

"为什么要提到我走路的事？"我打断道。那头母骡仍旧是个伤感情的话题。

"我提到你不骑骡子，"他风度翩翩地解释道，"因为这样医生看起来你就肯定有点，"说到这儿他暗示性地用手敲敲额头，"你知道，有点像别的外国人。而这样一来，说你没参加庆典就更可信了。你推敲一下这个说法：这么讲是不是就前后一致了？"

"明白了。之后呢？"

"之后你就走过来，一只手抓一只甲虫，装作一句意大利话都不懂，哪怕一个词都不懂！你得和善地向医生微笑，他会喜欢的。而且，这会证明我刚才说的，"又敲敲自己的额头，"这样一来，事情看上去就很明显了。我们就不用遭烟熏的罪。"

看起来这是种既无必要又大绕圈子的方法，而一切只为了躲开一点小小的不便。我自己宁可说真话，在这种必要的场合我也能向医生奉承讨好，不过我的同伴一如既往地坚定不移。

"好吧，我会笑的，"我同意了，"不过你得替我拿着甲虫，这样看起来更自然。去找几只甲虫来吧。"

他牵着骡子往前去,在弄倒了好一片石墙之后,抓到了几只本地甲虫,并小心地用纸包了起来。我慢慢地跟在后面。

不幸的是,那位医生偏偏是个"美国人",一个精力充沛的小个子,刚从美国回来。

"很高兴认识您,先生,"当我来到他们俩争论不休的地方时,他开口说道,"前几天我就听说您从这儿经过。您不说意大利语对吗?好吧,瞧瞧:您雇的这个人,这个天杀的无耻浑蛋,给我看了几只甲虫然后满嘴跑火车。您赶紧上路吧,幸好您碰到了我!至于这个该死的,我保证要把他,连同这些个虫子,一起熏到地狱里去!"

于是我立即跟垂头丧气的骡夫结了账,拿下我轻了好些的包裹,离他们而去。到了小桥附近我回头一瞧,见那两人还在争吵不休,骡夫看上去还在绝望地坚持那个甲虫的说法,他以谴责的眼神望着我,仿佛我在危急时刻抛下他不管似的。

可是既然我假装不会说意大利语,我还能做什么呢?

而且,我对那头母骡的事情仍旧念念不忘。

十五分钟后,一辆轻便马车将我载到了卡斯特罗维拉里,我洗澡用餐,甩去一身的疲惫,然后飞速冲到火车站,奇迹般地赶上了到科森扎的夜车。

二十一

卡拉布里亚的弥尔顿

　　人们往往在科森扎城中尽享悠闲，无所事事。可我是有目的而来的，为此干劲十足。我来找某位叫萨兰德拉的人写的一本书，是在此地出版的，到目前为止我还没有找到，只在一本旧书目上见过其标题，作价八十格拉尼①。要我出八千我也求之不得！

　　这位作者跟第十章提到的飞翔修士是同时期的人，而且他们属于同一修道会。如果在我描述飞翔修士的文字里，看起来对这个修道会有点言行戏谑的倾向的话，那么我对萨兰德拉的叙写将

---

① 　马耳他旧货币名，1798 年废除。1 格拉尼 = 1/2880 英镑。

改变这一印象，对其著作的发现是英语文学史上的里程碑之一。当时我是这么想的，而现在我依然这么想，尽管我对某些"庄重得体，眼光独到"的先生不乏尊重，我指的是那些我就此撰文并投稿的英语文学月刊的编辑们——他们很快都婉拒了我的稿件。不对，这么说不准确。其中一位留下了我的稿子，而今六年已过，我估计他已经背上了"非法占有"的罪名。祝他好运！

如果这本书是我发现的，那我此时应该满口谦辞。但发现者并不是我，所以我要大胆地说，《大西洋月刊》① 的布利斯·佩里先生比他的英国同行们要懂行得多，以下我摘抄一段他发表的一篇文章。

　　查尔斯·邓斯特（参见《弥尔顿早期读物品鉴》等，1810年）将《失乐园》② 的创作来源追溯至西尔维斯特的《杜·巴尔塔斯诗集》③。马瑟尼厄斯、切德蒙、文德依和其他前代作家也都在提名之列，而大多弥尔顿作品的英国评论家——包括国外的伏尔泰和提拉波斯奇——则倾向于将格洛提厄斯的《流亡的亚当》④ 或是安德里尼的神话剧《亚当》⑤ 作为《失乐园》的原型。

这两部作品中的后者收录在古柏的《弥尔顿》一书（1810年）卷三中。

---

① 美国杂志。
② 出版于1667年，是约翰·弥尔顿以《圣经·旧约》中《创世记》为基础创作的著名史诗。
③ 出版于1608年。
④ 出版于1601年。
⑤ 出版于1613年。

这个问题至今没有定论，而从最近对此展开研究的学者如此之多来看，我实在吃惊竟然没有人注意到意大利的一篇文章，其对这一话题深入探讨，并证明了《失乐园》其实源自瑟拉菲诺·德拉·萨兰德拉所著的神话悲剧《亚当的堕落》。这一发现要归功于弗兰切斯科·奇卡利，其论文《弥尔顿长诗〈失乐园〉的意大利起源探究》发表在那不勒斯的《科学与文艺专刊》一八四五年期第二百四十五页至二百七十六页，这本刊物现在就摊在我面前。它是以信件形式写给作者在卡拉布里亚的特罗佩亚的一位当地朋友弗兰切斯科·鲁法的。奇卡利详述了关于这个题目的另一篇论文，但我无法确定其已经发表与否。那不勒斯学者米内利·里奇欧于其一八四四年的著作《历史回顾》中提到这篇文章已于一八三二年付梓，但并未说到出版的地点。这一说法得到了尼古拉·法尔科尼[①]的证实，他也给出了同样的年份，并补充说奇卡利曾就富斯卡尔多地区写过一篇作品。奇卡利生于卡拉布里亚的保拉，曾留下一部当地地方史手稿，后来逝世于一八四六年。在那篇关于弥尔顿的论文中，他将自己形容为"文字王国的无名小卒"。尼古拉·莱奥尼曾提到过他[②]。

在托德版的《弥尔顿》[③] 一书中，萨兰德拉确实跻身神话悲剧作者之列，海利也提到过他，但这两人都未具好奇心，或是未遇机缘去品读他的《亚当的堕落》；海利明确声称自己从未见过此书。更近代的书籍如莫尔斯的著作[④]，全未提及萨兰德拉。拜丝[⑤]仅仅提到了

----

① 见《卡拉布里亚历史图文集》，第二版，1846 年那不勒斯出版，第151—154页。——作者注
② 见《大希腊之卡拉布里亚三省》，卷二，第153页。——作者注
③ 1809年版，卷二，第244页。——作者注
④ 《弥尔顿〈失乐园〉溯源》，1860 年出版于波恩。——作者注
⑤ 《弥尔顿的大陆之行》出版于1903年。——作者注

《快乐的人》与《阴郁的人》二作的一些可能的灵感来源。

至于日期，先后顺序并无疑义。萨兰德拉的《亚当的堕落》于一六四七年在科森扎付梓。理查德森认为弥尔顿于一六五四年开始创作《失乐园》，而此作完成于一六六五年。大卫·梅森同意这种观点，并补充道"完成两年后它才出版"。窃以为，一六六五这一年份的确定是通过教友会信徒埃伍德对自己在那年秋季拜访弥尔顿之经历的描述，当时诗人将《失乐园》手稿交给他阅读。两年的出版延期也许是由于伦敦瘟疫与大火造成的混乱。

道格拉斯主教对劳德的苛责，以及其后塞缪尔·约翰逊强力的"反戈一击"，让我相信萨兰德拉的《亚当的堕落》尽管稀世难求，就连大英博物馆和法国国家图书馆都未有收录，但并不是一本虚构之作。我曾于那不勒斯国家图书馆亲手捧起它细细研读。它是一册二百五十一页的八开本小书（不包括未编页码的二十页，以及用于校正印刷错误的最后一页）；印制甚为粗糙，但确系真作，扉页上清晰地点明了作者名、年份与出版地点。我仔细地比照过这一原本与奇卡利对其的引用与摘抄。二者基本无误，只有几处无关紧要的用语差异，而据我判断这些并不产生对读者的误导，例如用"喇叭"这个词代替萨兰德拉原文中的"低音喇叭"。假如要进一步证明其真实性，不妨注意萨兰德拉的《亚当的堕落》在许多古文献里被引用过，如托比的《那不勒斯文库》（1678 年），或者乔安尼斯·阿·桑克托·安东尼奥的著作①。这似乎是萨兰德拉唯一的文学作品，其人作为一名圣方济各会修道士，被形容为"变革后巴斯利卡塔省的传教士、宣道者

---

① 《圣方济各会文献集》，1732—1733 年于马德里出版，卷三，第88 页。——作者注

与指引人"。

那么，我们足以断定萨兰德拉真有其人，他在一六四七年出版了一本神秘剧，名为《亚当的堕落》。不再赘言，下面我来从奇卡利的文章中尽量引述，来展示其论点的依据，即弥尔顿的《失乐园》无论在概述上还是细节上，都同这本神秘剧若合符节。

萨兰德拉的主题是宇宙因人类始祖违逆神命而粉碎，我们的苦难与罪恶由此起源。弥尔顿笔下亦然。

萨兰德拉的主要人物是上帝与他的天使们，第一个男人与第一个女人，毒蛇，撒旦与追随他的天使们。弥尔顿笔下亦然。

萨兰德拉在其诗篇的开头（即序言）中，阐明了他的观点，以及详述了创造万物的全能上帝及其创世的工作。弥尔顿笔下亦然。

萨兰德拉接着描述了反叛天使们的集会，他们从天堂到硫磺荒漠的坠落，以及他们的对话。他们以嫉妒的口吻谈到人，并谋划使之堕落。他们决定在深渊魔窟重新聚集，要想方设法使人成为上帝的敌人，以及地狱的猎物。弥尔顿笔下亦然。

萨兰德拉将罪与死拟人化，后者是前者的子嗣。弥尔顿笔下亦然。

萨兰德拉叙述了全能的上帝如何预见魔鬼的诱惑与人的堕落，并为其预备救赎。弥尔顿笔下亦然。

萨兰德拉描绘了天堂的美景与其间的幸福生活。弥尔顿笔下亦然。

萨兰德拉展示了创世造人的奇妙，以及禁果的无上价值。弥尔顿笔下亦然。

萨兰德拉记录了夏娃与毒蛇之间的对话，还有偷尝禁果与人类始祖犯罪后的绝望。弥尔顿笔下亦然。

萨兰德拉叙写了死亡看见夏娃狼狈不堪时的喜悦，地狱里的一片欢腾，亚当的悲伤，以及人类始祖的逃亡、羞愧与悔恨。弥尔顿笔下亦然。

萨兰德拉预言了救世主的仲裁，以及对罪与死的征服；他不吝笔墨地描摹上帝创世的神迹，亚伯被其兄该隐杀害，及其他属于人的罪恶，大洪水前的人们由于亚当堕落而生出的恶行，以及地狱带给人间的灾祸——战争。弥尔顿笔下亦然。

萨兰德拉形容了耶稣基督的博爱之心，及当天使对亚当与夏娃宣布救世主将来临时，二人的宽慰；最后，写到了他们从地上天堂离去。弥尔顿笔下亦然。

两部诗篇的大致脉络就说到这里。下面是几处细节上的相似，包括文句和其他方面。

弥尔顿的撒旦角色性格多面，包含了骄傲、嫉妒、报复心、绝望、不知悔改，而这样一个糅合了多种成分的整体，在萨兰德拉笔下的路西法身上已有清晰体现。对这一论断，奇卡利给予了成章成段的解释，但此处的篇幅不足以详谈这个问题了。可以肯定，路西法的言语读起来就像漫画剧——别忘了萨兰德拉作品的受众是较低层的戏院观众，而非饱学的读者——但弥尔顿运用的各种元素已经包含其中。

以下是二者相符的一例：

> 吾等于此可安然统御……
>
> 与其于天堂为奴，莫若于地府为君。——弥尔顿（卷一，第258 页）
>
> ……此地我欲也，我乃罪魁，我乃统领，我乃君王。——萨兰德拉（第 49 页）

另一例：

……谁可胜任?

……吾之雄心无人可与分担。——弥尔顿（卷二，第403
页，第465页）

尔等谁有凌云壮志?

……确然，此一伟业

已在我胸怀之间。——萨兰德拉（第64页）

弥尔顿笔下的"恐惧"形象部分源自萨兰德拉的梅戈拉。"可怕
的恐惧"威胁着撒旦（弥尔顿，卷二，第699页），而在萨兰德拉的
剧中，梅戈拉的职责一般无二——恐吓与惩罚反叛的灵魂，这一点她
全然胜任（第123—131页）。同样的怪物——刻耳柏洛斯①、许德
拉②，以及喀迈拉——在两部作品中都能找到相应的暗喻，但萨兰德
拉并不满足于这三种，他还描绘了一系列的各种生物如夜枭、蜥怪、
龙、虎、熊、鳄鱼、斯芬克斯③、鸟身女妖，以及黑豹。恐惧的速度
快得可怕：

……于其座间

怪物疾趋而至

其大步惊心破胆。——弥尔顿（卷二，第675页）

----

① 希腊神话中看守冥界入口的恶犬。
② 希腊神话中的九头大蛇。
③ 最初源于古埃及的神话，它被描述为长有翅膀的怪，通常为雄性，当时的传
　说中有三种斯芬克斯——人面狮身、羊头狮身、鹰头狮身。亚述人和波斯人
　则把斯芬克斯描述为一只长有翅膀的公牛，长着人面、络腮胡子、戴有皇冠。
　到了希腊神话里，斯芬克斯却变成了一个雌性的邪恶之物，代表着神的惩罚。

梅戈拉也是如此：

何其骇人，何其可怖……

顷刻之间，一切防备皆如无物。——萨兰德拉（第 59 页）

弥尔顿与萨兰德拉都以古神名来命名笔下的恶魔，但弥尔顿的作品为叙事诗，自然在这方面更为冗长与多变。弥尔顿的彼列①与萨兰德拉的同一人物之间存在一种奇妙的相似。二者都被描述为奢华、怯懦、懒惰，以及好讥诮，毫无疑问弥尔顿从萨兰德拉处将这些混杂的特性移植了过来。（在此处和其他几点上，乍一看奇卡利为了强化自己的观点有些延伸过度了，因为在他给出的引文中，称自己怯懦的是比蒙②而非彼列。但在书中另一处，路西法也如此评价过彼列。）

弥尔顿的别西卜③如此说道（卷二，第 368 页）：

诱之与我等相会，则其上帝

或将反为其敌……

这些语句是从意大利版的路西法转录而来（第 52 页）：

----

① 恶魔名，最早指巴勒斯坦地区犹太教传说中的地狱之王，后不同经典中对其有不同解释。
② 《圣经》记载的神话生物。意为"群兽"，暗指其形体庞大。
③ 《圣经·新约》中称其为鬼王，七宗罪中的贪食。在犹太教中，其名也以"苍蝇王"的意思在使用，被视为是引起疾病的恶魔。

……引其至此间，使神反为之敌……

对于创世，萨兰德拉问道（第 11 页）：

何种语言方可，

完全无不备至

赞颂吾神之奇迹？

弥尔顿与之唱和（卷七，第 112 页）：

……即以六翼天使①之语，何能尽数全能上帝之工？

两位诗人在描述天堂与其喜乐生活上颇为相似，且在两部作品当中，亚当都提醒其伴侣警惕她的弱点，而在夏娃碰见毒蛇的段落中有不少于四处的语句类同。萨兰德拉这样写道（第 68 页）：

见诸生灵，成群成队

顺从俯伏于人前……

蛇甚美，而其身盘绕为环；

呵，此华丽生灵

斑斓多色，观之如

繁星降世，又如彩釉生光。

---

① 源自希伯来文，意为"燃烧"，所以又被称为炽天使。六翼天使是所有天使九阶中的最高位。

呵，谁曾晓，此物能言人语？

弥尔顿将其改编如下（卷九，第517—554页）：

> ……一如往常，夏娃漫不经心
>
> 放眼遍野，百兽欢腾
>
> 于人之呼唤，生灵顺服……
>
> 夏娃眼前，蛇肆意盘绕为环
>
> 头顶角冠，颈若彩釉生光……
>
> 此景何意？
>
> 区区野兽口中
>
> 竟自能言人语？

总而言之，奇卡利注意到罗利尽管不熟悉《亚当的堕落》，但还是无意中在他的《失乐园》译本中用到了与萨兰德拉笔下一样的词语。

两位诗人都叙述了夏娃在吃禁果后的脸色大变：

> 何以失色？不似从前
>
> 仿佛欢悦远去……——萨兰德拉（第89页）
>
> 夏娃故作愉悦，以言搪塞；
>
> 然其面容有异，双颊似火。——弥尔顿（卷九，第886页）

此处的不同，使得意大利版的夏娃多了一番半真半假的言语来解释这种变化：

……失色诚然（非我本意）

　　皆因君远离。（第 89 页）

　　两部作品中，罪与死都在人犯下大错后重新现身。

　　圣洁离开大地；人堕落后缠绕亚当与夏娃的紊乱欲望；自此罪与死联手统治人世；亚当面对自己的不幸，以及后裔将面临的邪魅，发出深深悲叹；亚当仍旧高洁的情感，知晓无人能躲开全知上帝的目光——这些都是弥尔顿从萨兰德拉书中移植的场景。

　　萨兰德拉将亚当堕落后的心境，与疾风中飘零的小船对比：

　　此粗木小舟，

　　随风起落，飘零无依，宁日已逝，

　　只求苟活……

　　弥尔顿做了这样的改述（卷九，第 1122 页）：

　　……心中风暴骤起……激起创痛

　　其性灵深处，往昔祥和静好，今日颠荡翻腾。

　　以下是一处更明显的改写：

　　……因而神命曰：

　　神为汝律法，汝为我律法。——弥尔顿（卷四，第 636 页）

　　……我二人所愿，

或一人所愿，皆为神之所愿。——萨兰德拉（第 42 页）

　　人堕落之后，萨兰德拉提到了：（1）大地震颤，（2）洪荒叹息，（3）苍穹落泪，（4）雷声隆隆，（5）继以冰雹，（6）密雪纷飞。（第 138、第 142、第 218 页）。弥尔顿将这些翻译如下：（1）大地翻腾狂烈，（2）自然悲吟出声，（4）天幕阴沉、雷声闷钝，（3）宇中垂泪，暴风激荡，（6）裹以冰雪与（5）雹。（《失乐园》，卷九，第 1000 页；卷十，第 697 页）

　　另一处转译：

　　……周期倒转

　　本为地者，高升为天。——萨兰德拉（第 242 页）

　　地改作天，而天改作地。——弥尔顿（卷七，第 160 页）

　　我并不打算重复奇卡利的工作，因为这意味着整篇翻译其大作（将近一万字），而且要规范地做这件事就得附上萨兰德拉的《亚当的堕落》，以便检验引文的正确性。因此请希望求全责备的诸君参考原作吧，不过我在此做一提醒，即验证的工作或许比看上去要难，因为奇卡利犯了一个愚蠢的错误。在他对弥尔顿《失乐园》的引用中，他宣称（第 252 页）自己使用的是罗利的译本，一八四〇年于威尼斯出版。罗利所译《失乐园》广为流传，十八世纪期间于伦敦、巴黎及意大利均出现过多个版本。但我找不到这本威尼斯版，而经过在意大利多座主要图书馆的求索，我相信这一版其实并不存在，一八一八年肯定是印刷错误。要是奇卡利引用《失乐园》的时候采用通常的篇加行的方式，这一错误本来没有任何影响，但他是按页引用，而我见过的每一版罗利译本的页码编排都不一样。尽管我费尽心力，但还是寻不着奇卡利所指的哪一本，如果将来的研究者们同样运气不佳，那么祝他们劳作愉快。（我想借此机会感谢那不勒斯国家图书馆的 E. 托尔托拉·布雷达男爵，对我在此事上不辞劳烦，鼎力相助。）

尽管如此，这几处摘抄足以表明，要是没有萨兰德拉的《亚当的堕落》，我们所见的《失乐园》根本不会面世；而奇卡利的发现在英国文学界举足轻重，尽管要指出两作之间的分歧并不难——分歧的来源主要是英国共和党人①与意大利天主教徒②之间品位与情感的区别，以及叙事诗③与戏剧诗④的体裁差异。对于这最后一点，奇卡利已经提到（第270页），弥尔顿实际上使用了幻象这一手法，来重现萨兰德拉笔下的舞台效果，因为他在作品中无法直接采用戏剧的技巧。弥尔顿深谙世故，而且是一位旅行家、学者和政治家；但我们不需要过分对比来强调那位卡拉布里亚修士⑤可能的精神问题，因为弥尔顿看来对其天赋评价颇高。模仿就是最真诚的赞誉了。当然，《亚当的堕落》只是引导了一大批文学作品发展的一系列相似创作中的一部，同时或许也不难证明，影响了那位英国诗人⑥的词汇和短语其实也是萨兰德拉从某位更早期的作者借鉴而来。

可弥尔顿是从哪里得知这部悲剧的呢？据古柏所言（《弥尔顿》，卷三，第206页），诗人或许在那不勒斯第一次想到"失去天堂作为诗题尤为合适"。他或许还与曼索侯爵讨论过例如安德里尼作品一类

---

① 指弥尔顿。
② 指萨兰德拉。
③ 指《失乐园》。
④ 指《亚当的堕落》。
⑤ 指萨兰德拉。
⑥ 指弥尔顿。

的神话悲剧。但弥尔顿在萨兰德拉的诗作出版之前许久就回到了英国，侯爵也不可能寄一本给他，因为侯爵本人于一六四五年——出版的两年前——去世，因此，奇卡利的观点（第 245 页），即弥尔顿在侯爵的家中读到它，是错误的。因此，除非我们能认定侯爵与作者萨兰德拉很亲近——他确实认识本国大部分的文化人——于是在《亚当的堕落》出版前，寄或亲手赠与弥尔顿一本手稿，或是弥尔顿自己就与萨兰德拉相熟，除此之外我们不妨得出结论说，该诗作是由意大利的另一位友人送给弥尔顿的，也许是侯爵创立的闲者学院①中的一员。

那么弥尔顿似乎是鸿运当头——萨兰德拉的悲剧诗为其所得，而后被打造成了叙事诗体，这种体裁本是他为写亚瑟王准备的，同样的偶然又发生在数年后，埃伍德一个漫不经心的问题促成了《复乐园》②的创作。（你对《失乐园》说了这么多，那《复乐园》又如何呢？他没有回答，但端坐沉思良久……）

对于《复乐园》这首诗，不像《失乐园》有那么多作品可以借鉴，但弥尔顿留下的文字太少，使我们无法断定它远逊前作是基于这一事实，还是因为它题材固有的无力。像《复乐园》这样的纯对白诗无法制造情节的起伏；它缺少前作那种宏伟的分场景以及多变的壮美描写；反叛大天使那令人惊叹的形象，《失乐园》真正的主角，在《复乐园》中缩小成了一个孱弱恶毒的诡辩者；最终的结局也没有一丝一毫的悬念——从艺术的角度看是个严重的缺陷。佐汀认为它的绝妙之处在于"其狡猾的诡辩，荒谬的推理，以绝然似是而非的方式呈

① 17 世纪那不勒斯文化机构。
② 约翰·弥尔顿诗作，出版于 1671 年。

现，却被神之子以毫不动摇的滔滔雄辩驳回"；弥尔顿的这些优点无须借助任何原作，因为他自己高尚的宗教情怀、论理方面的天赋以及长期撰写政治小册子的经验，对其帮助良多。大多数人肯定都疑惑过为何弥尔顿无法忍受《失乐园》所受赞誉远超《复乐园》，因为后者显然劣于前者。假如我们能知弥尔顿所知，即《失乐园》很大程度上并非其一力独创，我们或许就能理解这种偏见了。

广为人知的是，《失乐园》的某些部分是从其他意大利文学中汲取的，如桑那扎里奥、阿里奥斯托、加里尼、博加多等人的作品。在这方面的研究必定最为出色的奇卡利，大约会说善恶天使的集结与鏖战一幕出自一五九〇年于米兰出版的瓦尔瓦松的《叛天使》。但将《叛天使》重印，并放入自己的意大利文弥尔顿诗作译本（1840 年于伦敦出版）的盖塔诺·波利多里曾探讨过这个问题，并得出相反结论。天使与魔鬼间的争战这个主题在当时广为流行，因而弥尔顿没有理由摘抄欧洲大陆作家们的描写，那些作品本来就大同小异。曼索侯爵与诗人塔索①和马里诺是至交，同样值得一提的是《失乐园》中成段成段的诗句是从这两位的作品中摘抄而来的，无疑曼索曾向弥尔顿指出过这些作品的高妙。实际上，我倾向于认为曼索那臭名昭著的，对塔索那种好战尚武的叙事诗的狂热，或许是转移弥尔顿注意力的导火线，使他摒弃了纯粹的田园牧歌，而点燃了他创作一部类似巨作的渴望，从而他写下了那些著名的给曼索的诗行，其间就含有对此意图的暗示。就连那句著名的祷文"至高哉，结合之爱"都是从塔索的一封信件中原文照搬的②。

---

① 托尔夸托·塔索（1544—1595），意大利诗人，文艺复兴运动晚期代表。
② 见牛顿所著《弥尔顿》，1773 年，卷一，第 312 及 313 页。——作者注

文学上的挪用按惯例被称为"仿写"；但只要与原作对照一二，就会发现许多情况下翻译才是更准确的叫法。从文艺道德上讲，古代作家们应被区别对待，而像某些人一样指责弥尔顿抄袭埃斯库罗斯或奥维德是毫无根据的。剽窃经典这个说法本身就站不住脚。古代的大师作为文艺始祖，他们留诸后世的作品由我们共同继承。只要合适，我们可以任意改编、借用，甚至窃取其成果。但特意承认自己的"抄袭"就完全是夸耀与卖弄了。可是萨兰德拉与其他作家，跟弥尔顿是同时代的。奇怪的是包括赛尔在内的学者们无人知晓《亚当的堕落》。而由于英国的与世隔绝，在那个以人类失去天堂乐土为题的诗歌遍布的意大利与其他地方的年代——简而言之，整个欧洲大陆都充斥着亚当与夏娃的无趣典故——弥尔顿敢于宣称自己的作品为"文风韵律皆前无古人"——顺带一提，这句精彩之语本身就抄自阿里奥斯托①（"此行文，此韵脚，皆所未见"）。但即使今日，英国大众对于欧洲大陆作家们的作品认识仍显浅薄片面，而英国学者们对于这一古早时期的忽略如此严重，以致伯奇坚持认为弥尔顿的手稿在当时体现了他想创作的一部歌剧的意图。直到一七七六年，诗人米考还无视伏尔泰的权威意见，对写过三十部各种作品的安德里尼这个人是否存在提出疑问。

　　我们要是晓得剑桥所藏弥尔顿《失乐园》及其他作品手稿的写作日期，或许能对弥尔顿获得萨兰德拉悲剧诗作的时间推知一二。理查德·加内特认定这些手稿完成的时间在一六四〇年到一六四二年之间②，而我对弥尔顿的轶事所知不多，无法辩驳或证实这种看法。不

---

① 阿里奥斯托（1474—1533），意大利文艺复兴时期诗人。
② 见理查德·加内特著《弥尔顿生平》，1890 年版，第 129 页。——作者注

过，《失乐园》的梗概面世肯定是在更晚的时候，因为它的构建基于一六四七年萨兰德拉的《亚当的堕落》，而别的构思或许也曾浮现于弥尔顿的脑海，例如托德的《弥尔顿》卷二第二百三十四页提到，他似乎设想过一段"由摩西叙述的开场白"。

我并不打算穷尽这些讨论，而只想表明从以上材料看来，弥尔顿原本的想法是像萨兰德拉一样借该主题创作一部神话悲剧诗，而非叙事诗。这些手稿中还包括一个和声团，就像萨兰德拉安插在其作品中一样，以及大量的无对白角色，在最后的英文叙事诗中并未出现，但在《亚当的堕落》及所有类似作品中均有。就连撒旦也被命名为路西法，与意大利文的路西法对应。而在弥尔顿的其中一部手稿末尾我们读到"最后'仁慈'显现，安抚罪人，许以救主"等，这与萨兰德拉笔下的"仁慈"所为并无二致。

弥尔顿手上无疑存着大量零散的诗段，既有原创的也有摘抄的，用来组成更大的诗篇。所有的诗人都掌握着各种行句与传说逸闻的片段，以在恰当时"接入"，因而今日的《失乐园》中某些片段很有可能于《亚当的堕落》出版前就写好了。特别是撒旦对太阳的一番祷文，据菲利普斯记载是在《失乐园》创作前写就的。

尽管认为菲利普斯所言无误，但我还是不确定这段祷文是否写在弥尔顿造访那不勒斯之前。如果是，那么诗人或许本想将其用于另一构思，这些手稿显示他的脑海中常有繁复多样的思路纵横来去，又或许该段并没有特别的目的。

德·昆西正确地评价道，艾迪生首先造成了英国全国上下对《失乐园》的偏爱，这种情感此后经过对此作缺陷的冷静审视而渐渐消减，连艾迪生自己也是如此。我估计，其缘由是"神话诗"某种程度上蒙蔽了理性批判。与此同时奇怪的是，就连早期学者们敢于指出的弥尔顿诗作中的几处谬误，在萨兰德拉的作品中也能找到，比如譬喻的泛滥，超自然角色中精神与物质的混淆，冗长的天文学论述，将罪与死拟人化，基督教义与异教神话的拼凑，结尾处枯燥的历史神学长篇演说。

最后，但愿我们在某些论点上过度挑剔了。对神学的狂热已经冷却下来，而对于一部纯以想象创作的作品，就像今日的《失乐园》——难道不是吗？——在人们眼中一样，根据广受承认的意大利蓝本写就的，闪米特与希腊神祇的和谐混搭，看起来并无不协调或冒犯之处；几段对地理与科学的长篇描写也不会再使我们暴跳如雷了。弥尔顿不是在为一群没文化的粗人写作，而对于有教养的人来说，他偶尔展露博学只是叙事诗中间令人耳目一新的休憩空间而已。诚然，弥尔顿的语言中满是拉丁文与意大利文的痕迹，他的英文在同时代作家中或许不算出类拔萃，但对我们而言这已足够了。马修·阿诺德所赞誉弥尔顿的那种"宏伟气概"，那种贯穿始终的高贵、精致与充盈的语调，并不全来自对道德制高点的占据。它部分来自虚心谨慎地安排那些用心拣选的词，地中海的优雅与撒克逊的勇武珠联璧合。因为无论是有意识的还是下意识的，我们会不可避免地被词语的彩色效应影响，从而激起强烈却又无法定义的心灵感受。要是抱怨《失乐园》中的外文术语和思维转换，在今日看来就是最恶劣的忘恩负义，因为弥尔顿独具慧眼的借鉴，其散发的异光已照进了我们的语言，使之壮美煊赫，熠熠生辉。

二十二

所谓 "希腊的" 西拉

这一次是真的要去西拉了。我将横穿整个国家，从科西勒河谷到另一端的卡坦扎罗。从科森扎来的火车再一次将我放在讨人厌的卡斯特罗维拉里火车站。今天是个烈日当头的七月正午，阳光照得我有些晕眩。我环顾蒙尘的广场，可去往我的第一处落脚点斯佩扎诺 – 阿尔巴内塞的邮政马车还没来。这时一位憔悴不堪的老人出现了，驾的车由一匹皮包骨的瘦马拉着，他主动提出带我上路。我们很快就谈好了价钱，双方都认为天气实在太炎热，没必要花太多时间讨价还价。他用鞭梢指点着远处山顶上斯佩扎诺的教堂，从这个距离看它不失为一座雄伟的建筑，但走近了就会发现实在简陋得可怜。

斯佩扎诺－阿尔巴内塞（所谓的大斯佩扎诺是另一个地方）坐落在从卡斯特罗维拉里到科森扎的主干道上，位于分开克拉蒂河与埃萨罗河的漫长石灰岩山脊顶端。后者在流入科西勒河后，与克拉蒂河汇为同流，隆起的山体也就此终止。从西拉或波里诺的制高点来俯视这片山脊的话，会发现它在地理上走势奇怪。真想拿把扫帚将其扫进海里，这样河流就能提早汇合了。

我们取道直上千余英尺，一路蜿蜒九曲，漫天扬尘，在炙人的蓝天与盈耳的蝉声中昏昏沉沉地向上攀行时，时间简直就像停止了一般。目之所及，杳无人迹，一切都缄默无声，仿佛潘神正在为大地的命运沉思。最后我们终于进了村子，而在这里也一样，寂静统治着周遭，这会儿正是饭后午睡时间。

偏街上的小客栈主人，听到我们的敲门声下了楼。但他情绪不佳，拒绝提供茶点。他说，一些医生与政府官员正在屋里开会，他们被电报召集来商议当地的某处霍乱流行问题。至于吃的，已经被那几位先生吃光了，一点都没剩下；他储存的所有食物已被彻底扫尽。我可不想再在火烧火燎的街上走到傍晚，而且这是斯佩扎诺唯一的一间客栈了，因此我坚持要入住，一开始好言好语，后来胡搅蛮缠。可是终告无用。店主宣称里面连一把能坐的椅子都没有，然后就退回到阴凉处去了。

走投无路，我只好转而步入一家小店，那是来路上唯一能见着人的地方。一位阿尔巴尼亚妇女纺着线，举手投足间透出一股家长的权威。这屋子房顶很低，堆满了蜡烛、种子，以及一个收入微薄的一家之主会购买的其他东西，包括科里利亚诺生产的那种冷水瓶。其颇具匠心的优美外形，让人多少想起古锡巴里斯的工艺大成。衣着俗丽却别致的老板娘微笑着向我打招呼，带着这一类女性常有的那种自来熟。她说，有房间让我歇息，也有吃的，比如乳酪、酒，以及——

"有水果吗？"我问道。

"啊，你喜欢水果？我们最好现在别提它——这会儿周围都是霍乱、医生、警察、监狱什么的！我刚要说有腊肠。"

腊肠？我婉言谢绝。我了解卡拉布里亚的猪以及它们吃的都是些什么，那些东西用文明社会的语言可是难以描述的。

尽管小屋里暑热难当，苍蝇成群，我吃过简餐后却并不想休息。女主人友好又风趣，我们很快就成了好友。我试着理解并模仿她的语言，这让她开怀大笑。像她这样的人，阿尔巴尼亚语和意大利语说得一样流利，这种语言对我可怜的听力来说就跟芬兰语一样难。她十分耐心地教了我很久，我试着记下一些词汇和短语，但最终的结果是：

"你肯定没戏了。你开始得晚了一百年。"

我试着对她说现代希腊语，但在搁置了这门功课二十年之后，我仍能吐出来的残言片语中只有一个词是她能听懂的。

"发音很对！"她鼓励道，"为啥你不时时刻刻这么正确地说话呢？现在让我听听你自己的语言吧。"

我背诵了莎士比亚的几行文句，这让她很开心。

"你是想告诉我，"她问道，"人们真的这么说话吗？"

"当然了。"

"还装着听得懂？"

"对啊，那还用说。"

"或许吧。"她附和道，"但只是当他们想在朋友面前表现风趣的时候。"

下午过得很快，最后无情的烈日终于沉入西山。我在四下聚合的暮光中逡巡于斯佩扎诺，这里现在因人声嘈杂而生气勃勃了。四下很是肮脏，霍乱流行简直太容易了。

晚上九点半，那位可敬的马车夫如约出现。他将载我慢慢地（出于对马的尊重）在这清冷的夜间去往瓦卡利扎，那儿在希腊的西拉①半山处，他得在清晨赶到（他成功了，到达时是五点半）。我跟女店主的道别也充满了欢乐，显然，我从之前的"课程"中学到的表示再见的阿尔巴尼亚词汇错得不着边际。然后她将一个纸包塞到我手里。

"看在上帝的份儿上，"她悄声说，"保密！不然我们明天都得坐牢。"

里面是一打②梨子。

路上，我试着与车夫交谈，从面相看来他应该熟知当地见闻。但我来得太迟了，可怜的老人年高体衰因而不怎么说话，我不禁怜悯地想，其思绪应该是留驻在入土多年（据他讲）的妻儿身上了吧。不过他提到了一次大洪水，我听其他上了年纪的人也谈论过，他们都对此深信不疑。这次洪水据说波及了整个克拉蒂河谷，从城镇到村庄都遭受没顶之灾。作为佐证，他们会说假如去塔尔夏挖掘一下低于今日河面的位置，就会在淤泥细沙底下发现古城墙与耕地的痕迹。塔尔夏过去位于河边，据利安卓·阿尔伯蒂与其他意大利作家的描述，它一度是个繁荣发达之地，可是洪水与瘴疠已经逼得此城不得不退到山上去了。

现今克拉蒂河的水流已比古代"通航"时期来得猛烈与多变了。大洪水的传说也许就是源于它某一次的泛滥，大概也是这次泛滥造成了这条河与科西勒河的改道，将其原本分开流入爱奥尼亚海的水流汇

---

① 指西拉山地的一部分。
② 单位名，一打即 12 个。

为一体。而朦胧的记忆又提醒我，或许河流改道是因为两河间的锡巴里斯城被毁，使得河床结构变更。不过在例如玛吉尼、菲奥莱、克罗内利和克鲁弗等版本的古地图中，两条河流入海的路线是被分开绘制的。在克鲁弗的地图里写道："克拉蒂河口附近，有一条流入同一海域的河流，通城科西勒河。"①

这至关重要。这句话是来自亲身造访，还是单纯地重复古代地理记录，我们尚未可知。作者的许多文字都暗示其对南意大利相当熟稔——就像海因希厄斯所言，走遍意大利多次——他很可能曾兴之所至，去寻访锡巴里斯这样的遗址。倘若当真如此，那么河流改道与"大洪水"估计发生在他的时代之后。

既然无话可聊，我打起了瞌睡，但很快就蓦然而醒。马车停下了，时近午夜，我们来到了西巴里的泰拉诺瓦，泻地的银色月光照耀着座座屋宇。

图瑞伊——希多罗德逝世之地！我真想白天来造访此地。在远处的古遗址，人们曾发掘出大量古物，其中的许多现已被卡斯特罗维拉里的加里侯爵收藏。我一度想要参观他的藏品，但因其"家族原因"被拒之门外。罗萨诺有一间藏书珍奇的私人图书馆，当我试图进入时也因同样的理由被拒，虽然很恼火，但这些地方权贵不以收藏示人也无可厚非。让一心猎奇的游人参观，对他们又有何好处呢？

在我如此沉思的同时，驾车的老人蹒跚着前后奔忙，从附近的泉眼取水泼到马车轮上。他在这项单调的工作上费时甚多。他解释道，泼水有利于保养车轮，水能使它们冷却下来。

---

① 在拉斯格博的惊人大作《希腊与毕达哥拉斯》（1866年）前半部分中，能找到一系列的意大利古地图。——作者注

我们终于上路了，我又开始瞌睡。马车似乎正在下一个陡坡，不断地下冲，左右摇晃的节奏令人惬意。然后我打了个彻骨的寒战，从梦中惊醒。眼前是克拉蒂河，其激流冒起阵阵瘆人的寒意，在月光下闪耀着明亮的波痕。我们经过这片瘴气横行的河谷，再一次进入山间。

那些不见树影的山坡上，还飘荡着自酷暑的午间储存的宜人暖气。包覆着暖气的小灌木散发出卡拉布里亚特有的香味，如同仙乐追随着旅人——混杂着枯萎的水犀花和其他夜间芳香植物的气味，浓烈得几乎无法忍受。为了替这香气的交响加入些不同的曲调，我点了根雪茄，然后陷入了对日月群星的遐思。我们与一位孤身路人擦肩而过，他低头快步前行。他在那儿做什么？

"狼人。"车夫说。

说不定真是狼人。

我一直很想见见夜间潜行的狼人，现在夙愿得偿了。可是见他身着人类的服装还是略有失望——看起来即使是狼人，也得与时俱进。这种难以捉摸的跟上时代的观念，在卡拉布里亚流行一时，但人们谈话时并不常提起。传统的狼人保留着变形的技能，而只有猪，蠢笨的卡拉布里亚猪，才拥有日间将他们与其他"基督徒"区分开来的天赋。在菲奥莱的书中记载道，狼人一度大规模猎杀卡萨诺的男孩。（为什么只有男孩呢？）事件始于一二一〇年七月三十一日，那个季节似乎带有某种特殊意义。

之后我就安然熟睡了，直到旭日东升才醒来。马车正在爬一道漫长的坡。瓦卡利扎与圣乔治的阿尔巴尼亚人聚居地在眼前星罗棋布，而回头望去，我仍能见到山脊边上的斯佩扎诺。看起来那么近，仿佛发一枪就能打到似的。

这些非意大利人的村庄能追溯到几世纪前，斯坎德培死后大领主①巩固其势力之时。成群的难民从海上涌来，在大片荒地上定居——有的就住在西拉的这片山坡上，因而此地被叫作"希腊的"西拉，当地人还以为这些外国人是拜占庭人，而实际上后者在卡拉布里亚的居所，几乎仅限于遥远的阿斯普罗蒙特山区。南意大利遍布零星的阿尔巴尼亚人聚居地，主要在阿普里亚、卡拉布里亚、巴斯利卡塔，以及西西里；北部与中部也有一些——例如波河边就有一处，现今只余二百名居民了。许多这种区域后来都被并入了周边的意大利属地区。安杰洛·马西（作品重印于1846年）介绍说当时这类村落共有五十九个，包括八万三千名居民——西西里除外；莫雷利给出的意大利与西西里此类居民的总和为十万三千四百四十六人。如果这些数字准确，那么这一族肯定繁衍甚多，因为据我所知国内现有二十万名阿尔巴尼亚人，居住在约八十个村落里。这样每个聚居地就有大约两千五百人——如果加上现已移民美国的人，这个数字约摸恰当。关于这些外邦人的文字记载相当丰富，作者几乎都是阿尔巴尼亚人。对旧时状况的最全面记录应属罗多塔的博学著作中卷三的相应部分。弗兰切斯科·塔亚尼那本笨重而冗长的作品（1886年）对几乎所有的资料做了更新。要是他为书附上索引该多好啊！

　　一开始，生活对难民们而言困难重重。他们来时仅仅"带着衬衫和民乐"（某位阿尔巴尼亚人是这么向我描述的）——换言之，身无长物，他们于是专干打家劫舍，即使在那个目无法纪的年代看来也过于猖狂，结果政府对其颁布了极为严苛的诏令，整村整村的人遭到灭绝。当时的阿尔巴尼亚人可谓为了生存不择手段。不过随着伐木与耕

---

① 土耳其苏丹名。

种的普及，他们也变得跟当地人一样体面了。他们几乎可说是生来就会两种语言，而其中不少男人还能用英语交流，那是他们在美国学会的。

这些外来文化繁荣之地是史上自由主义勃发的温床。波旁王朝的统治者因而野蛮地迫害他们，成批成批的人遭到流放或绞刑。眼下，亚得里亚海那边的阿尔巴尼亚人起义正闹得满城风雨，有人提议在罗马组织一次示威，让一些罗马女士穿着阿尔巴尼亚服装，来影响国民情绪。但"当权者"严禁一切这类运动。不过，许多暗中招募志愿者相助的活动正在进行，同时人们激烈指责意大利的亲土耳其态度——因其为"对任何同情阿尔巴尼亚人之举动的反动镇压"。爱国的政治宣传者们公正地问道，既然之前古巴与希腊发生类似情况的时候，政府实际上曾鼓励志愿者们赶赴当地，那为什么现在却为帮助阿尔巴尼亚的志愿者设置重重障碍？"合法性于此不复存在。我们阿尔巴尼亚人正像身处土耳其人之间的同胞一样，遭到监视与怀疑。政府扣下我们的声明，严禁集会与讨论，窥探我们的信件。……民事与军事上的当权者们沆瀣一气，以防哪怕一点点帮助与鼓励之声，传到海外亟盼我们援手的同胞那里。"诚然，这是个相当棘手的状况。不过维也纳与采蒂涅的例子或许可以作为参考。（以上是在巴尔干战争①爆发之前写下的。）

阿尔巴尼亚女人，无论是这里的还是别处的，都过着牛马一样的生活。与意大利人不同，她们将一切东西（孩子、木材和水罐）都背在背上。她们的衣裳色泽粗糙，除非是在普照的阳光下，否则看上去都很奇怪，缺少美感。男人们精致的民族服装绝迹已久。过去他们甚

---

① 指的是 1912 年到 1913 年期间在南欧巴尔干半岛上前后发生的两次战争。

至入乡随俗地戴上了卡拉布里亚人的高顶帽，现在只有老一辈人戴了。真正的卡拉布里亚人常常定居在这些外邦人的村庄里，因为他们反封建的惯例可谓受益不浅。即使今天，意大利的风俗仍旧是农民应在某些季节"自愿"奉献礼品给地主，而实际情况也确实如此。这种负担常引致农民的愤慨，而且当收成不好时，会带来生活上相当大的困难。阿尔巴尼亚人从一开始就反对这种中世纪的做法。"他们不建房子，"一位前辈作家写道，"这样就不受男爵、公爵、亲王或其他领主的管辖。倘若居住地的领主虐待他们，他们就烧掉小屋另觅安身之处。"即使放在今天，这也是一套可敬可佩的制度。

此地值得一看的是复活节①的卢萨雷舞②——一种古代的出征舞，年轻男子排成作战队形，载歌载舞地穿街过巷，这种风俗要是再不及时领略一下，就要在美国文化的影响下消逝无踪了。传统的阿尔巴尼亚九弦吉他已经不复得见，而双提比亚管③眼下也愈来愈稀少。后者常见于古典雕塑与传说中，现今仍在西西里与撒丁地区流行，它曾是西拉牧羊人的最爱，他们将其称为"双哨子"。可几年前我在西拉中部寻之而不得。每到一处，人们都给我一样的答案：他们对它很熟悉；过去曾吹奏过；某村的某人仍制作这种乐器——他们将其描述得很准确，但没人能拿出一支样品来。单管笛子，有；还有大量的风笛；但提比亚管，无论我到哪儿寻访，它都似乎已经"过时"了。

在此地，这希腊的西拉，我交了好运。马吉亚村的一个男孩有一支，而且他高兴地送给了我。在那之前他为我吹了一首曲子，一首告

---

① 基督教纪念耶稣复活的节日，定于每年春分月圆后第一个星期日。
② 当地民族舞蹈。
③ 古乐器。形似竖笛，而末端弯曲。

别曲。那是首哀伤的小调，但因为有两个吹口所以需要相当的肺活量。这种双管竖笛式的乐器通常在圣诞节使用，它的两管各约二十五厘米长，以中空的竹节制成。我手上的这一把，左边有四个音孔而右边有六个；它在阿尔巴尼亚语中名叫"fiscarol"。

瓦卡利扎的一位先生送了我一样更为珍贵的礼物——两把新石器时代的石凿（我倾向于认为它们属于次新石器时代），饰以细粒的石英，它们是在离村子不远处出土的。这类器具在卡拉布里亚高地一带肯定极为稀少，因为我之前从未见过，不过据我所知曾在西拉中部的萨韦利出土过。瓦卡利扎的人们管这些古物叫"片"。它们通常被认为是雷电的化身，据说假如在其上绑一条绳子，那绳子即使在火中也烧不着。这个实验或许值得一试。

就这样，我在瓦卡利扎度过了愉快的一天。我到一位富有的居民家中做客，主人以真正的阿尔巴尼亚好客之道待我，宾主尽欢。我真希望他的每一位同胞在一生中都能吃上这样的一顿饭。因为他们通常很贫困，屋子也年久失修，跟南意大利的众多村子一样，这个村的男子大多不在本地，且地方环境邋遢，疏于治理。这种地方给人的第一印象比衰败的东方城市还要糟糕，它们破烂肮脏之处远不仅限于边缘地带。这是一种有意为之且心怀叵测的混乱，一种直截了当的无政府态度，对那些即使最最穷苦之地也负担得起的改善的轻蔑。这不禁让人觉得，此地的人们不可能理解家园的概念，及其带来的人与人之间的神圣纽带，人们似乎总在准备着解构现存的一切。这与英国多么不同啊，在那里即使最简陋的小屋，以及每一条铁路与每一块石头，都见证着远古以降的秩序、四邻一家的亲切以及经时间洗礼的风俗！

他们对家缺少那种空间上固定，而时间上长久存在地形学认识。这种情况就像阿拉伯人和俄罗斯人一样，在这两族的语言中没有一个词能表达我们所说"家"或"恋乡"的概念。本地与此最相近的词是"亲族"。我们心目中的家是一所特定的房子或一处特定的村落，我们在那里出生并度过可塑的童年。而这里的人们并不把家看作一个地理概念，而将其理解为社交中心，随时可以迁移改易；他们的部族亲人在哪里，哪里就是家。我们那种对家园渴求的深情，那种能将最朴素的房屋以回忆装点得光辉灿烂的眷恋，在他们身上现已荡然无存——假如曾经存在过的话——残酷的命运早已将其无情吞噬了。他们认为，将劳动变为金钱是最安全的，这样就可以随时转移或避开暴君的剥削。他们绝不像我们一样对物件有感情。爱丽扎·库克对她那张"老安乐椅"的依恋，在他们眼中看来一定幼稚可笑。因此他们的房屋无论内外，都是一副未经修缮的模样。为何要花心思和财富在明天就可能弃绝的东西上呢？

瓦卡利扎的两座暗淡不洁的教堂紧挨在一起，同它们相应的希腊、天主教牧师带着我参观，这二人友好地挽臂而行，并向一位口中对"店子"挖苦不绝的居民报以谦和的微笑——"店子"是人们有时对教堂不敬的称呼。这些阿尔巴尼亚人信奉的希腊天主教介乎东正教①与罗马教会之间。他们的牧师可以留胡子以及成婚，在圣礼中使用面包而非圣饼，以及另有一两处细微却不容忽视的区别。

西拉北部的这些山坡上坐落着六个阿尔巴尼亚人聚居地：圣乔治、瓦卡利扎、圣科西莫、马吉亚、圣德梅特里奥·克罗内，以及圣索菲亚·德皮罗。其中最大的是圣德梅特里奥。在热情的主人家中熟睡的这一晚，恐怕是一段时间内的最后一晚安眠了。第二天一早我上

---

① 东正教，又称正教会或正统教会，是基督教的主要宗派之一，是指依循由东罗马帝国所流传下来的基督教传统的教会。

了马车朝圣德梅特里奥出发，一路上就能看见阿尔巴尼亚人辛勤劳作的成果：整片土地都被翻耕过，只有头顶的远处能望见一片暗色的树林，提醒人们这里曾经的模样。或许人们砍伐森林有点过火了，因为我在圣德梅特里奥发现，上佳的饮用水都得到离村子不近的一眼泉水处去取。最初的状况也许不是这样的，多半是滥伐树木导致了供水不足。

穿过这些半山地带真是令人振奋，于此可以空中俯视爱奥尼亚海与遍植橄榄树的山边，直到宽阔的克拉蒂河谷与高耸的波里诺丘陵，它们都沐浴在盛夏的氤氲中。道路从许多峡谷中进进出出，谷间有溪流从山上淌下；山体覆盖着栓皮栎、冬青，以及其他树木；金莺、松鸦、戴胜鸟和佛法僧鸟于叶间跳跃来去。到了冬季，这些山岭将受来自亚平宁山脉的北风吹袭，但眼下的时节，真可谓人间仙境一般了。

二十三

阿尔巴尼亚人及其学院

以其意大利－阿尔巴尼亚学院闻名的圣德梅特里奥，坐落在一片海拔一千五百英尺的肥沃山坡上，遍地点缀着橄榄树、桑树和栗树。据说此地在世的人之前从未见过哪怕一个英国人进入此镇。这很有可能。到目前为止，在我频繁的南意大利之旅中，我还没碰见过任何英国旅人。盖普·克莱文与斯温伯恩的时代已经过去了，尤斯塔斯和布莱冬以及霍尔的时代亦然！平时会见到零星的德国人埋头于霍亨斯陶芬家族的史料，或是追寻古罗马文物，搜罗蝴蝶标本，采集矿物样品，或描绘沿途风景——他们出现之处总是出乎意料，但从没见过英国人。盎格鲁－撒克逊人中的探险家们想来是认为这个国家太无趣了，学者们觉得其过于陈腐，一般的旅行者则嫌它肮脏。圣德梅特里奥的住宿与饮食让人不敢恭维。它的街道七歪八扭，胡乱铺着片麻岩砾，上面满是尘土与垃圾。不过，这些道路却有着高贵的名称——起名的目的是激起年轻的阿尔巴尼亚学生们炽烈的热望，使其奋身于英勇爱国之举！这里有"奥德修斯"街、"萨拉米斯"街，以及"马拉松"街和"温泉关"街，讲述着希腊往昔的荣耀；"斯坎德培"① 街和"伊普斯兰蒂"街唤醒的记忆则集中于近代此地的声望；"但丁·阿利吉耶里大道"提醒人们，他们的意大利东道主也曾辉煌一时；"弗兰切斯科·费勒广场"使他们无比向往自由的胸膛充满骄傲与愤慨；而"奋进路"则明确地指向一条伟大的真理，即光有天赋而缺乏忍受苦难的坚韧是毫无意义的。这些名称无疑既催人上进，又富有魅力。但同样显而易见的是，过去的半个世纪中，这些街道都未经哪怕一位清洁工扫过一下。健康女神许癸厄亚并未在它们的名称中出现，曾将城市治理得井井有条的拜占庭君主之名也无处可寻。恐怕这就是"在洁净的人，凡物都洁净"② 吧。

镇上的一切都是阿尔巴尼亚风格的。曾经的罗马天主教教堂因年久失修已经倒塌，现在被用于储存木材。在阿尔巴尼亚圣所的门口，我幸运地偶遇一场当地婚礼，我到达之时队列刚要进门。尽管新娘是全场模样最丑的人，但她那既勇敢又盲目的恋人将她悉心打扮——她的五官幸运地被遮挡在面纱之下，而礼服的各种华丽装饰很好地掩盖了她矮胖的身材。她的颈部、肩膀与手腕上都佩戴着金质的饰品或刺

---

① 15 世纪阿尔巴尼亚民族英雄。
② 摘自《圣经·提多书》第一章十五节。此处是讽喻当地人对街道的肮脏视而不见。

绣，使她显得光彩照人。紫色丝质的紧身胸衣之上连着敞口的蕾丝领，她的鲜绿色褶裙也是丝织的。牧师看起来对他的圣职感到莫名的无趣，以破纪录的时间嘟囔了一两页圣书上的字句。接着进行了端持蜡烛、交换戒指，以面包与酒行圣礼和其他庄重的仪式——最稀奇的是为新人加冕，接着将两人的王冠交换。在典礼的最后，牧师带领人们一边颂唱一边将教堂行走一遭，这就是所谓的"称量"。

我努力将思绪指向这场婚礼的严肃性，以及它每一处细节体现出的历史、民族和理想化意义。我对自己说，这样的仪式需要被理解与欣赏，而且我不是早上刚刚才听了几位当地解说员对此的讲解吗？可是，我还是无法集中注意力——新郎的脸吸引了我。在这类怪诞而奇妙的滑稽场合中，容易难为情的男性常常都下不来台。而在我一生中从未见过谁像此人一样做出一副垂头丧气的傻子表情，真的前所未见。尤其是在最后的巡行中，当他那顶奇怪的王冠得让伴郎从后面托着，才能保持不掉下来的时候。

与此同时，一小撮似乎与我看法一致的男孩跑进了圣所，他们的口袋里装满了活的蝉。就像真正的鉴赏家一样，这些阿尔巴尼亚小孩熟知这种常见昆虫的特性，即当人掐或搔其某一点时，就会发出独有的刺耳叫声——希腊诗人笔下的"百合花般轻软的鸣音"。于是孩子们将蝉恰到好处地捏一下，然后放走。它们就像爆竹和火箭一样在人群中乱冲，撞向人们的脸部，攀上他们的衣衫。教堂里的蝉鸣声就像正午的橄榄树林一般。一只热热的小手将一只这样哆嗦抖动着的虫子塞进我的手中，一个声音催我说："先生，让它飞吧！"我遵命而行，愉悦地望着小虫随着一阵狂乱的嗡嗡声飞上了新娘的头顶——这肯定是最吉利的兆头。要是英国男孩做出这样的举动，肯定会被认为是淘气甚至无礼。但在这里，我希望它源自某种晦涩但虔诚的传言，就像复活节人们在教堂里放飞鸟儿的传统一样。也许这些飞散的蝉象征着婚姻——男人与女人终于从地牢般的独身生活中解放出来。如果这种比喻有点牵强，那么我们不妨想象蝉的放飞寓意灵魂受神感召，白日飞升而其精华与上苍融为一体。

圣德梅特里奥以其学院为傲。马奇奥蒂教授为它写过专著，但要追溯其源头，则不可不读老扎法洛尼的《教皇所立诸学院史》——一部史料翔实之作。这所学院于一七三三年（或 1735 年）由教皇克雷芒十二世赞助成立，初时位于圣贝内德图·乌拉诺，后于一七九四年搬迁到此，自那时到现在经历了跌宕起伏的兴衰变迁。院长布格里亚利主教于一八〇六年被盗匪杀害。由于管理不善，它的土地与财产一度分崩离析；其宣扬自由主义而遭到波旁王朝的迫害，被污蔑为"魔鬼的工坊"。学院于一七九九年与一八四八年反抗王朝统治的斗争中崭露头角，而在一八六〇年，加里波第授予其一万两千达克特的奖金，"以表彰勇敢慷慨的阿尔巴尼亚人为国做出的标志性贡献"。〔过去那不勒斯驻扎着阿尔巴尼亚人的军团。在费拉迪·德·塔苏洛的详尽研究(1777 年) 中，这支军队被认为至关重要。〕即使现在，学院也遍布共济会组织——在今日的意大利，这是事业有成的最稳定捷径。自从"神圣宪法"颁布条款"不可使学生滞留学院中；神学不必一家独大"后，时势的确就不一样了。不过学院到了一九〇〇年才真正具备了稳固兴旺的基础。最近又新增了农学院，请来业界专家督导。评论家们将学院比作知识的灯塔——其目标与结果同样可敬。显然，它培养的名士英才之多是足可夸耀的。

这座严肃学术与文化的象牙塔中，除了二十五位教师与同样多的仆役之外，另有三百名左右的学生研究各种俗世学科。其中约有五十人是意大利籍阿尔巴尼亚人，约十人为远渡重洋的纯阿尔巴尼亚人，余下的则为意大利人，其中又有二三十人是来自雷吉欧和墨西拿的孤儿，他们自大地震后流亡国内，托身于各种学院和私宅。有些学生来自偏远地区的富有家庭，其父母猜想圣德梅特里奥能让其子弟免于愚笨和奢侈。就我观察，这种推测完全正确。

时值酷暑，而且学生们正疲于准备考试，这或许能解释为什么他们大都看上去苍白瘦削。当然他们都抱怨饮食不佳，而厨子是学院里唯一看起来心宽体胖的人——他只怕收入不菲。每个学生平均每年的食宿费仅仅二十英镑（过去是二十达克特）。这样哪里还有余钱来改善生活呢?

课室的设计可谓现代化，宿舍既非整洁也不邋遢，另有一间设施勉强够用的健身房，以及一间物理实验室和一座自然历史博物馆。博物馆最近收纳了一只秃鹫的标本，是今年春季在此地打下来的。据说，这片地区以前从未见过这种鸟。它大概是从东边来的，或是来自该物种仍能繁殖的撒丁地区。我不揣冒昧地建议道，应该尽快设法获得一只本地豪猪的标本，那是一种我在旅途中总要寻访的有趣动物。它们从前生活在克拉蒂河谷，几年前有人在科里利亚诺打了两只，在离克罗托内不远的纳托河边也打到过一只。它们今日仍出现在佩蒂利亚·波利卡斯特罗往上的帕格利亚雷附近的森林里。但是，从种种迹象看来，我认为不仅仅是此地，在整个意大利这种动物都濒临绝迹。另一种十分珍稀的动物水獭，最近在瓦卡利扎被捕杀过，可惜未能保存为标本。

学院里教授击剑和音乐，但造就了马拉松故事与萨拉米斯大捷的那些激烈运动，则并不流行——"体魄健则心智强"显然不是此地的理念。学生之间斗殴被斥为"野蛮"，体罚也遭禁止。没有运动场和工作间，他们唯一的体育运动就是在一位或几位教师的监督下沿着大街无聊地闲逛，其间年轻学生们总是试着做做游戏，看着令人心酸。古老的"神圣宪法"规定"学生不得于学院外玩耍，倘若有人在旁，当放低声音"。最近颁布的规定之一是在这种暖热的天气下，他们必须在中饭后午睡两小时。或许这对管理人员正合适，但学生们实难做到，他们更愿意玩耍。总的来说，不管这对智识的影响如何，这种教养方式的道德倾向对年轻人的精神是有害无益的，而且必将导致早熟的轻浮与残暴。但意大利的教育者们跟立法者是一脉相承的：都是理论家。他们对所有教育的基本法则视而不见——肢体运动最能消除精神上的废料与毒素，以及人生发展的稚嫩阶段应该尽量延长，而非人为缩短。如果说内部管理在年轻学子的健康成长方面没有做到最好的话，那么学院的外在状况则与名满天下的牛津大学在某种意义上相似，即它对年轻人而言条件过于优越了。这座建筑的与世隔绝，它四周的田园环境与足以启迪灵魂的景观，更适于哲人而非少年居住；此地对于胸怀雄才伟略的智者而言，肯定是如鱼得水。多切多尔梅白雪皑皑的山峰以及爱奥尼亚海尽收眼底，目之所及还有森林、村庄、河流，加以大片大片的沃土。但最能激发想象的不是景色的多样，甚至也不是对古锡巴里斯历史的缅怀，而是这片全景的广阔无垠。在英国，绵延十英里的景色就算难得了。试想一下吧，这里宏伟的峡谷比多佛到加来还要宽，其间空气洁净无瑕，有时甚至仿佛能看清三十英里外高山上的每一块石头和每一棵灌木。而日落时分，那云彩的变化足以引动透纳①或克劳德·洛兰②的天工之笔。

---

① 约瑟夫·马洛德·威廉·透纳(1775—1851)，英国 19 世纪最著名的浪漫主义风景画家。
② 克劳德·洛兰(1600—1682)，法国 17 世纪风景画家，长期旅居意大利。

学院的位置与其严肃的学术氛围相称，处于硕果累累的田野之间，背后是一片栗树林，从人头熙攘的大街上十分钟就能走到。这是一座壮美惊人的建筑——原为圣艾德里安保皇修道院，后来添上了大量的现代设施。创始人也许是因为此处有活水泉眼才选址于此，那口泉水自上古时代就已汩汩而流了。这让人不禁想起中世纪时修道士的团体，散布在这片荒野间，修士们在幽暗的林间小道上偶尔交换只言片语——其生活与理念多么遥不可及啊！据菲奥莱（1691 年）当时的记载，这座修道院里的修士们仍定期举行古老的仪式。

建筑的核心是座古老的礼拜堂，中有一方绝美的圣洗池。两段锯开的古石柱（显然来自海边的某异教徒神庙，锯开是为了运输方便），其一材质为非洲大理石，另一段为灰花岗岩。另有一条镶花的步道，上有豹与蛇的图案，与受难圣母修道院中的甚为相似。贝尔陶曾做过这条蛇的复制品。他认为这条蛇在工艺与年代上，同卡西诺山圣坛前，那条被德西德里乌斯院长手下的希腊工匠加工过的蛇相近。这座教堂本身据说比受难圣母修道院早两个世纪。

这里的图书馆一度闻名遐迩，内藏古旧的多种典籍与其评论文章，但并无珍品。它的秘藏早已和受难圣母修道院一样被洗劫一空，而对后者而言，其流落民间的少数藏书，至少还有巴提佛阁下耐心而敏锐地追查寻访。

巴提佛、贝尔陶——查尔斯·迪尔、儒勒·盖伊（后者也写到过圣德梅特里奥）——休伊拉德·布莱霍勒斯——卢伊内斯——勒诺芒……以上列出几位最近研究过这片地区及其历史的法国学者。我们英国人在这方面做过些什么？

什么都没有。毫无建树。

实在不得不这么想。

或许有人会旁敲侧击说这种研究只是拾遗。或许我们英国的天才们都在从事如里克或莱亚德①一样的艰苦的先驱事业。诚然。但以下仍是铁的事实：即使我们的任何一位学者能像贝尔陶或盖伊那样写出宏大而渊博的著作，也没有哪一家出版商愿意出版。一家都没有。他们通晓生意经，他们知道这样的一本书铁定赔钱。我们只能坦然承认，就精神食粮而言，英国的市场比法国小得多。至于到底有多小，只有出版商们知道了，他们倒是对法国式思想的其他方面知之甚详。

过去几天我都住在这里，漫步于田间，试着从这些阿尔巴尼亚人的日常习惯来构造对他们的大致印象，同时也想通过手头他们的文艺作品来描述其文化特色。迄今为止，我对他们的印象与我在希腊住在阿尔巴尼亚村庄时一般无二。他们让我想起爱尔兰人。两个民族的人都遍布全球，且似乎在异国更为昌盛。他们吟唱着同样的歌谣与诗句，建立同样的部族酋长制度，带着同样的好斗心与坦率好客的热忱；二者都固执而易怒；相似的地方还包括他们都过得邋里邋遢、毫无秩序以及浮夸招摇，都不缺狂热冒险的精神，都心灵手巧多才多艺，以及都缺乏自制与效率。两个民族都疯狂地热衷于使用一种过时的语言，倘若该语言如其所愿被推广开来的话，那么他们与其他人种之间可谓隔着高垒深沟了。

正如爱尔兰人将其亲戚英国人蔑视为鄙俗与怯懦一样，阿尔巴尼亚人也看不起希腊人——包括伯里克利时期的希腊人——对其轻视至极。据一位阿尔巴尼亚作家说，阿尔巴尼亚人是"世上最古老的人

---

① 奥斯丁·亨利·莱亚德(1817—1894)，英国旅行家、考古学家、楔形文字专家、艺术史家、收藏家、作家及外交家。

种"，而其语言则是"神圣的佩拉斯基①母语"。读过斯塔尼斯拉奥·马季亚诺对此语种那引人入胜的研究，以及德·拉达写的一本相关小册子之后，我一度对此产生了兴趣。但自从从另一位阿尔巴尼亚文法家那儿得知，这几位作者几乎在每一点上都谬以千里之后，我的热情就冷却了下来。可以确定，阿尔巴尼亚语目前已有三十种不同的字母表（每种含有近五十个字母），可是在过去的四千（或四万）年间，他们仍旧没有决定该用哪一种，或者要不要再发展一种——第三十一种。而不管用哪一种字母表，他们的语言实在太难，即使我在同一个地方已经住了五天，就连简单的文字段落也还是让我一筹莫展。

最后，我只想补充说这种语言的翻译——此处省略它包括的二十八种方言——与其发音相比，简直是小巫见大巫了。

---

① 据说为希腊人的始祖。

二十四

阿尔巴尼亚先知

　　有时我会到马吉亚村去，离圣德梅特里奥约三英里。那儿的房屋群摇摇欲坠但模样别致，位于一片凸出的陆地上，其末端是一座供奉圣以利亚的礼拜堂。圣以利亚实则象征着古希腊的太阳神赫利俄斯，山峰与海角的守护神。粗鲁的阿尔巴尼亚殖民者们将其基督教形象从故土带来，正如几世纪前他曾随拜占庭人踏上跨海征程，以及在十五个世纪前护佑希腊旅人一般。

　　一八一四年，吉罗拉摩·德·拉达①诞生于

----

① 吉罗拉摩·德·拉达（1814—1903），诗人、出版商、民俗学者、语言学家和阿尔巴尼亚教师，最伟大的作家之一。阿尔巴尼亚文艺复兴时期的创始人。

马吉亚一个古老富裕的家族。（他的朋友与同胞米切勒·马齐亚诺博士在一本传记里是这样拼写他的名字的，而我建议那些认为南意大利没有智识发展的人都去读读该书。但他自己在一九〇二年行将就木之际，将自己的名字签作 Ger. de Rhada。因此马吉亚村有两种阿尔巴尼亚文拼写，Maki 和 Makji。他们有一种伊丽莎白一世时代那样的对正字法的轻视——既然有三十种字母表，这也无可厚非。）他是位热情如火的爱国者，在他身上充分展现出了现代阿尔巴尼亚那种暴风骤雨般的雄心。他一生致力于实现国家复兴的抱负，而今日世界各国的政要、语言学家与民俗研究者们都聚焦于地球上的这小小角落：一九〇二年，二十一家报纸都在关注阿尔巴尼亚的状况（仅意大利就有十八家，连伦敦都有一家）。——这些全是他的功劳。

他的父亲是位希腊天主教牧师。在马吉亚度过父亲严厉督导之下，充满宗教意味的童年，以及在圣德梅特里奥学院进修之后，他被送到那不勒斯完成学业。他的一大特点是即使在青壮年时期，也未曾喜爱过现代文学、投机买卖以及一切的具体知识，他一度因为自己的拉丁文老师，著名的普奥提对语法规则过于强调而逃学。不过，尽管他天生厌恶当时在那不勒斯盛行一时的、唯物主义的而具颠覆性的理论，他还是参与了三十年代末反对波旁王朝的运动。他的一些同志惨遭极刑，而他自己与死神擦肩而过。除此之外，他生而有之的虔诚心使得他常被扣上反动保皇倾向的帽子。

他将自己的每一次死里逃生都归功于上帝的庇护。他一生孜孜不倦地研读《圣经》，是一位坚定甚至持守禁欲主义的信徒，其孩子般单纯的灵魂始终贯注于造物的原动力。在一个充溢着陈词滥调的世界中，他的心魂仍保持着崇高威严。在他内心的观照下，宇宙空明广阔；慈爱的天主在上，为阿尔巴尼亚的繁荣指路；而恶毒的魔鬼真实存在，且无处不在，想尽一切办法阻挠上帝的筹划；人在俗世间，播种收获，挥汗如雨，正如上古时被神命令一般。正如许多诗人一样，他从未放弃过这种安逸的拟人论调。他也执着地认为梦可作为预兆，但驱使他的最终动机，那无论日夜都为他指引方向的东西，则是对佩拉斯基族人的一种信仰，相信那些今日散布在内海沿岸的人身负天降大任——在意大利、西西里、希腊、达尔马提亚、罗马尼亚、小亚细亚、埃及等地——这种信仰炽烈而不可靠，足以与英国的"失落支派"① 信徒们鼓吹的主张相提并论。他认定其同胞对世界发展举足轻重。在他看来，阿喀琉斯、腓力二世、亚历山大大帝、亚里士多德、皮洛士、戴克里先、叛教者尤利安都是阿尔巴尼亚人。不过在晚年他也不得不承认：

"过去的四千年中魔鬼一直阻碍佩拉斯基族人合为一支，而它今日仍以阴谋诡计，对促成这融合的工作百般妨害。"

由于厌倦那不勒斯喧嚷而诡谲的生活，他在年纪轻轻的三十四岁就退隐到家乡马吉亚村，将追名逐利的世俗生活拒之门外。他自述对自由主义那"轻率的昏庸"彻底失望，而事实是他缺少法国心理学家口中的"现实职能"——他的气质是无法与现实世界调和的。这次退隐是他人生中的里程碑——代表着与俗世彻底一刀两断。此后他就与人类思维隔绝。他一直留在马吉亚，思索发生于阿尔巴尼亚的种种不义，谋划纠正之方，与外国友人通信，同时写作——一直在写作；将他继承的遗产投在振兴阿尔巴尼亚的事业上，直至一贫如洗。

我读过他的一些意大利文作品。它们奇妙而玄奥，就像寓言中他

---

① 指古代以色列人十二支派（或称部落）中失去踪迹的 10 支。这 10 个支派属于北国以色列，在北国以色列被亚述摧毁以后，便消失于《圣经》的记载。

祖先的故土多多纳的橡树在低语。这些文字中有种阴郁而又刚强的神秘主义情调在起伏跌宕。他与布雷克相似，比如文字的粗放，表达方式的汹涌而混杂，心肠的仁爱，每每灵光一闪的瞬间，以及类似的道德操守。他与这位预言家另有一处类同：他一贯是"永恒女性"的热情崇拜者。他诗中的一些女性角色，即使经过译者的笔下后，也保有那种朝露初凝的纯洁清新与匠心独具的精致优美。

十九岁那年他围绕《奥德赛》写了首诗，并以笔名发表。三年后，他又以《米罗萨奥》为题写下了一系列狂欢颂诗，是经阿尔巴尼亚村子的少女们口述后整理而成的。这是他最出名的作品，曾不止一次被译成意大利文。他回到马吉亚后沉寂了几年，但之后，尤其是生命中最后二十年，他的写作效率让人叹服。报章刊文，民俗传说，诗歌，历史，文法，语文学，民族学，美学，政治，道德——他的神来之笔无所不在，而据仰慕者们所言，就连他的失误也使人获益良多。他常为某个单纯的念头而着迷，从而勇于冒险踏入即使专家也不敢涉足的思维领域。其传记作者列举了他笔下四十三部不同的著作。每一部中都能听到爱国之心洪亮的搏动声，它们可谓"赤子之心的碎片"。而确有传言说就连语法这种严肃的科学，他都能用作对抗阿尔巴尼亚之敌的战场。不过也许他最成功之作还数新闻报道，他的"阿尔巴尼亚之帜"已经成为其民族回响在世界每个角落的自由之声。

这些风格各异的作品——加上其毋庸置疑的新颖主题——引起了德国语言学家，以及所有热爱自由、喜好民俗和研究诗歌的人的注意。像坎图这样的知名意大利作家对他评价甚高。拉马丁①在一八四四年给他的信中说道："在与您的交往中发现诗歌和政治间的紧密联

---

① 阿尔封斯·德·拉马丁(1709—1869)，法国19世纪第一位浪漫派抒情诗人。

结，私心甚慰。您的诗歌如波涛离岸传于四方，而终必负荣耀而返。……"赫尔曼·布切霍兹认为他所写的悲剧《索福尼斯巴》[1] 中场景转换的手法可与莎士比亚相提并论，而有些段落行文之盛大宏伟足以比肩埃斯库罗斯。卡内特将他与但丁相比，而博学的格莱斯顿[2]则于一八八〇年撰文——想来是写在一张明信片上——称赞他为祖国做出的无私奉献。有许多文章与小册子都以他为主题，而这种现象绝非偶然。在他的时代之前，阿尔巴尼亚这个民族对世人来讲一直很神秘，是他在阿尔巴尼亚语和佩拉斯基语之间建立了神授的纽带，也是他为祖国创造了文学语言，以及确立了国家的政治抱负。

尽管那不勒斯政坛的云遮雾罩、钩心斗角并非他所致力的方向，但他晚年出版的小书《政治遗嘱》[3] 是部有意思的作品。它阐明了他最推崇的，同时也是相当出人意料的理论，即阿尔巴尼亚人倘若需要援手与慰藉，则只应求助于"兄弟"土耳其人。与亚得里亚海两岸的许多阿尔巴尼亚人迥异，他是强硬的亲土耳其派，并对希腊人的"无义背叛"与"傲慢不忠"大加挞伐。而对其祖国自由的最大威胁奥地利，他倒是印象不错。去世前一年，他在给《米罗萨奥》的一位意大利译者去信时写道：

> 真乃吉祥昌盛之时：由四自治省所成之艾比罗地区，因黎民吁求而重建；此一壮举重于泰山，可保奥斯曼帝国千秋稳固，以至欧洲万世和平；不啻地上天国之前奏，人间祥和之序章。

---

① 出版于 1892 年。
② 威廉·尤尔特·格莱斯顿（1809—1898），英国政治家，曾作为自由党人四次出任英国首相。
③ 出版于 1902 年。

那确是一段美文，但也显示了离群索居的不利。假如他少点主观臆断，多些实地考察，或许想法就会改弦更张，但是他连意大利与西西里的阿尔巴尼亚人聚居地都没去过。因此他对自己的使命抱着绝对信心——这种信心源自思想与地理上的双重隔离。也由于此，他那显然着眼于现世的理想却总带着一丝脱离实际的渴望。

他一直待在家里，甘于赤贫，勤勉刻苦。他总处在一种温和的兴奋状态中，对当代人类思想的发展不闻不问。他倒并非与外界完全隔离。历史学家帕斯卡勒·维拉利部长于一八九二年任命他为圣德梅特里奥学院的阿尔巴尼亚文学教授，这个职位于一八四九年设立，不过三年后又被取消。另有一段时间，他主管科里利亚诺的公共学校，他在那里以独有的干劲成立了一间印刷厂，尖锐的新闻报道如暴风骤雨，大获成功。一八九六年，他促成了当地第一届以阿尔巴尼亚语举行的代表大会，代表们从意大利各处赶来，身为阿尔巴尼亚人的弗兰切斯科·克里斯比也发来热情的贺电。而一八九九年，在罗马召开的第十二届国际东方学者大会开始前，有人在会场附近看到他正读着一张报纸。

不过话说回来，他还是最爱马吉亚的与世隔绝。

这位不谙世故的梦想家人生最后的几年充满了哀痛与不幸。打击接二连三而来。他的友人们渐次去世。他的兄弟们，他挚爱的妻子，他的四个儿子，全都先他而去。最后他孤零零一人，饱受煎熬，陷入悲哀的极度孤独中。他以年逾八十的高龄，一周三次蹒跚着到圣德梅特里奥去讲课。甚至到了八十八岁，他仍旧以衰弱的双臂耕种一小片地，而在闲暇时还能创作诗歌和狂欢颂！这些作品会带领读者走近他惯常于其阴凉下歇憩的树木，他所爱的阳光明媚的景色，以及他坐过的每一块石头；它们还会告诉读者他穷苦生活的片段——那是一种使人难以置信的潦倒。在去世前的最后几个月，他愿意将辛辛苦苦收集来的一袋橡子给人喂猪，以换取哪怕一片面包皮。这样的困顿不堪，一旦源自对理想始终不渝的追求，其肮脏污秽的表象就不重要了：它实际上是对受难者的赞誉。而他一生的工作，其功绩是不可磨灭的。自此欧洲的法庭上不再有迷惑难解的"阿尔巴尼亚问题"。他点燃了燎原的星星之火；他唤起了不灭的爱国之魂。

他于一九〇三年在圣德梅特里奥去世，长眠于山边橡树林间的墓地里。

可是他的墓，人们却总是难以寻到。

他的传记作者沉溺在一种诗意的幻想中，描绘了覆满白雪的阿克罗塞罗尼安山脉上，国人为了表达对这位伟人的感怀而竖起了丰碑。说起来，在他埋骨之处立一块简单的纪念墓石也很正常。倘若他在家乡马吉亚逝世，其墓上就会有碑石；但他是在外地的圣德梅特里奥被死神夺去了生命，而其遗骨与那些最贫苦市民的尸骨混在了一起。连离世时都与阿尔巴尼亚子民难舍难分，这真是对他穷尽一生所求的，那种绝对排他的阿尔巴尼亚民族精神的最好诠释了！

他就是自己祖国的马志尼①。

而当危机临头时，那一群喧嚷的民众当中或许能出个加里波第。

那么，加富尔伯爵②又在何处呢？

---

① 朱塞佩·马志尼（1805—1872），意大利作家、政治家，民族解放运动领袖，意大利建国三杰之一。
② 加富尔伯爵（1810—1861），意大利政治家，统一运动的领军人物，意大利建国三杰之一。意大利首任首相。

二十五

攀上隆戈布科

　　我从圣德梅特里奥启程前往阿克里，据说这条连接两地的马车道始建于二十年前，过了学院之后可以沿着它走很远，之后它却毫无征兆地断开了。不过，沿旧道步行去阿克里的路上，不时仍可见到那条修筑得一丝不苟的马车道的残迹，早已长满了野草。同样地，这几段路突兀地出现，又突兀地终止于荒野中。这些互不连接的残道确实是片别致的风景，但它们对马车而言一无用处。

　　或许这条路总有一天会完工的，"但愿吧！"当地人谈起希望渺茫的东西时就会这么说。不过也可能修不完了，这种情况下当地人会说："耐心点！"意思就是，不用抱任何指望了。这种非政府的工程从来就没有不拖拉的时候。

这些半路流产的工程的内幕想必很有意思。我总尝试去打听，可是一无所获。对于一个局外人而言，要看透包围着它们的那层隐秘肮脏的迷雾，根本就不可能。我只了解到这些：最初的合同是以当时的工资水平为依据的，而"发现"美洲新大陆之后劳动力价格翻了不止一番，因而没人愿意拿着之前的工资干活了。这很好理解。可是为何起初的时候施工那么慢？为何不能拟一份新的合同？谁知道！关心此事的人们归咎于承包商，承包商归咎于工程师，而工程师则归咎于办事拖沓且腐败横行的科森扎当局。窃以为，这三方恐怕共谋瓜分了工程款项。与此同时，每一方都能理直气壮地责怪他人；已有六七桩官司因此而起，打得旷日持久，其间各种关键文件丢失或被盗，而最初合同的当事人中有一半已撒手人寰。天晓得结局会怎样。全看有没有热心无私的人站出来推动事态发展了。

饶是如此，如果这么一个人来自阿克里的话，圣德梅特里奥的人恐怕会横加阻挠，反之亦然。因为相邻两地的人们之间全无好感——他们对彼此那种封建的切齿仇恨真可谓惊人！统一的意大利对这些人而言什么都不是，他们对国家与公共生活的理解比粪堆上自鸣得意的公鸡强不了多少。即使在最小的地方，也能找到睿智而豁达的人，通常是商人或学者或地主，但极少是政府官员；是的，当公务员也能赚钱，但那是另一种赚钱的方式，而且通常要求具备一些独特的素质。

对于像我这样的步行旅者而言，往来两地间由来已久，距离短一些的骡子道没有任何不便。这条路起初陡峭，接着便蜿蜒进出于栗树与橡树遮荫的溪谷，有时能望见远处的塔尔夏，有时隔着右边的林中空地则能望见比西尼亚诺的古城堡，巍然立于岩石之上。

走了两个半小时之后，我抵达阿克里，它所在之处景色大气磅礴。镇里有一间旅店，但那间旅馆的主人是出了名的喜欢"宰客"，被称为"西拉土匪之最"。因而我宁可到一家小酒铺去歇息，那儿的老板娘为我做了一顿美味绝伦的午餐，配以我长久以来喝到的最醇香的佳酿。总的来说，此地有教养的妇女们比那不勒斯省的要聪慧文明许多。这归功于其自幼所受的严格教育，以及她们丈夫的通情达理。

酒足饭饱，我沿着大街闲逛。这儿是来度假一两周的好去处，就连意大利人中知道此地的也不多，但暑热与饱食开始让我觉得不适，因此我决定赶紧到阴凉之处去。在阿克里中暑卧床是大忌，那样的话只有接受放血疗法，这是西班牙－阿拉伯古医术的残留，百病通用，患者只能眼睁睁地看着鲜血一点一滴流失殆尽。阿克里地方很大，其繁荣兴盛的景象与圣德梅特里奥的颓废衰败形成鲜明对比。这儿有养蚕场，而且移民美国的人数众多，以至于每个人都用英语回应我的问候。新房如雨后春笋，而此地早就以其富人众多而闻名。

但这些富人面临着不小的窘境。某位当地权威，我忘了具体是谁了，从本地铁匠铺众多的事实推断，这肯定就是当年过于敏感的锡巴里斯人将其金属工匠与其他产生噪声的手艺匠人驱逐而至的地方。现在此地的富翁们好标榜自己为锡巴里斯人的后裔，但把那些被逐的流浪者编入家谱又不是什么光彩的事情。

他们倒大可不必费此周章。就像弗比格所论证的，阿克里过去曾是古城阿刻戎蒂亚坐落之地；阿刻戎河，现名墨科涅或穆科涅河，就在它脚下流淌，从镇子某处能饱览其奔腾的激流。

吃力地攀登了两小时后，我来到希腊十字，这里的海拔有一千一百八十五米。烈日炎炎，酷热难当！我可不想将同样的旅程再来一次。此地古时或许矗立着一座石质的十字架，今日只有座小小的木十字架立于路边了。不过，它标出了一处重要的地理位置：我即将离开的"希腊的"西拉与中部最广阔的"大西拉"地区的交界。更远处则是"小西拉";如果从罗利亚诺（在科森扎附近）到克罗托内画一条线，它大概会穿过大西拉与西拉三区中最西边的小西拉之间的分水岭。接下来是卡坦扎罗和考拉切峡谷，意大利陆地最狭窄处。然后是瑟拉高地和阿斯普罗蒙特山区，最古的"意大利"属地，这个地理概念一直延伸到雷吉欧为止。

尽管上山的路上经过了几处可爱的栗树林，这边的乡间总的来说是一片无树的荒芜。可它就在不久之前想必还是郁郁葱葱的，因为路边还能见到肥沃的腐殖土，尚未被雨水冲刷殆尽。一条马车道从希腊十字穿过，它连接阿克里与大西拉的首府圣乔万尼，以及科森扎。

又经过了一小时径直上山的长征，我来到一片青翠的山地牧场，这里零星点缀着几间小屋。此地名叫维拉切，位于克拉蒂河谷上游与爱奥尼亚海的分水岭上。因此我下面的路程将是沿特里昂托河，也就是古时的特拉伊斯河而下，一直到隆戈布科，在那儿可以俯瞰整条河流。到了这儿终于凉快了，因为海拔上升，加之天色渐晚。人们正在割干草，嘈杂的牛铃声，加上男女间轻佻的调情与喋喋不休的话语，构成了一首田园交响曲。

与这些欢乐的乡人聊了一会儿后，我继续向着遍布岩洞的特拉伊斯河源头进发。我从那冷冽而顽皮的水流中掬饮了一口，想起很久以前，就在这同一片水边，一场无法挽回的灾难曾经横扫欧洲文明。正是特拉伊斯河的河口见证了三十万名锡巴里斯人（我根本无法相信这个数字）与米罗将军率领的克罗顿①人的惨烈厮杀——那场战争毁掉了锡巴里斯，顺带也抹去了意大利本土的一切希腊文化。它发生在风

---

① 意大利克罗托内的古名。

云变幻的公元前五一〇年，同年塔奎因①家族被逐出罗马，而佩西斯特拉提达伊②家族也被逐出了雅典。

这里开始能看到松树了，它是西拉地区的典型树木。在穿过维拉切的路上，我在左边已经见过一座遍覆松树的高山。这座山脊在地图上被称为帕勒帕托，特里昂托河从它脚下流过。但本地人管它叫帕勒派特，我不禁要想也许这是个真正的古希腊语名字，在民间流传已久，意指这片古老的松林——而地图的绘制者们一向既随意又无知，便将其忽略了。（不过，在某些古籍图表中它的名称是帕勒派特。）不妨画一幅特别的意大利地图来展示错误的地区与城市命名，它们要么是由于词源学的错漏与碑刻铭文的谬误，要么是出于当地人的爱国心而有意为之。整个国家到处可见文人墨客们信手拈来的地名，其大部分都源自文艺界百花齐放但毫无章法的十六世纪。

我此刻正在穿行的，由科森扎、隆戈布科和圣德梅特里奥组成的地理小三角，是意大利最鲜为人知的角落之一，充满了模棱两可的希腊文明记忆。一条名叫"卡拉莫"的小溪，在从阿克里上来的峡谷中流过，而就在它近旁，城外不远的地方是"庞贝欧"泉，不久之前这里还有盗贼埋伏，等着妇女和小孩来取水，以将其掳走索要赎金。上山路上，我偶尔能向下望出千尺之远，见到穆科涅河，或叫阿刻戎河，奔腾咆哮着冲进狭窄的河谷。它源自的山岭被称为"法利斯特罗"和"里·塔尔塔里"——毫无疑问是希腊语名字。

据勒诺芒的学术考证，在这条河边比阿克里更靠近上游的地方，就是古城潘多西亚的旧址。我不晓得这种论断是否由他首次提出。在

---

① 古罗马家族名。
② 古罗马家族名。

公元前四世纪，该城强盛而富有，其繁荣达到巅峰。锡巴里斯陷落后，它在克罗顿的霸权下逐渐衰亡。它铸造的一些钱币上刻着潘神的图像，从其周围森林环绕来看，这是很恰当的。另一些刻着仙女潘多西亚的头像与名讳，以及克拉蒂斯河之名，冠于一位年轻牧羊人形象之上：相关的那段难登大雅之堂的传说可以在埃里亚努斯的书中找到，或者去读罗迪基努斯的第二十五卷三十二章，开头为"何为畸恋"，等等。（"兽性大发"，一些刻毒的作家会这样评价，这种论调被斯特拉波与贺拉斯加诸所有的卡拉布里亚人身上。）至于潘多西亚的位置，包括老普洛斯帕·帕里修斯和路易·马利亚·格雷科在内的多位学者都认定它在马伦扎塔河边的门迪奇诺，该河在中世纪被称为阿康特（或许是阿刻戎的变音）。因此特里昂托河是否就是特拉伊斯河尚有争议，而在马林克拉·比斯陶亚那本短小精悍的《西巴里纪事》①中，特拉伊斯河可能是以下四条河之一——利普达、克罗格纳提、特里昂托与菲尤米尼卡。

这里映射出的希腊，并非中世纪的拜占庭，更不是阿尔巴尼亚人的故地，而是创世伊始时那个阳光明媚的希腊，那时野心勃勃的殖民者们扬帆西往，在意大利的陌生土地上扬名立万，千古流芳。

穆科涅河早以其残忍无情而知名，直至今日，仍让人闻之色变。据说，它凶暴的急流每年要吞噬二十个人：每年吃掉二十名基督徒！这与雷吉欧附近的阿门多莱亚河不相上下。受害者中名气最大的当属摩罗索斯的亚历山大，他于公元前三二六年在征讨卢卡尼②人时，死于潘多西亚城下。多多纳的先知曾警告他远离阿刻戎河与潘多西亚

---

① 出版于 1845 年。
② 古民族名，曾居于南意大利卢卡尼亚地区。

城。但一到意大利，他就将这番告诫抛诸脑后了，满以为它们指的是塞斯普罗蒂亚的同名河流与城镇。但天命难违，在李维的史书中可以读到他落水而死以及遗体被卢卡尼人砍斫的情节。

这位雄主当时身披的胸甲竟然被找到了，这怎么想都是件怪事。它于一八二〇年被发现，之后出售——至少是部分残片——给了大英博物馆，现在还能在"西里斯青铜器"展区欣赏到。那是件精雕细琢的模锻作品，带着留西波斯的风格，图案描绘的是埃阿斯与亚马逊人①的战斗。

一路伴随我到隆戈布科的特里昂托河，在片片繁花似锦的草地间悄悄地滑过——此景真可谓标志着宁静惬意的乡间生活，但这种抒情的意境很快就不复存在了。它流入了一片挡去阳光的蜿蜒峡谷，景色一下变得宏大壮阔；水流狂烈地奔腾直下，四周都是高山险峰，山上只要有寸土之地都被黑压压的松林占据。谷中气象之雄奇浪漫，在西拉首屈一指。左右两侧都有山泉流下，因此而更为壮大的河流呼啸着翻滚过窄窄的河床，卷起卵石发出刺耳的喧嚣。与此同时，道路继续沿着水边推进，直到过于难行为止；再沿河而下的话就要撞向山壁了。因此道路转而向上，这一趟攀登简直仿佛无穷无尽，到了极高处之后，山路开始在四周从属的小峡谷中盘旋进出。

我完全沉浸在这趟旅途的意趣之中——松树为我投下阴凉，松香味混合着一群高大而正盛放的植物之芳香。朝山下遥望，河流如一根银线闪闪发光。突然我惊讶地发现，前方山路必经的整片山体都滑进了深渊。后来我才知道，这是两三天前的一场暴雨遗留的恶果。显然路一到此处就断了——简直像是凭空消失，连一粒泥土或一根树枝都

----

① 民族名，希腊神话中一个全部由女战士构成的民族。

没剩下。我眼前是一片光秃秃的峭壁，就连岩羚也跳不过这裸露岩石构成的高墙。目下我进退两难。我要么沿那条劳顿不堪的原路折返维拉切，在那好心的割草工人家里过一夜，要么攀下深谷，沿河前进，然后——冒险一搏！思虑良久后，我决定选择后者。

可是特里昂托河在这一段已是水流湍急，漩涡涌动，波浪不断冲击并漫过两岸，使得我不得不频繁涉水而行。积水的路段危机四伏，这段经历我将长久难忘。河水因为最近的大雨而暴涨，河床因水色浑浊而难以辨清，何况水不仅深，而且底下遍布滑溜的卵石，还隐藏着危险的深沟。我手上只有一根短手杖来助我涉过急流，脑海里不禁勾勒出如下场景：第二天早上，下游的克雷波拉蒂村的少女们在河边洗衣服时，骇异地发现一具英国人伤痕累累的尸身搁浅在岸边—— 英国人倒是这河里少见的"大鱼"。她们当然会以为发生了一起谋杀案，如此一来，人们在纪念我的时候会加入多少绿林好汉的传说啊！

夜幕渐渐降临，我不断地来回涉水，一直在咆哮的湍流与奇形怪状的石块间蹒跚而行，以至于我开始怀疑隆戈布科到底存不存在。但突然之间，在河道的弯曲处，整个城镇映入了眼帘，虽然仍遥远但很清晰，高高立于峡谷的出口。经过一整个下午的孤身跋涉，我的双眼已习惯于一成不变的野外景物，现在出乎意料地望见复杂的文明气象，我简直以为看到了海市蜃楼。此时此刻，隆戈布科在我眼前就如阿拉伯神话中的仙境，是在荒漠废墟中以魔法创造的。

尽管顷刻间城镇又看不见了，但它使我精神一振，又经过了一段千难万险的路程之后，我的靴子已磨成了碎片，整个人一瘸一拐，饥肠辘辘，浑身湿透。然而我总算是走到了罗萨诺大道上的桥头，然后跛着脚挣扎往上，在黄昏时分抵达了远近闻名的"维托里亚旅店"。

可以想见，我迫不及待地问起了晚餐。可是老板娘听到我说出

"食物"一词时，露出一副惊诧异常的表情。

难道这儿就一点吃的也没有吗？没有乳酪，没有肉，或者通心粉，或者鸡蛋——连酒都没有？

"没有！"她回答道，"为什么你这个点要吃东西呢？如果真的想吃，就自己去找吧，我或许能找点面包给你。"

就像法国人说的那样，这真是"旅人须知"。

我并没被吓倒，转而去求告一位衣冠楚楚的居民，他仔细地聆听了我的讲述。尽管他出于礼貌没有提出异议，但我能看出来他根本不相信我是从圣德梅特里奥步行过来的——这种故事在他们听来就是神话。为了顾及我的感受，他机智地避免了对这个问题发表任何轻率的意见。我也一直没发现他为何不愿谈及我的长征，直到后来我才意识到他就跟许多本地居民一样，从来没有听说过穿越阿克里的那条小道，因而便根本不相信它的存在。他们要去圣德梅特里奥的话，会坐马车经过罗萨诺、科里利亚诺以及瓦卡利扎，要花两天甚至三天。不过，他好歹相信了我真是饥饿难耐，于是好心地指点我到能买着酒和其他生活必需品的地方去。

旅店老板娘看着我狼吞虎咽，露出了一副更为讶异的表情——自从我下榻于此，惊讶似乎成了她的常态。但她并没有给我那份说好的面包，原因很简单，屋里根本没有。她说的是能为我弄来，并没说她本来就有；既然我不管她要，她也就懒得费事了。

果然哪，看来没多少人曾旅行到过罗马的南边……

这顿饭给了我出乎意料的精力，因而我再一次步入夜色当中，先到当地电影院去看了部精彩的片子。接着，几位居民请我喝咖啡，然后我们在广场上溜达了一会儿，享受着晚间的凉风（这儿的海拔是七百九十四米）。街道整齐洁净，这儿没有阿尔巴尼亚人，也没有人身着盛装。在广场上的教堂边缘，兀然突起一座巨大的钟塔，从头到脚都长满了悬吊的荒藤野草，其根部紧紧抓住砖石的缝隙。此塔气象不俗，使人肃然起敬。

我已疲倦不堪却仍未尽兴，于是告辞了那几位居民，自己往贫民区闲逛，该处被电灯照得通明。在这片相对安静的地区，处处可闻流水声，而我很快就意识到隆戈布科在卡拉布里亚的山城当中得天独厚——山城亦即通常位于两河交汇圈出的 Y 形地区——因为它栖息于一片巍峨高地，有至少三条河流拱卫城下：特里昂托河与其两条支流。在通往爱奥尼亚海的侧翼，横亘着一道名副其实的峡谷；特里昂托河流经的一侧同样难以逾越——而城的后方当然更不可能。难怪从前的盗匪常以此处作为大本营。

我的一大爱好是在街上寻找有意思的现代铭文与题刻，我认为它们含有深厚的社会意义（真的，就跟邮票一样）。而经过孜孜不倦的求索，我的藏品已足以让行家都眼红不已，据说那些所谓行家手上三分之一的素材都是在布鲁塞尔或者日内瓦印出来充数的。以下就是这天夜里我发现的一段墙壁涂鸦：

"让这个肮脏野蛮的国家见鬼去吧！"

这段文字引人深思。假如作者是某个过路人，文明开化但脾气暴躁，这倒没什么。然而如果这是当地人所写，它反映了多深、多吓人的愤怒啊！这片地区最近进行了一些整修，其安宁与兴旺比起往昔已是超乎想象。既然如此，我不禁要推断，这段文字的作者只能是某个爱发牢骚的村人，这位仁兄恐怕曾移民美国，在纽约过了一段逍遥日子之后回到故乡，不得不——"为了赎罪"，他估计会这么说——住进了"维托里亚旅馆"。

现在我转身走回那间"宾至如归"的旅店，并遗憾地发现房间收拾得让人艺术灵感爆发，却对住下去毫无信心。但我还没来得及大略检查一下，就被街上的噪声吸引到了窗边。半个镇子的人排成队伍从下面经过，手执火把与旗帜，带头的是市政厅的乐队，奏着军乐的曲调。

这么大半夜的，他们要去哪里？

原来是为了庆祝本地的一个学生在某场考试中名列前茅，他正在从那不勒斯经罗萨诺回乡的路上。我加入了游行队伍，很快我们就碰上了一辆小马车，从中跳下一个苍白虚弱但双目炯炯的少年，人群高声喧嚷起来，那种热情在英国只有观看职业拳击赛时才会出现。而这儿可是各种绿林好汉和流血杀戮的发源地！

这可谓智识的暗流。

此事算是对那段涂鸦的贴切回应。而另一种回应，更为私人，尖锐却根本说不上有趣，马上就来了：旅店那张床。我不想提起那张床，一点也不想；我只能说，它让我在昆虫收藏方面取得了做梦都想不到的收获。

二十六

在布鲁提人①中间

隆戈布科古时出了不少智者，其中著名的有医生布鲁诺，活跃于十三世纪末期。他自称卡拉布里亚的隆戈布科人，而他关于解剖学的伟大论著在他去世后多年才出版，其中包含了许多希腊与阿拉伯民间学说。另一位是弗兰切斯科·马利亚·拉波尼亚，他于一六六四年所著的《泰梅瑟城之真正所在》等一系列作品，想来意在证明其故乡就是荷马笔下的泰梅瑟②矿区的原型。部分现代作家支持这个观点。

本地的银矿开采古已有之：一开始的开发者

---

① 民族名，曾居于古罗马时代亚平宁半岛南端。
② 荷马史诗《奥德赛》中矿区名。

是锡巴里斯人，后来换成克罗顿人。矿区现已废置了，但不乏关于它们的记载。公元一二〇〇年，此地的矿工多达千人，安茹人从这儿采挖了大量贵金属；中世纪时，隆戈布科的金匠名扬意大利全国。勤勉的 H. W. 舒尔茨曾发现过一条一二七四年的皇家手令，授权隆戈布科的一位名叫约翰内斯的金匠，令其研究开采整个那不勒斯王国的金属与盐的矿藏资源。

杜雷·德·塔瓦尔于一八〇八年在隆戈布科参与了一次追捕盗贼的行动，他这样写道：

> 这片可怕之地的四周环绕着林木茂密的高山，为其投下了一抹阴郁而野蛮的色调，使人心下凄然。此区约有三千人，大都形貌粗陋，其中有制钉子工人、铁匠和烧炭工。前政府曾雇用他们到现已废弃的银矿工作。

他详述了那时长期流窜此地的盗匪，以及镇压他们所引致的暴行。例如，他来此后不久，政府就往一个村庄派了四百名士兵，去搜寻据说被窝藏在那儿的匪帮头目。他写道，那些士兵"如洪水一般涌进街道，接着就开始了惨无人道的大屠杀，这恐怕也难以避免，因为每一间房屋里都有造反的人们开火抵抗。这不幸的村子被洗劫一空，焚烧殆尽，遭受了一切能想到的破坏"。两百人死在了街头，可是那些强盗头子，这场杀戮开始的唯一理由，据说却逃脱了。搞不好他们甚至一开始就不在那地方的方圆五十英里之内吧。

尽管如此，在法国人于隆戈布科守株待兔一个月之后，这几个首领还是被自己的同胞抓住了。他们的首级被送来的时候还流着血，而"其身份得到了确认，贼首之死终结了这场血淋淋的惨剧，我们总算能从亚平宁的茔墓中走向明媚的阳光了"。

这片森林中还流传着关于盗贼的传奇故事。人们会带你去看树干上的刻痕，据说出自某某绿林好汉之手，用来与同伙互通消息。有人挖到过大盗埋藏的珍宝，而即使时至今日，牧羊人们偶尔还会在林中最深处，发现他们用树皮与树干搭成的简陋藏身处。另一些传说则是关于他们藏匿战利品的山洞——我觉得这些山洞（至少其中许多是）都是人们根据萨莱诺和阿布鲁齐的真正强盗洞窟捏造出来的，那些地方的石灰岩洞比较适于此一用途。波旁王朝的保守统治催生了这群强盗，而在局势动荡的六十年代，强盗们一度再次横行，他们成群结伙，肆意烧杀抢掠。无论是谁，只要胆敢反抗，之后必定追悔莫及。今时今日，这一切都过去了。盗匪已被根除，这让本地的人们大大松了口气，过去他们只能任由强盗摆布，而现在他们可以吹嘘自己的家园就跟那不勒斯的大街一样安全了。这种美言倒是名副其实。①

从隆戈布科到西拉的首府、费奥雷的圣乔万尼，总共不到八小时的轻松路程，风景优美，路途平坦。道路从隆戈布科的后方起始，一直往上，然后穿过一整片峡谷。农人们开垦了途中小溪边的数片土地。山坡上次第覆盖着栗树与灰白色的冷杉——这一树种在周边地区很稀有——金黄色的槲寄生从冷杉的枝丫上垂挂下来。少顷，溪流到了尽头，一道沉郁的山脊横在道中；山上密密地生满了山毛榉，我就在山毛榉的林荫下沿着陡峭的斜道攀登。山顶的植被又变了，壮美的松林一直延伸到加罗帕诺林业站的管辖范围边缘，那儿到隆戈布科步行需要两小时。

这儿松树的种类很特别（卡拉布里亚种科西嘉松），又名"西拉

---

① 见下一章。——作者注

松"——在整个西拉地区随处可见，能长到四十米高，树干银灰色，散发出一种宜人的香气。它在年幼时，尤其当土壤够深的时候，就像一个纽伦堡男孩一样长得矜持而循规蹈矩；但年岁一大，它就开始疯长。有的高坐在一块孤零零的花岗岩上，其根须像章鱼的触手般盘绕着裸露的岩石，怪奇的枝干直指苍穹，对暴风雨冷嘲热讽——可谓洪荒中的坚韧之光。想来这种树昔日曾遍覆整个西拉，而斯特拉波和其他古代作家提过的布鲁提树脂就是从其提炼而来。雅典人、锡拉库扎人、塔兰托人以及最后的罗马人的舰队，其船舶都是用它们搭建的，卡塞塔王宫的营造也用到了这种木材。

此地有一间大屋，全年供政府官员居住——严冬漫长，积雪从十月一直延续到第二年五月，我不禁好奇他们是如何挨过的。我到得太早，上流社会的大部分人都还在睡梦之中。要是我稍待片刻，或许能打听到这座庄园的一点消息，但是急迫的物质需要——经过"维托里亚旅馆"的惨遇之后，我指望着在圣乔万尼吃到一顿过得去的午饭——驱使我继续赶路。一个看上去不大可靠的乡巴佬模样的人主动告诉我三件事：这屋子是三十年前建成的，离此约十公里处有一座大苗圃，以及这片地区的面积约"两千至四千公顷①"。据称附近一处落叶松与白桦的种植园正欣欣向荣，这两种树附近都不多见。

在我走的道旁不远处就是圣巴巴拉，那儿有两三座小屋，谷物还绿油油的——就像爱奥尼亚海与克拉蒂河谷上游之间的分水岭上，比阿克里还高的维拉切一样。接着是直上佩丁纳斯古拉山的一道陡坡，山峰的海拔足有一千七百零八米，这是大西拉的典型地貌。目之所及已经见不到人烟了。四周全是森林，沿着形态多变的溪谷望下去能瞥

---

① 面积单位，1 公顷 = 10000 平方米。

见海，以及远处仙境一般的亚平宁山脉，那是一道锯齿状的峰峦，其石灰岩构成的峭壁在碧蓝的天空幕布与昏暗的林地前景间熠然生光，仿佛绚烂的紫水晶。

我在此地歇憩了一会儿，观察着出奇和顺的交喙鸟在头上的枝叶间筑巢，以及翡翠蜥蜴从身边的凤尾草丛中向外窥探。这种蜥蜴产于本地，在某几处很常见（例如维诺萨与帕提利翁）；而在其他地方，由于它实在珍稀，每次露面都会引人注目。本地人挺怕它，更怕实际上无害的壁虎，认为其剧毒无比。

接着路又往上，穿过片片幽谷，越过层层高地，途经泡沫翻腾的溪流，偶尔还会穿行于阳光照耀下的草场，不过更多的是处在枫树与松树的林荫下——此路漫长却怡人，在纳托与雷瑟两条河河谷的高处盘旋。终于，快到正午的时候，我抵达了连接圣乔万尼与萨韦利的马车道，跨过活泼的纳托河上的一座桥，接着继续向上攀登，终于来到了这座人头熙攘而肮脏混乱的城镇——人称"卡拉布里亚的西伯利亚"，至少一年中有七个月它是名副其实的。

在这个时节，多亏了它一千零五十米的海拔，气候凉爽宜人，而其旅店实在比隆戈布科那间猪窝要优越不少。友善的人们认出了我，并像老朋友一样向我致意，一种游子还乡的感觉油然而生。

"那么，"他们问道，"你最后找到它了吗？"

他们还记得我几年前曾到此地来寻访那种双管竖笛，即提比亚管。

过不了多久，你就能发现圣乔万尼的女人们是最有意思的。许多卡拉布里亚村庄与此地一样，仍保有其独特的服饰——马尔切利那拉和卡米利亚诺便是以此闻名——但在别处再难找到同样多的美女集中在同样狭小的区域了。要是在以前，接近这些窈窕而让人欣悦的尤物是危险的，她们被妒忌的兄弟或丈夫牢牢看管着。但是谢天谢地，那些兄弟与丈夫现在到美国去了，因此只要你将感兴趣的范围限制在两到三个，你想与她们多亲近就能多亲近。这种事情上保密是不可能的，就像阿拉伯人之间一样，流言蜚语满天飞；而且大家丝毫不避嫌疑，人们能公开辨识，并默认各种关系。连牧师也不插手，他们手上的事儿已经忙不过来了。

要好好欣赏这些美人，应该挑一个周日或举办宴会的日子，而且得去圣露西亚泉，它流淌于山边，灌溉着几片玉米地与菜地。女子们身佩精致优雅的金挂饰，秀发也梳成独有的式样，特意从耳边垂下两绺，说不尽的万种风情，更烘托了其天生丽质。她们的特征倒是常见的，瞳仁是黑色或深邃的龙胆蓝，肤色白皙，但举手投足间自成一种稀有的风韵。即使做了曾祖母的老太太也透出一抹庄严的自尊——仿佛老女巫一般硬朗，无可撼动，有着黄褐色的皮肤和灯笼一般发光的双眼。

可是圣乔万尼的邋遢也是首屈一指的。它堆积的灰土就跟东方城市一样，却又没有东方那种闪亮的气色与和谐的轮廓。我往往倾向于认为，污秽能产生一定的艺术效果，但这里就像许多别的卡拉布里亚城镇一样，既肮脏得难以想象，又没有一丝一毫的美感。这片脏污的景象大部分来自从每扇窗户冒出来的烟，它们将房子内外熏得一片焦黑——卡拉布里亚人自古以来就习惯在地上烧饭。房屋由于没涂灰泥以及窗户被堵死，本身看上去就原始而憔悴；每家每户门口打滚的黑猪，更是使这脏乱的洪流达到巅峰。官员们对此视而不见，我敢说是清洁整顿的任务过于艰巨，使他们望而却步。

当地在公共卫生方面没有采取过任何措施，随处可见女人们在下水道一般污秽的地方洗衣服。街上没有路灯，一家北意大利的公司曾提出靠纳托河水力发电供给此地，却被轻蔑地回绝了。这里只有孤零零的一盏俗气的油灯，是几年前市政府一时莽撞"作为样本"引入的，这么些年只点过三次，而且还是在最没必要的场合——换言之，是在盛夏的傍晚，也就刚好是他们的主保圣人（圣约翰）节。"它现在挂的方式、角度太危险了，我怀疑它能不能坚持到明年六月的这个时候。"我几年前曾如此写道。一语成谶！那年冬天它就被吹掉了，到现在也没换上新的。这镇子里有两万名居民——而且这儿是意大利，夜生活对人们至关重要。怪不得北意大利人一看这种城市风貌，就断定整个卡拉布里亚都是野蛮人。

自我上次到此之后，小广场上种了些树；还出了一份新的报纸——名为《合作：费奥雷的圣乔万尼公益机构》，其第一期或许也是唯一一期，刊登了一篇关于公共卫生的尖锐文章，报道了省卫生局派来视察的两位医生关于本地情况的看法。文章这样写道："二位杰出的专家，看到阻塞街道多时的尘埃、泥污与垃圾时大为惊愕，这些秽物在天气和暖时散发出恶臭，并传播恶疾。……他们同样讶异于市长振振有词的抗议，其说道：'要是猪不能在街上打滚，我的人民绝不会接受。圣乔万尼既没遭遇过地震，也没暴发过传染病，因为此地有施洗圣约翰的庇护，也因为市政议员如圣人般正直。'"这种直白的新闻报道缺乏妥当的表达方式，是没法在需要相互妥协的世界生存的，如果我的预言还像之前那么准确的话，估计《合作》报与其崇高使命都已荡然无存了。

这里的生活方式并不健康，没有清洁的水源，而且鸡蛋牛奶这类物资稀缺，因为都"被病号吃光了"。病号都是谁？其中有伤寒病人，而绝大多数是那些疟疾患者，他们下山到田里做工，被传染之后又回到山上，接受一点诊治，第二年又重复这种愚行。在隆戈布科和西拉地区其他城镇也是如此。总的说来，圣乔万尼弊处丛生。街道坡度太陡不好走，而且尽管海拔高，爱奥尼亚海那边的景色却被一道山脊挡住。其区位根本没法与萨韦利和近旁的卡西诺相提并论，这两处都能纵览内地美景，以及往南可以望见波浪一般的雄伟丘陵，一路奔行四千英尺直入大海，克罗托内的海角就在那儿闪闪发光。此地周围的环境也绝不能代表西拉。森林被无情砍伐，以致土地成了一片裸露花岗岩的荒漠。即使现在，盛夏时节，人们已经在为漫长的严冬做准备，不辞路远收集取暖用的柴薪。我在这些讨厌的房屋中间躲避污物缓慢前行的时候，不禁要想或许施洗圣约翰和虔诚的市政议员消弭了地震之祸未必是件好事，来场地震至少能把这片秽浊清理一番。

如果我来统治圣乔万尼，我肯定先来一场大轰炸。镇子上没什么值得抢救下来的，除了一众美女，或许加上山顶那座供法国人剿匪时居住的修道院；还有另外一座，在卡拉布里亚的教会记录中享有盛名——弗罗里亚岑瑟修道院。这座修道院建于十二世纪末，镇子就是围着它渐渐发展起来的。它厚重的大门伤痕累累，据说曾于一八六〇年被盗匪焚烧过。但好心为我查档案的公证员却断定，法国人才该为大门的损坏负责。它藏有，或说曾经藏有相当可观的宗教法物——牙齿、腿骨和其他圣者遗物，在菲奥莱神父的作品中我最爱读的就是这类藏品的目录。我还想特别提一下教堂的黑石门廊，那是一座比例恰到好处的文艺复兴风格建筑，与其周围贫贱卑微的环境相比格格不入。我向一位牧师问起它的历史，而他带着卡拉布里亚人一贯的率直告诉我，他从不关心这些事情。

外界知晓圣乔万尼还是这几年的事，我怀疑勒诺芒或其他学者究竟有没有来过这里。帕奇切利倒确实在十七世纪来过，不过他没留下对此地的任何描述。他从爱奥尼亚海横跨西拉到了另一侧。我喜欢这位友善而唠叨的人物，他总在欧洲各地游荡，大摇大摆而洋洋自得，关心各种琐事，而且特别容易上当受骗。实际上（或许读者们已经发现了），我之所以喜爱这些旧时的旅人，主要缘由并非他们实际上写了什么，而是他们不言而喻的生活态度。这位帕奇切利是我们皇家学会①的成员，他对英国的描写值得一读；而在卡拉布里亚，他（身为一位非南方人）写的《私信》和《随行漫记》可谓文艺界的一剂补药。本地历史学家谁敢说科森扎就是"一座空旷腐化的城市，加上一堆凌乱的工厂"呢？

西拉的居民是布鲁提人，与低地人民的情况大相径庭，这点从女性地位之高可以看出来。在那边——南意大利沿海——仍有所谓的"农女"，粗野邋遢，没有教养；在那边，只有男子可以传承文化。而西拉的布鲁提人中绝无这种现象，拉丁人和萨莫奈人亦然。总的说来，这些非希腊人种的特点是诚实、自重、漠然；他们古板偏执，近于狂迷；他们并不将女性当作牲口，女人们衣着得体，样貌姣好，而且往往与男子一样睿智。这是女性选择②的结果。

不过，在被爱奥尼亚沿海那种玩世不恭的风气影响的地方——爱奥尼亚女子的地位甚至比多利安③人和伊奥利安④人中的女性还要低——对男子气概的歌颂则甚嚣尘上。女性的这种衰落与希腊文化的其他影响密不可分：无商不奸，尔虞我诈，信仰凋敝；快活而好管闲

---

① 英国资助科学发展的组织，成立于 1660 年。学会宗旨是促进自然科学的发展，它是世界上历史最长而又从未中断过的科学学会，在英国起着国家科学院的作用。

② 原文为 female selection，应指达尔文提出的性选择理论，即同一性别的个体（文中即女性）对追求另一性别的竞争会促进性状的演化。

③ 民族名，古希腊民族分出的四支之一。

④ 民族名，古希腊民族分出的四支之一。

事；头脑轻浮（说得好听些就是乐观积极）。人们并不虔诚信教，而是狂热崇拜，痴迷于护身符一类法物。凡是贬低女性之地，恐怕多少带着希腊或撒拉逊的血脉，在这些地方，就像阿波罗自己曾说的，"母亲与保姆无异"。而在卡拉布里亚的诸高地，保姆与母亲还是绝不可相提并论的。

此外，历史合理的发展趋势是随着农业取代牧业，男子相对女子在力量与技能方面的优势愈发明显，这在南意大利体现为将每种巨大而精美的物品都称赞为"maschio"（意为男性），以及轻视女性的一些荒诞迷信。例如：送女人礼物必须是奇数件，以免偶数"对她们太好"；触碰驼背女人的背部会带来霉运；如果第一个从新的陶罐喝水的人是女性，那罐子就该马上扔掉——因为它已被永久玷污了。[①] 不过生个女孩并不像在中国那样是种灾难，女孩同样是"基督徒"并得到认可，人们并没有退化到像我们的神学家那样，惯于讨论"女性就是怪物"。

整个西拉，女人的数量远远多于男人，因为除了年幼与老迈的之外，几乎所有男性都去了美国。这股移民潮为本地带来了巨额的收入和各种新颖的见闻。但居民们尚未学会合理地使用财富，以及将生活提升至现代标准。就像撒丁人一样，卡拉布里亚人是本地民族中最强壮勇敢的，因而他们偏好在北美开矿的那种艰辛却一本万利的生活，不像那不勒斯人喜爱在阿根廷寻点轻松的工作。他们在美国学会了英

---

① 据小泉八云记载，在日本，从洁净的井里打上第一桶水的人必须是男性；若是女性，则井从此就会满是泥污。这些偏见中有一部分可能源自原始时代对生理学的误解。还有一种倾向是偏爱黑的毛色。没有哪位母亲会将婴儿托给一位金发碧眼的乳母；白色奶牛产的奶被认为是"苍白无力"而缺乏裨益的；或许白色鸡生的蛋也会落得如此评价。这些值得一提是因为我们越往南走，所遇到的因肤色而生的争端、畏惧和其他怨言就越多。——作者注

语。他们惦记家人与自己生长的村落，但对萨伏依王朝①全无忠诚。何以如此呢？我向许多人提起这个疑问，以下是他们的答案：

国家根本不管我们死活，为什么我们要替它卖命呢？不久之前我们还忍饥挨饿，几乎要自相残杀。国家又为我们做了什么？如果我们脱贫致富，那也得归功于我们自己的积极进取，白手起家。如果我们有了华服美居，那倒是因为声名狼藉的政府把我们从家园赶出来，到国外去讨生活。

千真万确！尽管新政权的统治颠倒黑白，但他们仍得以自力更生。而移民的弊端（例如肺结核与酗酒的人稍多了些）与它带来的史无前例的物质繁荣和精神开化相比，简直不值一提。而且——不管怎么说，在这片地区——犯罪显著减少。这不奇怪，因为四分之三的那些最精力充沛、蛮横无理的人眼下都在美国，并在那儿招募黑手党。布鲁提人还不适应城镇生活，其优点与德行带着乡野而非城市的痕迹，这些都不足为奇。但我不禁要怀疑，阿拉伯人在这片地区的统治或许为其血脉注入了更多暴力的因素，并为他们引来了他们自己引以为傲的、嗜血的诨名。

---

① 欧洲的一个王朝，曾于 1861 年至 1946 年统治意大利。

二十七

卡拉布里亚的绿林好汉

西拉最后一位真正的强盗是盖塔诺·利卡。由于跟当局的一点小误会，此人于八十年代初期不得已上山落草，然后过了三年左右的绿林生活。他被悬赏通缉，但他胆识过人，加上对本地了如指掌，人人闻之丧胆。据称他那段时期所击杀的骑枪兵之多，简直难以置信，这无疑是在之后对他的审判中公布出来的。有一次他被层层包围，而当追兵的首领躲在树后命令他投降时，利卡耐心地等候着，直到敌人的脚尖不慎露出，然后以最后一颗子弹打穿了对方的踝骨，并逃脱了。不过之后他还是缴械投降，受了二十年的牢狱之灾。出狱后他回到西拉，就在不久前他还在帕伦蒂的家中安享晚年——帕伦蒂本就是个以盗匪故事闻名的地方，例如背信弃义的弗兰卡特里巴（真名为吉阿科莫·比萨尼），其人将一间法国公司的人员引诱至自己的地盘，然后杀害了三名主管人员和绝大多数的随从，只有七个人活下来。这些大盗要是写回忆录，想来会与那已出版的撒丁人乔万尼·托鲁的回忆录一样有意思。要是几年前我从罗利亚诺到圣乔万尼的路上——整整一天的长征！——经过帕伦蒂的时候知道利卡在此的话，我肯定会去拜访他的。可惜那之后不久他就去世了。

但利卡是个个例，在任何时代任何地方都可能出现。就像穆索里诺一样——他也是个独行大盗，巧妙地利用乡间错综复杂的地形，进攻退守自有方略。不过总的来说，卡拉布里亚的绿林好汉们往往带有政治色彩。

当年让法国人头痛不已的就是一伙政党型强盗，他们是波旁王朝的盟友。其头领之一是玛蒙涅，那是个吃人的怪物，曾冷血吹嘘自己亲手屠杀过四百五十五个人，并常年在腰带上系着一名死者的头骨，吃饭时用其喝人血；他还喝自己的血。更有甚者，他"每次吃饭桌上必有滴血人心"。可斐迪南国王和王后对他馈赠厚帑重礼，并称其为"挚友与良将——王室之坚定柱石"。随着英国人为了帮助他们的波旁盟友，从西西里运载一船又一船杀人不眨眼的恶棍到此地来，强盗的势力日益壮大。有的人还穿着英国制服，其中最臭名昭著的一个就被称为"英国佬"。

我们必须追本溯源，去翻原始档案，才能了解到那些日子里，将南意大利毁成一片废墟的那种血流成河的无政府状态，究竟是什么模样。封建制度的恐怖，加上一七八四年的地震，以及卢佛红衣主教的圣十字军，使整个国家沦为人间炼狱。仅仅一年之间（1809 年），那不勒斯王国中的匪帮犯下有稽可考的罪行就高达三万三千件。据说某一个月内他们光在卡拉布里亚境内就杀害了一千二百人。而这群人在英国军官口中则是"侠义心肠的绿林朋友"。

在评判本地的现实状态时最好是记住以上这些事实，因为这种恐怖统治的痕迹是难以轻易抹除的。我们同样最好记住，那段时间是南意大利的宗教地位最为显赫之时。当时的人口有四百万人，其中神职人员不少于十二万人——包括二十二名大主教，一百一十六名主教，六万五千五百名司铎，三万一千八百名修道士，以及两万三千六百名修女。某些神职人员，例如卡帕乔区主教，自己就是著名的土匪头子。

另一方面，不得不说法国人的复仇是相当冷酷无情的。科勒塔自己就在拉戈内格罗见过，一名法国上校命令将一个男人以尖桩钉死；记载过此类暴行的作品包括杜雷·德·塔瓦尔和里瓦罗的文章（其写作水平让人失望），以及保罗·路易斯·科里叶那些炽烈如火的书信。他是位魅力非凡的军人与抄写员，在这场战役中变得一无所有："我失去了八匹马，我的衣衫，我的枪支，我的积蓄（12247 法郎）。……我最痛心的是丢失了那本荷马史诗（是巴泰勒米修道院院长赠送的），要是它能失而复得，我不惜以我最后一件衬衫来交换。"

但即使这样也没能消弭匪患。这种困境需要一位既可亲又冷酷的屠戮者来解决，就像西克斯图斯五世一样，他下令将盗贼枭首来献，所获的人头多不胜数，以致它们在罗马城下堆积得"像市场上的瓜果一样"，而圣天使城堡被残肢断体装点得如同一棵圣诞树——当政府官员们抱怨尸臭实在难以忍受时，西克斯图斯五世晓谕道，活人所犯下的罪孽更为恶劣。于是在一八一〇年，缪拉向曼内斯将军，近代最伟大的剿匪名将，发出了将这些恶棍流氓连根剪除的全权委托。曼内斯刚从阿布鲁齐剿匪归来，他一到卡拉布里亚就发布了一系列公告，内容如此严苛以至于居民都把它们当笑话看。可人们很快就醒悟过来了。将军似乎相信，只要目的正义不妨不择手段，以及不能再放任这几千名歹毒的地痞流氓危害本省的安宁。他逐字逐句地实现了公告中的威胁，而且无论人们如何评价他的做法，至少他成功地达成了目标。在几个月的清剿之后，每一个强盗，连他们的朋友家人，都被扫除殆尽——还连累了一大批无辜民众。公路两边摆满了盗匪的尸身，其首级在城墙下堆积如山。由于恶臭过甚，几处村庄不得不被废弃。克拉蒂河里浮尸壅塞，白骨铺遍了两岸。暴行酷法的细节只有天知道了。科勒塔承认他"没法鼓起勇气来记述"。他对于贼首贝宁卡萨的命运是这样描写的：

贝宁卡萨在卡萨诺森林里酣睡时被同伙背叛并捆绑起来，随后他被带到科森扎，曼内斯将军下令将其双手砍掉，并把他押送至其故乡圣乔万尼，在该地绞死。这名恶棍苦笑着接受了酷刑，他的右手先被剁掉，残肢被包扎起来，这并不是因为同情或怜恤其生命，而是为了不使其失血过多死去，这样就能留着他之后再予以更残忍的处决。他一声不吭，在砍了右手之后，他自己将左手搁在刑台之上，冷冷地注视第二次行刑，看着自己被斩断的双手落在地面。接着人们将两只手的拇指绑在一块，并拴在他脖子上。那真是个恶心又可怜的场景。这是在科森扎的事。他当天就被押往费奥雷的圣乔万尼，解差偶尔会停下来歇憩。其中一人给他吃食，他接受了。给他什么他就吃喝什么，一点不像为了勉强求生，倒像是享用美餐。他回到了自己的故乡，当晚熟睡一觉。第二天，当行刑的时刻临近时，他拒绝进行临终告解，不急不缓地步上绞架，死后人们仍为其如此刚勇而喝彩。①

　　长久以来的第一回，卡拉布里亚得到了净化。自从怙恶不悛的悍匪布鲁提人在科森扎站稳脚跟，并开始袭扰他们的希腊裔邻人以来，这个国度的低洼处就成了政治异见者的乐园。斯巴达克斯在这里募集了他的义军；"马切尼王②"也是在这里抵抗西班牙总督的高压统治，而我对他与后来的仿效者都不忍苛责，因为这一段是少有的在当时政权之下，仍被上流社会歌颂的绿林事迹之一。

　　在缪拉之后，加里波第之前的波旁王朝过渡时期，匪患卷土重来——还是政治挂帅。贼人们从国王与教皇那儿获得资助，这种体制下发生了各种最为滑稽的事件，那些被养在蒙蒂切洛的恶棍的故事，读起来就像部狂想小说。全欧洲都传承着这种奥芬巴赫③的精神。最有趣的轶事之一发生在一八六五年，郁郁不乐的毛恩斯夫人去拜访前贼首塔拉里科，后者当时正受着政府的供养，生活豪奢无度。夫人的丈夫被曼齐匪帮（另外一伙盗贼）绑架，每天都有生命危险，而最后夫人从塔拉里科这位骑士风范的大魔头处——"一个俊朗潇洒的男人，身材颀长，双手小而精致"——取得了一封写给曼齐的信，信中劝谕他对那位英国人仁慈相待，并期许他能在这方面的气度能与塔拉里科

----

①　曼内斯在 1835 年的一封书信中对这一事件断然否认，此信收录于《查尔斯·安东尼·曼内斯男爵之历史记述》（1846 年于那不勒斯出版）中——那是当时雨后春笋般冒出来的歌颂波旁王室的书籍之一。人们容易对曼内斯产生一种错误印象，即铁面无私、廉洁奉公的罪恶克星。他往往被想成一位头发灰白的老兵，疤痕累累、面色阴沉。可是事实恰好相反，他当时才 32 岁，谦和有礼，魅力非凡。——作者注
②　所指不详，应为强盗首领的诨号。
③　雅克·奥芬巴赫(1819—1880)，德籍法国作曲家，法国轻歌剧的奠基人及杰出代表。

本人比肩。这封信显然没有发挥任何作用，毛恩斯先生最后设法逃脱，还写下了回忆录。而曼齐则被抓获并于一八六八年处死，之前的审判持续了将近一个月，其间经陪审团讨论的罪状高达三百一十一条。

曼齐的罪过可谓罄竹难书。但跟其他大盗比起来，他就相形见绌了——例如卡鲁索，此人在短短一个月之内（1863 年 9 月）就亲手屠杀了两百人。之后，教会与之前一样站在恶人一边，我自己就认识一些支持匪帮的牧师。弗朗切斯二世效法卢佛召集了一支恶棍流氓的军队试图复国，但被正规军杀得片甲不留，匪帮在政治舞台上的演出就此谢幕。在这场反动运动中，最高贵的人物无疑是何塞·波耶斯，那是位误入歧途的勇士。他的悲剧事迹记载在马克·蒙尼埃和安德烈亚·玛非的著作中。据计算，在波旁王朝末年，盗匪们平均每年在那不勒斯王国夺去七千条人命。

时移世易，教育与移民潮开启了民智，而对修道院庇护权的剥夺（这是西克斯图斯五世深谋远虑的功劳）使得修道院变得世俗化，从而修士与盗贼之间一度牢不可破的纽带被割断了。政府花了大气力在这片一度毫无法纪的野岭荒山上修建起健全的通信系统，此一成就至少可与法国人在阿尔及利亚修筑的近万英里道路相比。值得注意的是，正如蒸汽机在船舶上的应用使得海盗这一外患绝迹一样，盗贼这种古老的内忧是无法靠绥靖怀柔或严刑峻法来彻底解决的，而只能由科学发明，即电报通信来殄灭匪患，永保和平。

匪首们通常藏着大量金银财宝。一旦将其击毙，法国人做的第一件事往往是大搜其身，"一丝不留"，法语如是说。例如，弗兰卡特里巴就拥有"一件白鸵鸟毛做的羽饰，配以黄金扣环与钻石圣母像"（卡罗琳王后所赠）；切利诺和曼齐则"在马甲胸前戴着手臂般粗大的金链子，衣物的每个扣孔处别着精美的扣针"。当他们在严冬需要住处，或被追击危急时，会将部分财宝送给为其提供容身之所的人家。这些"从犯"有时会得到宽大处理，但偶尔他们也动起念头，想靠保持沉默和提供庇护发点小财。于是贼人们无异于作茧自缚，不得不将夏天打家劫舍的收获分给这些吸血鬼，而后者则威胁要向警察报信而再三敲诈，这种双重恶行使他们的不义之财堆积如山。意大利最著名的富豪之一，其家产就是如此得来的：他的两百万法郎大部分投资在英国；其名家喻户晓，但他财产的来路再无人提起，因为（多亏了他的钱）这个家族不仅得着了熏天的权势，而且弄到了显耀的徽衔。

二十八

大西拉

　　一项大工程方兴未艾。据我所知，人们正在安波里纳河谷造坝拦水，修筑水库。如此形成的人工湖还将注入阿尔沃河的水流，以大约三英里长的隧道，直穿内罗山底引水至此。传言水库的底面足有十公里长，建造的开销高达四千万法郎，将于数年后竣工。它能为爱奥尼亚地势较低的各处提供洁净的用水，以及为电气与其他工业供给能源。

　　不仅如此。此湖对西拉来说是个变革，它将使茫茫荒野化作绵绵绿洲。热衷于此的人们已经在构想城镇沿湖边兴起的图景——包括外观华美设施齐备的旅馆，其中挤满夏日的游客，以及谷中的避暑山庄；纵贯全山的索道与铁路，盛大的赛艇会，以及摩托艇出租服务。一座"卡拉布里亚的卢塞恩"将从眼下还是沙漠的所在拔地而起。

卡拉布里亚的卢塞恩。这可不好说。

此事的一大变数是，在湖完工之前，不晓得还有没有足够的水来灌进去。由于集水区的林木遭到过度砍伐，那两条河的流量已然大不如前。早在一八九六年，据马林科拉·桑·菲奥罗记载，西拉林区的破坏已经造成了相当的水源缺失。自那之后，对毁林伐木的极端狂热就一发不可收拾。一想到此地五十年后的模样，我就不禁打个冷战，既无树又无水的平坦高原——这比亚平宁的石灰岩荒漠还糟糕，至少那儿还有高低起伏的线条。

这片土地曾郁郁葱葱，可日复一日，它在居民健康、艺术美感与经济潜力上的价值被逐渐剥夺。德·阿齐格里奥曾说道，意大利已蓄势待发，可意大利人身在何方？

政府在这方面的态度还是可圈可点的。它在地表裸露的地区植树。它设立了"树木节"，类似于美国的植树节，其愿景是有一天意大利会再度林木葱茏，尽管这种愿景极少有人相信。它鼓励成立林业学院，免费提供植物样本，派遣调查委员会并出版其报告。总的说来，政府进行了不遗余力的宣传，并且得其要领。

但它并没能严格贯彻自己制定的法律。比起派一千个根本没人理睬的调查专员，以及印刷一万份根本没人阅读的报告，罚几次款和判几次刑更有杀鸡儆猴的效果。

只要轻轻一动笔，市政府就能杜绝最恶劣的乱砍滥伐——发生在山边的那些——只要禁止出入该地区，以及将其划为"保护林带"就可以了。在英国的潮湿气候和厚实土壤下，裸露的山坡没有什么危险。但在这个国家，则无异于大难临头。意大利当局的无能就在于此，它盲目相信贪婪的农民们能发挥集体智慧解决问题，却丝毫没意识到本地人那毁灭性的功利主义想法，那种为了搜刮眼前利益而忽略长远前景的精明——贺拉斯认为这种野兽般的贪欲是一切邪恶的根源。连所谓"保护林带"的规定都没法执行！农民们砍了木头要么烧烟囱，要么卖钱。如果山崩呼啸而至，荡平房屋，摧毁果园，那么就让政府赔偿受害者吧！

列举一些事实——

仅仅在一年内（1903 年），仅仅在圣乔万尼所处的科森扎一省内，就发生了一百五十六次山体滑坡，共有一千九百四十公顷土地被毁掉，损失总共高达四十三万两千七百三十八法郎。卡拉布里亚另两省——雷吉欧和卡坦扎罗——无疑也深受灾害之苦，全是因为无节制地滥伐树木。连岩石都露出地表了，完全没有重新绿化的希望。

真让人浩叹！诺曼人、安茹人和阿拉贡人都十分注重林地的养护。就连西班牙总督们，那一伙难以捉摸的人，也在这方面颁布了严格的法规，而波旁王室（平心而论）更是知名的森林保护者。至于拿破仑，人们一般会以为他在阿尔卑斯山的这一侧已经够忙的了，但他依旧挤出时间来制定管理林木的合理规章，可今天这个声称爱国的国会，在半个世纪慷慨激昂的空谈后仍旧不把这事放在心上。

这就是伟人，在细枝末节上仍能千古流芳！

我越过这片未来湖区的底部，依着原来的计划离开圣乔万尼，准备穿越西拉的余下地区而朝卡坦扎罗进发。顺带一提，像这样在凌晨三点半起床会打乱一天的生活规律。到了平时吃早饭的时候，我已经心急如焚地巴不得吃晚餐了。

安波里纳河谷地势甚高。在这儿挂着露水的草丛中，我打了个寒战，估计将来一段时间都不会再打了。接着我沿着河岸边很快将被人工湖淹没的马车道前行了几英里，抵达一处名为巴尔巴拉诺的青翠幽谷。它的尽头就是彻奇拉高地。

在整片西拉地区没有多少凸起的独立岩石景观，也没有瀑布或其他的阿尔卑斯山区特征。它是一片庄严的花岗岩质高原，当傲然的亚平宁山脉还沉睡在海底的淤泥中时它就已矗立于此了①——其地形波动微小，山峰覆以森林，谷地半耕半牧。要不是这里不长那种特别的紫色石南，到此的旅人说不定会以为自己身在苏格兰。这儿同样有林地与草场交替的明媚风景，同样有风格独特的大块片麻岩与花岗岩，同样有充沛的活水资源。确实，水是西拉引以为傲的资本——无论何处，都能看到清冽的小溪在岩间跳跃，然后涓涓淌下山边，注入大河，接着一路流向大希腊地区那孤零零的、热病肆虐的海岸。每当我在这些凉爽的泉水边重振精神的时候，我都感谢上天将西拉造成了原始的石质，而非亚平宁山脉那样的石灰岩。

"西拉的水可多了，"有一次一位年迈的牧羊人对我说，"水特别多！可是没多少烟草。"

这些河流中较大的要数纳托河，即忒奥克里托斯②所颂唱的纳埃托斯河，流入克罗托内北边的海洋。从圣乔万尼能俯视其汹涌的激流，再加上一点点想象的话，就能借着像佩丁纳斯古拉山这样的地标描绘出它的整条河道。这些河名——纳托、阿尔沃、雷瑟、安波里纳——让人不禁想起古昔的田园牧歌。它们都盛产鳟鱼；它们蜿蜒流过的峡谷中，绵羊、山羊与灰牛的牧铃叮当作响——引进瑞士牛的试

---

① 尼森曾说："意大利没有别处像卡拉布里亚一般，经过历史变迁而景色依然。"对山地而言确实如此，但地势低处所遭遇的改变则惨不忍睹。——作者注
② 忒奥克里托斯（前310—前250），古希腊著名诗人、学者，西方田园诗派创始人。

验因为牲口不服水土而失败，我不晓得为何——而且其河岸边繁花似锦。迟些时候，到了秋天，蓟草开始占据上风——其中最美的是一种高贵的淡金色地蓟草，其未开放的蓓蕾可以食用，它与阿尔卑斯山的银色地蓟草可谓遥相呼应。这些高地的气候实在怡人。我记得几年以前，八月的最后一个礼拜，我在内罗山顶吃午饭时，一个牧羊的小男孩拿出来一团雪，即便在当时灿烂的阳光下也没有融化。

无论从周围谷地的哪一边攀上西拉高原，其树木都有一样的更替顺序。最温暖的区域生长的是橄榄树、柠檬树和角豆树，接着轮到栗树，有的长得亭亭如盖，每年产果不多但很稳定，其他的一些定期被砍下做葡萄藤支架和脚手架。现在，大片大片古老的栗树林面临灭顶之灾，据说科森扎的某法国协会已经将其买下，打算从树皮中提取一种药剂。藤蔓植物在这个海拔仍然长得繁茂，只是个头小了些。再走几步就是橡树的天下了，之后就进入本地第三片也是最高的一片松树与山毛榉林区。几乎所有的南意大利山区都多石少树，习惯了那种景观的人来到这儿的林间，尤其心旷神怡。不久之前，它的曲折难行仍使林木得以保全——可是今日已非如此了。

几乎西拉所有的土地与牛群都属于几位大领主，他们大多时候是隐匿无形的。他们住在城市里皇宫般的家中，听到西拉这个名字都会打个入骨的寒战。专有一群恪尽职守的代理人替他们从牧羊人手中收钱。有一回，我在一间小屋中见到一小块羊皮，来自一只新近被杀的小山羊。狼把它的血肉吞食了，而牧羊人则留着这"罪案遗体"来向上级，即向代理人证明他与此谋杀案无关。这份诚实里带有天真幼稚的成分——牧羊人也大可以像狼一样把小山羊吃了，然后留着一块皮！代理人则无疑会将这件证据交给其雇主，意在确认与检验。另一次我见到一棵树上挂着一只山羊的残骸，又是狼干的好事。牧羊的男孩将它挂在树上以便路人为其做证，如有必要的话，来表明他没有偷偷把羊卖掉。

这儿有些牧羊人，就跟传说里的一模一样——头发卷曲的小伙子，像忒奥克里托斯笔下那样斜倚在山毛榉的华盖下，用笛子对自己的畜群吹奏着美妙的曲调。他们往往是从爱奥尼亚的低地到此度夏的。或许还能碰见更原始的族类，长于林中的孩子们，身上包着毛皮，带着野性十足的眼神和缠结凌乱的毛发，像小精灵一样喜爱恶作剧。这些就是古时卢卡尼人的后代。"他们在林子里养育小孩，孩子在牧羊人中间长大，"查士丁如是说道，"没有仆从，甚至没有衣裳给孩子遮体或垫背，因此孩子从小就惯于艰苦朴素的生活，与城市不相往来。他们以打猎为生，只喝水或牛奶。"但大多数的现代西拉牧羊人都是精明狡诈的中年人（其中许多都去过美国），他们将自己生产的每一盎司①乳酪和黄油，都记入与雇主之间的生意账户。本地产的乳酪就是南意大利常见的卡其亚卡瓦罗乳酪，卡西奥多罗斯②曾在一封书信中对其大加赞誉，而黄油则被众多旅人以诙谐的口吻描述过。但那些描述大多不甚准确。

尽管人们用弹簧枪和炸药击杀了许多老狼，而靠钢捕兽夹和其他机关抓获了一些幼狼，但狼群的数量仍足以使牧人们忧心忡忡。他们养的牧犬之孱弱令人吃惊。即便那些见到狼的影子就会狂奔逃命的骨瘦如柴的杂种狗，也能——而且实际上——经常一嘴将这里的牧犬咬成两段。据说政府悬赏杀狼，但赏格甚少送出。要是有人运气好杀了一头，往往会掮着狼皮走家过户来炫耀自己的英勇，而且所到之处都

---

① 英制重量单位，1 盎司 = 28.35 克。
② 卡西奥多罗斯（490—585），中世纪初期罗马城的政治家与作家。

有人馈赠小礼物——半个法郎，或者一块乳酪，或者一杯酒。

山羊面对狼并不示弱，因此狼群更爱捕杀绵羊。牧羊人告诉我，狼会悄悄地接近羊群，然后用牙咬住羊颈部的毛，将它们往前拉，并用尾巴安抚它们的身侧。羊群为这种温柔的手段所迷惑，一般都会容许狼将它们引导到屠场。真相其实是狼实在懒得去拖羊，因此采用这种办法节省气力。

要是畜群偶然在狼的出没范围内较高处吃草，它就会迅速咬死猎物，之后将其尸体拖下山；但如果畜群在山下，那就得想法让它们自己走上来。民间也流传着关于狼的破坏力的传奇故事。

幸运的是，狼很少袭击人，如果惯常的猎物找不到的话它们会转向现成的狗或猪。不过不久以前发生了一场悲剧：一只母狼在一对夫妇面前袭击了他们的小男孩，父母一路追赶却爱莫能助——一位邻居开了一枪赶走了狼，可是孩子的头和胳膊已经被扯了下来。就像告知我这事的人说的，真的是"家庭惨祸"。著名运动健将，克罗顿的米罗，是西拉的狼群齿下最出名的受害者。据传说，他自恃勇力试图徒手劈开一块巨木，可是木头咬合把他的双臂夹住了，于是他束手无策，活活被狼群吞食。

如果一直沿着彻奇拉的左侧走，我或许就不会经过加利格里奥内的森林了。此地离圣乔万尼有四个半小时的距离，我几年前第一次游历它的时候，发现这是一片真正的原始森林。据我所知，它在阿尔卑斯山脉的这一侧，甚至包括阿尔卑斯山中，都是独一无二的，最近的类似地方在俄罗斯才能找到。但俄罗斯的森林除了林木单调之外，还弥漫着一股哀伤忧郁的气息，而意大利南部的这些森林，正如赫恩笔下所写，充满了明媚之美。它们最幽深的角落都被一种柔和的神秘感点亮了。那时加利格里奥内还是原生林，无人涉足，一段昏暗的山脊，从远处就能望见。一片无法穿越的林木，其中最多的是以本地得名的"加利格里"树（即土耳其栎），还有数以千计的松树和浓密的冷杉，以及那些灰白的本地植被，它们从其祖先长埋并腐败其中的潮湿土壤中挣扎而出。在这些深密的林中，或许还能找到诚实的史学家们所描述过的，看起来总心不在焉的猞猁；或者那种"卡拉布里亚"松鼠，我倒很怀疑它实际上源自俄罗斯；又或许能发现夜里发光的"蘑菇石"①。

我很高兴今天的路没有经过加利格里奥内，不然过往的美好记忆就要被破坏殆尽。据说，该地已经以三十五万法郎的价格卖给一家德国公司，一支二百六十名工人组成的军队入侵了它自天地初生以来的静谧，正在夜以继日地伐木。地球上又少了一处胜景！一旦这些森林都消亡了，西拉还剩下什么？就连像凯斯内斯那样的吸引力都没了。

越过彻奇拉之后，就到了隔开大西拉与小西拉的分水岭。从这儿开始就是下山路，起初穿过林地，接着是草地，大树都被砍光了，地面在阳光下熏蒸。很快，这片地域的独特风貌就显示出来——刀砍斧凿般的千沟万壑，与大西拉迥然不同。

我就像大多数旅人一样毫无远见，在经过九个小时左右的征途到达塔韦尔纳之前，我已经把带的干粮都吃光了。我以为，在这个大且

---

① 实际上，蘑菇石是一种众所周知的商品，比如在阿斯普洛蒙特的圣斯特法诺，人们仍然收集它作为食物。据年长的旅人们说，它曾被出口到那不勒斯，收藏在名门望族的地下室里，用来制成美味佳肴——有时它能"长"出直径两英尺的团块，在水里浸泡之后就成了可食用的菌类。能生出食物的石头——真是个奇迹！它是一种多孔的凝灰岩，原本用来保护蔬菜胚种，并促其多产。特罗塔教授写了一本介绍本地植物的小册子（《卡拉布里亚山地植被》，1911），内有一部有用的索引。这里的植被特性之一是源自北方与巴尔干－东方地区的种类甚多；另外针棘豆繁衍得很快，或许它是个外来种。——作者注

闻名的地方一定能吃上一顿好饭。但塔韦尔纳名不副实①。我唯一能找到的所谓酒馆是个混搭的小屋，一半做酒铺，一半做鸡舍，其主人被我从午睡中吵醒，之后断然拒绝提供任何食物。于是我就站在灼人的阳光下，饥肠辘辘，无人搭理。精力从我的骨骼中融流而去；要是能饱餐一顿，我还可以指望走到卡坦扎罗，但无情的现实使这种可能性化为乌有。正在我的生命力跌至最低点的时候，一架小马车出现在视野中，简直就像是上天的眷顾。

"去卡坦扎罗多少钱？"

车夫挑剔地瞥了我一眼，用英语回答道：

"二十美元。"

二十美元——相当于一百法郎！但跟"美国佬"② 砍价是没用的（他们惜时如金）。

"一英里一美元？"我抗议道。

"正是。"

"你真该下地狱。"

"彼此彼此，先生。"他驾车扬长而去。

对命运的英勇抗争总是有回报的。在我从冷淡逐客的塔韦尔纳离去不久后，一辆运木头的两轮马车从后而来。我只付了一小笔酬金，就得以在它运的木板之间搭个简易的长凳，来度过火烧火燎般的一下午，一路欣赏着风景和在如此崎岖难行的乡间筑成的道路，以及盘算着假如和那个要我二十美元的家伙在卡坦扎罗相遇的话，对他报以怎样的问候。

---

① 塔韦尔纳在意大利语中意为"酒馆"。
② 此处指曾移民美国的意大利人。

一定要横穿西拉来此，才能欣赏这座山城八面玲珑的魅力——我一踏足这里，就沉浸在这种魅力当中。但它有一处无法弥补的缺憾：离海实在太远。要花四十五分钟乘两次火车才能去到海边，乘客像沙丁鱼一样被紧紧地闷在车厢里，而且整列火车不停地上下颠簸。只有对海景狂热不已的人才敢于第二次踏上这趟旅程。因为海边——至少在这个季节——并不诱人。肮脏的房屋挤在一块儿，边上几个邋遢的水果摊，尘土足足积到脚踝，苍蝇成群。我宁可把一天中炎热的时段睡过去，然后到那个可爱的公共花园里散心透气，那里随着人口的增长已显得有些太小了。

在花园的入口处立着市博物馆，其新来的管理员是个无知又不检点的女人。博物馆有两个展室，展品满布灰尘与蛛网。她对此视而不见，就如同她对七歪八扭地躺在地板上的自己的孩子视而不见一样。由于展品没有标签，我询问她是否有一份记录展品出处的目录。根本没必要用目录，她说，她什么都知道——无所不知！

据她所言，显然一切东西都来自"斯特隆博里"。蒂里奥罗头盔、希腊花瓶，以及这房子里无论是真品还是赝品的一切：它们都是在斯特隆博里发现的。

"这些钱币——哪儿出土的？"

"斯特隆博里！"

我注意到几件与瓦卡利扎的那些相似的新石器时代斧凿，很想知道它们的产地。答案来得迅疾无比：

"斯特隆博里！"

"绝不可能，夫人。我去过斯特隆博里三次了；那个岛满是黑石头，荒无人烟，不会有这种古物的。"（她立即辩解说她指的是斯特隆格里，即古时的佩特里亚。）

我这一有力的论断使她更为谨慎小心了。之后一切展品在她口中都变成来自省内。这么说更安全。

"那幅糟糕的画——哪儿来的?"

"省内!"

"你真的没有目录吗?"

"我什么都知道。"

"这座残缺的雕像——哪儿来的?"

"省内!"

"但这省很大。"我反对道。

"对啊。很大,而且有年头了。"

我还重游了蒂里奥罗,它一度因"巨人之墓"(希腊陵墓)的出土而知名,后来当地又获得了一项更珍贵的考古发现。不久之前,要去这个小地方还并不简单,但现在只要搭上公共机动车,经过几小时在沟壑深谷之间的上下回旋之后,就能到达遥远的科森扎,这段路程在过去可谓道阻且长。今日的卡拉布里亚,到处都通了机动车。过去从圣乔万尼到科森扎的马车要走十四个小时,而如今的机动车只需四五个小时即可。省时当然是好事,但机械化的加速催生了相应的一种旅行者——就像是工厂车间的造物,全无旧时的人情味,旅途气氛不再像过往的邮政马车中那样融洽友好了。要是在以前的马车上,在那段似乎永无止境的时间里,人们该能交多少朋友,唱多少歌儿,讲多少故事啊!

来蒂里奥罗一定要选个周日,因为这天能见到众多美女,其姿容与服饰值得不远万里前来一睹。其中金发的比例相当大,这在其他地区已经极少见了,多因疟疾肆虐的缘故。

从卡坦扎罗望过来,蒂里奥罗的其中一座山看上去就像断裂的火山口。那是一座石灰岩质的山脊，遍布当地特有的风铃草，在西拉高原上是找不到的。山顶上孤零零地立着一座饱经风霜的建筑，是由原先一座巨大的老房子改建而成，其孑然独处的景象足以拨动梅特林克①的心弦。人们管它叫地震监察站。想想它里面的设备，我不禁要同情那些靠它的警告来防范地震的人。这儿毫无生气，窗玻璃是破的，百叶窗残旧不堪；一根旧电线郁郁寡欢地从天花板上垂下来，它看上去就跟任何故事中的老塔楼一样荒凉。要是山顶偶尔没有云遮雾罩的话，从此地可以饱览两边的海景与阿斯普罗蒙特的复杂地貌。因为蒂里奥罗正处在分水岭上。在那里（引自一位"有教养人士"）"亚平宁山脉到此如斯狭窄，以至于从一道屋脊上落下的水滴，向左落入第勒尼亚海，而向右则落入亚得里亚海……"

过往几天里，我造访省博物馆的频率高得惊人。去那儿成了我的必修课。我并非是去研究展品，而是去与该馆的女馆长交谈，她身上某种悄然的魔力吸引了我。我们的关系成了镇上的八卦谈资。人们怀疑我想诱骗这位可怜的寡妇与我结婚，从而进一步染指她管理的各种文物。尽管这样的情势有危险，但我锲而不舍。为了与她相伴我宁愿放弃在卡坦扎罗的其他乐趣。她是一位值得注目的人，既不恶毒也不庸俗，但在任何方面都不合格。她的衣饰，她的容貌，她的孩子，她的礼节，都与她的精神修养水平相若；她从不往低处堕落，却也不往高处升华。这种能力平庸却又与世无争的女性，其实比想象的要少得多。

在一个日新月异的城镇，有这么多人能胜任这份工作，为什么她

---

① 莫里斯·梅特林克(1862—1949)，比利时诗人、剧作家、散文家，1911 年诺贝尔文学奖得主。

偏偏得到了它？噢，太简单了！因为她需要工作。我有一次在雷吉欧车站（大地震的许久之前）站台上见过五名站长和另外四十八名铁路官员，无能却又狂妄地在一块儿自吹自擂。他们到底在做什么？其实什么都没做。他们就像这个女人一样：需要工作。

我们身处一个家长制的国家，工作是统一分配的。它并不是分给最堪胜任的人，而是分给最需要工作的人——而且安排工作的借口与其说晦涩不明，倒不如说绝难服众。例如某村的街道清扫工作归一个独臂瘸子负责，其人根本不适合这项差事——为什么呢？因为他舅爷爷正在号子里长期监禁。得帮帮这个穷苦家庭！一位身强力壮的年轻人从码头上的一艘船上被解雇，代之以一个从来没划过桨、路都走不稳的老农——为什么呢？老人的外甥又结婚了，得帮帮这一家。我的一个连自己名字都写不好的熟人，最近得到了一份专为他设置的文秘工作，缘由是他表兄的姐姐患了风湿病，这家人一定要帮。

我认识的一名邮递员三天才送一次信，并以无可辩驳的论证辩解道，他嫂子可是有十五个小孩。这家也不能不帮啊！

说起来，这种想法似乎无所不在。

二十九

混　沌

　　我从来没见过墨西拿海峡的幻景，即海市蜃楼：在某些天气条件下，形貌奇妙而变幻不定的宫室现身水上——不是倒影，而是矗立巍峨；其形可辨，真真切切；然而其色却透明清澄，仿佛一方薄纱。

　　一位名为米纳西的道明会①修士与那不勒斯学院通讯员，同时也作为威廉·汉密尔顿爵士的朋友，撰写了一篇论文探讨这种耐人寻味的大气现象。许多人都见过并描述过它，其中包括费拉迪·德·塔苏洛；尼古拉·莱奥尼记录了一六四三年

---

① 　天主教托钵修会的主要派别之一。

一位目击者的口述经过；另一处记述出自艾尔伯特·佛蒂斯的书（《矿物学之旅》，1788 年出版）。这种异象总是稍纵即逝。可是它的照片却留存下来——收录在维托里奥·博卡拉博士所著《品读》中的一篇文章里，作者还引用了自己的一篇科学论文，以及路皮－科里萨菲的小书《从雷吉欧到梅塔彭脱》①，该书几年前在杰拉切付梓。我提到这些作者，是希望如果那些比我幸运的人能亲眼得见这种奇景，并对其历史与起源发生兴趣的话，能在此找到一点参考。

墨西拿海峡见证了潜水者考拉·佩斯齐（又名鱼人尼古拉斯）的惊人伟绩。海峡那昏暗而又遍布洞穴与海草的海底地貌丝毫阻挡不了他；他的双眼窥探深海的奥秘，就像鱼儿一样敏锐。一种说法是他的传说始于腓特烈二世，佩斯齐曾将席勒的不朽歌谣里颂唱的金杯从波涛翻腾的海湾中取出献给皇帝，但施涅甘指出一些诺曼人的文献里也提到过他。而另外一种传说，即他一生与波涛为伍是为了追寻一位被海浪吞噬的窈窕女郎，不禁让人觉得老格劳科斯或许是他的原型。

与他名号相关的神话传说不可胜数，但影响最深远的是以下这个：有一天，在他漫步水下时，他发现了墨西拿的地基。它不稳！整个城市由三根柱子支撑，一根完好无损，另一根彻底腐朽，第三根部分锈蚀，很快将分崩离析。他从身处的蔚蓝深海向上遥望，并吟出数句预言诗，来警告民众们末日将要来临。这段托名于传说中的考拉·佩斯齐之口的预言里，回荡着民间的一种不无道理的忧虑。

F. 穆恩特—— 一七八三年大地震后探索附近地区的一群旅人之一——同样表示了他的担心，即墨西拿或许还要遭遇更大的灾难。

我记得一九〇八年一个九月的夜晚，那是个周日的晚上，炎热非

---

① 出版于 1905 年。

常，空气中满溢着枯萎的迷迭香、水犀花和茴香的香气，繁星闪耀，静谧安详。墨西拿之前从未像那晚一般魅惑动人。平时到这里来总是白天，以及总是刚经过更大更有生气的繁荣城市，因此免不了只注意到此地的缺陷。但夜晚，尤其是南部的夜晚，自有一股魔力。它将一切本来不悦目的东西都赋予了一种神秘的美感，或者使它们悄悄隐去；而那些人工的杰作，那些影壁、檐角和巧妙装饰的铁质宽阳台则显露出来，缥缈得犹如仙子的宫室。加上我那次是从卡拉布里亚烈日曝晒的河床过来，此地宽平的街道、灯火明亮的咖啡店以及傍晚路边闲静的人群，让我感觉这是个名副其实的大都市，甚至可谓世界之都。

我故意放慢了脚步，朝着一家熟悉的餐厅走去。

终于！终于，在吃了不知道多少顿的硬面包、洋葱和山羊奶乳酪之后，我总算能享用一顿盘算已久的丰盛大餐了，我对这一顿该吃什么早就进行了巨细靡遗的考虑。其内容如此繁多，以至于我现在早已忘却了它的细节。我只记得吃了本地的特产剑鱼，还有（绝品珍馐）西西里卡萨塔冰激凌，称得上是冰品的交响乐。那是一种五彩缤纷而口味多样的冰激凌，描述起来恐怕比品尝要费时许多。与这一顿豪奢的吃食相伴的，是一瓶卡拉布里亚陈酒——西西里的酒对我而言太烈了，太直截了当，毫不调和。我更喜欢一点一点地慢慢儿喝得五感全失，像绅士的做派一样——在这玉液琼浆的刺激下，我精力渐复。我变得温和友善；我下结论道，旅人的命运倒也不太糟糕。一切顺遂。至于墨西拿——墨西拿无疑是个可爱的城市。但为什么所有的商店到了夜里关门这么早呢？

"这些个西西里人，"侍者回答我的疑问说，他是那不勒斯人，与我相识已久，"总是在玩游戏。这会儿他们装作自己是英国人，他们脑子里只想着周日歇业。通常一次发作会维持两个礼拜，就像肚子里的绦虫一样。可怜的人们。"

装成英国人！

现在他们中的硕果仅存者又发明了一种新游戏。他们住在洋娃娃小屋般的袖珍房子里，而这次发作恐怕得持续一小会儿了。

不久之前，一位工程师在那堆破房子中间对我说：

"这种木头小屋内部的面积不到三十平方米。三十三个人——男人、女人以及小孩——已经住在里面五个月了。"

"这不是有点挤吗？"我问道。

"的确。他们中有些人已经开始提到拥挤的问题了。在冬天那几个月一切还好，但是八月一来的话……我们就等着瞧吧。"

如今在墨西拿，一堆小得可怜的棚屋伫立在遍布废墟的荒野中，时时有身着黑色丧服的惊恐身影在其间游荡，但那天晚上我没有预想到任何这一切。我坐在小巧的大理石桌边，啜饮着咖啡——就像所有意大利咖啡一样，咖啡豆刚好多烘焙两分钟——并叼着雪茄惬意地吞云吐雾，朴素安静的人群在我眼前来来往往。是的，一切顺遂。然而，我是有多么幸运！

在这个信仰缺失的时代，神该有多幸运才能以坚实的信仰统御人类！今日，我们总在抱怨宗教热忱的衰微。神轻易就能降下一位以赛亚来预言将临的灾祸，从而拯救那些时时聆听警告的受害者。如此即可重燃崇拜者们的狂热，消弭疑惑，并使信众区别于恶人！诚然，神之行事人所难测，因为预言灾难的神谕从未出现过。正直之人长眠地下，而邪僻之人忙着发电报，并摆出悲痛欲绝的模样。

地震几天后，当地天主教报刊发文解释道，墨西拿的人民对圣母不够敬爱，但她仍旧深爱着众人，因此以地震作为警告。这倒是安抚民众情绪的一种稳健方式，虽然并不怎么亲切。

但如果真正的先知仅仅存在于古巴比伦那瘴疠萦绕的柳林沼泽间，或是类似的荒诞之地，那么我们至少本该期待现代的巫师发挥点作用。为什么他们召唤的魂灵只懂得宣布在地球的另一端，某个老死不相往来的远房亲戚逝世的消息？唉！我开始意识到那些对的、有用的魂灵尚未被发现。我们今日的魂灵就像地动仪一样，它们只能在事件发生之后加以记录。现在，我们想要的是——

"先生您抽了一支又一支，一支又一支。何不坐电车去公园里听听本市的音乐表演呢？"

"音乐？公园？真是个好提议，杰那里诺。"

即使是再小的意大利城镇，没了小广场也是不完整的，那儿是街道的汇集处以及商贩们吆喝招徕生意的地方，而稍大的城市则总会设计一个公共花园，供市民傍晚进行娱乐。夜生活才是南部的真实色彩。这些花园大部分都很迷人，但没有比老墨西拿的这个更赏心悦目的了——简直是个广阔的游乐园，点缀着修剪过的棕榈树和花床，其迷宫一样的小道刚喷过水，被海边的清风悄悄吹得凉爽宜人。地面上的彩灯布置得如同节日一般，当我在舞台附近坐下，望着人们四处漫步的时候，我估算了一下周围至少有三千人，在夜晚温和的空气中于树下消遣游玩。这是整齐有序、衣着得体的一群。当知情人告诉我们，这些人宁可省下生活必需品的花销来购买锦衣华服时，我们也许付之一笑，但对于初来乍到者，这一场景的效应是毋庸置疑的。此外还有一群顽童，四处蹦跳嬉戏，掀起了一股欢乐无忧的气氛，与北部脏乱差的环境和人们苍白憔悴的脸色、过度生育与营养不良形成了鲜明对比。

意大利人崇尚感官享受的天性，与此情此景多么契合啊！如果我没记错，他们是在演奏传世之作《阿依达》①，之后又演奏了其他作品——技法更难的音乐：一支匈牙利狂想曲、柏辽兹，以及瓦格纳的几首曲子。

"带着哲理的音乐。"站在我近旁的人说道，暗指那位德国作曲家②。他身材高瘦，年约六十，有一张黧黑的、军人似的脸孔，岁月的艰辛于其上刻下道道皱纹。"可是不该在西西里——在这儿是行不通的。不是说我们没法品鉴你们的伟大思想家，"他补上一句，"我们阅读并欣赏你们的叔本华、你们的斯宾塞的大作。在那不勒斯，他们对瓦格纳的诠释还算过得去。可是——"

"您是指气候?"

"正是。先生，我曾云游四方，到过你们的柏林、伦敦、波士顿那些城市之后，就晓得我们意大利的建筑在你们灰蒙蒙的天空下看起来多么病态，我们的音乐在你们充满人造复杂器械的生活中听起来多么格格不入。你们的这种气候使得你们为人认真，连娱乐的时候都很认真。而对我们而言，音乐从黄金时代③以来就未曾变更——它是在仲夏夜对魂灵负担的解放。这些乐手演奏得不错。巴勒莫也有支好乐队——噢! 那个宣叙调，有点太快了!"

"先生您是位音乐家?"

"我是个地主。但我喜好音乐，而且年轻时经常拉小提琴消磨时间。现在——看吧!"他伸出一只手，它已瘫痪了，"风湿病。还有这里，以及这里，"指着身体的不同部位，"还有这里! 啊，这些个江湖

---

① 由朱塞佩·威尔第作曲的著名四幕歌剧。
② 即瓦格纳。
③ 指希腊神话中上古时丰饶、富足、天人和谐的时期。

郎中！我泡过多少药水浴啊！还有那些药——那些油膏，那些搽剂！我就是一部完整的药典！我现在连爬行都很难，要是没有这两个忠诚的孩子，这次小小的散步我都别想来了。他们是我的侄儿——父母都去世了。"他看到我目光的方向后加上一句。

他们坐在他的另一边，是两位俊俏的年轻人，既不沉默也不唠叨。每过一会儿他们就一块儿站起来到蜂拥的人群中溜达一圈，五分钟后又回到伯伯身边。老者的眼光总不离他们身上。

"要是我弟弟还活着，肯定能把他们教养成人。"他说道。

奇怪的是，这一景象有时会消逝于脑海，但总会固执地再度浮现。那两个孩子仿佛就在我眼前，他们庄重的举止与其活泼的嘴唇与源自北方血统的、显着淘气的金色卷发完全不符。而他们的伯伯，身体前倾，专心听着音乐，弯曲的手指轻抚着唇髭，手上镶金的珠宝闪闪发光——是件圣甲虫或凹纹宝石，大希腊地区的遗物。在音乐的间歇，他的言谈平易近人，充满了四海一家的宽厚，而有时也因其抛却旧习自成一统的理念而变得激烈起来。例如，他构思了一个重振国家柠檬产业的项目，尽管它涉及几处关税的修订——"只是细枝末节"——但在我看来惊人地有效，独具匠心。本地的副市长似乎与我意见相若，因为他承诺将其介绍给国会。

这个项目具体包括什么？

我已忘却了！

在星光熠熠的南部夏夜，我们在音乐的陪伴下海阔天空地倾谈。

时约午夜，不知疲倦的乐队演奏了最后一支热烈的快步舞曲，标示着娱乐活动告一段落。我陪着残疾的"地主"走了几步，他的侄子们搀扶着他走向马车等候的地方——他解释说，风湿病使得他不得不乘车。年轻的时候他多喜欢步行，而要是他能走，与我一块儿走到旅店的路上继续畅谈该多么愉快啊！但疾病使我们不得不放弃享乐，许多对健康人而言自然而然的事情现在都遥不可及了。他很少离开房间：那些楼梯——可怕的楼梯！他请我收下他的名片，并保证他会无比高兴地接待我，宾主尽欢。

那张名片已经像游历南欧的旅人收集的无数张一样，不知所终了。我也忘了那位老者的名讳。但他住的那栋建筑，刚好以我熟知的一个历史头衔命名。我记得当时还曾疑惑这个名号是怎么传到墨西拿来的。

肯定是在古时，那些荣光显耀的年代。

它们还会不会重临呢？

我突然想起，如果地震幸存者们住的小屋能被漆成白色或珠光灰，从而尽量保护居民免受阳光曝晒的话，他们的苦痛或许能减轻少许。我向一位监工提到了这个。

"我们已经尽量快了，"他答道，"不过价钱不菲。光艾琳娜村的油漆工作就花了我们两万法郎，在全力节约的情况下。"

这个事实多少能反映这项工程的规模。上文所提的村子包括两百座小屋——总数逾一万座中的两百座。

但我所指的还不是这些由公家出资建造、卫生清洁的房屋，它们还配有学校、药厂、孤儿院、医院以及其他便利生活的设施，我指的是那些难民自己盖的设计糟糕的陋舍，用绳子、土豆袋、汽油罐和各种各样的零碎东西拼凑而成的房屋，至少内外还都刷了层白浆。我还想到那些更奇怪的居所，即弃置的火车车厢，政府将其交由无家可归的人们使用。在铁路沿线的许多车站附近，能看到这类一列列形貌别致的"屋子"，挤满了身无长物的人，估计他们将一直住在里面。他们沿着车厢的木头平台，将自己喜爱的花花草草摆放成花哨的行列。

孩子们都穿着黑衣，在阴影下玩耍。这些人都曾居于凉爽的深宅大院，而现在却得在这种狭小的住所里忍受毒辣的南部阳光之苦！还有疾病的流行：排水困难以及清洁用水不足会引致伤寒，成群的苍蝇和厚厚的积尘诱发眼病；废墟里还有大量生疥癣的猫狗出没，应该立即予以捕杀。

假如事态这么发展下去，人们长期居住在这些粗劣的临时棚屋里的话，我们或许能见到一种有趣的现象，即人朝着特定类型退化。对文明必需品的缺乏，会将人们拉回到野蛮人的状况。例如床单枕套、洗盆和厨具，对这些东西漠不关心或只是单纯的好奇，逐渐地他们会忘掉自己之前使用过它们。而人像野兽一样聚居在这些陋室里的生活——几乎可以说是"装配在"里面，就像马赛克铺就的步道一般——只会严重妨害孩子们的成长。

据说卡拉布里亚人以非人的暴行著称。在地震刚过的一周内，雷吉欧就被山上下来的一群妖魔侵占。"他们从死人身上抢走戒指和胸针，"一位年轻的官员告诉我，"他们勒死伤员和濒死的人，以便劫掠。在这里和墨西拿，灾难中受害者的断肢残躯不可胜数，但卡拉布里亚人才是最可怕的。"

这群人是吸血鬼，暗夜与混沌的血裔。

因此多洛米厄提到一七八三年地震后的道德沦丧时，叙述了波利斯泰纳一位户主的故事。他被压在砖石之下，腿露在废墟外；他的仆人过来扯掉他鞋上的银扣子就逃跑了，根本没试着救他出来。最近在旧金山也发生了类似的事情。

"抢劫完死人之后，他们又去打家劫舍。先生，五千张床就这么从雷吉欧被搬到山上去了。"

"五千张床！天哪！这数目可不小。"

一位年轻人，幸存者中的一员，领着我走访雷吉欧的震后废墟。他脸上带着典型的劫后余生的神情，失魂落魄，不知所措；他说起话来出奇地慎重小心。我对这一带挺熟，因此很快就径直向墓地走去，主要因为那边迎风的高处景色绝美，以及在饱受低地的尘埃与破败之苦后，去那儿可以呼吸得畅快一些。这片墓地与墨西拿的墓地一样，一度是民众的骄傲，可现在已不堪入目，大自然的嬉戏并不顾及死者的安眠，或纪念他们的陵寝。它像是要嘲弄这片地方似的，将本来庄严肃穆的纪念碑扭曲成丑恶不敬的形状。

但谁还能记得石头与金属在那些时刻的曲张变形呢，在那千钧一发逃得性命的瞬间？我的同伴的故事就可算是奇迹了。第一波地震将他从睡梦中惊醒，他借着卧室里昏暗的灯光瞧见自己床边的墙面诡异地片片张裂。他朝裂口冲去，可它却又闭合了，并将他的胳膊夹在了石缝当中。这短短的时间感觉仿佛好几个小时——疼痛实在难忍。所幸裂口又一次张开了，于是他跳进了墙下的花园中。与此同时，他听见屋内房间倒塌的轰然巨响。接着他往高处攀登，此后的四天里都游荡在寒冷潮湿的山中。与他同处困境的人数以千计。

我问他靠吃什么来维生。

"吃草啊，先生。人人如此。可不敢拿别人园子里的东西吃。哪怕拿一个橙子，都有生命危险。"

吃草！

他的家族过去显赫一时，但自从他的钱、文件与家具，以及父母兄弟都被埋在已成瓦砾的家园之下后，他就靠从港口搬运蔬菜水果到人称为市场的一堆破房子里为生。当天晚些时候我们恰好经过码头边上他的旧居。"我的房子与家人就在这儿。"他说道，做了一个旧时听天由命的手势，指向一堆残垣断壁。

紧挨废墟的地方坐着一个披头散发的年轻女人，兴高采烈地唱着歌。"她的丈夫被压死了，"他说，"之后她就疯了。不是很奇怪吗，先生？他们过去打得你死我活，可现在——她不分昼夜地唱歌给他听，希望他能回来。"

爱——据希腊神话所言——乃是混沌所生。

市博物馆就在这一带，读过吉辛的那本协调优美的作品《爱奥尼亚海》① 的人，应该会记得书的最后提到过它。它已沦为一地的破砖烂瓦了，就像他在雷吉欧游历过的其他地方一样，就像他住过的小旅馆，就像那座曾以"绕过海角而至雷吉欧"将他深深打动的教堂，就像那座"先进文明的唯一象征，使我产生了错觉，仿佛迷途走入传奇作家们预言的未来——一座建筑品位甚高的公共屠房，坐落在柠檬树与棕榈的小林中间，似乎昭示着某位自素食改换至肉食的变革家那梦幻般的理想"。我们走遍了这些地方，包括一座特别的房子，上面悬着匾额纪念一位抗击波旁王朝时牺牲的年轻战士。从它扭曲的阳台上垂下一根绳子，想来居民们曾试图借以逃生。

我的一位朋友，斯蒂洛的 C 男爵，是那位爱国战士的同族，他告诉了我以下的奇异故事。地震发生时他本人不在雷吉欧，但有三位亲友身处该地。第一波震荡来袭时他们惊慌失措地一起冲到一个房间；此时地板垮塌了，他们突然发现自己掉进了刚好位于下方的汽车里。于是他们安全逃脱，只受了几处擦伤和瘀青。

附近的另一处废墟上刻着一条铭文，表明此建筑曾于一七八三年的大地震中严重损毁，其所有者特意加固以防灾难重演！那他现在是不是得再修一遍了？

----

① 出版于 1901 年。

不过话说回来，雷吉欧的重建还是有机会的，其结局不至于全然绝望。

但墨西拿则看不到一丝希望。

那道骄矜的海岸线，沿途多少壮美奇观——想象一面由纸板搭成的剧院装饰墙，有只巨兽疯狂地在其间欢蹦乱跳，然后你就知晓那幅景象了。而城内满目疮痍，破瓦残砖堆到窗户那么高，人得费劲从它上面爬过去。真像是一片理想的第三纪后遗址，供灵巧的古文物学者们从厨房废料和被遗忘的畸形垃圾堆中，破解人类历史的密码！这座废品山中蕴含了市民们完整的社交生活、艺术创作、地方经济，以及消遣娱乐。"本地人热爱音乐"，学者注意到大量废旧的钢琴、吉他与曼陀林之后恐怕会下如此结论。他还会推断说墨西拿的气候肯定相当潮湿，因为雨伞无处不在，要么兀然直立于废墟中，要么无助地靠在断墙边，或是凄凉地从砖石之下探出头来。那时阴雨连绵，雨伞供不应求。但即便如此，五十把雨伞的价格也买不到一块面包。

歌德在提到庞贝时说，在为祸人类的众多灾难之中，庞贝留下的遗迹最为壮丽。墨西拿恰恰相反，其遗迹大多邋遢破旧。顺带一提，歌德在一七八三年地震后不久走访了此地，并描述了它"断口参差的破败荒城"——这几个词的德语发音本身就暗示着碎裂与断折。不过，此后本城又重获繁荣了。

可是一七八三年与这一次相比算得了什么？

顶多是一场排练，一场业余演出罢了。

走在这孤魂野鬼四处游荡的所在，我路过那间曾为我端上美味的剑鱼的老餐厅——现在已是一堆灰泥瓦砾了——来到大教堂。它别的部分已毁损无余，只剩下巨大的马赛克装饰的圣像，从神坛后向下凝视，其原本赐福的眼光现在除了混沌别无他物，空洞、可怖。而这儿就是那位外柔内刚的圣母受敬拜之所，她在爱的名义下以地震毁灭了此地。像一般女人一样，她也迷恋金银和宝石，据说人们发掘出了她富可敌国的秘藏，里面还有一封她托圣保罗转交给墨西拿基督徒们的信。

不久之后——到底是怎么回事？——我不由自主地走入一片荒芜，接着眼前出现了一条窄街，街上立着一座倾颓的建筑，宽阔的门道上方悬着一面匾额，其中的铭文吸引了我的注意。它是我熟悉的一个古老头衔，我脑海深处的一连串记忆随之被点燃。是的，毫无疑问：这就是那位年迈"地主"与他的侄子们的住宅，在小广场里遇见的那位。

在那个酷冷的早晨，我想象着他们如何面对自己的宿命。可以肯定，在如此狭小的空间里，没人可以生还。这片迄今为止未经翻动的废墟，想来仍掩埋着他们的遗骨。

我想起老者那天晚上在树下一番充满仁爱的谈话，于是对灾难之真义的理解，开始从意外与肤浅的方面剥离开来。我承认如果知道一大群华人被屠戮了，我仍会保持沉着冷静，我们与他们之间只存在着同一猿类祖先这种脆弱的纽带，实则他们离我们所谓的狭隘博爱精神太远了。我宁可为普勒阿德斯之死流泪。但这里的死者是我们精神上的同宗，我们在意大利这片沃土上共有深厚渊源，从而我们的生活理念、艺术修养与人生抱负便形成了交集。

我还想起那两位侄子，他们优美的肢体在一堆恶臭的废物下扭曲支离，等待着粗暴的挖掘与无名无姓的坟墓。这种对生命的残忍剥夺绝非死得其所。就这样离开人世，以及后续的种种苦难，是多么难以名状的可恨啊！想象一下，一具年轻美丽的身体，本应享受上天赐予的极乐，可是被压成一团血肉模糊；曾是大众的宠儿，现在却遭万人唾弃，而且最后不免被人鄙夷地推进某个丑恶可憎的公共弃尸坑。……他们的北方血统——再一次地，这是种牢固的纽带；这一回，血缘上的联结将我们的族类与南方的统治者们区分开来，后者对开发这片盛产橙子和桃金娘的土地的欲望，远胜于对浪漫梦想的追求。

细想之下有些奇怪，假如没有那天晚上产生的短暂友谊，今日的墨西拿对我而言或许就仅仅是一处景观，其命丧黄泉的无数居民也仅仅会使我吐出一声平常的叹息罢了。诚然，人心的构造本就是胸襟狭窄的。卫道士们如果仍存在于世上的话，或许会从普遍情况滔滔不绝地进行归纳，但诗人们则早就屈从于体味个例的苦难。据诗人们所言，天国的天使们看到一个悔改的罪人的话，比看到一百个善人更高兴，而只要稍微理解一下，就能明白这只是同一种心胸狭隘原则的另一应用而已。

一根由床单结成的绳子从楼上的一个窗户悬荡下来，其末端在二楼的高度摇摆不定。在墨西拿能看到多处类似的景象：一种绝望之下试图逃生的权宜之计。另几扇窗的玻璃窗格侥幸未碎，其上有几盆天竺葵与仙人掌，有的还凄凉地绽放着。要不是从破了的窗户泻出不祥的日光，从外面这一边看来建筑几近完好。不过，我本想进入它沉重的大门，但那儿被里面的碎片堵住了，我只得攀爬到房子的后面去。

即使有一把巨大的利刃沿着建筑的长边将其切开，也不会比眼前的景象更加干净利落。整个内部结构都塌下去了，只剩下临街的几间房；它们真是如字面意义上地被劈成了两半，因此完美地显示出典型的本地建筑的截面。房子的主体连着居民与所有的物件，堆成了我脚下高高的残骸。主要是石块——整片的墙体，星星点点散落着碎裂的灰泥，弯折的铁质大梁要么盘绕在表面，要么沉沉地插入地下；裂缝和深沟在其间发出恶臭，从侧面能瞥见破碎的花瓶、烛台、帽子、瓶子、鸟笼、记事本、黄铜烟斗、沙发、画框、桌布，以及各种日常生活中不起眼的小东西。无论是水平向、竖直向还是斜向，完全没有层次，就像那些东西是被某座淘气的火山喷出来之后，自行随意散落的一样。有两块凿过的巨石——一块卧在一道深沟的底部，另一块骄傲地直立着，就像高地上德鲁伊教①的纪念碑——使我想起了一道楼梯，那位老者提过的"可怕的楼梯"。

抬头望去，我试着在脑海中重构居民们的生活习惯，但发现不太可能，因为残留的部分只是皮毛。他们最喜欢的颜色貌似是天蓝。厨房易于辨认，灶台下堆着煤炭，上方挂着整齐的一排铜器皿，还有一只满是家庭用品的敞开的碗橱；隔壁是另一房间（与之相连的门全都不翼而飞），挂着带花边的窗帘，内置一张桌子、台灯、书，还有一张床架面临下方的深渊摇摇欲坠；另一间房里铺了地毯，挂着装饰画与一面褪了色的大镜子，其下排着一列架子，在品种繁多的药瓶与酒瓶的重压下嘎吱作响。

我不禁念及那位老者的搽剂。

---

① 源于凯尔特神话的宗教，其教徒敬拜自然，并将橡树视作至高神祇的象征。

三十

蒙塔托山麓

看过人类这么多的苦难之后，我终于又回到了田野与山岭之间！阿斯普罗蒙特，即雷吉欧身后的那片荒山野岭，在不久之前因加里波第指挥的战役而声名大噪。但这位勇士的功绩最近因大盗穆索里诺的事迹而黯然失色，后者直到几年之前都持续为患此间，全意大利的军人与警察都束手无策。要是他一直待在自己的这些堡垒之中，他本可以安然无恙。可是他远走他乡，希望从此告别意大利，结果在远离故土的地方被本来在追捕另一个人的警察抓住，警察听他自报家门后吓得几乎晕过去。经过一场轰动各界的审讯之后，他被判三十年左右的监禁；他现在正于厄尔巴岛上的隆戈涅港要塞度过余生。任何了解这座西班牙要塞的人都不会对他有哪怕一丝妒意。那可爱的小小港湾，那座磁石矿山，那条通往蒙塞拉托修道院的引人入胜的小径，或是里奥那闪闪发光的沙滩——尽管他在那儿住得天长日久，但隆戈涅港的这一切胜景他都无缘得见了。

据说在被判刑之前的长期单独关押中，窄小牢房中的漫长永夜已经令他变得虚弱而愚蠢。不足为奇，我曾见过圣斯特法诺岛上的犯人从石头牢房里被放出来：他们的身影茫然无措，步履蹒跚，脸色苍白如羊皮纸。这些是侥幸活下来的人。但没人去过问那无数个在地牢里疯癫而死，或以头撞墙而亡的人；到底这个数目有多大，只有医生与政府官员知道，但他们都三缄其口。

我决定从后绕行阿斯普罗蒙特。我将乘火车到第勒尼亚海之畔的巴尼亚拉，它就在自古闻名的斯库拉上方；从那儿徒步经圣尤菲米亚（勿与马伊达附近同名海湾上的车站混淆）到西诺波利，如果还有时间的话，就一直推进到山脚下的德里亚诺瓦。第二天一早我将登上山顶，之后下到爱奥尼亚海边，直至博瓦。这个计划看起来挺合理。

整条第勒尼亚海岸线的形态可谓支离破碎，比南部沿海严重得多。但风景还是这边更好。南部沿海没有一处的景色能与尼卡斯特罗、蒙特利翁或帕尔米近旁的圣伊利亚相提并论。这儿的风光更为明媚，土地更为丰饶，疫病也大大减少。并非对土地的耕作杜绝了瘴疠，这是最普遍的误解！爱奥尼亚海岸并不是因为荒芜而瘴疠横行，而是因为瘴疠横行所以荒芜。希腊最肥沃的土地也是著名的滋生疾病之所，意大利也一样。疟疾与密集农业之间有种非同寻常的相生关系。雷吉欧地区为了大片橙子与柠檬种植园所挖的水井，正是可怕的疟蚊的最爱；它们也执拗地偏好留在那些种满水果蔬菜的田地上，经人工灌溉留下的水坑。实际上，这种人工灌溉应该为疾病的传播负上部分责任。这种做法未必古已有之，因为以前的气候更为潮湿，不需要人工灌溉的辅助。随着环境越来越干燥，雨水越来越稀少，有些过去种植于卡拉布里亚的作物再没法茁壮成长了。

但即使在这第勒尼亚沿海，也有恶疾肆虐的地区。例如马伊达平原，那儿不久之前还覆盖着圣尤菲米亚的森林，该处曾是帕拉凡特和其他传奇大盗的掩护所。洛萨尔诺与焦亚的平原也同样疫病流行。于一八〇七年驻扎在此的一营法国军队在十四天内损失了超过六十人，而且另有两百人在蒙特利翁的医院里动弹不得。焦亚境内的疟疾感染过于严重，以至于到了夏天，每一个买得起火车票的居民都乘傍晚的火车到帕尔马去过夜。顺便一说，如果时间允许的话，帕尔马的制油工业是值得一看的。在收成好的年头，以帕尔马为商业中心的地区能出产二十万公担①的橄榄油。不久以前，在现代提炼方法尚未发明之前，这些油大部分出口到俄罗斯，供圣所点油灯用；现在它大多被运至卢卡，作为掺到出口商品里的次品（也就是著名的卢卡油，头脑简单的英国人还以为它纯净无比）；只有质量最优的那些才卖到其他地方，例如尼斯。从焦亚到德里亚诺瓦有一辆一天一班的邮政车，假如我不是偏好徒步穿越乡间的话，或许之前会选择乘坐它来旅行。

在这个美妙的夏日早晨，我沿着波光粼粼的地中海踏上了从雷吉欧到巴尼亚拉的旅途，行程虽短，却足以让我无意中听到以下的谈话：

甲："多美的海啊！毕竟一年泡个三四次澡还是好的。你怎么看？"

乙："我？免了。我十三年都没泡过澡。但据说泡澡对孩子有

---

① 重量单位，1 公担 = 100 公斤。

好处。"

巴尼亚拉经历过的灾祸如此频繁，如此剧烈，如此多样，以至于平心而论，此镇似乎都不该再存于世上。它遭受的地震比其他地方都多，一次又一次地化为瓦砾。据威廉·汉密尔顿爵士记载，三千零一十七人于一七八三年的地震中丧生。战争的阴云也没有放过它，其中最具教育意义的是英国军队在此的一场战役，要不是格兰特的那本《副官历险记》① 实在太长也太精妙而难以缩写，我真想将其细节从书中摘抄至此。

此外，关于曼内斯将军在巴尼亚拉的事迹还有段特别的故事。据说从雷吉欧到那不勒斯的整条路都堆满了受斩刑盗贼的头颅，这或许有些夸张，话虽如此，巴尼亚拉作为一处要冲，公开展示这类战利品也是合理之举。那些首级都装在篮子里示众，严禁触碰，因为它们不仅作为装饰，也有道德训示之用——杀一儆百。因此，想象一下当将军被告知首级之一遭人偷窃时的感受吧，很可能是被处死的土匪的某位虔诚亲戚偷的，为了给遗体举行一场得体的基督徒葬礼。

"这可不好办，"将军沉思片刻后说道，"但那颗头的位置得补上。我想想……假如我们把巴尼亚拉市长的头放到那儿去呢？怎么样？对，把市长砍了吧。这样他下辈子办事想必会认真一些。"于是半个小时后，篮子就被填上了。

从巴尼亚拉出发的时候我遇到了一点小挫折。从地图上显示的蜿蜒的马车道，我推测此镇的背后应该有几条通往高地的捷径，虽然我尚未发现，但它们定能大大减少旅途的距离。另外，我的小背包也得有人搬运。要我的是个熟悉路径的搬运工，而我很快就在一堵墙边发

----

① 出版于1848年。

现了几个无所事事的健壮青年。他们表示会一道随我上路，只为了找点乐子。

"我的包呢?"我问道。

"有个包要背吗? 那我们得找个女人。"

他们找来了一个普普通通的女人，她愿意背包一直到西诺波利，代价是一笔合理的酬金。但随着我们不断前行，青年们开始一个个掉队，不知所终，最后只剩下了一个。接着那个女人突然声称要换衣服，便消失在一条偏街里了。我们在公路上飞扬的尘土中等了四十五分钟，她再没出现，而剩下的那个男孩断然拒绝替我背包。

"不，"他声明道，"包由她来背。我只负责陪你同行。"

早晨宝贵的时间分秒流逝，而我们仍站在路边束手无策。我一直没想到本可以利用这段时间，走马观花地看看卡拉布里亚甚至是全世界最神圣的物品之一，N. 马切尼先生形容为安睡于华美圣物箱中的那件——圣母戴过的帽子。要是一位女性旅人，绝不会错过这次研究当时流行风尚的机会。[①]

终于，绝望之中的我一把抓起那该死的行李，以平素罕见的滔滔口才，向一位驾着运牛车沿路而来的汉子倾诉我的苦难。他被彻底打动了，不容分说地命令自己的儿子立即为我带路到西诺波利去，并替我背包，只收一个法郎。孩子不情不愿地从车上翻身下来。

"走你的吧!"那位严厉的父亲喝道，于是我和那位男孩踏上了烈日炎炎下的漫长山路；迟些时候，我们迂回穿过了阴凉的栗树林，又途经几片广阔的耕地。圣尤菲米亚那外表奇特的新建村庄逐渐映入眼帘：整个村子都是木头房屋，原本以石质建筑为主的镇子在上一次

---

① 见下一章。——作者注

地震中毁损无余。此时，男孩不堪重负，不得不停下休息，之后跌跌撞撞挪进村子。他一把将包扔到地上，决然地望着我。

"到此为止了！"他说，将他每一丝男子气概都聚拢起来，做出一副抵抗到底的样子。

"那我一文钱都不给你，小子。而且，我还要告诉你爹。你知道他吩咐的：背到西诺波利。这才到圣尤菲米亚呢。除非——"

"你要跟我爹告状？除非——？"

"除非你找个人替我背包，不仅仅背到西诺波利，而是一直到德里亚诺瓦。"我可不想早上的悲剧重演。

"这可不容易。不过我试试看。"

他跑去找了，不多久带了一位苗条而出奇清秀的后生回来——地震后留下的孤儿。"这一位，"他解释说，"叫他去哪儿就去哪儿，让他背什么就背什么。要是对他不满意，一个子儿都不用给。就是这样。你满意了吧？"

"你这才像个男子汉。"

这位地震的幸存者大步流星，我们很快就抵达了西诺波利——新西诺波利；原址离此处挺远。正午已过，镇上长长的主街——臭名昭著的卢佛家族旧日的封地——孤零零地暴露于热浪之下。不过两旁的房子里还是充满了生机，整个镇子似乎洋溢着欢乐的气氛，我的同伴解释道，这是因为正值周日。但这乡间还是比平时要沉闷了些，原因是酒的价格太高，也没什么谋杀案可做谈资——好长一段时间都没有发生了。他又加上一句道，可是今年的葡萄产量势头喜人，想必生活很快就会恢复正常的。

从这里到德里亚诺瓦的骡子道会经过几处美景，或野趣盎然，或田园风光。但我的同伴有种个人魅力，以至我根本没留意风景如何。

他全身充满活力，而说起话来淳朴又绝妙，意味悠长。只要望他一眼就能知道他是卡拉布里亚罕见的一种人，一种传统的类型（在某种意义上），于是我想方设法讨他欢心。我想自己应该是成功了，因为他很快就聊起一些对于女孩子们来说，既无教益又甚至可谓难解的丑闻艳事。他说这一切的时候，口气却带着如同天使一般的宁静纯良。

这个容光焕发却又邪魅难掩的孩子，可谓生活中享乐的化身，彻底的无道德者。他的天性里没有玩世不恭，没有冷酷无情，没有两面三刀，没有自怨自艾；有的只是阳光从数片薄云间滑进无边无垠的蓝色空域——就像古希腊的碧空。"人性无相异"，我边聆听那些多姿多彩的故事，边惊异于一个孩子短短的十七年岁月中居然能被塞进如此诡异驳杂的经历。要是有人能把这个嬉戏的小鬼头的冒险故事记录下来，对于初涉人世的人们来说该是多么宝贵的财富啊！可是这项创举毕竟机会渺茫。这就是为什么我们当中不乏聪明智慧之人，而他们却一直到死都不知道世界的真实面貌。

在各种琐事当中，他提到自己已经因为替"一些朋友"出头而造成的"一点小小的流血状况"进过三次监狱。我问道，监狱里不无聊吗？"在哪儿消磨时间都很快乐，"他答道，"只要你还年轻。即使在监狱里，我也交了很多朋友。"这话我信。他天生就给人一种愉悦亲近的感觉。他眼光灵动，嘴唇饱满如安提诺乌斯①，行为举止就像一只居高临下的老虎崽。

我们在日落之后到达了德里亚诺瓦，接着他开始计划陪我登蒙塔托山的事。我有些犹豫。首先，我不仅仅要登那座山，而且要到位于遥远的爱奥尼亚海滨的博瓦去——

---

① 安提诺乌斯（约110—130），罗马皇帝哈德良的情人。

"我嘛，"他打断我的话，"我信心十足。如果你不信任我，来！把我的刀拿去。"那是把其貌不扬的刀，尖利非常，比警察限定的刀具长度还长两英寸。这一晚辈式的顺从姿态打动了我，但我不是怕他的刀，而是怕他的那"一些朋友"。我们在路上可能会有些意见不合，为了报酬或别的什么吵起来，然后，砰！那些朋友从天而降（其实他们一直都在），接着又一个陌生人就这么消失在蒙塔托的山谷沟壑之间。阿斯普罗蒙特作为意大利最崎岖偏僻的角落，是绝容不下龃龉不和的。对错很快就能靠刀子决出，仅仅两周之前还有人警告我，要是没有一边挂一把卡宾枪的话，千万别往这里闯。

但既然他表现得如此亲切，再用语言遮掩我的想法就太不道义了。我说了一套老生常谈但不无意味的话，即天有不测风云之类，引得他爆发出一阵异教徒的狂笑；接着"以圣母的名义"与他作别，望着他敏捷而轻快的身影消失在林间，就像被暗夜吞噬的一团火苗。

真正的挑战这时候才开始。为了找个向导，当地客栈乐于助人的店主带着我不知走了多少人家和酒铺。我们走过了这个落后但繁荣的地方的每一条大街小巷，甚至连城郊，显然留着拜占庭王朝痕迹的帕拉克里奥都跑了个遍，人们的答案如出一辙：到蒙塔托，可以；到博瓦，不行！夜晚飞快地流逝，实在走投无路之下，他领着我来到一位前朝人物的住宅——一位退隐的大盗，我事后才知道，他身上可背着十条还是十二条人命。德里亚诺瓦，实际上整个阿斯普罗蒙特，都以盗匪横行而闻名。

这是最后的机会了。

我们找到这位前辈时，他正坐在一间简朴而洁净的小室里，抽着烟斗逗婴儿玩耍；我们一进门，他的儿媳就站起身，小心翼翼地进了隔壁房间。那位昔日的杀手快活地将婴孩放到地板上任其乱爬，而当他听到博瓦时，双眼一下就亮了起来。

"啊，说起博瓦！"他说道，"到山间一走真痛快！"他为年纪太大无法成行抱憾不已，但他觉得某某或许对当地略知一二。他也自责没法敬我一杯酒，屋里一滴酒都没有。他补上一句，在他的时代里，像今天这样随便喝酒是不对的，许多祸害都得归咎于酒桶上的龙头；酒迷乱人的心智，使人做出遗憾终生的错事。在山里多年惯于这种禁酒生活之后，他就只喝牛奶了。他说，牛奶能让血流放缓，使人心静手稳，从而人的判断力得以不受侵扰。

继续寻访一番之后，我们找到了他提及的人。那是位古铜肤色、形貌整洁、年约五十的男子，一开始他断然拒绝帮忙，但听说那位前绿林豪杰对其称誉有加后，很快就慷慨应承了。

三十一

....

南方圣徒

南部的圣徒们就跟其崇拜者一样，长久以来不断变更着面孔与衣装。古旧的渐渐消亡，新兴的取而代之。前代的圣徒中，足有好几百名已经从人们的记忆中逝去，现在就连最博学睿智的牧师也只晓得说"他在教堂里"——意思是，其圣骨的一部分和一批类似的古物一起，作为神圣遗物得以留存。但在古老的文献中仍能找到他们的事迹，而且在古地图上，海角与其他自然地貌仍会以其命名，不过这些地方如今也渐渐开始改名换姓了。

这些圣徒大多不是意大利人，主要是拜占庭人或非洲人，在中世纪时行神迹护佑自己主保的村庄或地区免遭天灾。他们取代了早前地方守护神的角色。他们都是男性，骁勇善战，在那个动荡的年代里，这就是成为圣徒所须满足的期望。

随着相对和平的年代来临，圣徒中衍生出了新的元素。男性圣徒丧失了其主要影响力，这些阳刚雄健的人物被平和温柔的女性替代。例如，巴勒莫的圣罗萨莉亚就取代了先前的主保圣徒圣马可。她的圣骨借由神迹在某个洞穴里出土，长久以来人们还以为那是山羊的骨头。不过，女性圣徒占据显著地位的潮流直到十二世纪才开始。

在波利诺斯主教（公元4世纪）所作的颂歌中，没有哪一首提到圣母；在那不勒斯的地下茔墓中也没有圣母的纪念碑。此后，对她的崇拜才开始盛行。

她将正统基督教中所缺少的赐予了当地人，而这本是他们古时所拥有的——宗教中的女性元素。希腊来的迁居者们崇拜仙女，维纳斯，诸如此类；圣母吸取并延续了这些偶像的功用。这些异教女神中，其角色未受圣母侵夺的只有一位——雅典娜。她由此反映出其创造者，即牧师与普罗大众的心理，他们眼中的理想女性将母性的展现视为最大满足。我怀疑是否有可能出现一位雅典娜与圣母的结合体，一位智慧女神；人们对神祇的普遍态度实在过于幼稚而积极了。

南意大利人以哲学上的抽象化闻名，在宗教方面却无法接受抽象概念。与我们不同，他们并不指望从神祇身上学习，或展开与其相关的争论。他们只想着热爱神并因而为神所爱，且将对神施加公正责罚的权利留给自己。文献中记载了不可胜数的此类事例，即人们将圣母与其他圣徒（的画像或雕像）扔进沟里，只因为许愿不得灵验，或是责怪其玩忽职守。在一九〇六年的维苏威火山喷发后，许多圣徒都遭此"惩戒"，因为他们没能守约保护崇拜者们免受灾殃（蜡烛和节庆的数量＝保护的力度）。

出于同样的原因，成年的耶稣——罪人的导师，唯一真神——实际上无人关注。他离众人和他们的日常活动太远了，他没有像他的母亲一样成家，他不像他的父亲有自己的手艺（马可称其父为木匠）。而且，南意大利人对山上布道①所传授的格言如此厌恶，以致近于无法理解。从肖像画上来说，基督人生中的这一段最常出现在墓穴中最原始的纪念碑上，那是宗教传统尚属纯粹时所立的。

基督生平当中，有三处切实属人的方面在此得以体现：首先是婴孩崇拜，这不仅出于人们对婴儿的怜爱，而且延续了家庭守护神②与荷鲁斯的传统；其次是少年耶稣，本地女性神秘主义者的宠儿；最后是十字架上的耶稣——那个残忍而阴郁的受难形象多半是西班牙人最初引入的，即便不是，至少他们也对其进行了不遗余力的宣扬。

圣母对诸多圣徒的兼收并蓄，其中不乏政治因素。梵蒂冈教廷一度实行中央集权，但后来遭到生命力顽强的拜占庭主义（直到12世纪，希腊文化和语言依旧留存）的烦扰；依照塔西佗式的"手足相憎"，圣母严苛的一面更多针对的是姊妹宗教，而非实际的异教崇拜。③

圣母是扫除过去排他主义倾向的理想道具。她击退了遗物崇拜和其他过时的迷信；她就像一股仁慈的旋风一般扫过大地，那些现在看来谜一般的异教图形与习俗闻风辟易，比瓦伦布洛萨④的落叶还迅速。她的脚步没有遗漏任何一个偏远的圣所或岩洞，继而她开始驱赶

----

① 《圣经》中耶稣在山上向门徒传道的一段，又称"登山宝训"。
② 古罗马神话中守护家宅的神祇。
③ 希腊与埃及文化早在4世纪就于南意大利扎下了根。直到6世纪，地方上的异教崇拜依旧盛行。有证据表明基督徒过去也参加异教的节庆。——作者注
④ 意大利雷杰洛省的一座本笃会修道院。

其男性圣徒——无论是拜占庭还是罗马时代的人物，总之旧时掌管该地的神祇面临灭顶之灾。但圣徒们也曾历经风雨，不抵抗一番决不放弃。他们以"守护神"的姿态为自己由来已久的特权奋斗，有时也能取胜。要是有些圣所没法靠闪电战拿下，战术则转为狡诈而坚决的围困，直至其力尽衰竭。这种斗争一直延续到今天。圣杰诺阿里斯就是如此，曾三度被黜却仍可反败为胜，而现在全因数量的劣势而苦苦挣扎。就像生理学上吞噬细胞从各个方向包围并袭击某个虚弱的细胞一样，各种对圣母的崇拜——其相互之间也在疯狂竞争——会将某个带有远古血统，而正身处存亡关头的圣徒团团围住，决意要令其灭亡。阿尔科圣母、索科所圣母，以及至少其他五十种圣母崇拜（别忘了新近问世的庞培圣母）——它们都来抢夺圣杰诺阿里斯的地盘，它们都在败坏他的名声，并自称拥有他那些特殊天赋。①

罗马教廷早期的修道会运动也在扫除旧有的宗教地标上发挥了作用。通过在偏远的地方开宗立派，并尊圣母为领袖或"属灵之母"，这些圣徒集团很快就在世俗与精神两方面都发展壮大，以至于凌驾于当地原有圣徒之上，后者曾经显赫的荣耀在圣母的光芒映照下黯然失色。他们为推戴圣母所做的努力是巩固教皇权力的手段之一，后来这项工作由耶稣会接手。

或许圣母崇拜盛行的主要原因在于人对新意的渴求。在固有的传说出现之前，创造一种信仰是很容易的。既然圣徒们都有了既定的神奇能力与历史由来，随着文化的进步，打造具有新鲜独特的性格，以

---

① 据说他曾于 5 世纪平息了维苏威火山的一次爆发，不过据我所知他最早的教堂直到 9 世纪才出现。他的血以液化功效闻名，这一说法于 1337 年首次提出。——作者注

及说得过去的血统的圣徒就愈发困难（人们不时仍会进行这种尝试）。与此同时，原有的圣徒已被充分利用而走向无能——就像旧玩具一样，磨损过时了。而与此相对，圣母能像阿米巴虫一般不断分身，却永远不会丧失其个性或名誉。而且，多亏了她神圣的地位，任何事都可归功于她——任何善事，无论多么不可思议。最后，有关她的传统文化足够模棱两可，以至于实际上促进了人们创造诗意神话的官能。因此她得以兴盛。此处重申：男性圣徒是分离主义者。他们为保护自己的城镇而奋战，击退非洲入侵者，以及在中世纪意大利常见的城邦血战中取得胜利。到了今天，邻近城镇的居民们已很少在相应的圣徒护佑引领下性命相搏了。因而圣母作为四海大同的胜利女神，更能胜任安稳社会之守护神的角色。

这个国家盛行田园式的生活习俗，其中母亲扮演的角色显而易见，圣母从而也就大受欢迎。这种习俗如此根深蒂固，以至于倘若神没有一位母亲的话，整个宗教就是不完整的；对本地人民而言，没有母亲的家庭就如同没有根须的树木，根本无法存在。因而他们心目中的三位一体与我们相异；这一概念对他们而言包括圣母、圣父（圣约瑟），以及圣子，而圣安妮①在背景中若隐若现（在宗族制的家庭中，祖母也是一位重要角色）。创世神与圣灵消失无踪，他们太难以捉摸且离人太远了。

但除了在文学作品中之外，圣母从未真正成为普天同宗的胜利女神，她没法胜过南意大利那种分散自治的普遍传统。即便是她，也不得不遵循地域特殊化的惯例。除了名号之外，她脱去了神之母的本质特性，而转化为地方上的半神，驻守于特定地区，扮演平易近人的行

---

① 圣安妮，圣母马利亚的母亲。

神迹者。甲村居民的祷告传不到乙村圣母的耳朵里；假若你头疼，向母鸡之圣母求告是没用的，这位圣母只负责妇科病；如果你向丙村的圣母求财，恐怕是竹篮打水一场空：她是位天气专家。简而言之，这几百位圣母将她们所取代的圣徒的能力挪而用之。

她们总能胜过原先的圣徒，这是其大获成功的又一原因。例如，人们广为相信许多圣徒曾被圣母的乳汁哺养过，正如一位天主教作家所言，"并非神秘主义或属灵上的譬喻，而是真的亲口所尝"；圣伯纳德就在"这成百上千位之中"。这还不算全部，在一六九〇年，卡里诺拉城不远处有一幅画，描绘了圣母"供给了丰足的乳汁"来哺育启迪挤满一大厅的观者们——这是该区主教保罗·艾罗拉的记述，他为此事撰写过一篇专门报告。此圣乳有一部分保存在一只瓶子里，藏于维苏威火山边的圣母得胜修道院。于一八三四年付印的该院编年史言道：

> 既然圣母马利亚是教会之母，并与耶稣基督同为救赎者，那么既然吾人仍保有基督圣血，为何圣母不能留存数滴圣乳赠与本堂呢？圣乳存于多间教堂中，而为其降下无数恩典与福泽。例如，我们在那不勒斯的圣路易堂发现了此圣遗物，即两瓶圣母的乳汁；固态的圣乳在圣母庆典日上会化作流体，人皆见之。同样，在圣母得胜修道院，圣乳时而也会液化。

在维苏威火山活跃期间，人们在游行中将这瓶子高举，最后总能化险为夷。圣杰诺阿里斯可得当心他的桂冠！与此同时，有趣的是圣母一度决然反对保留圣遗物的做法，但现在她也屈尊施行了，其圣乳将与圣约翰之血、圣劳伦斯的脂油，以及其他仍存留下来启蒙信徒的生理遗存竞争一番。

要不是宗教制度正被一种隐秘微妙的毒素所侵蚀，这一切本都无伤大雅。光从这些幼稚的仪式本身看来，它们并不会损害作为国家基石的家庭生活。因为人大可以一边相信连篇的鬼话，一边自然而积极地应对每日的工作。但当人藐视并折磨自己的肉身时，其精神也随之失衡，由此那些连篇鬼话就成了凶险的兆头。英国已有前车之鉴，在清教主义①的禁欲苦行运动之中，被处以火刑的巫女比之前和之后的两个时期加起来还要多。

禁欲主义进入南意大利的源头有三。自古以来，该区就与尼罗河谷有商业往来；当此地的黑魔法普遍受到埃及仪式的影响时，其光明一面的宗教传统——关于圣徒的传说——也打上了那些自称基督徒、生活败坏扭曲的沙漠狂人的烙印。② 但这种东方主义最开始并未枝繁叶茂；梵蒂冈教廷反复无常，而希腊式的行为准则依旧存续。它在圣本笃③这样的人面前被进一步挫败，后者奠定了一套健全的圣洁理想，在即使最荒唐无理的制度下也照进了一束理智之光——将无所事事的人们以神的荣耀之名聚拢起来。

但随着教皇制的壮大，宗教制度的中央集权日盛，从前作为独立领主、战士或创始人的圣徒，这些一度强大的基督徒，只有当遵从教

----

① 16 世纪出现于英国，主张清除国教会所保留的天主教旧制度，简化仪式，提倡过勤俭清洁的生活，故名。

② 这些苦行者早在基督教问世之前就出现了（见犹太人斐洛的著作）；实际上，这种新信仰的每一个元素都是异教徒们独立创制的，其中许多代表人物，如塞内卡、爱比克泰德与马可·奥勒留，都是极度轻贱自我的忠实信徒。——作者注

③ 圣本笃（480—547），意大利罗马公教教士、圣徒，本笃会的会祖。被誉为西方修道院制度的创立者。

皇制的戒律时才得以苟存；而至为不幸的，要数像方济各会和道明会这样卑躬屈膝的修会日渐崛起，并迅速侵入了美丽的意大利南部，从而为基督教义掺入了一抹邪魅的调子。

与此同时，反对的力量也总是存在：爱奥尼亚精神，来自过往的遗产。南部的大众、牧师与教长们从未倾心于修道士式淳朴赤贫的理想；他们在宗教上能容忍许多偏好，但绝非与苦行密不可分的那种残忍和淫欲的乱象；他们的概念与智者色诺克拉底的类似，即"快乐非只在于拥有美德，而在于自然行为的成就"。后者就包括了获取财富与欲望的满足。而且，那时古老的希腊式求知欲并未消亡；人们对像路德那种外来的教义抱有明智的兴趣，其即便未令人信服，至少满足了人对新奇事物的渴望。这正是雅典人对保罗的"新神"的态度；而倘若新教当时未受残忍镇压，它或许早就传遍南部了。

在阿拉贡人带来的人文主义大盛时期之后，随之而来的是第三次也是最凶暴的一次运动——西班牙总督统治时期，其暴政摇动了国家繁荣的一切根本。一位现代学者（阿尔弗雷德·尼切弗洛，著有《意大利的野蛮人》，1898 年）认为当时十七世纪的文艺作品是南意大利的邪恶之魂与败坏之源。这次爱奥尼亚精神没能帮上什么忙。这些总督中最著名的一个唐·皮耶特罗·迪·托雷多在执政的八年间绞死了一万八千人，之后叹息着承认"他不知道还能怎么做"。他还能怎么做？作为一位虔诚的西班牙教徒，他根本没法理解，严刑峻法的作用远不如教导人们以现实良好的行为准则——他的教会恰恰就致力于防止这种教育。任何人只要读一下总督制期间的立法记录，一定会惊讶于百姓所得的福利竟如此微薄，一般平民的生活简直就跟野兽一样。

他们的民事管理人——大部分是学者与乡绅——竟真的相信有了五十万名目不识丁、阴鸷狠毒的修士之后，就不需要别的教育了。但令人惊讶的是，政府与基督教权威们长期不和。事实确实如此。但当抵抗他们共同的敌手启蒙运动时，这两者又惊人一致地联合起来。

从这片恶臭的土壤里，竟然长出一片繁盛而奇异的神圣之花来。如果说像唐·皮耶特罗的经历表明的那样，南意大利满是罪人的话，那么它也满是圣人。没有哪一位圣徒逃得过那段时期的影响，即对无意义的粉饰的迷恋。他们的虔敬被添上了过度的美化与赘余无用的德行。用建筑的语言说，当时可谓圣徒的巴洛克时期。

关于其中的一位我已稍做介绍，即飞翔的修士（第十章），我也熟读了至少另五十位的传记。我不禁留意到他们的生平具有可观的一致性——仿佛亲缘般的相似。造成这种近似的原因很简单，即错误有千种，而正确则唯一。在此处也找不到使一般人类的历史面目全非的那各式各样的扭曲与偏差。这些圣徒千人一面——千人一面得乏味，要说的话——体现在他们的纯洁与其他冠冕堂皇的美德上。但倘若对这方面稍多些了解，很快就不难发现，在他们各自的基督教义允许的范围内，他们之间还是存在着值得褒扬甚至让人惊叹的差异。他们或多或少几乎都能飞；几乎都能治病，以及求雨；几乎都是文盲；每一位都在神圣的氛围中逝世——死时肤色红润，异香覆体，四肢不僵。但每一位都有自己独特的天赋，自己的特长。库比蒂诺的约瑟夫专擅飞行；其他人的出类拔萃之处包括久坐于热水浴池中的英雄事迹，吞咽秽物，以针折磨自身，不一而足。

例如，以下就是一部很有代表性的传记——《十字之圣吉安朱塞佩生平》（其人生于 1654 年），因其庄严成圣的典礼又重印了一版。①

他在很多方面与其他圣徒类似。他连"床上生出的臭虫"都不

----

① 1839 年出版于罗马。——作者注

忍加害；他六十四年穿同一套衣服；他对待女人就像"有生命的雕塑"一样，一生中从未直视过任何女性的面庞（就连他的同侪修士们，他也只知其声，不知其貌）；他能使死者复苏，从公爵夫人身边驱走黑犬形态的魔鬼，将栗子变成杏子，以及使变质的酒重获芳醇；他的躯体遍布伤痕，那是他疯狂地割划自己的结果；他总是忍饥挨饿，而当有人奉上佳肴美馔时，他总是对自己的身体说："你看到它们了吧？闻到它们了吧？那这样就足够了。"

他也能稍做飞行。有一回，人们到处寻不到他，最后修道院的修士们发现他在教堂里，"离地飞升直至头触及屋顶"。他当时还只是个小伙子，这一举动足以使人侧目。到他老年之后这一天赋的作用开始凸显出来，那时他双腿已几乎无法挪动了，而尽管半身残疾，他仍能亲身参加游行，在数千名瞠目结舌的观众面前，在离地一肘①的空中行走两英里；这与那些印度教②神祇——异教徒的神话中言道——双脚纯净以至于不会沾染俗尘如出一辙。

更有甚者，他对贫穷如此热爱，以至于他死后亲友们想挂一张画像到墙上表达追忆，此像却无论钉得多牢都会一次又一次地掉下来。直到当人们意识到天堂里的圣徒反感那个昂贵的镀金画框，从而将其除去之后，画像才稳稳地留在了墙上。难怪圣婴耶稣愿意从圣母的怀中降下，在圣吉安朱塞佩的臂间休憩几个时辰，而当几位修士来拜访圣徒时，他呼喊道："噢，怀抱圣婴喜乐无极！"这是一种古老而经久不衰的主题。比如说，在《圣方济各芳言洁行录》③ 中就有类似的记

---

① 古长度单位，1 肘 =45.72 厘米。
② 源于古印度韦陀教及婆罗门教，是世界主要宗教之一。
③ 出版于 1906 年。

录；实际上，一切这样的神圣赐福都有先例可循。

但这位圣徒的出类拔萃之处，他的"首要天赋"，则是预见力，尤其是预言幼儿之死，"而他总加以戏谑之言"。他常常走进一间屋子并快活地评论道："噢，天堂的芬芳。"不久之后这家的一个或多个孩子就会离世。他对一个十二岁的男孩说："做个好孩子吧，纳塔雷，因为天使们快要来接你了。"这些闹着玩的话似乎沉沉地压在孩子心上，不必说，过了几年男孩就死了。但甚至更引人注意的——作传者称为"更美妙"的事件则是他有一次问一位父亲，是否愿意将儿子交托给圣帕斯卡勒。那位轻信的家长同意了，以为这话暗指孩子将来在教会能有所作为。但圣徒可不是这个意思——他的意思是上天堂！不到一个月孩子就去世了。他又对一个在街上哭泣的小女孩说道："我不想再听你哭了。去天堂唱歌吧。"过了一小段时间他第二次见到了她，并说："什么，怎么你还在这里？"几天后小女孩就死了。

传记里提到了这种独特天赋的许多事例，恐怕它们在英国和任何其他国家都不会提升这位圣徒的人气，唯独此地——尽管活着的孩子们被描述为"一听到该上帝仆人的名号就恐惧不已"——此地父母们乐得家庭中有一两位天使①，作为俗世之人在天堂里的辩护律师。

提到这种法律职业，我想起了一种真正有启发性的神迹。在一位圣徒被封圣之后，人们常能见到天堂降下某种兆头，以表明对上帝代理人之庄严盛举的肯定。的确，从这些传记看来，这种现象不仅仅是惯例，用俗世的表达方法来说，简直成了一种社交礼仪。于是它也发生在教皇庇护六世在梵蒂冈的会堂大厅中，在聚集的众主教面前，宣读加封圣吉安朱塞佩的谕旨之后。数不清的神圣预兆（罗列这些预兆

---

① 指死去的孩子。

足足占了传记的十一页）证实了天国对这桩伟绩的认可，其中有以下一项：那位起草了大会常例流程与封圣流程的公证员，其严重的中风病被治好了，之后又活了四年，并最终于圣徒逝世周年之际死去。我不禁要想，这天国的慷慨馈赠与那些足以让英国律师满足的肮脏的畿尼①相比，反差该有多么大啊……

或者我们不妨看一眼可敬者②俄索拉·贝宁卡撒修女的生平。她同样可以稍做飞行，以及起死回生。她疗治恶疾，预言自己与他人的死亡，以及仅靠一枚圣饼就活了一个月；尽管她从未受过教育，她却能讲拉丁语和波兰语；她于死后仍行使神迹，并将忍耐、谦恭、节制、公正等美德发扬到了世人罕见的高度。她的圣洁之爱如此炽烈，以至于几乎每天都有浓厚的蒸气从她口中喷出，据称能蚀毁衣物；要是将冰块与她火热的身躯接触，其身便嘶嘶作响，就像红烫的熨斗一样。

还在儿时，她就会为别人的罪而哭泣；她也总在反省自己的罪孽，而在她漫长而无瑕的神圣事业的尽头，还乐于以身替代年轻的阿卡罗女公爵担罪。话说回来，在这个特定历史时期出现的罪恶论可谓一种耐人寻味的现象。我们关于罪恶的概念对拉丁人来讲是陌生的。意大利本是没有"罪"这一说法的（这只是此国家引人入胜的地方

---

① 英国旧金币名，1 畿尼 =1 英镑又 1 先令。
② 是天主教会对已达到一定圣洁程度的死去的信徒的尊称，低于福者和圣徒。

之一)，"罪"只是纯为宗教向外传播而人为创造之物。①

　　不过，俄索拉修女的特长在于她时常进入类似神游的状态，这使她一生享有"那不勒斯城守护女神"的美名。我不晓得她是不是获得此尊号的第一位女性。可以确定的是保罗·雷吉奥写到的"守护七圣②"都是霉腐的老男人……

　　下面是另一篇传记，写的是阿方索·迪·里郭利(生于 1696 年)，至圣救主会③创始人，获封圣徒。他也能飞行和救活死者；他曾经受恶魔的试探，呼云布雨，平息维苏威火山的喷发，使食物凭空加倍，等等。他生性羞怯，以至于即使年长并当上主教以后，他也拒绝让侍从为自己更衣；他天生具有道德洁癖，一次有一位信使由一位士兵陪伴来到他的修道院，他马上就看破那军人打扮的伪装之下藏着一位妙龄女郎的容貌。尽管身负这些神圣天赋，他总还向人忏悔。他被封圣之时同样见证了无数天赐的吉兆。

　　但这些神赐恩典只是他的副业；他并不是专职的行神迹者，而是一位神职导师、组织者，以及作家。梵蒂冈教廷授予他"宗教博士"的稀有头衔，除他之外只有圣奥古斯丁和其他少数人获得过。

　　我读到这些细节的传记是于一八三九年在罗马出版的。它的可贵

----

① 见《可敬者俄索拉·贝宁卡撒修女生平》，1796 年于罗马出版。当然，关于所有这些圣徒的生平，还有更早的传记传世。比如，单说俄索拉修女就有齐萨雷·德埃博里所写的精彩小册子(1589 年于威尼斯出版)，其与众不同之处在于从未提到俄索拉之名：只以"所指的女性"称之。但我更倾向于引用最近的文献，因为它们更权威，至少它们的记录均基于目击者证实并经梵蒂冈裁决为可靠的神迹。尽管俄索拉修女生于 1547 年，她直到 1793 年才由教皇令封为"可敬者"。因此 1793 年之前的传记就只是单方面的断言，可以想见或许与事实有所出入。而在这本传记里则不存在这个问题，作者于第 178 页清楚地表明了这一点。——作者注
② 宗教著作中那不勒斯城的七位守护圣徒。
③ 天主教的一个修会。

在于年份较近，且迄今为止公认为真作。此外另有两大原因。首先，有趣的是，它几乎没怎么提到这位圣徒一生的工作——他留下的文稿。其次，它是我称为"空想式重构"的典型范例，充斥着自相矛盾的内容。例如，作者无意中提到阿方索拥有一辆马车，却又赋予他一种有失身份的、东方式的对肮脏褴褛衣衫的热爱，从而（我推测）使他的性格遵从行乞化缘修士的总体愿景。我不相信他会有这些特质——对肥皂与洁净衣物的痛恨。从他的作品中我看到的是一位迥然不同的人物原型。他举止优雅，彬彬有礼；富含诡辩与窥探的气质；就像许多心思敏感的人一样，他年轻时沉溺于床第之欢；也像一位真正的封建贵族一样，当口头劝诫徒劳无功时随时动用武力……

在行使神迹的能力上，这些圣徒都比不上卡拉布里亚人弗兰切斯科·迪·保拉，他在童年时期就曾让十五人起死回生。他曾一天行一百件神迹，以至于"如果他一天不行神迹，这本身就是件神迹了"。他的传记多不胜数，其中任何一本光是索引就足以使人头昏脑涨。

这段时期大部分的圣徒，都不属于所谓人类一直追求的第三性——富有教益，目标明确的第三性。他们实际上是全然无性的，不合群的以及一无用处的存在，否定一切属于阳刚男性或阴柔女性的美德。梵蒂冈及自己所属修会的铁律束缚了他们的自由，从而这些人物根本无所事事；就像身处此种情况下的一般人一样，他们只能茫然自省。过往那些与外敌、瘟疫和飓风的斗争从外界迁移到了内心的小宇宙中，表现为幻象和魔鬼的试探。他们不再是行动者，而成了受难者，像机器人一样空洞而浅薄，足以让从前拜占庭时代的原型嫉妒得发疯。

但他们的天赋各有不同；前文已提过，每一位都有自己的独门绝技。为何？这种多样性的缘由在于当时各修会之间白热化的竞争——

毫无意义的争论，最后导致的只是罗马教廷上那些永无了期的讼案与投诉。这些圣徒中的每一位，从他神赐天赋的启蒙开始，就被其同辈宗教狂热者的嫉恨所包围。如果一间修会出了一位会飞行的奇人，那么另一间为了与其比肩，就会为自己的圣徒想出某种新的特长，以使之前的黯然失色。他们可能在禁食方面想想办法；或是推出一位女性神秘主义者，其写给耶稣基督的一封封如泣如诉的信件，足以使每位读者心生怜悯。例如，方济各会修士们就解剖了某位圣女玛格丽特的躯体，并在其心脏中找到了三位一体与耶稣受难的标志。这个大胆而原创的想法本能让他们大大扬名，可是对头道明会修士们很快就发现并解剖了另一位圣女玛格丽特，其心脏中藏有三颗石子，上面雕刻着圣母马利亚的像。① 换言之，修会们为了彼此贬抑而不断发掘新的圣徒——而它们也都在等待时机接近梵蒂冈教廷，以实现自己的诉求。比如一位加尔默罗会②出身的教皇往往偏爱加尔默罗会圣徒多于耶稣会圣徒，如此种种。

在一切圣徒之上是罗马的宗教裁判所③，时时警惕，刻刻存疑，总在试探各修会的"违规行为"和以奥运会般的公正对其圣徒进行检测。

我知道像俄索拉·贝宁卡撒这样的神秘主义者一定会有性格的另一面，着重实际的一面。这是理所当然的——即使不出国门也能知

----

① 以上与另外的一些细节记载在 4 卷《罗马教会中之异端》（1889—1891 年于哥达出版），作者为西奥多·特雷德，一位已故的那不勒斯新教牧师，深受反天主教思想影响，但其引述的事实尚属可信。他确实花了许多章节来考证这些事件。——作者注
② 天主教四大托钵修会之一，于 12 世纪中叶由意大利人贝托尔德创建。
③ 指 1231 年教皇格里高利九世决意，由道明会设立的宗教法庭。此法庭是负责侦查、审判和裁决天主教会认为是异端的法庭，曾监禁和处死异见分子。

道——心灵的虔诚与处世的玲珑并不必然矛盾。但像修道院与教堂这样的现世成就，在南部十之有九是由告解神父而非圣徒完成的。譬如驯兽师，他们清楚不同的动物是否性情柔顺，是否服从纪律；而一位资深的心灵导师，则须能迅速体察忏悔者们心思的特点，并使其尽量为己所用。举例来说，名为修道院创始者的俄索拉，实际上恐怕是一个除了神经质之外什么都不是的无名之辈——她只是幕后赞助者们手中一件盲目的工具，这些赞助者（在那不勒斯范围内）以两位西班牙牧师波利和纳瓦罗为首，他们在地方的活动得到了教廷中地位崇高的菲利波·内利和博学多才的巴罗尼厄斯红衣主教的支持。

这是显而易见的。早期的圣徒传记以拉丁文写成，在遣词造句上也相对文雅；可以想象，它们的受众是牧师与受过教育的阶层中才智平庸的一群。但总督时期之后的此类传记则使用本国语言，而且显著劣化；这只能解释为它们是供普罗大众中尚可识字的人阅读的（直到几年前，本地还有百分之六十五的人目不识丁）。它们字里行间满是当代文艺作品的烙印，即诗人马里诺那种语不惊人死不休的倾向，其人声称这是他的目标与理想。那些神迹当然是惊人的，它们正如作者们形容的一样奇异无伦。而至于它们到底是怎么发生的，则要问那些向天发誓它们为真之人的良心了。

在这段时期中，圣母作为一位地方圣徒声望日隆。关于各地圣母的专著数不胜数，同时还出现了一座图书馆，馆藏足以让德国学者称为“圣母大全”。其中有瑟拉菲诺·蒙托里奥的《十二宫圣母》，收录在一七一五年出版的古姆彭伯格的皇皇巨著中。它论及了南意大利各地崇拜的二百余种衍生圣母形象，为了与天象契合，更将整片地区按黄道十二宫划分为十二块。作者将这本书题献给他的“神伟大的母亲”，说起来它挺像一本由尤维纳利斯笔下一位勤劳却无品位的“削发僧众"所写，歌颂那古老而多变的玛格纳梅塔之荣耀的书。① 以此观之，它反映了作者从属的道明会那种粗陋的精神状态。我真诚地向每一位希望了解南意大利的英国人推荐这本书。它体现了纯粹的、原汁原味的异教崇拜，而且还是下等的异教崇拜，可能有人会觉得它标志了基督教灵性的最低点。但我将在下文说明，它还远没触及底线。

与这本书的非理性相比，阿方索·迪·里郭利所著的《圣母之荣耀》中脱俗而深挚的情感抒发显得多么不同啊！它反映了圣母崇拜的另一极端——富有风度的一端。在圣母崇拜的影响下，一种新的圣徒面相应运而生，从当代的书稿和画作中一目了然。满脸胡须的壮年男性圣徒销声匿迹；那种多愁善感、不分性别的对圣母之爱催生了一类相应的形象——无须而柔弱的年轻人，做出狂喜的姿态同时挂着一副令人作呕的、女里女气的傻笑。这种样子的圣徒相当可厌。

那个时期的理念是维护淳朴贞洁，它虽有害身心，却被视为圣洁的人必不可少的元素，而它自然也在文艺作品中留下了痕迹，尤其是在几位西班牙神学家的大作中。不过在里郭利的《神学道德》② 里也能找到我所指的内容；换言之，就是那种在对话里被说成"稀奇"，且连最开明的家长都会把它锁在柜子里的东西。读一下阿方索的研究成果，不禁让人觉得这位圣徒曾久久沉思于像"罪恶之吻"或"对身体的观察与触摸"这样的主题；他写作时那种权威的口吻，表明他作为一位资深神职人员，曾在忏悔室中听过千奇百怪的叙述，且因这些经历被圣灵启示而放大增光，心中无比自豪。我不知该如何称呼这

---

① 在公元 431 年的以弗所宗教会议上，圣母正式取代了玛格纳梅塔的位置。——作者注
② 出版于 1748 年。

一类作品，因为它们显然又是为神与其处子圣母的荣光而作的。教廷禁书目录在有害书籍方面极为严格，薄伽丘的《十日谈》①就被列入其中，但它却热烈欢迎上述专著被定为青年牧师的入门指南。

残忍（现为宗教裁判所）与淫欲（以上名为敬神实则放荡的作品就是明证），这就是教廷在南意大利致力推行的苦行主义潮流的两大恶果。免于毒害的人们是凭着心智之本，即希腊哲学中的"神智健全"，对此二者予以抵制和嘲弄。熟读史料的人不会惊讶于居民们得以自保且一丝智识尚存，而会惊讶于这一度人杰地灵的王国竟然没有像西班牙一样，变成一片圣徒遍地但荒无人烟的旷野。

这种运动发展的速度让人眩晕。西班牙统治造就了波旁主义，这一切在十八世纪末达到顶峰，当时南意大利的状况简直难以形容。我已经谈过神职人员的庞大数目，圣徒的数量同样惊人，但正如任何事物过量时一样，其品质往往会随之一落千丈。这一混乱无序的时期标志着圣洁的崩解。人心如何，其造就的神祇就如何，是为真理。

可敬者弗拉·厄吉迪奥，一位塔兰托当地人，可做当时信仰状况的绝佳范例。我手头这一本他的传记②于一八七六年在那不勒斯出版，内含一封致献给圣母的书信，由她的"仆人、臣民、亲爱的儿子罗萨里奥·弗伦吉洛"撰写——这位教士就是该书的作者。

书中这位"行神迹者"拥有圣徒们通常的技能，这里就不赘述了。使他直至今日仍受欢迎的是那些对穷人胃口的神迹，比如关于鳗鱼的那一桩。一位渔夫运了十四英担的鳗鱼到市场上贩卖。想象一下

---

① 写于 1353 年的写实主义短篇小说集，是欧洲文学史上第一部现实主义巨著。
② 《可敬者弗拉·厄吉迪奥传，阿尔坎塔拉非神职学者 S. 朱塞佩捐赠》，1876 年出版于那不勒斯。——作者注

吧，当他发现鳗鱼都在路途中死掉了的时候，心里该有多难过（南意大利人从不买死的鳗鱼）。幸运的是，他见到圣徒乘小船而来，圣徒告诉他，鳗鱼"不是死了，只是睡着了"，并凭着圣徒总是随身携带的一件圣帕斯卡勒的遗物，经过十五分钟汗下如雨的虔诚祈祷，将鳗鱼起死回生。作者言道，那些鳗鱼本来已经死绝而变得黏糊糊的了，可现在一下子就翻过身来，又像往常一样生龙活虎地盘绕不止。观者无不感动落泪，这一神迹顷刻间远近闻名。圣徒也能这样使龙虾、牛甚至人复活。

有一次，一个不敬神的屠夫偷走了弗拉·厄吉迪奥所属修道院的一头牛，并将其大卸八块准备悄悄卖掉。圣徒发现了牛的遗骸，并命人将它在地上排成牛的形状，内脏、头和别的残肢都各安其位。接着，他用一根绳子在残骸上摆出十字标记，鼓起一切信念朗声道："以上帝与圣帕斯卡勒之名，站起来吧，凯瑟琳（凯瑟琳是那头牛的名字）！""话音刚落，只听哞哞牛叫，那头牲畜摇头摆尾地站了起来，身壮力健，毫发无伤，就跟它被屠宰前一般无二。"

他能让死人复活。其中有一次，送葬的人们已经做好出殡的准备了。但弗拉·厄吉迪奥望了尸体一眼，像他平时一样说这个人"不是死了，只是睡着了"，并在经过一系列神圣的仪式之后，将其从沉睡中唤了起来。不过，他所行神迹中影响最大的一项还是在他死后，其遗物和其他法器具有的神力。即便他已离世，在鱼类中间还是能呼风唤雨。某个名叫玛利亚·斯库奥托的女人将已故圣徒的画像扔进一群死去的鳗鱼中，同样能使它们复活。

这本传记中的每一项陈述都是经以下流程完成的：多达二百零二名证人"以严谨神圣之誓言"表明种种神迹确有其事。这些相信那位可敬者异能的人中包括那不勒斯王族、当地大主教，以及数目众多的公爵和亲王。这一时期对理性主义者尤为艰苦，因为，比如阅读伏尔泰的书，会受到三年船上苦役的惩罚，更有七千名市民因表达开明观点被绞死。被有思想的阶层抵触的那种对超自然的信仰，却在贵族与底层阶级中找到了永久的庇护所。

以弗拉·厄吉迪奥为例，我想以下结论是显而易见的，即不能说因为某事发生在很久以前，它就一定是真的。可信度这东西并不是像小提琴和葡萄酒的价值一般，年份越长就越高的。既然如此，那么公允而论，归功于古时圣徒的一些事迹恐怕值得怀疑，或至少需要求证。这些人到底是何方神圣，他们是不是真的存在过？谁能为他们的天赋打包票？这使我认定教皇哲拉修一世是位有洞察力的人，因为他早在五世纪就禁止在教堂里崇拜某些圣徒；十二世纪也出现过一项类似的决策，教廷将一直赋予所有主教的封圣权收回，统归教皇一人；还有一次，乌尔班八世禁止民众投票选出当地圣徒。宗教上的传奇人物本是作为宣扬教化之用，这很自然。但宣传未经考证因而存疑的神迹有一个致命的缺陷：它们会动摇我们对那些实际鉴定过的神迹的信心。圣帕特里克据说也曾使一头死去的牛复活——准确地说是五头。但谁会出面证实此事？没人。这是因为圣帕特里克属于传说时代；他被推定为约于公元四九〇年逝世。

而对于圣厄吉迪奥，情况全然不同，其真实性是无可争辩的。他去世于一八一二年，当时宣誓证实其神迹的人并不是底拜斯的什么虚无缥缈的幽灵；他们是有血有肉的人类，在历史上有名有姓，其衣食教养都跟我们自己的祖辈一样。饶是如此，对圣徒所行神迹进行认真负责的检验也还是理所当然的。直到一八八八年，对其封圣的工作才最终完成。那一年教皇利奥十三世与红衣主教圣部①庄严认可了诸项证言，并将厄吉迪奥之名写进了福者②名册中。

略谈几件琐事——我注意到弗拉·厄吉迪奥就像飞翔修士一样"不识字"，而且也像其一样直到老年都保持着"芳香百合一般的纯洁，使其言语行事都如同最天真无邪的孩童"。他总是在自己最爱的圣母像前行崇拜，并用蜡烛装饰该画像。而当蜡烛用完时，他会以孩子一样的单纯心思，说着本地方言向圣母问候："没有蜡烛给您了，您自己准备吧；如果不行的话，就只能这么着了。"既顽皮又圣洁的语调。

但他与早期的圣徒不同之处在于，后者往往苦于孤寂，总被误解与排斥，而他则终其一生都受众人爱戴。无论他走到哪里，总有一群仰慕者追随在后，热切地想要碰触那行使神迹的身体，或是剪下他衣物的一小片作为护身符。他没有哪一天回到家时衣衫不是褴褛得只剩一半，尽管他的衣服之前已经缝满了金属丝和小段铁链作为保护，但每晚它们都得被重新补缀一次。即便在他死后，这种狂热的恋慕仍在继续，当他的遗体被庄严地安置妥当后，一位名叫路易·阿西翁涅的外科医生奋力挤入人群，并剪下了他的一片带着血肉的趾甲；医生事后承认，自己之所以做出这种毁坏圣体的行为，是受西班牙大使和那不勒斯一位公主的委托，此二人对弗拉·厄吉迪奥无比崇敬。

这种事并非个例。南意大利人热爱他们的圣徒，而且并不满足于用冷漠的口头方式表达敬意。圣吉安朱塞佩的传记作者如此写道："可叹的是，圣徒遗体的一只脚趾被人群中某个狂热者咬掉了，其人

---

① 罗马教廷中由部分红衣主教组成的议事会。
② 天主教会封号，其位阶仅次于圣徒。

想要将它作为圣遗物自己保存。血从伤口喷涌而出，染透了许多层布；直到遗体下葬，血才止住。"很难想象如此炽热的崇拜会落到英国的众多修道院长和主教头上。

弗拉·厄吉迪奥从某种意义上说是很现代的，即他并不以忏悔的名义折磨自己（西班牙式苦修的腐朽传统）。恰好相反，他甚至在自己的房间里存着巧克力、蜂蜜这类的美味。简单来说，他是位合潮流的圣徒，对中世纪的做法不屑一顾，并以合乎自己时代的方式来生活。在这方面他倒和我们英国的圣徒们相似，在抵制苦行生活上高度自觉，不遗余力。

与此同时，圣母崇拜依然日渐盛行，对此感兴趣的诸君可以读读安东尼奥·库莫的大作《关于圣母马利亚的智者之辩》（1863年出版于卡斯特拉梅尔）。那是一位注定要失败的英雄，一位将"非凡的圣处女，神的丰饶之母"爱得无以复加的人，向现代主义做出的百般谩骂。依我看来，他的论证方式代表了广受认可的圣母崇拜理论。为了捍卫此一理论，这本书引述林立。它们就像豪猪背上的刺根根竖起，随时准备将大胆的怀疑论者刺穿。普林尼、维吉尔、德鲁伊们和巴兰之驴①都被援引为预言她降生的依据。《圣经·旧约》——赫胥黎口中可敬的受难者②——也因同一目的被曲解得面目全非。另有许多旁证来自希伯来仪式与几位教会始祖。但作者甚少引用《新约》的记载，偶尔需要提到救世主时，只用"G. C."简而代之。书末对非天主教的异端分子极尽恶语抨击之能事。那些胁迫和詈骂让人想起伊拉斯谟

---

① 《圣经》故事。先知巴兰骑驴时，有天使降临其面前，而只有驴望见天使。后天使令驴开口说话责备巴兰，巴兰才得见天使，随后悔改。
② 指摩西。相传《圣经·旧约》中《创世纪》《出埃及记》《利未记》《民数记》《申命记》五书由摩西所作，故亦称摩西五经。

时代的"和风丽日"，当时神学家们仍对彼此坦诚相待。蒙托里奥率直的多神论更对我的胃口。书中这一片天主教的豪言壮语不由使我反感，我从而断然倾向新教一边。

圣母备受推戴的另一表现，是十九世纪中在那不勒斯举行的，为各种形象的圣母"加冕"的狂欢会比十八世纪翻了一倍。只有那些对南部现实而实际的民风不甚了了的人，才会疑惑为何圣母会被饰以王冠这种俗世的象征。关键在于"稚气"二字，意大利人要么稚气未脱，要么老气横秋，而英国人则永远留在少年时代……

当然，任何人都有权将我引述的这些宗教记载评为精神上的鸩毒。人们有权认为它们就像《一千零一夜》一样子虚乌有，却又没有《一千零一夜》的迷人魅力。也可以说，它们只是为可悲的人类脑中紊乱的幻梦提供了实现的假象。我并不愿就此争辩，我也能明白为何有的人细读这些书后心生悲悯，而有的人却从中汲取欢乐。站在我的角度，我只想指出以下事实：本地人几个世纪以来都受这些传说的熏陶，如果我们想深入探寻他们的内心，就必须同样熏陶我们自己，直到一定的程度。明了现在的秘诀是懂得过去。这就是为什么我在这个话题上花费了如此之大的篇幅——我希望理解这谜一样的国民性格，亦即社会上信教与不信教的群体之间无法跨越的鸿沟。

要是有个盎格鲁－撒克逊人来到巴尼亚拉，亲眼看见我这段长篇大论的诱因，即一场尊崇马利亚神圣之帽的游行，他肯定会被这种偏执惊得目瞪口呆。"连圣母的帽子都出来了，"他会说，"下一次会是什么？"接着，在与不参加游行的某位普通居民——比如任何一位屠夫或面包师——搭讪过后，他会受到另外一种惊吓。他会骇然于那人满口的轻蔑嘲弄，将盎格鲁－撒克逊人据《圣经》奉为神明的一切贬得一钱不值。在这儿，没人会试着"调和"。称自己为文明开通的阶级，将一切旧有神祇一扫而空，其手段之激烈使我们一头雾水，因为我们已习惯了存在之物皆有天意（或许是因为我们对天意所立的宗教法庭的了解，仅限于那条过时的"异教徒火刑①"）。而其他人，那些盲信者，其心智则与他们自己所立的圣徒保持在同一水平。这就是现状。在英格兰难以计数的那类人，那些伪异教徒、秘密基督徒，或者阿瑟·詹姆斯·贝尔福和马洛克那样的反启蒙主义者用以自称的所有名号（这些人将彼此妥协这种应当限于实际考虑的精神，带入了纯智识的领域，其后果不堪设想），这类人在本地是没有追随者的。

要想全然理解他们这种与我们迥异的态度，就得记住南意大利人并不花心思去讨论任何神迹的真实性。他们的感官或许反常扭曲，但他们的神智则独立于此侵染区域之外。这是他们的可取之处。对于本地人而言，摩西与燃烧荆棘②，拉撒路的复活，以及厄吉迪奥令牛再生，其真实性相差无几。《圣经》只是千本圣徒传之一，它的记载跟别的圣徒生平一样真确，或一样虚假。不管怎样，这跟人自己的俗世行为有何牵连？但内心坦率热忱的英国人真心相信燃烧荆棘的神迹，其神智从而受到影响；他们也以同样的激情将使牛复活的行为排除在任何可能性之外；对英国人而言，既然其行为会受到这些超自然现象的引导，那么神迹中哪些为真哪些为假则变得举足轻重。一旦对一套说辞深信不疑，他们就将其他故事拒之门外；他们将自己的信仰高度集中在一个小空间里，而意大利人则是薄薄地分散在一片大区域中。这是老生常谈了：哥特式的密集和拉丁式的分散。哥特信教者将其非理性全放在某一天；而每天早晨做弥撒的拉丁人，则于一周内平均分

---

① 对宗教法庭裁定为异教徒之人处以火刑的律条。
② 《圣经》故事，耶和华神的使者自荆棘中的火焰里向摩西显现。

配时间。北方人那种沉郁奋力的性格，导致其期望信仰的付出带来酬报，而南部人们则只要从各种仪式中获得短暂的感官满足就可以了。这就是为什么我们英国宗教里有一抹民主的色彩，为归根结底是哲人的拉丁人所不齿；因为民主本身，就像民主制下的政客一样，将任何成功依赖于承诺——承诺可信守也可毁弃——而承诺在南部天真烂漫的异教崇拜中毫无地位（它们只不过是种官方的附属品罢了）。

在南意大利的诉讼中，花十五个法郎就能买到一个言之凿凿的证人；在英国可得多花不少钱。有人或许因此论断，这些圣徒传记泛滥而引致的普遍轻信，该为这种法制松懈与总体上对真相的漠视负责。我质疑这种说法。我并不打算就此现象指责推立圣徒的修士们。我估计即使在伯里克利治下，花十五个法郎也能买来一个一流的证人。南方人还没尝过时间紧迫的感觉；而当人时间充裕的时候，就体会不了诚实在省时高效上的价值。我们对诚信和公平交易的尊重，如今之状，来自现代商业。中世纪时可没人在乎诚不诚实的问题，少数的例外是汉萨同盟①等几家贸易组织，以及可怜的魔鬼（他可谓这个年纪硕果仅存的绅士了），他的时间倒不宽裕，因此说话尚足可信。就连人们口中常说的上帝，也沦为有组织诈骗的受害者。当时间一文不值的时候，人与人之间就不追求迅捷有效的交流了。而且，必须注意的是，来自教会的这种误导只是冰山一角，当时社会总体的一派败象早已将公众生活积极健康的一面搅得支离破碎。既然当时的居民们遭受政府长期的高压残酷统治，那么文化里易碎的结构分崩离析，精致的棱角污损毁伤，也是合理的结果。一个民族中只有最粗俗的元素，才

---

① 12—13 世纪中欧的神圣罗马帝国与条顿骑士团诸城市之间形成的商业、政治联盟，以德意志北部城市为主。

能承受日复一日的暴政；只有一种虚伪和逢迎的品性，才能在击打与折磨下委曲求存。因此直到几年之前，那些古时希腊移民身上高贵的品质——智识上的求知欲，坦率的生活态度，对美的热烈追求，对大自然的恋慕——在此地仍处于消磨殆尽的状态，遗留下来的只有希腊人与粗野民族共通的特性。不过种种迹象表明，这一事态正逐渐走向尽头。

目前情势如下：记载显示普罗大众并不像北方人一样打心里尊奉圣徒——作为道德楷模；从头至尾，圣徒对他们而言只是可利用的一种托词、一种手段，从而他们得以寻欢作乐，以及点亮基督教中如同坟墓一般、死气沉沉不见阳光的氛围。这就是民间圣徒，即主保圣徒和传说中英雄人物的作用。而另外的，即教会的诸位圣徒，则是各修道院人为创制之物。这些修道院是借民事权利建立的。不过，它们的存续则取决于梵蒂冈教廷的意愿。要得到梵蒂冈的垂青，最保险也最廉价的方式之一就是生产一批不错的圣徒，从而其宣福礼能从被蒙骗的大众腰包里，为梵蒂冈库藏带来以百万计的收入。修士们分文未付，他们只要把圣徒推到台前，以及把人们的钱财奉上教廷即可。如此想来，他们成批成批地发现圣徒又有什么稀奇呢？教皇们为其虔诚的狂热而欣慰又岂可厚非？

所以这股潮流一直兴盛到近代。但时至今日，在那不勒斯一度数以万计的教堂和修道院中，相当一部分都已关闭或甚至沦为废墟了；路边倾颓的圣所已成了一道别致的风景；宗教书籍贱价出售仍无人问津，而那些圣洁有德的道友则移民海外，到别处去建设他们的圣徒工坊了。倒不是没有成功的希望，只要人类还对信奉玄学的东方苦行者们教导的那一套，即千奇百怪的自残手段感兴趣，修士诸君就能为其产品寻到买主。

我记得是刘易斯将玄学与鬼神之说比照，指出二者都无法被直接根绝。而要驱散它们，只有将启蒙的亮光照进它们嗜居的黑暗角落，照出那儿空空如也的现实。圣徒的形象就和鬼怪一样，是玄学思想在人性中绘出的讽刺画，是东方苦行主义附身于一具分文不值的躯体之上。那些传记如同梦魇，疯狂地记诵着他们的行迹与苦难。产生并珍视这种幻象的精神状态其实是种疾病，而众所周知"疾病不能被驳倒"。人是没法将鬼魂钉在审判台上的。

　　但一束理性之光，却能刺穿蒙昧的幽暗……

三十二

云聚之巅——阿斯普罗蒙特

天刚破晓，我们就离开德里亚诺瓦，踏上了攀登蒙塔托的艰苦长征之路。路边的栗树变成了山毛榉，但峰顶还有很远，仿佛它一直在退去远离我们一般。我们甚至还没抵达人称卡梅里亚平原的那片高地，就遇上了一系列的恶劣天气。望一眼地图就能知道蒙塔托肯定是云遮雾罩，因为它的两肋收拢了从爱奥尼亚海与第勒尼亚海升起的每一环水汽。那天早上西风劲吹，山峰的周围粘了厚厚的一层雾。我们终于抵达山巅（海拔1956米）的时候，全身已被雨和冰雹打了个透寒透湿，手指麻木得几乎抓不住手杖。

而至于四周绝佳的景色——想必如此——我

们则一丁点儿也没见着，全身都被包裹在冰凉的浓雾中。在山峰的最高点矗立着一尊基督像，它的各个组件是大约七年前从德里亚诺瓦运上山来的，但很快它就被霜冻损坏。最近人们将它重制了一遍。竖立这尊像的初衷也许和乌尔图雷山以及境内其他山峰顶上的十字架类似，是一种出于虔信的动力——用来反击一九〇四年在罗马召开的倡导理性主义的国会，当时焦尔达诺·布鲁诺一度成为国民英雄。这座雕像的形貌不失尊严。基督的双目凝视着雷吉欧，本省的省会；一只手高举，显出平静与神意的赐福。

穿过几片壮美的冷杉林后，我们沿山而下，身边一下子洒满了金色的阳光。我在林间看见了意大利今日已相当稀少的一种鸟——普通斑鸠。它们残留的种群被迫躲进山间最隐秘的角落。在忒奥克里托斯的时代可不一样，那时气候比现在更冷，森林一直延伸到今日贫瘠不毛的海边，而诗人常常颂唱这种灵动的禽鸟。冷杉过后是大片大片气味浓郁的松树，其间点缀着地中海石南。此地的石南足可长到十二英尺高。我不禁要想象它们多节的根部可以雕出多少只石南烟斗来。英国驻雷吉欧的一位副领事——克里奇先生，约在一八九九年创立了这项产业。他收集石南的根，并将其锯成小块，然后运往法国和美国以制成烟斗。这种卡拉布里亚石南的材质优于法国石南，克里奇先生因而在大西洋两岸日进斗金；而他面临的最大困难是移民导致的劳动力短缺。

我们经过的路边竖着几个粗糙的十字架，用来标出事故或凶杀案的旧址，另有一颗大的石堆，下面埋葬着一个冬天进山被冻毙的人的骨骸。

"他们找到这人的时候，"向导告诉我，"是在春天，他身上盖着的雪开始融化。他就躺在那儿，清爽又漂亮，就好像他随时会爬起来继续上路一样；但他既不出声也不动弹，于是他们知道他已经死了。然后他们就将这些石头堆在他身上来防狼，你懂的——"

阿斯普罗蒙特名副其实。它实际上是一系列粗糙不堪的山峰和谷地团成一块，而很久以前友人科特西教授告诉我，此地的地质显示出各种年代的岩层，被从前的地震与其他灾变撕裂成了深谷——在希多附近的某地就曾有一道熔岩流。一旦离开了中心的高地，旅人就会发现自己迷失于扭曲的沟壑组成的迷宫中，它们翻卷盘绕，没有任何明显的分水岭。水流是朝南还是朝北？谁知道！道路在山谷间进进出出，时而攀上晒焦的凤尾草与水犀花丛，时而下落至露水浓重的林间空地，四面被峭壁包围，头顶悬着慵懒的蕨类。它穿过水晶般清澈的小溪，又在松林掩映下不停地盘旋上升，然后再一次掉入深谷的暮光里，沿着河流的边缘探索危险的矿脉，直到新的障碍物挡在面前——如此蜿蜒往复，长达数个时辰……

来到这儿，任何人都能立即明白像穆索里诺那样的亡命之徒是如何逃脱法律制裁的，其原因一是大多数的本地居民都对他抱有好感，二是官兵的头领每天获得固定的报酬，因此想来发现不了他的藏身地对自己有利。（见下一章《穆索里诺与法律》。）

在这永无止境的迂回路途中，我们在松树荫下稍事休息。

"你看没看见远处那片方形的地？"向导说，"那是块玉米田。穆索里诺就在那儿开枪打死了一个敌人，他怀疑那家伙给警察通风报信。那是场漂亮仗。"

"他一共开枪打过多少人？"

"只有十八个。其中三个多少缓过来了，不过无论如何，下半辈子都得瘸着走。啊，先生，可惜你没见过他！那时他还年轻，金黄的卷发，脸色如玫瑰般红润。天晓得他曾帮多少穷人渡过难关。要是他在山里遇到年轻姑娘，一定会替她扛东西，并一路护送到家，径直跟着佳人走进她父亲的房子，我们可没一个人敢这么做，不管心里有多想。但人人都知道他纯洁得和天使一样。"

"这儿从前有个小伙子，"他接着道，"想装成穆索里诺来捞一笔。有一天他拿枪指着一个地主，抢了他所有的钱。这事传到穆索里诺耳朵里，他气极了——气极了！他埋伏起来等着那人，将他抓获，并说：'你怎么敢对一位父亲下手？你从安东尼奥先生那儿抢来的钱在哪里？'年轻人边哭边发抖，哀求饶命。穆索里诺道：'下周一中午，把钱带到某地，一个子儿都不能少，否则——'那人当然把钱带来了。接着穆索里诺将他直接押到地主家里。'这就是那个冒我的名抢您钱财的卑鄙小人。钱在这儿，请点一点。那么，我们拿他怎么办？'安东尼奥先生把钱数了一遍。'都在这儿了，'他说，'这次就放过他吧。'然后穆索里诺转向小伙子：'你的所作所为就像只顽劣的小狗，'他说，'没羞没臊，不谙世事。以后注意点，听好了：我不许这山里有强盗。劫掠百姓的事是城里那帮市政官和法官才干的。'"

我们并没经过穆索里诺出生的村子——圣斯特法诺。实际上，我们根本没经过任何村子。但走出沟壑迷宫之后，我们望见几处村庄坐落在奇怪的位置——右手边是罗卡佛特和罗格乌迪；另一边则是阿夫里科和卡萨努沃。萨里斯－马尔施林斯曾说这些地区的居民们生活得原始而单纯，以至于不知金钱为何物；以物易物是唯一的交易方式。这种现象来自缺乏辨识力的模仿行为。他引述了一位名叫莱奥尼的政府官员的报告，其人于一七八三年地震后被派来此处，并发现那次可怕的灾难导致人们虽仍知晓金钱，却淡忘了它的功用。

阿斯普罗蒙特的这些山谷是拜占庭风格的最后庇护所。在像罗卡佛特和罗格乌迪一类的地方，人们仍会以希腊语交谈。早期到此的旅人将本地居民误认为阿尔巴尼亚人；对希腊文化入迷的尼布尔将他们想象成古老的多利安人与阿哈伊亚人的后裔。在几个细节问题上，学者们仍未达成一致。勒诺芒（卷二，第433页）认为他们和阿尔巴尼亚人一样，在土耳其人征服其故土后迁居到此；巴提佛则论述道，他们是在七世纪后半叶之后被阿拉伯人从西西里追赶至此的；莫罗西主要研究他们在阿普里亚定居的历史，并说他们来自东方，时间约在六世纪到十世纪之间。许多学者，比如莫雷利和康帕雷迪，搜集了他们的许多歌谣、谚语、风俗和传说，在佩雷格里尼于一八七三年撰写的著作（出版于1880年）中能找到这些早期研究的一份简明综述。他给出了这些地方的希腊居民人数——例如，罗格乌迪在他的年代有希腊居民五百三十五人。他也记下了那些最近才失去拜占庭特色的村子，比如阿夫里科和卡萨努沃；博瓦和康多福里成了这片地区现今中世纪希腊风俗的中心。

早前，我们从远处就能辨认出阻断了海景的一片青翠山峦。而我们现在则开始攀登它，其陡峭使人疲惫不堪；它名叫"魔足峰"，因为"双脚总在大斜坡上"。这儿的道路两旁处处拉着电报线，这是意大利政府与穆索里诺间战役的见证。顶上立着一座孤零零的山包，名叫博瓦地，一群牛正在这儿吃草，看管它们的金发少年仰卧在草地上，凝视着肃然掠过苍穹的片片云彩。除了一个蜷伏在山洞里的黝黑烧炭工之外，这个男孩是我们在途中遇到的唯一一个人了——山间小路荒凉若此。

一条通往斯泰蒂的小径从博瓦地分出，大海再一次进入视野，往左能清楚地瞥见斯泰蒂（或者是费鲁扎诺？），往右则能向下窥视阿门多莱亚河那湍急险恶的激流。它身后远远矗立着彭特达蒂罗峰，是周围最奇异的地标，其形状像极了一只倒竖的臼齿，齿根朝天。道路从岩石间的一道门户穿过，之后突然柳暗花明，山顶上博瓦镇的全景一下子映入眼帘，房屋筑于大石之间，让人想起古代用巨岩砌就的壁垒。我的向导执拗地声称这不是博瓦；他认为，该镇的方向与此南辕北辙。我估计他之前从没走得比"魔足峰"的山脚更远过。

与别处一样，地震也将此处严重毁损，在镇子的入口处附近，整齐地排着一列供人暂住的木头小屋。有意思的是，其中大约三分之一并无人居住，看上去将来也不会有。它们是大家脑子一热盖起来的，于是也会一直保持这样，空空荡荡而无人照管，直到某个干劲十足的镇长将它们推倒，用那些木头来烧火煮通心粉。

夜幕迅速地落下，不管是因为完成了艰辛的旅途，还是因为开怀痛饮意大利最好的佳酿之一——博瓦的巴克科斯①，总之我很快就和这看起来肮脏不堪的小地方的头面人物打成了一片。许多人都写到过博瓦与其居民，但据我看此地还有无数的新知值得探索。居民们都熟悉两种语言，但尽管固守旧的说话习惯，他们如今倒是接受了天主教义。本镇直到十六世纪后半叶还保留着希腊宗教仪式；罗多塔曾描述过罗马天主教及其礼拜仪式起初传入的时候，如何激起了当地人的"坚决反抗"。

款待我的女主人亲切地以母语为我唱了两三首歌谣；牧师向我讲述了奇异的民间传说与犯罪故事；而那位公证员——我曾在那个俯瞰遥远的爱奥尼亚海与沿海地带的小广场上与他攀谈——真是一位最最和蔼的绅士了。我见本地人的教名全是意大利名字，于是就问起他们的姓氏，果然如我所料，居民中有许多人还保留着希腊文姓氏。公证员说，他自己的名字毫无疑问是个希腊名——康德米。如果我需要，

----

① 当地葡萄酒名。

他可以去查本地的档案库，并为我列一张他看来非意大利姓氏的单子，这样就能估算一下仍居于此地的希腊家庭所占的人口比例了。我对这位好心的先生无限感激！

又喝了几杯之后，一位当地的年轻人自告奋勇，带我抄小路去偏僻的火车站。我们迈着轻松的步子踏入暮色中，在长长的下山路上，我用流利的拜占庭式希腊语同他聊起了村子的轶事。

我的理论是在此类人群中，与农业生产相关的词是最不容易随着时间变化，或被别的用语取代。

本着这一原则，一到达目的地我就向他提出了一系列关于农活的问题，结果惊讶于他口中意大利用语的相对稀少——勉强能有四分之一。不用说，我并没将它们一一抄下。以上就算我对这些仍保存了中世纪希腊文化的零星岛屿的记载吧，它们独特的风貌正一点点被征兵、公共教育和移民磨蚀而淡去。

我下一目的地是考洛尼亚，离铁路线相当远。我可以选择在杰拉切（也就是老洛克里）或罗切拉伊奥尼卡过夜——两处都是中间站。据我所知，二者的住宿条件差不多，因此我选择了距离较近的前者，睡在那儿想来无妨；总比前一次的经历好，那回的遭遇不堪为外人道。

从德里亚诺瓦到蒙塔托峰顶再到博瓦火车站的这趟旅程，绝不适合年轻的孩子或身体状况不佳的人。除了中间歇过四十五分钟外，我花了十四个小时才终于走到博瓦镇，而火车站离镇子又有近三小时路程。整条路上几乎没有哪怕一码的平地，尽管我所谓的"向导"走错了两次因而多花了些许时间，我仍然怀疑即使换了世上顶尖的徒步健将，手持最精确的地图（就像我一样），也未必能在十五小时之内走完全部路程。

不论将来走上此路的旅人是谁，我祝他一路顺遂。毫无疑问，这是一段美妙的回忆。远眺佳景，近赏山花，美不胜收。但我也深深体会到了德里亚诺瓦的人们所说的以下这句话的含义：

　　"到蒙塔托，可以。到博瓦，不行。"

三十三

穆索里诺与法律

在将来的许多年里，穆索里诺将一直是个英雄。"他尽责了"，这是对他生平的普遍评价。他在人们眼中不是个大盗，而是个不幸的人——一位烈士，法制的牺牲者。因而不仅仅他本乡的同胞歌颂他，就连意大利各省的作家都为他认真撰写过数以百计的宣传册。

每一处书报摊都出售描述他一生伟业的廉价插画小册子和诗集。我在科森扎看过一出以他为主角的戏剧，他被塑造成一位苍白而饱经风霜的绅士，那种"世所误解"的类型——无家可归者的挚友，寡妇与孤儿的救星，惩恶扬善的勇士。总而言之，他身上体现了我们通常赋予普罗米修斯或基督教创始者的那些品质。

只有那些对本地状况一无所知的人才会惊讶于以下说法，即意大利法律是促成民众家庭分崩离析，以及造就穆索里诺这等人物的因素之一。几乎每个村子都有几个靠着以情动人的抗辩逃脱惩罚的杀人犯，之后他们便搅得附近一带不得安宁。这就是打乱家长制社会的一种恶因，它使得文明守法者天天担忧性命不保，而且给其他人树立了一个做坏事得益的显著榜样。另一种恶因则是无辜之人常遭陷害，不少乡下孩子受数月甚至数年的牢狱之苦，只因一句最不足取信的借口——往往是某个恶毒的当地警察的一面之词——就使他们跟心狠手辣的惯犯关在一起。他们中有的枉死于狱中，而侥幸存活的那些，回家时也变得道德败坏，并成了传染他人的祸根。

在这种情况下，无论贫富，人们都愿意帮助一个传奇式的逃犯躲避法律制裁也就不足为奇了。这令人嗟叹，不过，正如一句味道不敢恭维的意大利谚语所说——鱼要臭，得从头①。

问题不仅仅出在所有罗马法本质上的不合理性，而且在于本地对诸项法律的执行，既无效率又繁杂而野蛮，这是一切"讲哲理"和心肠软的国家的特点。我不禁想起拜占庭帝国……法官应该由享受高薪，并明了社会责任的绅士担任；骑枪兵和其他警察机构应当负责打击戕害民众的暴行；这儿和北方的某些野蛮地区一样需要所谓的"人身保护②"法案；自巴格达流传下来的冗杂拖延的司法系统，使得薪水微薄的官员与假证人沆瀣一气（更别说法官了）———一言以蔽之，此地奉行的制度恰恰是在鼓励而非打击犯罪；有些真相显而易见，但

----

① 意为上梁不正下梁歪。
② 在普通法系下由法官所签发的手令，命令将被拘押之人交送至法庭，以决定对该人的拘押是否合法。源自中世纪的英国。

或许正由于太浅白，因此那些掌控国家命运的夸张雄辩家对之视而不见。他们永远不会认同司汤达的那句名言："在意大利，除了米兰之外，死刑才是一切文明教化的开端。"（直至今日，巴勒莫的谋杀案发生率仍比米兰高出 13 个百分点。）

要是跟最睿智的法官谈谈死刑与监禁的对比，例如穆索里诺不久前还在遭受的那种可怖的牢狱生活，你就会知道他们将援引人道主义者贝卡里亚①来支持自己的做法。理论家们呵！

罪状较轻的犯人则被关押在"拘留所"这种美妙的处所，我曾在利帕里岛和蓬扎岛上研究过它们。作奸犯科者很少尝试逃跑，其间的生活实在太舒适了，酒既醇香又廉价；一旦完成刑期，他们常常故意再犯以重返拘役。辛勤劳作的一般人恐怕对他们嫉妒不已，因为政府给他们提供免费住宿，每天发零用钱，一年做两套新衣裳——而他们从不须做任何活计，只要愿意就能一天到晚躺在床上做白日梦。与此同时，守法公民们缴税来养活这群恶棍，以及那一大队负责照顾他们日常所需的官员。要是"拘留所"不是真实存在的话，实在是令人难以置信。它可谓一所由国家资助的、宣传推广犯罪的学校。

但我们还能期待些什么吗？这儿的法官会像小孩一样抽泣，陪审员会情感迸发而昏晕；连篇累牍的胡说八道——自己去法庭听听看吧！——取代了比照证物和宣誓证词；做伪证成了一种无可厚非甚至几乎值得赞赏的罪过——如此漏洞百出的制度怎么可能行之有效？巧言令色才是支配法庭判决的唯一手段。学者们直到最近才意识到，这种不正之风将古老的诚实美德玷污得多么严重，以及他们奉为圭臬的

---

① 切萨雷·贝卡里亚(1738—1794)，意大利刑法学家，《论犯罪与刑罚》的作者。

传统历史中充斥着多少以偏概全的谎言，而近代的耶稣会教义与天主教中"可宽恕之罪"的理论更使这源自希腊罗马时期的恶习更上一层楼。言辞本身举足轻重，言辞本身就是"艺术"。余下的只不过是事实；律师们对直接的事实患有生理上的反感，因为事实就摆在那里，没法玩弄其于股掌之间。对有文化的人来说，这种东西过于原始了，处理不来。如果硬要一位本地律师在庭上不带虚饰地叙述一件简单事实的话，他必将脑充血而死，而法官则会因百无聊赖而亡。

古时候，这些地区奉行一种简单粗暴的武力正义，尚可维持基本治安，而即使到了集权更甚的波旁王朝，也还有一种百试百灵的捷径：每位法官都有一份固定且众所周知的价目表，村庄里的长老们在必要的时候将所需的财货奉上，从而保出犯人。但意大利现今正为其野心付出代价。她一只脚踏在过去的凶蛮当中，而另一只脚则陷入了充斥白日梦的理想主义的流沙里，从而集二者之缺陷于一身。长久以来，意大利对于整个欧洲就如同青楼女子一般，在其潦倒时从不拒绝任何一位恩客，而现在有了一点点积蓄，于是懊悔自己先前的轻佻逐利（有时风尘女的确如此），随着年纪见长而一心从良，以至于拘谨古板——不过，不带偏见地说，这一切从其先前的所作所为也能看出一二。

令人吃惊的是，这一种族激烈地抨击过往的诸多暴政，而竟仍能容忍一套足以与托尔克马达①比肩的诉讼程序。全国上下无不反对，但——给点耐心！在哪儿可以公开发点牢骚？国会吗？真是好笑！报纸上呢？更好笑了！意大利的报纸从不反映这个国家文明开化的一

---

① 托马斯·德·托尔克马达(1420—1498)，西班牙宗教法庭大法官，号称"中世纪最残暴的教会屠夫"。

面，它们只配用来包奶酪——全国只数得出三份正经靠谱的日报。人民已对统治者们失去信心，并报以愤世嫉俗的怀疑眼光。国内大众呼声的火苗早被扑灭。而所谓的公共意见则只是镇上门房的流言蜚语，或是村子里晦涩不明的某种阴谋诡计。

我很清楚守法精神需要时间来渐渐养成，如此严重的危害不可能在短短数代内得以弥补。我也知道就在此刻，意大利的司法诉讼程序，这一套悲哀的闹剧，正在修正之中。我还知道在南意大利确实存在那么一些领薪俸的官员，其洞察力与诚信都足以震慑我们英国的法庭。可是，要是将案子从他们手中转到更高一级的公堂，恐怕当事人就得听天由命或花钱开路了。此地的法制与达费林爵士所著报告中的埃及如出一辙：沦为笑柄。

人们也许会说，轮不到一个外国人来做这等批评。真是昏庸！一切的人和事都息息相关。如果一位智者来到意大利，他不仅仅会了解自己将游览的每座教堂，而且最重要的，会熟习合法的贿赂方式以及各种遁词——当地特有的逃脱法律制裁的手段。如其不然，恐怕他会招来一系列飞来横祸。假如莫策尔先生花点时间学学这些基本原理，他就不会遭到当地官员那种离谱的欺凌，他的经历也就不会成为外交礼仪上粗暴无理的代名词了。如果我的这些评论看起来过于苛刻，那来听听意大利人自己怎么说吧。一九〇〇年，一本名为《南部到底怎么了》的书横空出世，深刻揭露了本地的各种情状。在书中，针对如何应对并根治南意大利各种弊病这一问题，二十七位当时国内德高望重的人物各抒己见，几乎所有人都对法治的缺乏大加谴责。科拉贾尼教授表示："要重振南方，我们需要一个诚实、睿智、有远见的政府，而眼下的当权者们根本无法胜任。"龙勃罗梭①则言道："南部繁荣的必要条件是法治，可现在它根本不存在，存在的只是阶级特权。"

我愿意多谈谈这个问题，事出有因。任何来此的旅人都会感到这里的人们及其对生活的态度永远是个谜，直到他熟悉本地法制，以及亲眼见过管理当局为百姓带来多大的困厄。像穆索里诺这样的杀人犯被冠以圣徒一般的光环，这在英国是荒诞不经的。倘若我们听到一位品行端正的老农教导他的孩子，只要保证自己安全就可以开枪打警察的话，本应觉得自相矛盾才是。而事到如今，人们的看法却与常理南辕北辙。在他们眼中，穆索里诺犯的错正如一个父母长期教养无方的孩子；这些人热爱自己的故乡与家庭，如果他们有一天都变成了穆索里诺，也只能说大有理由——出色的理由。

没有哪一位在世的南意大利人，随便哪个社会阶级——无论身负最高贵的血统还是受过最文明的教育——会理所当然地站在警察一边。不，任何推理都不可能得到这一结果。执法者滥用职权之可怕导致民心尽失。君不见，那不勒斯的整支警察队伍，由底层直到高官，最近被揭穿收受克莫拉②的贿赂；君不见，警队与金和奥奇两位先生委婉地称为"罗马隐形手"的那股势力狼狈为奸——那只"手"从内阁的最高层伸出来，敲诈勒索，无恶不作。在此情形之下，人民对当权者毫无信任可言，而这种不信任又催生了地痞流氓。但事态将一直如此发展，直到整个司法程序发生彻底的变革，且这种变革影响到现任官员中的大多数为止。

------

① 切萨雷·龙勃罗梭(1835—1909)，意大利精神病学家、犯罪学家、实证主义犯罪学家派创始人。
② 克莫拉是类似黑手党的秘密社团，起源于意大利坎帕尼亚地区和那不勒斯市。是意大利最古老的有组织犯罪团体。

毫无疑问，最好的法律系统不过是种妥协。科学是一回事，公共秩序是另一回事，即使最有见识的立法者们，也可能担忧将现代心理学研究的果实嫁接到法律之树上的成效，唯恐接穗相比老枝过于苗壮，喧宾夺主。但妥协的方式有好有坏；而意大利的法律程序看上去像童话般美妙，执行起来却像复仇女神般凶暴，可谓人类才智可想象之最恶劣。假如一名犯人得以免罪，与其说是因为他本来无辜，倒不如说是因为法官通情达理并仁慈善良，从而大无畏地曲解法律助其脱罪。幸运的是，法制中从不缺这种人道的成分；如其不然，本就遍地开花的监狱恐怕要一扩再扩了。但理想的法官，一位应获得与其庄严职责相称报酬的人，一位能将北方的诚信与博识和南方的条分缕析结合起来的人，则尚未横空出世。使历史学者们饶有兴趣的是，此地的状况自德莫斯蒂尼[1]和那些个荒诞的希腊法庭时期就丝毫未变。真的是一发一毫都未曾变更！一方面，关于"法理""个体责任"等的精微论著层出不穷；另一方面，被称为"法律"的那一套险恶的蠢事——换言之，胡编乱造，贪污腐化，停留在旧石器时代的举证方式，以及让人想起吉尔伯特与萨利文巅峰时期的，令人捧腹的审判流程。

就在不久以前，报纸上刊登了一则一对老夫妇被控谋杀一名少女的新闻。法官驳回了指控，裁定此案中根本没有不利于他们的证据；他们终其一生都是模范公民。可在判决之前，他们在狱中足足等了五年。监禁五年，而且根本清白无辜！如此也就不难想象，这种滥用权力会使家庭分崩离析，尤其是在意大利，"家庭"的含义比在英国要深远得多；土地丢荒，积蓄浪费在雇用律师和贿赂贪婪的法院官员上。这对老夫妇从地牢里重获自由的时候，心中又会作何想法？

---

① 德莫斯蒂尼（前384—前322），古希腊雄辩家、民主政治家。

我在昨天的国会会议记录中读到,一位可敬的议员(阿普里尔)起身询问司法部部长(加利尼),到底何时开审"卡梅拉诺先生与其共犯"的案子,这些人被控故意杀人罪而在狱中关了六年。部长睿智地回答道"有关部门自有道理"。六年的牢狱之苦啊,其实可能根本无罪!这种情境下,难怪普拉托等地纷纷兴起无政府主义运动!难怪就连心术不正又腐败的无良媒体,比如社会主义旗下的《冲锋报》,偶尔也会登出愤慨得不无道理的激烈抗议!而遭到如此指控的人中,仅有不到百分之一的被告会引起某位官方部长的质询。余下的人只得默默受苦,最后往往死于狱中,为世人淡忘。

可是,我们对这个国家何其重视!几乎和对自己一般重视。究其原因,是来到意大利的人大多缺乏眼力,过于恭敬,尚未进入批判和讽喻的状态。我们抵达此地,心中充满文艺复兴时期的理想或古典文化中的传说,从而戴着有色眼镜观察现实。最重要的是,我们来时还太年轻。人年轻时总爱依赖传统,从已逝去的岁月中寻觅灵感。年轻时最难的事就是遵循歌德的建议,用心捕捉我们身边跌宕纵横的鲜活生命。很少有作家达至足以嘲笑这些人的超脱,但其实他们就和我们一样,实在应受一番冷嘲热讽。我提到过意大利法律的可笑,我不妨将它称为一场滑稽戏。例如对前部长纳西的审讯:那是国内最高法院审理的一件万众瞩目的案子,假如它不是场滑稽戏的话——好吧,我们就得为它创个新词了。

三十四

疟疾横行

当我在火车站等待去往考洛尼亚的邮政马车时，一条硕大的黑蛇——仍出没于卡拉布里亚低地的怪物之一——从铁路中间滑过。吉兆！它将我的思绪引至埃斯库拉庇乌斯①与其今日的代表——那群聪慧而无私的医者，他们正在祛除这片土地上古老的诅咒，而我很快就要与他们近距离接触了。马车终于在炎热的上午开出，道路先沿着阿拉罗河，也就是古时的萨格拉河岸边延伸，那儿是传说中克罗顿人与洛克里人鏖战之地，接着路开始往上倾斜。我的旅伴是一位贫穷的农妇，

---

① 古希腊医师，手持蛇杖。

双目近乎失明（可能是疟疾所害）。我对前一天的经历仍记忆犹新，于是很快就与她攀谈起关于穆索里诺的话题。她说，自己从没与他说过话，也从未见过他一面。但不管怎么说，她曾受过他十法郎的馈赠。几年前，她实在困顿不堪，于是请求山中的一个朋友替她去求告那位大盗。她补上一句说，那笔钱拖了很久才到手，但毕竟最后还是来了。他总是救济穷人，就连他家乡以外的贫苦百姓，他也一视同仁。考洛尼亚原址何处尚不可考。正在十多英里外的莫纳斯泰拉切进行的开挖，或许能得出镇子源自该处的结论。而有的人则倾向于近在咫尺的寒酸小村庄福卡。另外也有几种别的说法。福卡这个名字听起来更像是指"再创者"尼基弗鲁斯·福卡斯所建的城市。今日的考洛尼亚镇过去名叫卡斯泰尔维特雷，而它实际上是盗用了一个希腊名，这在附近是件常事。① 此地有一万名居民，友好而又聪慧，宽厚任侠，正如当年保护危难中的毕达哥拉斯的人们一样。就像在罗萨诺、卡坦扎罗和其他的卡拉布里亚城镇，这儿过去有个犹太人聚居地。该区现在仍叫作"犹太区"，而犹太教堂则已顺理成章地变成了圣母堂。

以上是我从蒙托里奥的书中读到的，其书还提到无所不在的圣彼得在回罗马的路上曾于此地传教，引领人们皈依基督。此外，这个镇子自傲于拥有三幅圣路加亲笔所画的圣母像。意大利这种名作的数量常使人眼花缭乱，不过值得指出的是，正如一位年迈的教会作家所言："圣路加兼具灵心妙笔，几天就能画出好几幅作品以反映早期基

---

① 波丁格地图上用两座高塔来代表此镇。但据一位编辑说，这个图标实际上应该指的是附近的西拉提奥，因为在普林尼的时代考隆还是一片废墟，托勒密也根本没提过它。塞尔维乌斯则犯了另一个错误，他将卡拉布里亚的这个考隆当成了卡普阿附近的一个同名地点。——作者注

督徒的热忱，他们对伟大的圣母无上敬爱。据此我们可以推断，他为了满足教徒们的渴求，不停地进行着把这项荣耀归于圣母与圣子的工作。"但当我向考洛尼亚的教堂看守人询问这些本地珍藏时，他却一无所知，而且他的话语让我觉得，他在这方面恐怕已经堕落到一种异教徒的观念中去了。

从东南面可以饱览考洛尼亚全貌，从附近的圣维托海角亦可。此镇位于一片海拔三百米，可以俯瞰阿穆萨与阿拉罗两河河谷的平原上。这一选址显然是出于战略考虑，城镇却因此无法扩张，从而居民们就没法享受他们本应拥有的大片花园了。在镇子的最高处矗立着一座著名的古城堡，据传说康帕内拉①曾被关押在此一段时间。在帕奇切利的年代，它还风韵犹存——"要塞雄壮，兵威日盛，其五座兵营配以黄铜大炮和完备的其他军械，由尊敬的罗切拉亲王，即侯爵卡洛·马利亚·卡拉法阁下驻守。人们最近在其古老石墙的隙缝中找到了数具骷髅——或许是某一血腥骇人传说中的受害人，就像伦敦塔②浸血的高墙所见证的一样。这里也出土过赤陶灯与其他古物。我们能从中作何推断？此地曾是古罗马人的居处吗？还是说更早时考洛尼亚人以西巴里的泰拉诺瓦为鉴，为了躲避疟疾而往内地疫病较少的高处迁徙，之后该地被罗马人所占？又或许，假定卡斯泰尔维特雷仅仅建于中世纪，这些古物偶然地流落到了其间？时至今日，福卡的低洼地区必定是疟疾横行的，而这里的死亡率则低至约千分之十二。

考洛尼亚有一位弗兰切斯科·杰诺维斯博士对我帮助良多，他自

---

① 托马斯·康帕内拉(1568—1639)，意大利神学家、哲学家、诗人、空想社会主义者，《太阳城》作者。
② 位于伦敦市中心的一座宫殿和城堡，曾作为堡垒、军械库、国库、铸币厂、宫殿、刑场、公共档案办公室、天文台、避难所和监狱。

己也在征服疟疾的人道主义之路上功勋卓著，他出版了多种有趣的小册子，其中之一就谈到福卡村，这是个约有两百名居民的小地方，位于阿拉罗河口附近，四周种满了繁茂的橙子与葡萄。他研究了该地至一九〇二年为止半个世纪的人口统计数据，并揭示了当时可怕的状况。简而言之，那段时期有三百九十一人出生，并有五百一十六人死亡。也就是说，该村在一九〇二年的居民数本应在六百人与八百人之间，但实际上不但人口没有增长，其原本的两百人反而几乎全员尽殁；不仅如此，病魔还吞噬了从高地的健康环境中迁到此地的一百二十五名新移民，他们本是想着在酿酒的时节过来赚点外快的。

名副其实的摩洛！

在这种卫生情况下，要是拥有大约两万名居民的古考洛尼亚城确实曾位于此处，那么疫病恐怕只花了短短五十年，就把其最后一丝人迹也从地上抹去了。

不过——对于疟疾，总体来看——大量证据显示这种疫病在大希腊地区已流行了两千年，而锡巴里斯人的民俗则表明他们曾染上过沼泽热，并试着采取预防措施。"要想活得长，"他们的谚语说道，"别看日升落。"这是条古怪的建议，只有疟疾肆虐之处的人才听得懂。他们放纵的生活习惯则为这种假说增添了另一层意义。就像疟疾流行的伊特拉斯坎①地区居民一样，他们是修造排水系统的能手。而在一部据称由盖伦所著的小书中，他们的河流被描述为"使男人不育"——疟疾的典型特征。更显著的例子是他们建在高地上的新镇图瑞伊很快就被疟疾感染，尽管经历过两次重新移民入住，最后还是沦

---

① 处于现代意大利中部的古代城邦国家。

为一座空城。我们可从斯特拉波①笔下得知他们徙居高处是为了健康着想，其著作中提到锡巴里斯的殖民地之一帕埃斯图姆，就是为了避开低洼处多瘟疫的环境而从海边搬往内地的。

但爱奥尼亚海岸在过去不可能如此致命。例如，我们可以算出克罗顿城的城墙周长曾达十八公里，而今天游历克罗托内的旅人只有联想起像锡拉库扎这样的其他希腊殖民地时，才可能相信这个夸张的数字。其实，如此庞大的一个城市，需要相应大小的周边地区来为其人口供应粮食也不足为奇。马尔切萨托，即与克罗托内接壤的广袤地域，现已根本无法居住了；本地人口密度（包括镇内）已降低至每平方公里四十五人。这就是疟疾的可怕之处。

其实，疟疾引致的恐怖远不止于此。每到割干草或水果收获的季节，山里的乡人就会被吸引到这些沿海地区来干活赚钱，被疟疾感染后又返程回家。有的村庄一直没有传染疟疾，但只要一个病人回乡，加上能携带病菌的蚊子，就会感染整村的人。疟疾在过去曾借着这种年度的人口流动传遍整个地区。即便今日，它也正以这种方式大肆传播。在一九〇八年从考洛尼亚来到克罗托内的四十名劳工中，只有两个人没被传染，他们预先就服用了大量的奎宁作为预防。所幸考洛尼亚并没有蚊子。

诚然，这片地方自古时以来变化良多，杰诺维斯博士通过一点点搜集散落的史料，指出了几处有趣的相关事实。眼下我们所见由无垠沙地构成的海岸线，其中几片曾被斯特拉波、维吉尔和柏修斯·弗拉克斯称为"怪石嶙峋"；从前此地有两处港口，以及洛克里、梅塔庞图

---

① 斯特拉波（前 64 或前 63—后 23），古希腊历史学家、地理学家，著有《地理学》。

姆、考洛尼亚等诸座古城，而今日都已荡然无存；科欣图姆（即斯蒂洛）海角——据称是意大利最长的海角——同其他几处海角一起，已被海浪冲垮刷净，或是被埋在自山上流下的淤泥中；至于海岛，例如文森佐·帕斯卡勒的书（1796 年）中描述过，也曾被 G. 卡斯泰迪（1842 年）提及的卡利普索岛，早就从地图上销声匿迹了。

林地的范围向内陆大幅收缩；但据修昔底德①所言，考洛尼亚这里在古时曾为雅典的舰队提供木材。今日的几条河道，水流大小不一，反复无常，但想必过去它们的流量更为均匀，且水静流深，因为普林尼②曾提过其中五条可以通航。那时的山顶肯定覆盖着冰雪，雨水也更为充足——洛克里的奇景之一就是每日能看见彩虹。据说雷吉欧地区的居民因为气候潮湿而变得"愚笨"，他们今天可一点都不笨了。

地壳运动也使得海岸线上下移动，有证据表明第勒尼亚海岸受这些震荡作用而升高，而爱奥尼亚海岸则下沉了。不久之前，四根圆柱在离考洛尼亚海岸两百码处的海中被发现；一些年长的水手则记得，考洛尼亚附近海水退潮时，还能看到另外一组圆柱。爱奥尼亚的岸边从前很可能就像另外一边的海岸般多石，而海岸的这种逐渐下沉想必阻碍了河水的迅速外流，就像在帕埃斯图姆和庞蒂涅沼泽那样，从而有利于疟疾生发。地震在其中也起了作用，一九〇八年的那一次将墨西拿对面的卡拉布里亚海岸降低了大约一米。的确，虽然通常地震会让土壤升高从而使其改善，卡拉布里亚的地震却恰恰相反。一七八三

---

① 修昔底德（前460—前400），古希腊历史学家、政治哲学家、将军，《伯罗奔尼撒战争史》作者。

② 此处应指老普林尼（23—79），古罗马贵族、科学家和历史学家，著有《自然史》。

年至一七八七年间的剧烈地壳运动生成了二百一十五个大大小小的湖泊；主要由于波旁王朝治理不善，它们陆续干涸，但随之而来的疟疾大流行夺去了一万八千八百人的生命！

卡拉布里亚的这些情况，只是意大利正在面临的气候变化的冰山一角。科鲁迈拉①在引述萨瑟那时也提到过这类变化，他说先前葡萄与橄榄"由于苦寒的冬季"而无法在某些地方生长，但后来它们得以繁盛，"多亏了气候变得温和"。今日我们再也听不到台伯河结冰的消息了，古人对于潮湿寒冷气候的许多言论在我们的眼中也变得陌生。普林尼曾赞美塔伦图姆的栗树，我想这种树恐怕难以在如今的炎热环境下生存。没人能想象拉齐奥的低地生长着"绝美的山毛榉"，但植物学家泰奥弗拉斯托斯记述道，人们从该地区运出这种树用以造船。气候的逐步干燥很可能是经年累月的结果；卡瓦拉先生在亚平宁山脉地区发现了白冷杉的树干，现今这种树是无法在那里生长的。

气候变暖变干对疟疾自然是有利的，只要存留的水足够让蚊子繁殖就行。而蚊子只需要很少的水即可——一茶杯就够了。

回到老卡拉布里亚，我们发现普罗克洛斯曾颂赞过洛克里树木——这些树肯定是松柏一类，因为维吉尔曾称扬过它们产出的树脂。现在此地的阿勒颇松仍生产树脂，它的繁茂程度与其在塔兰托和梅塔彭脱间的低地中一般无二；可是，古老的西拉松树已无法在这个高度生长了。忒奥克里托斯的文字中提供了确凿的证据，他提到克罗托内附近的海边灌木中有长势喜人的石南和野莓，这些如今都成了山地植物，与曾经在林中欢跃的斑鸠一样，只能在凉爽些的高地上求存。他在文中还确实暗指了克罗托内近旁的沼泽，实际上古人将南意

---

① 科鲁迈拉（4—70），古罗马最重要的农业方面的作家，著有《论农业》。

大利的许多地区都称作沼泽，它们很可能从上古时代起就是疟蚊的栖息地，但这并不代表疟疾本来就在该处流行。

即使到了中世纪或更晚，当地人的健康状况或许还是良好的。史料中有几处今日读之不免难以想象的例子，如伊德里西笔下经布拉达诺河运往各地的树脂和沥青，以及汹涌的西诺河，它"吸引各种大小船只，因为其提供了上佳的停泊地"；另一同样奇特的例子是，罗切拉伊奥尼卡晚到十七世纪时还存在珊瑚礁渔业，而今日该地只余安详的海水与平整的沙滩了。

但与此同时，疟疾正迈着阴险的步伐行进。杰诺维斯博士认为，尽管人类的活动促使疟疾传播确实只是近两个世纪的事情，但在一六九一年以前，整片海岸已像今日一样受到疟疾感染而荒败了。要是平原上的林地被砍伐或被山羊啃食，相对损失其实很小；但在一片这样的山区，如此的做法则意味着陡坡裸露，水土流失。要是想知道山羊这种别致却有害的四脚动物对山区能造成何等危害，应该研究一下圣赫勒拿岛的自然历史。[①] 正是由于山羊，马耳他热这种病最近才传入了卡拉布里亚。而习惯烧木炭的人类则是这场灾难的最后一环。其过程如何？岩石因得不到植被支撑而变脆，因此每一次暴风雨都将石块冲刷而下，堵塞峡谷，摧毁大片良田；它使低地形成沼泽，阻止水流流向大海。这些穷凶极恶的湍流成了卡拉布里亚自然景观的一大特色；普拉克西特列斯[②]的出生地就埋在最可怕的一处激流的下面。在炎热的月份中，这些宽度惊人的河床会变得干涸或半干涸——其边缘的河水停滞不流——结果从其河口直到海拔二百五十米处都成了疟蚊

----

① 参见约翰·查尔斯·梅里斯的著作（1875 年出版于伦敦）。——作者注
② 公元前 4 世纪时的雅典雕塑家。

的理想繁衍地。因而到了近代，河流便充当了疟疾的主要传播源。偏偏卡拉布里亚的河流又多不胜数。眷恋家乡的巴瑞斯并没提到它们，而菲奥莱神父呢，或是学识稍浅，或是顾虑稍多，也并没历数多少河流。砍伐森林和疟疾流行在此地是密不可分的，就像在希腊、小亚细亚、北非，以及其他国度一样。

因此年复一年，出于这样或那样的原因，局面对这种致命的疾病愈发有利。

事实表明，近年来疟疾造成的灾难越来越严重。例如在考洛尼亚，一百年前海边曾是有森林的，今日的某些荒地仍被叫作"某森林"。仅仅在一个夏天内（1807 年），驻扎在科森扎的一个法国军团就因热病损失了八百人。而当拉斯于一八七一年游历该镇时，人们将当地形容为炎热季节的"大病房"，不过，他也提到疫病是近两个世纪才变得如此可怕的，因为在那之前镇子的郊区还有森林，克拉蒂河的河床从而不致毁坏，防止了沼泽的形成。科森扎在文字记录方面惊人地完善。在思维的敏锐度与原创性方面，世间少有同样大小的城镇能与其比肩。要是能找到相关数据的话，我有绝对把握证明热病是造成科森扎后来的精神生活凋零的罪魁祸首。

同样的命运——同样从繁荣堕落到衰败——以及同样的起因，也发生在许多其他的河畔村镇上，其中包括塔尔夏，即《安东尼涅旅行指南》① 中所指的卡普拉西亚。"据说，"拉斯记述道，"它是卡拉布里亚最糟糕也最肮脏的村子；但我们所见的比传言有过之而无不及。"直至今日它还是一个疾病流行的可怜的小地方，我曾对其做过一些研究，虽然尚浅，但要写出来恐怕也得另开一章了……

------

① 是一部罗马帝国的道路分布图。

或许我已在这个题目上盘桓了太久。一个对疟疾不了解的英国人确实会这么觉得，却没注意到罗纳德·罗斯爵士①曾称疟疾为"或许最严重的人类疾病"。让他到一个疟疾流行的国度亲眼看看它能造成何等的危害吧，看看它如何给人与自然烙上被诅咒的印记！它是美好青春的终结者，也是不毛之地的制造者。一位知名的意大利参议员曾宣称南意大利的故事实际上就是疟疾的故事，无论是现在、过去，还是将来。而旅人要是忽略了疟疾的影响与意义，那么卡拉布里亚的许多情状对其而言必将永远成谜。

疟疾是正确认识这片土地的关键。它造就了此地的居民，他们的生活方式、日常习惯，以及作为民族的历史。

---

① 罗纳德·罗斯爵士(1857—1932)，苏格兰医生，因疟疾研究 1902 年获得诺贝尔生理学或医学奖。

三十五

从考洛尼亚到瑟拉

我在印度时曾询问过一个医生："你们如何治疗疟疾病人？"他说，当病情发作的时候，给他们几剂特效药，基本上都能搞定。要是不见效，疟疾会复发。他认为服用奎宁作预防是荒唐的。还有可能导致药物依赖性；这种事真说不准……

但愿这种愚人在当地销声匿迹。在这儿是再看不到这类人了。只有懵懂无知的人才会不服奎宁，就在夏天经过疟疾高发的地区；也只有懵懂无知的人，才会在一旦感染后草草吃点药了事。但也是直到最近，我们才对药的用法用量有所把握。这种后知后觉导致了特效药被发现后，死亡率仍旧高企。药物的使用方法不对，用量也不足，价格更是高得吓人。乡人们往往多疑，他们发现某某吃了三四天的药，病情已经好转，可是后来又开始发烧，那么为什么还要浪费钱尝试这种东西呢？

我记得有一次和一个小伙子搭话，他患了贫血，因为隔日热而打着摆子，身上早衰的迹象一看就知道是疟疾造成的。我建议他服用奎宁。

"我可不吃医生开的玩意儿，"他说，"即使我想吃，我爸也不让我吃。即使他让我吃，我们也没钱买。即使我们有钱买，吃了也没用。爸爸自己试过了。"

"可是，你身体感觉如何？"

"噢，还行。我没什么大事，只是空气太差。"

这种讳疾忌医的人现在也不存在了。人们所受的教育使他们意识到自己面临的危险，以及学会如何防治。他们开始采纳切利教授的建议，将奎宁当作"面包般的每日必需品"。自从发现疟疾经由疟蚊传播之后，人们实行了各种手段来与疾患搏斗，其中最重要的方式之一便是通过宣传小册子和讲座等，将疟疾的病因和危害教给学龄儿童。

要对抗疟疾，要么消灭疟蚊——病原携带者，要么治疗疾病本身。前者意味着改造乡村环境，使蚊子难以生存，这就像赫拉克勒斯的伟绩一般，凭人力难以实现。但人们还是投入了大笔金钱来排干沼泽地的水分，改造河床以及为荒地植树造林。如果想了解这方面的进展，可以去参观梅塔彭脱一地此刻正在进行的工程。（相关政府拨款中的很大一部分，最近被挪用作为的黎波里战争①的军费了。）非法砍伐与放牧也将遭到罚款的惩戒——至少有一些城镇的官员还具有足

---

① 1911 年意大利王国与奥斯曼帝国间的战争。

够的理智，他们懂得尽管罚款眼下使穷人们相当不快，但长远来看利大于弊。经济环境的变化对此有推动作用；从美洲源源而来的财富打破了大农场主在本地的垄断，某位意大利权威曾说那些大庄园"就是疟疾的同义词"。诚然，根除疟蚊——这一理想的状况——永远也无法达到。不过事情的关键本也不在于此。

更紧迫的问题是如何防止人类受到疟蚊的袭击。给窗户装上铁丝网格获得了极大的成功——这种做法源于一八九九年在罗马坎帕尼亚进行的著名实验。

但重中之重则是疗治感染的人群。在这方面，最近的政府销售奎宁计划取得了惊人的成果——难以置信的成果。一八九五年意大利有一万六千四百六十四人因疟疾而死。到了一九〇八年，死亡人数降至三千四百六十三人。数字的说服力，胜于一切语言！而且，尽管药物已相当廉价，甚至是免费发放给有需要的病人，但让人吃惊的是，一些热心人士仍会在疫病流行的季节带着大量的药，在平原地区四处巡行以让染病的农民服用。尽管如此，出售药物的年度利润仍然高达大约七十五万法郎。

因此这些一度孤立无援的地区终于开始涅槃重生了。

回到我先前提过的福卡，这个一九〇二年（政府开始销售奎宁的年份）之前情况糟糕透顶的地方，我们发现一场革命已经发生。从一九〇二年到一九〇八年，该地的出生率达到了死亡率的两倍多。在一九〇八年，约两百名贫民到救助站接受治疗，免费发放的奎宁达到近六千克。没有一个当地人再受到疟疾感染，只出现了一例死亡——一位八十岁的老妇人，因年老衰竭而死。①

这个例子说明了新的发放奎宁政策在如此短暂的时间内，为意大利带来了多么令人惊叹的变化。整个国家都应为那些构想出这项措施的人自豪，此举不仅深得民心，而且切实有利；还应赞誉那些本地医生，这场对抗疟疾的辉煌胜利，仰赖于他们的识见与热忱……

顺带一提，罗纳德·罗斯爵士的断言远不仅仅在实际的人道主义救助方面影响深远。例如，它使得诺斯连篇累牍的著作《罗马热病》几乎失去了存在的意义。而在这片一度孕育了辉煌古文明，今日却已荒废的海岸上，通读一下 W. M. 琼斯先生的相关研究会大有裨益。我并不想在此简述他的严谨学术论著，也不准备描述一个受过旧式教育的人读到他的研究时，脑海中所受的冲击。姑且这么说，作者能使人们信服，疟疾其实是古希腊和古罗马衰落的成因之一，而前人从未意识到其重要性。他成功地阐明了这一点，是的，一旦用心掂量一下事实依据，我想，任何人都会承认他言之有理。

我们从前是多么迷惑，无法解释为何大希腊地区一片繁华的生活像蜡烛一般被突然吹灭，却找不到显而易见的原因——我们如何轻信讲道者们鼓吹奢华之风那不可避免的后果，以及看似贤明的政客们警告说狭隘的恋乡情结是危险的，相互结盟才更有价值！我们居然深信不疑！而当时我们心中是多么庆幸，我们不是像这些逝去的人一样心存恶意、胸怀狭窄的异教徒！

现在，一只难登大雅之堂的小蚊子成了一切秘密的根源。

---

① 杰诺维斯博士的统计调查反映了一项有趣的事实。在引入奎宁前的疾病流行时期，女性的出生率较高；而现在，随着健康状况的改善，男性的出生率则占了上风。——作者注

这些科学发现实在让人窘迫。换句话说，当我们正在富有教益的思考中展翅翱翔于天际时，一下子被冷酷无情地拖到地面，不是很难以接受吗？除此之外皆为老生常谈：过去曾充满了道德意义的难解之谜，一下子有了个简单的生理学答案。

琼斯先生的论据与论证很可能也适用于新旧大陆上其他已衰微的种族。与此同时，其实只要想想它们能解释希腊与这片海岸上其殖民地的兴衰，就足以让人触目惊心了。

"'奥托斯：奇怪！我愈发好奇。告诉我，不管是上帝还是魔鬼所命，究竟是怎样的灾难扼杀了地面上美丽的生命，那些野兽，那些飞鸟，那些赏心悦目的植物，还有那些无忧无虑的百万凡人？是什么祸患降临到他们头上？'

"'艾斯查塔：是一只小虫。'

"'奥托斯：一只小虫？'

"'艾斯查塔：确实如此。'"

这是我曾在剧作中写下的文字，那时我还不知道世界上存在疟蚊这种害虫……

与此同时，我想我们还是应该谨慎对待作者的某些推断。例如，其根据在卡拉布里亚的观察，得出疟疾会导致人性变得野蛮的理论。说到卡拉布里亚，我几乎可以从法院庭审的案卷直接证明，受疟疾感染最严重的区域中有某几块正是野蛮行为发生最少的地方。比如克罗托内……当地的警察总管如此年轻——只是个孩子——以至我很难想象他是如何获得这个职位的，因为这职位一般会由老练有经验的警官来充任。人们说他是"白母鸡的孩子"，也就是说，他是个讨人喜欢的人，得到这份工作只是因为没有什么需要他经手的正经事。而另一方面，今日的科森扎名声则并不怎么好，疟疾在其中所起的作用很好理解。这种疾病降低了一个民族的生理与社会标准，这就是它的可怕之处；它催生痛苦、贫穷与蒙昧——正是野蛮与掠夺的绝佳温床。

那么，他关于"悲观主义"的理论，即认为其影响了疟疾感染区好几代文明人的思想，我们又该如何评价呢？我在当地并没感受到悲观主义的痕迹，就连其温和的佛家形式也没有。受过教育的卡拉布里亚人中，最突出的精神特质是一种微妙的冷漠与对幻想的轻视，他们因此长久以来被誉为抽象的思想者与论辩家。这是由于他们所秉持的对生活的哲学态度，自然地造成了一种庄重严肃的外在印象——一种西班牙人式的庄重，并不是因为他们在总督制时期继承了西班牙人的血统与习俗，而是因为他们实际上与西班牙民族相当亲近。但这种庄重与悲观毫不相似，尽管它确实体现为对北部国家人民那种由于丰富的食物或啤酒而导致的、喷涌而出的乐观主义的敌视。

要到达我现在的目的地——法布里齐亚和瑟拉的高地，我可以走从吉奥伊奥索出发的马车道，它在考洛尼亚靠近雷吉欧的一侧，大家一般都走那条路。我也可以走另一边，穿过斯蒂洛。可是斯蒂洛与其相关的对于康帕内拉①的记忆——这也是西班牙式的！——以及奥托二世的历史，还有那些通往遍覆山毛榉的费迪南德高地的蜿蜒小道，对我而言已经很熟悉了。最终我选择取最短路线直入内陆，一位骡夫立即毛遂自荐与我同行。

我们在路上只穿过了一个村庄拉格纳，而圣尼古拉村和纳多迪帕切村则在道路的右侧。前一个村庄因其一年一度的燃烧橄榄树之神迹而闻名。届时人们会武装到牙齿（因为某种远古的习俗），然后去修

----

① 托马索·康帕内拉(1568—1639)，多明尼加修道士，意大利哲学家、神学家、占星家、诗人。出生于斯蒂洛。

茸某座修道院的墙，墙外长着一棵橄榄树。人们在树下燃着一把火，火势大得足以烤焦所有的叶子。可是看哪！第二天，人们发现叶子比从前更青翠了。或许这棵树的根靠近某处地下水源。这些山村藏匿在橡树与葡萄藤之间，水从其小路间涓涓流下，温和的气候与肥沃的土壤使作物苗壮生长，此种环境对简单淳朴的人来说再理想不过了。其中一些村子的人口死亡率低至千分之七。人们不知道疟疾为何物，这里可谓名副其实的地上天堂。

这一带的风景蕴含着一种欢快的活力。骡子道在高地之间盘旋进出，穿过牛群放牧、蜂蝶飞舞、花团锦簇的草场，又从巧妙引水灌溉的小山边擦过；它爬上石南丛生的高峰，又向下切入片片林地，那儿的栗树和冬青树干上布满苔藓，树影的形状给人以阴冷忧郁的奇特感受。接着路又探了出来，钻进阳光下玉米和罂粟的波浪当中。

有那么一小段时间，我们在一片河床上跌跌撞撞着前行，这或许是我这段时间内见到的最后一片河床了。我在这片乡间逗留的日子已屈指可数，心念及此不禁有些难过。这条河比较狭窄。但另有几条大河，宽阔无边，深不可测。真的难以量度！没有一丝微风能吹到这些幽深的低陷处，一丝丝浑浊的河水在那儿悲伤地流淌着。烈日高悬，时间流逝，而我在这片火炎地狱般的土地上吃力地跋涉。岩石上热气蒸腾，仿佛有火花闪烁，但我仍旧向前爬行，呼吸困难腿脚酸痛，直到双眼昏花，头脑晕眩。或许有人会咒骂这些灼热的碎石荒野，不过直到最近它仍旧是从低地到山区的必经之路。但它们毕竟留下过甜美的回忆。我会想起停滞的空气中那股荒野的气味，那些刀砍斧凿一般的山壁，以一块块赤褐、深紫与淡绿的植被缝合起来；幽灵般的红柳，还有挑染着珊瑚色的夹竹桃，或独显风姿或团簇成群地从苍白的乱石间摇曳而出。

刚好走了六小时，我们到达了法布里齐亚——其地广大，而其名如同博尔吉亚、萨韦利、卡拉法和这些南部山区的其他村庄一样，引起与卡拉布里亚全然无关的联想。法布里齐亚这儿有崭新而矫饰的教堂，以及脏得难以想象的偏街。它所处的海拔足有九百米，是一座由塌方造成的山坡顶端，该地可谓自然景观的败笔。

从这座畸形山坡往上攀登的路上，我发现了当局应对事故并防止继续塌方的办法。以下是他们采取的措施：这里本有几条细小的水道，可能是从侧面或上方引水流入裂口从而使土壤崩解的罪魁祸首，而现在它们被巧妙地导引得偏离了自然流向。山边种上了树和灌木，以靠它们的根须来抓住土壤——它们周围围上了一圈带刺的铁网，从而使牛群无法啃食。还有，在裂口可供行走的部分放置了大量由藤条编织的拦网，用来堆积由山上滚下的碎土，以及供吹来的植物种子于这些网格中间生根发芽。要管束住这座一度崩解的山可不简单，因为这种塌方就像侵蚀性的溃疡一样，边缘处会不断恶化。随着炎热，每一场暴雨的洗礼，每一阵大风的亲吻，都会使土壤碎裂瓦解。水土流失日积月累，永不停歇，到一定程度某块巨石便会裸露出来，倾轧而下，沿途撞倒一切障碍。只要一次暴风雨，就可能使得多年耐心和巧思的成果付诸东流。

从此地到瑟拉圣布鲁诺还要三个小时左右，道路沿着"意大利的脊梁"延伸，途中会经过耕地与牧场，还有大片大片孤独的凤尾草地，那儿曾经覆盖着森林。

小镇很可能是环绕着，或是紧挨着远近闻名的加尔都西会①修道

---

① 天主教隐修会之一，因创始于法国加尔都西山中而得名。1084 年由法国人圣布鲁诺创立。

院兴盛起来的。关于它的历史，我只知道它作为卡拉布里亚最顽固不化的地方之一，向来名声在外——睿智的曼内斯将军曾利用这一点，策划了一项别出心裁而效果显著的方案，来惩罚当地居民的恶行。他设法将当地的所有牧师逮捕监禁，教堂关闭，全镇处于类似戒严的状态之下。人们一开始没当回事，但很快他们就感受到了这种状况的可怖。没有宗教婚礼，没有洗礼，没有葬礼——不管活人死人都没法领受天国的赐福……情形变得难以忍受，于是在懊悔带来的恐慌之下，人们将与己相关的盗匪追捕擒获并押送给曼内斯，而后者则毫不留情地将其一一处决。接着戒严被取消，牧师们全被放回。某位作家记载道，人们如此感念将军的人道关怀与公事公办，以至于称其为"圣曼内斯"。该作家坚称将军此后一直享此殊荣。

那间修道院位于一英里开外，它附近有一个小人工湖以及著名的圣母礼拜堂。要是放在以前，我会对这座建筑做一生动的详述——那时我对加尔都西会修道院的知识，很可能与其中任何一位修士的一样多。那时我不知道研究了多少遍特隆比的长篇巨著——哦，还花了宝贵的两周在布兰卡乔图书馆解读一些难以辨认的图梯尼手稿——还有，验证脾气暴躁的派瑞笔下的《地方税溯源》① 中声称该修会强征土地的倾向。我甚至一路漫游到罗马去向现任的加尔都西会会长（更可能是他的前任吧）请教一些管理上的细节，都是非常重要的资料，可我现在却都想不起来了。那些勤奋好学、上下求索以至于钻进死胡同的日子一去不复返了！热望的冲劲儿已经减缓，又或许转向其他方

---

① 出版于 1734 年。

面。好学的读者们可以在帕奇切利①的好几本著作中找到描写这座修道院淳朴光辉的文字；盖普·克莱文②叙述了一七八三年的大灾难，而那不勒斯学院委员会则为该事件撰写了一份配图的报告；如果读者喜爱浪漫主义情怀，那么可以到米撒西③的《卡拉布里亚传奇》一书中读读关于该地的奇妙故事。

修道院今日已重建，变得更为现代化，其最初的建筑构造已所剩无几。我在两位身着白袍的法国修士陪同下，沿着修道院旁边漫步。我并没试着在脑海中描绘修道院古时的模样，却想多了解这两位修士年轻时的经历。尤其是那位年纪较长的，他肯定历尽了沧桑……

修士是禁止吃肉的，于是他们设法安排邮政马车每天从索韦拉托顺道送鱼过来。我问道，要是哪天没有捕到鱼怎么办呢？

"那么，我们就吃通心粉了！"

我可接受不了这个食谱。要是我退休隐居，还是找一间容许肉食的修道院吧。据我看来，要是有一顿带肉的午餐在前面等着，晨祷也会更为虔诚的。

修道院背后生长着一片由白色冷杉组成的宏伟森林——没有别的树木，全是冷杉，这在意大利中南部是独一无二的。我在日落后的黄金时间去了一次，在露水浓重的黎明又去了一次。对我而言，这座自然的神庙中有种魔力，比附近那些与世隔绝的修道院区域更强大，更圣洁。多亏了此地罕见的土壤与气候条件，这一片庄严的树木得以幸

---

① 乔治·巴蒂斯塔·帕奇切利(1634—1695)，意大利天主教会主教，历史学家，英国皇家学会会员。
② 盖普·克莱文(1779—1851)，英国旅行家，艺术爱好者协会成员。
③ 尼古拉·米撒西(1850—1923)，意大利作家。其作品被认为反映了卡拉布里亚当地的人情风物。

存。这里地势甚高，土地常年湿润，许多条小溪流过其间，并最终汇聚成安奇那勒河；平时常降大雨。瑟拉圣布鲁诺有着少见的高雨量。它地处峡谷中，这儿曾是更新世的一个湖泊，而现在仅存于低洼处一侧的森林，在古时曾环绕整个谷地。人们在林地边上盖起了一座用木材造纸的工厂——真是功利主义者的福音。

瑟拉没有什么别的让我着迷之处了，而我又贪恋克罗托内的美食，于是便乘邮政马车下山到索韦拉托，花了将近一天时间。老索韦拉托城已经化为废墟，但其新城尽管被疟疾肆虐的几片荒野包围，却似乎一片繁荣。在等待晚餐以及去克罗托内的火车这段时间里，我沿着海岸散步，随后坐在搁浅的海中巨兽的骨骼边上，凝望着斯奎拉切的群山沐浴在日落时的柔光中。岸边仅有的人是我、一位身材魁梧的海关官员和他在逗玩的孩子——他在沙滩上笨拙地跳跃着引孩子发笑，全然不顾自己的身份与男人的尊严。尽管有些发福，他仍然是一位活跃而机敏的父亲，自己玩得不亦乐乎；而那个男孩则像有礼貌的孩子们有时表现的一样，装作很喜欢这个游戏。

三十六

追忆吉辛

　　克罗托内最近多了两家新旅店。人们本着可贵的爱国心，以古时当地两位伟大的体育界与思想界巨人为其命名——米罗旅店与毕达哥拉斯旅店。如此一来，或许它们能相应地吸引到体格强健或是思想深刻的顾客。我倒是觉得光顾这两间旅店的多半会是商务旅客，既缺体格也乏思想，且会认为这两个优美的名字是希腊文。

　　至于我自己嘛，我还是选择已经住过两次的"协和"旅店。

　　这间店的房间和走廊满是乔治·吉辛的影子。他于一八九七年在此暂住，随身带着三位名家的著作：吉本①、勒诺芒与卡西奥多罗斯②。在他的《爱奥尼亚海》中，描写克罗托内的章节是最为鲜活和独特的。奇怪的是，他对初到镇子和在"协和"旅店所受待遇的描写，与布尔热③的《意大利随感》颇为相似。

与当时相比，旅店已大为改进了。食物美味多样，价格合理；每个角落都一尘不染——但愿英国某几个乡下小镇中的旅店能在这方面达到"协和"的标准。"不干净的地方可不能住。"女佣一边勤勉地擦洗东西，一边对我说。屋内的空间也比以前大了。吉辛曾幽默地描述过其中接待宾客的那间饭厅，现在成了我最喜爱的卧室，而墙上噼啪作响的老旧油灯也换成了光线十足的电灯。不过，对这些旅店发表溢美之词可得小心，它们往往很容易转手。但只要另两间竞争对手依然存在，估计"协和"还是会保持现在的水平。

至于从前饭厅里的那些怪人，我目前只注意到一位可作为吉辛作品中的人物。他是个导演，而我十分欣赏他吞食通心粉的方式——这种方式透出的那种若无其事，举重就轻，恰是真正的艺术与伪造矫饰之间的分水岭。他吃起通心粉来并不有意咀嚼，他甚至不——像普通的业余人士一样——分几大口吞下。他采用了某种迅速而熟练的取食手段，使得整盘通心粉仿佛变成了一道无声而不断的流体，从桌上送到自己的口中，然后就像一条河流流入山洞一样滑进食道。总的来说，要是将他进餐的过程拍成一系列电影，足可以开家放映公司赚钱了。当然，这是指在英国，在这儿可不行。该类型的人在这儿平平无

---

① 爱德华·吉本(1737—1794)，英国历史学家，《罗马帝国衰亡史》作者。
② 卡西奥多罗斯（490—585），中世纪初期罗马城的政治家与作家。著述甚丰，影响了中世纪初期的基督教发展。
③ 保罗·布尔热(1853—1935)，法国小说家、评论家。

奇，因为男孩们很少被送到寄宿学校读书，在那里会树立起"文明礼貌"的典型榜样来供他们模仿。相反他们是在家里长大的，溺爱的母亲并不怎么注意这些外在形象，即使注意，也没那么大的权威来管束孩子的行为。从他们来到世上开始，这些举止上的奇怪之处就作为男子汉独立的象征而如影随形。

死神在这短短时间里的作为令人惊骇。吉辛笔下的人物中，卡坦扎罗那位和蔼的副领事已撒手人寰；克罗托内市长，就是曾批准吉辛游览河边果园的那位，也已驾鹤西去；"协和"的女佣，深色的瞳仁里总闪着激动的光，她也去世了！女主人也仙逝了，"那个结实、不检点、睡眼惺忪的女人，一开始我向她要吃的时显得很惊讶，但最后还是应允了"。

但那个小侍者还活着，现在已经结了婚；而斯库尔科医生则仍住在旧城区蜿蜒小路顶端那座气派的大宅里，大门上镶着一个蝎子形状的盾徽，这对于一位医生来讲太装腔作势了。毫无疑问，他的发色比之前灰白，但还是从前那个和善而机警的人。

我拜访了这位先生，希望他能与我分享些关于吉辛的回忆，因为当吉辛身患重病时曾蒙他医治。

"对，"他回答道，"我记得很清楚，那位生病的英国诗人。我给他开了药方。对——对！他头发可长了。"

我从他口中只得到这些。我不止一次注意到，意大利的医生严守希波克拉底誓言①：无论病人生死，为其永守秘密是一项神圣的义务。

---

① 西方医生传统上行医前的誓言。希波克拉底为古希腊著名医者，被誉为西方"医学之父"，在其所立的这份誓词中，列出了一些特定的伦理上的规范。

而且，该镇近几年来在许多方面进展良多。路边种上了树，到处都有了电灯。而最好的是，人们建造了一套完善的供水系统，从凉爽的西拉高地上引水下山，从而保证了当地的洁净、健康与繁荣。在那条"几乎停滞，引致疫病"的埃萨罗河上也修筑了一座雄伟的水泥桥。编年史家诺阿·莫利斯曾记载埃萨罗河"欢快地奔流"。或许在他的年代，该河真的流动过吧。

安静地在克罗托内度过春季的一两个月是不错的，因为当地会愈发让人喜爱：它如此安详又如此有序。但绝不要冬天来。吉辛就犯了冬天造访南意大利这一常见的错误，尽管每一次的寒流终会过去，但那时这片乡野及其居民却并不怎么安分守己。总之，千万不要在冬天到此地来。

秋天来也不太好，因为周围地区疟疾流行。修昔底德已经提过，这些海岸的人口曾大幅下降（我想是相对而言），到了罗马统治时期曾略有恢复，但成效甚微；它们的复兴从最近才开始。[①] 但此镇在十二世纪的时候想来情形尚好，因为伊德里西曾将其描述为"一座老城，原始而亮丽，繁荣而熙攘，周围风景明媚，护城有高墙深垒，兼具良港以供停泊"。我怀疑克罗托内的历史将证实切利教授的理论，即疟疾会周期性地复发与蛰伏。不管怎么说，此地曾一度陷入糟糕透顶的状况。里德塞（1771 年）称其为"全意大利，甚至全世界最丑陋的城市"；二十年后，它被描述为"疾病肆虐……窘困交加"；在一八〇八年它则"只剩下被病痛与贫穷摧残的三千人口，一度灌溉这片美丽乡间的河流现在也壅塞不前"。据韦斯伯利记载，当地于一八

---

① 在 1815—1843 年间，仅在卡坦扎罗一省，就有 36 个城镇与村庄出现了人口减少。疟疾啊！——作者注

二八年仅有三千九百三十二名居民。

我在引用这些数据时不禁心中欢喜,它们显示出在波旁王朝倒台之后,克罗托内及卡拉布里亚的其他地区获得了多么大的改善。可是曾被人称为英雄的那位卢佛红衣主教,其对此镇的洗劫必定留下了深重的伤痕,佩佩与其他作者都曾对此加以描述。"这群恶人制造的大屠杀令人发指。老人、女人、病人一律杀无赦……他们整整奸淫掳掠了两天,接着于第三天,在一个大广场的中心竖了一座宏伟的神坛"——而那个主教就站在这里,身着他神圣的紫红袍,赞颂了过往两天的"壮举",然后双手高举一个十字架,宣布赦免他的手下于劫掠的狂热中犯下的罪,并给予他们祝福。

虽然我得尽快离开此地北上,但我满心恋恋不舍。要是可以的话,光是海水浴这一项,就足以引诱我留下来。塔兰托尽管靠近海边却没有便利的海滩,此地却在镇的两边各有一片,微温而柔和的海浪包围着长达好几里格①的闪亮细沙。这是一份阳光明媚的僻静,大地我有,瀚海我有,直到目之所及的尽头。在克罗托内,我简直就想变成两栖动物。

镇里的居民举止文雅,并且毫无塔兰托人那种"避讳"的感觉。但他们并不属于一个貌美的民族。吉辛曾评论一位本地摄影师的作品,说道:"展示的影像惨不忍睹;有些面容简直极尽丑恶粗俗之态。"此言甚是。古时作家称赞克罗托内和巴尼亚拉的美女;而依我看,我倒很少在卡拉布里亚沿海见到美人;尤其是主妇们,似乎都在

---

① 长度单位,1 里格 = 5.556 公里。

向巴黎植物园展示的"霍屯督的维纳斯"① 看齐，她们无一例外体态臃肿。至于少男少女们，唯一引人注目的是一种奇怪的特点：眉毛是笔直的一条线，使他们看上去像个修士。我猜不出这种特征是哪个种族遗传下来的，它在人们年龄见长、眉毛变得更粗而形状不规则之后就渐渐消失了。或许可以将其称为希腊血统，因为传统原则是一切好看的面相都来自希腊人，而丑陋之处则被归咎于可怜的"阿拉伯人"，而事实上阿拉伯人却是个俊俏的族裔。

希腊血统在这里肯定相当稀少。这个镇子——它曾历经许多大同小异的变迁——在汉尼拔于此处站稳脚跟后，一度由布鲁提人占据。在西班牙总督时期，又融入了相当一部分的西班牙族裔。到现在当地人中还有不少西班牙姓氏。

吉辛的另一位朋友，那个和蔼可亲的墓地看守人又如何了呢？"他纯善的性情与智慧深深地吸引了我。我希望他仍然喜乐地安处于克罗托内那墓园之内，照料着亡者坟头长出的花。"

他也去世了，就像他为之照管坟墓的那些死人一样，就像吉辛自己一样。守墓人于一九〇一年二月去世——正是《爱奥尼亚海》出版的那一年，人们带我去看了他位于墓园入口右侧的坟：那是个小而简陋的墓，插着一个标有数字的木十字架，很快就要被刨掉用来埋葬新的死者了。

海边的这片墓园是片宜人的绿地，四周高墙环绕，装点着开花植物与秀丽的柏树，在贫瘠土山的背景映衬下透着可爱动人。漫步其

---

① 1810 年，来自南非的土著黑人女性莎拉·巴特曼被带到伦敦，随后在欧洲各国展览并供人研究其为何如此丰满，并命名为"霍屯督的维纳斯"。"霍屯督"是欧洲白种人对非洲黑人的蔑称。

间，我想起了卢切拉那片体面的墓园，以及曼弗雷多尼亚的墓地，它们建在镇子背后一座静谧的山谷中，古时的修士们曾将其作为菜园（在那片缺水的石灰岩原野上，这山谷是少有的能找到深层土壤的地方之一）。我也想起了维诺萨那片位于罗马式竞技场旁的墓地，我曾在其中的坟墓之间徒劳无功地试图求证，贺拉斯之名在当地就像曼弗雷德之名在另外两镇一样普遍。还有塔兰托的墓场，比铁路区还要远些，里面矫揉造作的装饰物堆得太多了。我念及最近游历之处那许许多多的亡者居处——罗萨诺的墓园，里边一片狼藉，但其区位绝佳，在一处凸出的海角上，将爱奥尼亚海一览无余；考洛尼亚的墓园，在镇后的深沟幽谷间与世隔绝……

每一处都个性鲜明。橄榄树苍白卑微，其间柏树阴郁峥嵘，这在任何一地的风景中无疑都是可圈可点的一笔。我不禁觉得，或许人类将其所有的诗意都倾注到了墓地的选址与装饰当中。但事实并非如此，它们的选址仅仅是为了方便——离住宅不太远，而又相对廉价。它们也并不像我们的墓地一般庄严。其建成大多在政府取缔各教堂的土葬旧俗之时——不过这种惯例在别处仍旧存在，眼下仍在使用的土葬墓穴超过六百处，大多都位于教堂之中。

在这宁静与葱茏的绿洲中，突然闯入了一线哀思。意大利法律规定尸体应在死后二十四小时内埋葬（而法国人则认为四十八小时都太短了，正在考虑修订相关规条）：医生开具的死亡证书在原则上是必要的，但经常难以获得，因为足有五百处左右的意大利社区根本没有医生。更有甚者，愚昧的乡下人对死者抱有迷信，皮特雷和其他乡土传说收集者所记载的奇特信仰与风俗，足以证实这一点。他们对尸体那种混杂着恐惧与憎恶的感情，使得他们巴不得早点将其塞入地底……将垂死之人活埋的悲剧在此地必定屡见不鲜。掘墓人曾亲眼见过惨状骇人的旧棺材，但我不愿详谈这可怖的主题了。如果他们所说有一半是实情，那么情况实在让人不得不战栗悲悯，必须迅速立法解决。仅在去年，西西里就出了这样一起耸人听闻的事件，去领事那儿听听吧。

在墓地这里，马车道蓦然终结；此后就只有一条沿着海边的小道，一直通到卡波那乌，该地矗立着一根孤零零的石柱，那是宏伟的赫拉神庙最后的遗迹。我有时沿着小道一直走到几口陷入沙中的阿拉伯式水井边，它们被致献给圣安妮。牛羊往往在嚼食过一点仅足充饥的枯草后到此休憩，而牧人的声音如此柔和，举止如此优雅，以至于让人想起黄金时代。这些牧人是克罗托内的原住民。代代相传，早在忒奥克里托斯为其吟唱赞美诗之前，他们就保有独特的习惯与风俗。他们与农民之间的鸿沟就像农民与城市居民之间的一样深。只要与他们交谈一下，就会诧异于同样的职业如何造就迥异的人物，想想那不勒斯的牧羊人吧，简直就像铤而走险的黑手党一般。

那些牛的祖先很可能就是赫拉的圣牛，它们曾在一度覆盖了这片荒凉海角的松树荫下吃草。人们每天都会碰到它们，在它们为之供奶的城镇路上踱步。为了避开尘土飞扬的大道，它们镇定地穿越水边湿软的沙地，其银白色的身躯在蔚蓝的海天映衬之下轮廓分明。

昨日我在这条小路上沿着海浪漫步，遇见一位正在冥想的牧师，他对我谈起了吉辛所写那座教堂废墟的一些细节。它位于城外朝着墓地的方向。"这种孤立的位置，"他说道，"使它变得很有意思，而它由彩砖铺成的圆顶（就像阿马尔菲的大教堂那样）仍完好无损，背后灰色的群山反衬出它的光彩夺目。"该圆顶其实最近已被拆除，但部分旧墙体将被作为一座新圣所的基础，那是一座看起来邋里邋遢，屋顶铺红砖的建筑，我很庆幸几年前曾见过教堂的原貌，那时它还没被改建。它的主保圣徒是卡米涅圣母，在那不勒斯也有这位圣母的教堂，小偷和杀人犯经常光顾，他们礼拜圣母以求其保佑他们那些邪恶的勾当。

牧师还告诉我，原本的那座教堂始建于十七世纪中叶。而他也认为，这座新教堂本可以修建得更为壮观，"但这年头——"说到这儿他便意味深长地打住了。

片刻后他又继续说道，其实通往墓地的那条马车道也是一个道理。为何它不像古时一样，一直修到有石柱的那个海角上，方便人们前去体味那片每一步都充满历史记忆的地方呢？

"一般富有的意大利人，"他说，"有时会拿出钱来办公益事业。但富可敌国的那些——从不！记住，在克罗托内，每个普通人可都是后一阶级的奴隶。"

我们还谈到了西拉，他偶尔会去那儿游历。

"什么？"他难以置信地问道，"你穿过了那整片野地，那块没东西吃的地方——按纯粹的字面意义一丁点儿吃的都没有的地方？亲爱的先生！你肯定觉得自己就像刚跨越阿尔卑斯山脉的汉尼拔一样了。"

我们右手边，吉辛提到过的那片光秃秃的土山（它就像是亚平宁山脉上覆着的一层粗呢）让他很恼火。他宣称这山简直就是镇子的诅咒。与此同时，这山也成了他一系列长篇理论的基础。他推测，原址在此的希腊古城有很大一部分是以此山的土烧制的砖修建的，而实际上今日人们也从山上取土烧砖。许多昔日的精良建筑无疑是石头造的，这些石头现在已被用作修筑新克罗托内的要塞、港口与住宅，但这无法解释一座周长十二英里的城镇为何消亡了。他认为，土砖就是解谜的钥匙。这些砖块崩解成灰，之后罗马人以希腊遗留的石块在海角上建立城邦，最后又被今天这些居民占据。

这座城堡高地上的豪宅值得一看。其主人是五六位"百万富翁"，他们的存在使得克罗托内被誉为意大利同等大小的城镇中最富裕者。我想，这些有钱人的家族史读起来应该颇有趣味。

"先生们，"一位牧羊人说，"如果你们想来做买卖，最好是换条路走；但如果你们是那种高人，那种精于谎言与欺诈之道的人，你们可就来对了。因为在这座城里，学识是不吃香的，雄辩也无用武之地；节制、礼数，以及任何别的美德都得不到好报。你们肯定只会见到两种人，一种是被骗的，一种是骗人的。"

要是那不勒斯和其他地方的传言可信，那么老佩特罗尼乌斯的字里行间，似乎隐含着一种微言大义，预示着今日克罗托内的面貌呢。

三十七

克罗托内

太阳已进入了狮子宫①。但克罗托内的气温倒不大极端——比塔兰托、米兰或是伦敦低了五摄氏度左右。不过，人总免不了厌倦于日复一日，从天穹泼洒而下的汹涌而执拗的阳光。在清晨的几小时之后，被照得发亮的街道就几乎成了空巷。只有几个忙碌的人在步道上一直来回走动直到中午。我也一样，只不过是在水中。但午餐后的漫长时间是必须奉献给冥想与安睡的。

我被一捆意大利报纸吸引住了。我散乱地翻看着，等待睡意的悄声召唤。这儿有几份省内报

---

① 狮子宫为黄道十二宫之第五宫。每年 7 月 23 日前后太阳运行至此宫，时为盛夏大暑。

刊：卡斯特罗维拉里的《运动报》《新罗萨诺》、科里利亚诺的《布鲁提人》，最后这份文艺气息很浓。意大利现在还如此分散真让人吃惊，所谓的爱国主义纯粹是针对地方的：这些人到底对首都罗马有什么概念？这些文章往往透出多种思维的活泼动荡，表现力颇强。是谁在为这些新闻创业者提供资助？排印倒是不贵，而且赞助者们只要看到自己的名字以铅印的方式，频繁地出现在别的市民之前，也就心满意足了，印出的报纸中有好些销往美国。但我怀疑像《新罗萨诺》这样已出版了六年的双周刊，其发行量恐怕连五百份都不到。

可枯燥乏味的那不勒斯日报是我最讨厌的东西。我们，即除了编者之外的人，对它们可憎的行文风格与戏谑的胁迫手段已是相当了解。许多"杰出的外国人"，包括我自己，都能对此问题论述一番。我不想对此多做评价，在这里只提一条"引人入胜"的新闻，是从最主要的一份报纸《马蒂诺》上摘抄下来的，它提到了卡拉布里亚地区的发展这一重大话题。该文洋洋洒洒，描述了百分之八十的读者闻所未闻的一个小地方，其街角添置一个信箱的故事……我开始懂得为什么有文化的塔兰托人不读这类期刊了。

目前为止，所有这些报纸中最有意思的还得数五彩斑斓的个人版，情人们在那儿互相交谈倾诉，或至少尝试这么做。我将它认认真真地从头读到尾，凭我有限的才能，尽量欣赏人们心中那种促使他们公开互诉衷肠的悸动激情，以及从文学的角度，来品味他们洗练优雅的文笔，这简直就是简约的范式，用英语根本没法表达，更别提每个词刊登费两个苏这个事实。确实，在这严苛的金钱限制下，这些信息有时候被压缩得如此简略，以至于读它的那位佳人想必有些困惑：这位署名"花儿"的吝啬鬼花了四个便士，登了这段晦涩不明的语句到底想说什么——

"（你还）未收到。如何。安全。"

看到这些向心上人示爱的迂回却不浪漫的方式，我总是不禁莞尔。与此同时，它反映了一种机智的活力，努力冲破这个国家里环绕在女性身边的，那种西班牙－阿拉伯传统造成的障碍。这些害着相思病的多情种子啊，个个都是诗人。"箭头"低语道，"我的灵魂躺在你枕头上，对你轻柔爱抚"；"草莓"哀叹"我就像离巢的鸟儿，孤单迷茫。此伤难以言说"，而"星辰"觉得"周四之前，度日如年"。但他们使用的假名通常单调无味。这儿有"撒哈拉沙漠"说着"你的沉默刺痛我心"，还有"气喘"正在"等待一个无尽的吻"，以及"老英格兰"带着哀伤深于愤怒的情绪，发现他"已经毫无意义地守候了一个小时"。

但这位睿智的"熟龙虾"则在投身情海之前盼望"私下一晤"。恐怕他从前已被爱恋之火烤熟过一次了。

以数字与字母取的名字最为有趣。有这么一位"F. N. 13"，对自己曾经的痴恋全然厌弃——

"不语是你最好的语言。多说无益。无妨。"类似的还有"7776—B"，这是个狡诈的无赖，且显然是个败家子，花了九个便士来说清楚他"盼与富裕年轻女士共偕连理，少年荒唐事一笔勾销"。我要是女孩，更愿意跟"熟龙虾"相处试试。

"头戴黑帽，面若樱桃的美貌佳人，可否于邮局 10211 号惠赐联系方式？"

我不禁要想，像这样的丘比特之箭，最后有多少能命中目标？

啊，终于翻到了政治与世界新闻。有一篇关于"罗马－那不勒斯快车"的有趣文章，写的是将要穿过庞蒂涅沼泽把两地连接起来的铁路线。……天哪！这篇文章读起来很是熟悉。等等，它跟从前的那篇几乎是一模一样的，只是由编辑部的勤务工改了几个字。这篇文章半个世纪以来周期性地出现，或者从铁路刚开始筹建的时候就有了。与之前文中一样，这条铁路的规划更为完备，而几位政府官员已经宣布……咳！我来读读别的："英国的女权运动"，由本报驻伦敦记者报道（这个记者其实就住在本地托雷多酒店旁边的一条小街上）；先进的英国女权主义者——它说道——正在带头鼓舞欧洲大陆上迟钝落后的姐妹们……在一天之内，女权运动就发起了新的示威……事实上，我们不妨公开宣称，英国的女权运动已经……

我一觉醒来时，周围已经凉快下来了，我望向窗外，从柔和的灯光意识到此时已是日薄西山。

在日落的这个时辰，连绵的天穹总会发生些许变化。云朵会在西拉高地上方层层堆起，从四方不断吸纳新的原料。很快，闪电就在那片乌青阴暗的水汽中嬉戏了——远处能听见低沉的雷声，那儿正暴雨倾盆。但在平原上，阳光仍旧悯然而和善地照耀着。关于暴风雨唯一的迹象是一股股动荡的风势，它们将乡村路上的尘土扬起，并抽打着海面使其形成狂乱易碎的波浪，不过这只是一段最轻微的间奏而已。很快那片蓝黑色的云层便从山间远去，群山又一次神清气爽地屹立在暮光中。风也止息了，暴风雨的痕迹无影无踪，而克罗托内与从前一样亟盼雨水。可这儿明明有幅圣母像——一幅圣路加所绘的著名黑色圣母——她"当人们对其祈祷时，总能降下甘霖"。

确实有一次，有场大雨的尾巴曾扫过此地，因为真真切切地下了可怜的几滴雨。当时我赶紧同其他居民一道，跑出去观看这一景象。事实确切无疑，那是真的雨，雨滴连续地打在火车站旁公路的白色尘土上。一个刚好坐在马车上路过的男孩说道，假如能用个茶盘或别的小容器将雨水收集起来，这些水量有可能给一只小狗解渴。

在傍晚的这个时候，我一般会最后到海中去走一回。之后再享用一两块雪糕——克罗托内的雪糕真是佳品——以及一杯斯特雷加①酒，一天工作后的劳累就被消除了。接下来，散着步穿过那几条干净明亮、而今已人口稠密的街道，或是沿着玛格丽塔大道溜达，看上流社会的人们踩着喃喃低语的声浪，在查理五世的城堡那峭壁般的城垛下散心，然后就可以去用晚餐了。

晚餐标志着我日常工作的结束。饭一吃完，我就不会理睬任何严肃的事务了。我会弄来一把椅子，在街边的一张大理石桌子旁坐下，望着身边浮动来去的人群，抽一支那不勒斯雪茄，并轮番啜饮着清咖啡和冰品。直到将近午夜，那时我会打开一瓶西罗酒②，为一天的辛劳画上美妙的句号。

卡拉布里亚的葡萄酒真是值得称道。爱酒者会在此地遇上各种各样的惊喜。我希望有一天能将我的经历收录并出版成一张本省的佳酿图表，旁边加上文字描述，它的买主自必是识货之人。巴斯博士——赞美他！——已经针对意大利的某些地区做过这类工作，但他并没怎么提到卡拉布里亚。可是这儿几乎每个村子都有自制的葡萄酒，每个家庭酒庄都有其独家的酿造方式，但离了产地就少有人知晓，因为严苛的货物入市法律扼杀了国内贸易，使得人们全无动力为了买卖而酿酒。例如这种西罗酒，味美如香醇甘露，与其不相伯仲的还有附近历史悠久的纳托河谷中产的佳酿，在古时就被老普林尼所称道；像这样的酒至少还有二十余种。格雷格罗维阿斯③曾说过，只要细细寻访，

---

① 当地酒名，该词意为"女巫"。
② 当地葡萄酒名。
③ 费迪南德·格雷格罗维阿斯(1821—1891)，德国历史学家，精通罗马中世纪史。

即使在意大利最袖珍的社区也能找到博学的古文物研究家。那么我得加上一句，这附近的每一个小地方都至少有一个值得自豪的，能够提供上等葡萄酒货色的家伙，只要你知晓寻到他的门路。

卡拉布里亚的这位"酒神"，尽管也经过年少轻狂、飞扬跳脱的时光，但经过了七年之痒后恐怕也开始步履蹒跚，脾气乖张而蓬头厉齿了。想要在一瞬间抓住他的心理，想要发现他在谁家那凉爽而布满蛛网的酒窖里酣睡，梦回其年富力强时的仲夏——要是没有本地的能人相助，外国人是绝对绝对无法做到的。

在这方面，我通常求助于牧师，并非因为他们是最贪杯的酒鬼（事实远非如此，他们只是温和的享乐主义者，甚至有时挺节俭），而是因为他们对本地人了如指掌。他们清楚地知道谁家藏了哪一年的酒，也知道谁不得不卖掉他们的酒或往酒里掺水。从来忏悔的妇人口中，他们得知所有这些家庭私事的缘由，而且他们与镇上的药剂师一样，能看透家庭生活那错综复杂的网。不过，他们对自己所知讳莫如深，想要获取须得其法——谦恭。如果你在引入主题之前，婉转地叙说游历异国他乡的各种艰辛，在旅馆度过的难熬日子，不堪入口的食物，而最重要的是那粗制滥造的酒，你非常担心它已经开始灼伤你敏感的脾脏（在卡拉布里亚，这是个重要的器官），使你像患癔病一般，在这片仙境里无论看到什么美景都觉得暗淡可憎，简直要将白天化作黑夜，那么，任何一位正常的牧师都会动恻隐之心，将哪里能买到最好的自家陈酿和盘托出。毕竟，他什么都不破费就能帮上两个忙——一个是为了你，另一个是为了酒的主人，无疑是他的一位好友，而该位仁兄卖酒给外国人的价格比给本地人的要高上百分之二十。

有时我不去找牧师，而是去拜访一位红鼻头、上了年纪的人，他是马车夫这个酒中行家族群的一员，他们既嗜酒又贪财，为了一点小报酬就能挖掘出比这隐晦得多的秘辛。

至于旅店的主人嘛，他对客人将外来酒带进屋子一点意见都没有。他会告诉你，他自己的酒是去年酿的，喝起来有点呛口（他可能会加上一句，还兑了一点点水）——何乐而不为呢？一般的客人都是因商务来此，只要有吃有喝，根本不在乎吃喝的是什么。他并不会对拔瓶塞的方式指手画脚；恰恰相反，他会尝一口你的酒，咂咂嘴，然后感谢你和他分享这一可贵的发现。他觉得也该买一两瓶来自用或款待几个密友……

午夜来了又去。街道上渐渐无人，过客的脚步渐渐稀疏。我爬起身来，开始与平时一样向墓园方向散步，这是为了静心养神，摆脱那些浮躁琐碎的影像，调整睡眠质量。

镇子很快就被我抛在身后。气候炎热，但此地静谧，天上仍有星星。除了灯塔在诡异地闪烁，四周荒无人烟——不，灯是一直亮着的——那儿是远方的石柱海角。四下悄然，只余海浪呼吸的节拍，以及远处山间某个温暖的裂谷中，一只孤零零的蟋蟀仍未奏完其一天的弦乐。

一股温和的香气从窄窄的树林中升起来，这儿有橄榄树，有果实累累的无花果树，还有渐渐成熟的葡萄藤，它们沿海边小路而生。"无花果树长出了绿果实，结着柔软葡萄的藤蔓溢出芬芳。"①

我在仍未明晰的天色中，于沙滩上开路前行，身周环绕着大地与海洋呼出的气息。我被另一种情绪笼罩，如同《圣经》中所写的一种安详。此地立着"那素来欢乐安然居住的城，心里道唯有我，除我再无他者：今日何竟荒凉！"② 真的很难想象这里曾覆盖着一座熙熙攘

---

① 《圣经·雅歌》第二章十三节。
② 《圣经·西番雅书》第二章十五节。

攘的城镇。但确实如此。每一步都是一段历史。克罗顿那些衣饰华美的妇女曾走过这条小路，徒劳地将珠宝放在赫拉女神座前，以求其保佑毕达哥拉斯。很可能就是在这儿，曾矗立着那座特别供他讲座用的公共演说厅。

毫无疑问，居民们沉浸于冷漠的奢华中已久，弥赛亚①降临的时机已经成熟。

啊哈！他现身了。

---

① 意为救世主。

三十八

克罗顿的智者

这个智者在克罗顿的名望家喻户晓：居民们已具备足够的教养来欣赏再生的魅力。我们都是如此。在一个发达的社会，对信仰的弃绝总是不可抗拒。当有人宣告我们都会下地狱时，我们总如此怡然，而毕达哥拉斯在塔尔塔罗斯①的永世刑罚这一题目上总是滔滔不绝。克罗顿人在忏悔的道路上寻到了一种新颖而微妙的享受，正像萨佛纳罗拉②出现后的佛罗伦萨人一样。

其次，他的教条在大希腊地区找到了合适的温床，该地当时已经流传着一些与其主张大致相

---

① 希腊神话中地狱的代名词。
② 萨佛纳罗拉（1452—1498），意大利道明会修士。1494 年至 1498 年担任佛罗伦萨的精神和世俗领袖，以严厉反对文艺复兴艺术和哲学著称。

似的学说。接下来，他允许甚至鼓励女性参与宗教仪式。在后来基督教压倒更为严格筛选而理性的密特拉①教时，同样的做法起了重要的推动作用。最后，就像外邦人的使徒②一样，他带着"启示"而来。在那个年代，一位会讲道的变革家可谓新奇，这更增加了人们的热情。现在这种事已经不算什么了。

他的成功其实既短暂又徒有其表，而在别处总伴随着牺牲外界来增强自尊的努力。"他的性情中充满抱负，"吉辛曾说，"就像一道昏暗的光穿梭在传说中的希腊。"我猜，多个世纪以来那种盲目的崇敬就像云雾一样，环绕在这个形象周围，使其夸张放大，而且在它头顶上生就了一道七彩的神圣光晕。在大雾的天气里，这种现象时有发生。

当时的希腊真的如此传奇难以捉摸吗？恰恰相反，那个年代的希腊充满了有血有肉的名士，充满了仿佛天上地下无所不晓的智者。它绝非传奇，而实际上毕达哥拉斯横空出世之时，正是该国上下求知欲最旺盛之际。无可否认，他与他的信徒们将本来崇尚智慧并有益的研究的潮流，转向了形而上学那枯燥无味的领域。谈论灵魂迁徙这种平淡无奇的废话，确实比计算月食周期或探索血液循环，看起来绅士气派（同时也容易）得多。

一个像他这般思维活跃，对希腊以外的民族了解甚多的人，偶得一两次奇思妙想实属正常，但它们仅仅是副产品。我们也不妨赞美约翰·诺克斯③为了苏格兰未来的繁荣而一手创建了下议院，可这一伟

---

① 古波斯琐罗亚斯德教中掌管誓言之神。
② 指使徒保罗。
③ 约翰·诺克斯(1505—1572)，苏格兰牧师，苏格兰宗教改革领导人。

业是当时沉浸在狂热中的他绝不可能预见的。

毕达哥拉斯主要的实用主张，即人类应受一群东方僧侣的道义准则制约，造成了理性文明生活的崩溃。

而他主要的理论主张，即灵魂转世与万物简化为数字①——这些就完全是胡说八道了。

这难道不是一种退化吗？在古人严密的思想准则出现之后，竟有人郑重地向追随者保证说，他是赫尔墨斯之子，还是阿波罗所派遣的神圣信使；像爱斯基摩②人的巫医一样，靠咒语治病；描述他前世在地狱生活时的各种经历，似乎他对地狱的了解与斯韦登伯格③一样详尽；玩弄法术，将梦、鸟儿和焚香时的烟看作神谕。在他奇谈怪论的大拼盘中还能找到更糟糕的东西的前身：一直影响拉丁国家至今的虔诚的欺诈理论；为正当目的可不择手段的耶稣会式格言；宁愿偏执于演绎而罔顾事实的愚顽，直到康德之前都使哲学蒙羞；神秘主义、魔鬼崇拜和许多其他有害无益的特质——所有这些，都是从毕达哥拉斯处萌芽的。

他的慈善被广为传颂。一位英国作家曾写过一本博学的著作，证明毕达哥拉斯主义与基督教义甚为相似。慈善一说现已被广泛批判，并被认定为一无是处。过去的说法是，施比受更有福。普遍而言，给

-----

① 文森佐·多尔萨，一位阿尔巴尼亚人，撰写了两本小册子，介绍卡拉布里亚遗留的希腊罗马传统。这些作品很难找到，但谁一旦有幸入手，必定会在理解普罗大众方面颇受裨益。作者在书中的一处提到数字 89 的魅力。有一种习俗是在一个吃奶婴儿面前吐三次口水，然后大叫三声"89！"这会带来好运。作者认为，这种做法是毕达哥拉斯数字系统的衍生品。——作者注
② 民族名，是北美洲北部的因纽特人以及阿拉斯加西部和俄罗斯西伯利亚东北部的尤皮克人的总称。
③ 伊曼纽·斯韦登伯格（1688—1772），瑞典科学家、神秘主义者、哲学家和神学家，神秘学巨作《天堂与地狱》的作者。

予当然比忍住不给要容易得多。我们现在终于摆脱了这种形式主义，这种被称为慈善的自我放纵。我们意识到如果人类要取得进步，那么就必须坚持更为严厉而不近人情的思路，将所谓受神喜爱的游手好闲者捧上圣坛的时代已近尾声。

除此之外，这个锐意改革的智者免不了涉及江湖骗术。即使他最热忱的支持者也不免承认，他给人的感觉有点像个光环之下的骗子。那些饰品与护身符，那些后来成了巫师神婆们惯用伎俩的所谓格言警句，以来世福祉为饵的诱骗，带着虚伪的一丝僧侣色彩，对其主张的讳莫如深，故弄玄虚的退隐，所谓的"神圣四元数"，毫无价值的胡说……

他真的有那种北非伊斯兰修士的气质。

对我而言，这个头顶神圣光晕的变革者只是个美化过的伊斯兰修士——一种智识溶剂；他引入了东方式的自省，此一思想在柏拉图闲散绝妙的作品中达到顶峰，之后为"基督教义"这种稀奇的亚历山大学派①衍生品铺平了道路，并给人们踏实求真的道路带来恶劣影响长达两千年之久。这群人可谓恶名昭彰。正是毕达哥拉斯的追随者们不满于仅仅战胜锡巴里斯人，从而将其城市毁得片瓦不留，还像古迦勒底人（昔日迷信诅咒的大师）一样恶毒地诅咒其人民；这是对二者共有传统与共存利益所犯的大罪，此野蛮行径使意大利境内的希腊文明灰飞烟灭。从那时起，灵魂而非理智成了一切的裁决者；从那时起，温和而敬畏神明的梦想家们开始插手俗世的事务。可得小心羔羊的愤怒！

这种病毒传播得如此之快，以至于不久柏拉图就宣布一切实际有

---

① 古代基督教以亚历山大教理学校为中心的神学学派，与安提阿学派相对立。

用的行当都是可耻的，以至于"若试图研究可感知物，实将一无所得"。换句话说，理想国中不会有任何遵循常识的人。在希腊，在帕特农神庙①的荫庇下，要做出这样的论断不免需要某种滑稽的勇气。而与这种哲学上的封建主义应运而生的则是我们同侪身上的道德准则，即清教主义的乌烟瘴气，直到今天它还在影响生活与文艺的方方面面。

文艺复兴给我们英国带来了许多进步。但同时黑女巫也带着她的馈赠而至：毕达哥拉斯与柏拉图。我们并不像意大利人那样，在第一波盲目狂喜平息之后，便随着成长而摆脱了这些烦人的辩证法，而我们却深陷其中。因此我们的思考行事带着柏拉图的遗风：我们对心智抱着半原始的态度，而在学术上嫌恶明晰的思路。柏拉图多么憎恨事实！在他朦胧不清的抽象世界里，根本容不下半点事实。想要烧掉古代智者中最严谨理性的阿布德拉的德谟克利特之著作的，不正是他吗？

这些热爱原动力的人道主义者，其实是一丘之貉。他们总想烧掉什么东西，或烧死什么人；总在宣扬地狱之火的惩罚，并且总是咬牙切齿。

自我认知：这句格言带来了多少徒劳无用且自私自利的思考啊！但现在，我们正在摒弃这种有害而狭隘的世界观，尽管我们所受的教育仍旧过于修辞化和老掉牙，以至于此种思想的始作俑者们依旧受着过度的尊崇。年轻人倾向于感情用事而非依循理智。年轻人热衷于空想，我也曾一度对这些甜言蜜语的话痨热爱得无以复加。对他们的盛

---

① 古希腊雅典娜女神的神庙，兴建于公元前 5 世纪的雅典卫城。它是现存至今最重要的古希腊时代建筑物。

名，人们容易生发一种盲目而感怀的崇拜。而今日看来，我们似乎太把他们当回事了。除了反面教材之外，一个健康的成人从他们的说教中实在学不到什么。柏拉图的作品是给青少年看的，它也可以在老年时作为安抚式的读物，那时头脑中理性判断的机制开始衰退，而人性中原始的部分即空想一面，逐渐东山再起。因为随着年龄增长，求知的情绪变得冗余累赘。在一系列充满活力的疑问过后，我们再一次满足于放任自流——退化至柏拉图式的万物有灵论，即体弱多病者常有的观念，就像狗总是改不了吃屎一般。

而柏拉图之后，简直洪水泛滥。所谓的新柏拉图理论……

但只要它还存在，人们就乐此不疲。用精选的乌托邦论著来"使人得福"，坐在大理石厅堂中，脚边斜倚着一位热忱的富家子弟，然后滔滔不绝地大谈如何以超越经验的爱来拯救人的灵魂——至少现在看来，我觉得这样挺惬意的，比像夜渡鸦一样，孤单凄凉地在过往辉煌的废墟当中嘎嘎怪叫要好得多。

与此同时，尽管我们的"正统"思想仍深受荼毒，但新的理论方兴未艾，亚里士多德的思想正如野火燎原。世上出现了一种新生的思想家，其对"美德"的定义是仔细考量生活中的事实。这种李斯特类型的男性，任何一位在变革人们的生活以及增加人类福祉上的建树，都比研究同一问题的那一大群和善但糊涂的空想家要多。我记起了那些讨论如何对抗疟疾的医生，好奇着柏拉图要是看到他们会怎么想。他会不会意识到，医生们的研究不仅仅能缓解疼痛与苦难，更能将繁荣带给国家，使得干旱处得水源、荒漠中起村庄，从而增强其政治资本，令全国面貌一新？不大可能。柏拉图对医生的看法与他另外的精神层面是一致的。但可敬的希腊智者们在毕达哥拉斯非理性主义的浑浊洪流冲刷下，必然迷失而遗落了可贵的真理之线，而正是像医生们这样的人将其重新拾起。难道这只是纯粹的功利主义吗？难道它就那么世俗得不堪吗？难道在卫生事业的道路上就没有"哲理"吗？在勤学好问的自我否定中就没有浪漫吗？在它带来的成果中就没有美感吗？假如真是如此，那将活力与美相连的金科玉律就得改改，更别提其他的了。

三十九

佩特里亚

日复一日，我的目光越过六英里的海面，落到拉希尼亚海角与该地的古老石柱上。怎么过去呢？船夫们乐意效劳：他们说，全看风向。

日复一日，风平浪静。

"两小时，三小时，四小时，说不准！"他们手指天空，又加上一句，有时清早能感到有一点微风，或许可以借着它起航。

"那要是正午启程回来呢？"

"三小时，四小时，五小时，说不准！"

烈日炎炎，在一条小船上晃荡半天可不好受，这种经历的新鲜感在好几年前就已经消磨殆尽了。我决定等，趁这段时间，可以去造访古佩特里亚，即卡坦扎罗博物馆那位女士口中的"斯特隆博里"……

只要轻轻松松地远足一天就能从克罗托内到斯特隆博里，后者就是那座史上遭围困攻陷的古城所在。它坐落在一座小山顶上，从小火车站载着旅客出发的公共马车花了两小时才到达，一路朝上攀登，经过种满橄榄树、七拐八弯的斜坡。

即使现在只过了短短的时间，我对斯特隆博里的记忆仍旧是混乱模糊的。在晨光熹微中上山的车程，过往几天的高温以及于克罗托内的两三个不眠之夜已经将我对新事物的好奇心磨钝了好些。我记得在当地教堂里看了一些罗马大理石雕，然后就被带到一座城堡中参观。

之后，我在地势较高处的一棵橄榄树下小睡了一阵，接着俯瞰纳托河谷，该河就在不远处流入爱奥尼亚海。我想到了忒奥克里托斯，并试着在脑海中描绘纳埃托斯河谷在他和他笔下的牧羊人眼中的模样。树林已不复存在，而从土坡冲下的冬季雨水，早就使此地改头换面。

不过，无论大自然如何改变，人总会铭记那些旋律中颂唱的永恒真理——不随时间推移而改变的人类使命与渴求。在我们这些受约翰逊·科里①与勒弗罗伊②作品之精神感召的人眼中，忒奥克里托斯的著作读起来多么现代啊！而不久之前的巴托洛奇希腊主义又让人感觉多么难以想象的遥远！那么，例如，著名的仿忒奥克里托斯者，那位在诗歌《达夫尼斯③》中歌咏过纳托河谷的萨洛蒙·格斯纳④，又如何呢？哎，萨洛蒙先生跟所有派生的无聊作家如出一辙，他已经死

---

① 威廉·约翰逊·科里(1823—1892)，英国教育家、诗人。
② 托马斯·朗格卢瓦·勒弗罗伊(1776—1869)，爱尔兰胡格诺派政治家和法官。
③ 希腊神话中的牧羊人，田园诗的发明者。
④ 萨洛蒙·格斯纳(1730—1788)，瑞士画家、诗人。

了，比普萨美提克法老①死得更透。他此刻想必在装点雅致的天堂里说教，身边围绕着一群德累斯顿瓷②做的绵羊和甜美可爱的少年男女。谁会在读他广为传译的大作时没有觉得不快？这种东西毫无价值可言！

在我记忆中，《达夫尼斯》中不断地出现亲吻这一场景。那是个多愁善感的时代，而希腊的田园理想于一八一〇年渗透到瑞士，只可能以沉湎于情感收场。的确，牧羊人们有许多机会在树荫下与乡下姑娘温存，就我所知，他们从不放过这一机会。忒奥克里托斯对此同样知之甚详。但是总的说来，他在对亲吻的描写上甚为克制；他似乎认为即使现实生活中不是这样，在文学上也可以发生更多的好事。此外，作为一个南方人，他可不相信笔下的年轻人会像我们鱼一般的英国恋人一样，永远停留在亲吻的阶段。这种行为在他眼中想必是不可能的，甚至或许不道德……

从我坐的地方，有一条路经过帕拉格里奥蜿蜒向上通往西拉。在它两旁堆着一个个小丘，并有提炼炉的烟雾缭绕。这些是硫黄矿，我曾在克罗托内的街道上见过拉着黝黑硫矿石的马车。据说矿坑有八到十处，是约三十年前发现的——这种说法大错特错：它们早在一五七一年就见于记载——矿工有好几百人。我曾打算去看看这些矿坑。但现在，热浪袭人。我动摇了，连最近的一个都显得遥不可及。正当我决定要寻一辆马车，看看能不能搭个便车去那儿的时候（那该诅咒的责任心），一位友善的居民一把将我拖住，邀我去吃午饭。我略一推辞便接受了，他带我来到一间拱形的房子，在一顿乡间风味的美餐和

---

① 古埃及法老。
② 在德国德累斯顿附近生产的瓷器。

与他妻子的愉快谈话之后，我将之前的各种理想计划都抛诸脑后。我没了解到关于硫黄矿的数据，却学到了一点地方史。

"你之前提到，我们斯特隆斯特隆戈里街上空旷无人，"男主人说道，"可是啊，就在不久之前这里还没人向外移民。后来事情就起了变化：我来告诉你怎么回事。这里原本有一个财政官——一个可怕的入市税官员。为了保住他家族的名望，他娶了个继承了大笔遗产的女人；倒不是想要子女什么的，但是，哎！他开始购置附近所有的土地，不紧不慢，按部就班，小心翼翼。最后，凭着威逼利诱，巧取豪夺，他几乎吞掉了邻近的整个地区。他一寸一寸地蚕食土地，用的是他老婆的钱。这就是他使自己声名永驻的办法。所有的小地主都被赶出领地，不得不逃到美洲以免饿死。大片大片的肥沃耕地现在沦为荒野。看看这乡间吧！但总有一天他会遭报应的。你知道的，恶有恶报。"

这名男子有意地恢复古时的封建制度，结果成了本地最被大家痛恨的人。

不久我就告别了这热情好客的一家人，在烈日下继续寻访佩特里亚其他的古迹。我从未感到对探索名胜这么兴味索然过。此时要是待在凉爽的客栈里该多好啊！不过我还是继续前行，并欣然发现基本上已经没有什么古迹可去了，除了一座已荒废的修道院旁边的几面墙，它主要是用罗马时期的石块和砖砌成的。直到几年前，市政府还在一直组织挖掘，而挖出的几件文物很快就分散四方了。或许卡坦扎罗博物馆里的几件东西就是这么来的吧。霸道的中央政府得知了此事，于是强征了这片土地，却不谋其政，本已出土的遗迹再一次被掩埋起来。

在我尽职尽责地四处漫步时，一个放山羊的小男孩出现在我眼前，可怜的小家伙像是突然从土里跳出来一般，他自告奋勇为我当向导，不仅仅在斯特隆博里，而且在整个卡拉布里亚。实际上，他的鬼点子很快就昭然若揭：他想离开家，借着我的护照与担保到美国去。他的机会来了——一个外国人（想来是美国人），迟早是要回国去的！他孩子气十足地软磨硬泡。我告诉他地球上除了美国和意大利还有别的地方，并且我不是要去美国。可是枉费口舌。他摇摇头，一本正经地回答道：

"我明白了。你觉得我这一趟会花太多钱。但是你也应该明白。我在那边一找到工作，就会把欠你的每一个子儿都还给你的。"

作为安慰，我给了他几支香烟。他拿了一支，可是一副忧郁的神色，并没有死心。

在忒奥克里托斯的时代，牧羊人们可没有这种心思。

四十

石　柱

"两小时，三小时，四小时，说不准！"

船夫们仍旧跃跃欲试。一如既往，就看风向。

而日复一日，爱奥尼亚海依然故我——光洁无瑕，一成不变。

我决定走陆路到石柱去。我找了匹骡子，在上午晚些时候从"协和"出发，刚刚好两小时后到了神庙遗址。我本有可能逗留一会儿的，但阳光实在太毒了，而且我的骡夫实在无趣。他是个肤色黝黑的年轻人，属于沉默寡言表情木讷的西班牙血统，在如此的景致中，他那种与希腊人截然相反的外形让我厌倦。马车道在墓地处就终止了，之后是一条小路，从土山脚下沿海而前。经过沉入地底的古井，在有些陡峭的坡地上上下下，之后进入高原，在其尽头矗立着灯塔，石柱，还有几座白色的平房——克罗托内居民的避暑山庄。

这天可真是暑气蒸腾……

地面都被晒焦了。概括而言，这里是克罗托内和卡波里祖托之间一片贫瘠而人烟稀少的土地，怪不得连狼都饥肠辘辘。九天前，有头狼居然在光天化日之下跑到墓地附近的路上觅食。

但这儿有不少植被，我欣喜地发现在荒凉的沙丘中，冒出了一丛丛著名而显眼的海百合，花期正好。我想采摘几束，于是让年轻的骡夫从骡子上下来，但他拒绝了。

"这些花不能碰。"他说。

他不喜欢它们的香味。就像阿拉伯人一样，未经教化的意大利人对我们厌恶的一些气味反应迟钝。但另一方面，他们却无法忍受某些花儿的芳香。我曾见过一个人，闻到碾碎的天竺葵叶子的气味就要昏倒。他说：这是种在墓地的花。

据我所知，在此地发现的最后一件非凡的古物是一只石质花瓶，几年前从海里打捞而出，可能先前狂热的掠夺者们想将其抢到某间教堂里做圣洗池，但半途掉落了（除非如一些证据显示的，该处曾是陆地但后来沉入海中）。它被带到陆上后不久，我在靠近克罗托内港口的一个仓库里见过它，现在它已属于塔兰托博物馆了。其材质是带有紫色纹理的大理石。它本是一块原石雕成的，但现今只余两块残片。最小的第三块仍不知去向。这件名贵的文物高约八十五厘米，周长约二百一十五厘米。它其实仍未完工，从有些粗糙的边缘可以看出来。

我记得提希拜因①曾描绘过一件类似的容器。

缺水是这个海角处的小村子荒凉破败的主要原因，每一滴淡水都得从克罗托内跨海运来。我不禁要想，为何人们没有想过建个蓄水池来接雨水，尽管雨并不多；在海角的这一头，就立着一块能用来造池子的大石头。

人的胡思乱想可真多呵……

石柱的地基用水泥加固过。先前，几世纪以来的雨水已经开始腐蚀其底部，若不修葺恐有倒塌的危险。就在近旁立着几面古墙，由石块砌成网格状，以诡异的角度倾斜着，边上围了一群黑山羊。我在地上捡了几块土罐和花瓶的碎片，以及一座大理石雕塑肢体的残部。这根石柱的所在，面向海浪之处，实在是孤苦伶仃。而当年的抢掠者路西法罗主教将四十八根石柱中的两根留下立于原地，以作为本地的多立克②风格的样本，也算是思虑周全了。其中的一根在他的年代就已倾颓。当年即使他全部窃走而非只拿四十六根，也不会引人诟病的。我为这硕果仅存的一根石柱拍了张照片，然后朝着海岸的方向散了一小会儿步，很快就来到一片布满灼热石块的荒地，简直是个小撒哈拉。

神庙已不见踪影，一度包围着它的圣地树林也不复存在。斯温伯恩③曾小憩过（假如真有其事）的卡利普索岛，早就沉入了格劳科斯④那紫蓝深邃的领域；曾在岛上的裂隙中盘绕的珊瑚与海兽，也被

----

① 约翰·海因里希·威廉·提希拜因(1751—1828)，德国画家。
② 多立克柱式是古典建筑的三种柱式中出现最早的一种（公元前 7 世纪），另外两种柱式是爱奥尼亚柱式和科林斯柱式，均源于古希腊。
③ 阿尔加侬·斯温伯恩(1837—1909)，英国诗人、剧作家、小说家和评论家，曾多次提名诺贝尔文学奖。
④ 希腊神话中鱼尾人身的海神。

海底的沙丘无情吞噬。这座海角上一度是生机勃勃的。商船队曾在此靠岸，留下无价之宝。泉水叮咚，玉米田在和暖的阳光下翻起浪花。毫无疑问，这片生机将会回归。大地与海洋只不过在等待一位巫师法杖轻挥而已。

而现在一切都裸露荒凉，在炎夏的折磨中停滞不前。

卡拉布里亚并不适合独自旅行，它太使人愁闷失措了，其外观缺少愉悦感官之处。它的魅力无法吸引浪漫主义者，而想着能像游历阿尔卑斯山脉一样游历大希腊地区的人，将很快悔之不及。旅者需要的是莫拉诺那位文雅的摄影师口中的"人之元素"——简而言之，就是同伴。要是能遇上老诺阿·莫利斯一般的贤者，那些着迷于此地古代荣光的人，那就好了。跟去瑞士之类的地方旅行不一样，漫游此地的快乐用金钱是买不来的。

乔瓦蒂·巴蒂斯塔·迪·诺阿·莫利斯爵士，作为其家族的最后一人，膝下无子而又年迈难以生育，最终选择了不要后嗣而为人类留下永久的记忆——亦即这本描写古老、壮美而笃信的克罗托内城的编年史。比起斯特隆博里那位仁兄的所作所为，这一名垂青史的功绩实在伟大多了。

他提到，在一五九三年，此镇的西班牙城主捕获一条鲟鱼。这位贵族对该将此美味佳品献给谁煞费思量，最后派人飞马将其赠与诺塞拉公爵。公爵又惊又喜，他视鲟鱼为稀世珍品，也感念城主献鱼的殷勤。之后，他派了另一匹快马将鱼献给诺阿·莫利斯的亲叔叔，我们不妨猜想，随鱼一起送到的还有一些恰如其分的恭维话。

因此，这位作者的叔叔肯定是位大人物，当得起诺塞拉公爵遣快马惠赠佳肴。而作者本人则是一位我决不愿与之分开的上佳"旅伴"。他的书中令人欣慰的一点是，没有描写那些像南部晴空横亘的雾气一般的、宗教上的繁文缛节。

可是此时此地，我不得不与他和所有这些作者告别了。明天的这个时候，我早已离克罗托内远去。

别了，卡皮奥比，灵感迸发的书虫！别了，勒诺芒。

在像今天这样的日子里，学者勒诺芒曾在比沃纳出海。海面波澜不惊，轻舟简直就像飘在空中一般。他写道，水面"如玻璃般平滑"。阳光刺穿琉璃般的深海，使他望见神秘的水藻森林，以及突出的海岬与银光闪闪的细沙。他向下窥视这"海底草原"，观察它奇妙的动物群——海胆、蟹、宛如漂浮的鱼群，还有半透明的水母，"就像蛋白石琢成的铃铛"。接着，他意识到这"丰富的海洋生物群"肯定也曾使欣赏过它们的古人叹为观止，于是他便去探寻——如此轻而易举！——当地古老的装饰艺术。昔日的模仿大师们满怀虔诚地刻画了海兽、软体动物与水生植物，并非参照已死的标本，而是"于水中实地观察所得"。他详解了人们如何从这些美妙生物中得到灵感，从而形成了完整的艺术流派……不断模仿这些柔弱生物的一举一动。这就是勒诺芒的巅峰时期。他对知识的狂热既面面俱到又兼术业专攻。人们还在好奇他那永不疲倦的求知之心在探索些什么的时候，一场可怕的事故使他在经历了一百二十天的苦痛后溘然长逝。

意大利成了他的葬身之地，就像希腊埋葬了他的父亲一般。但他最快乐的时光之一肯定是在比沃纳的海上度过的，在那个晴朗的夏日——就像今天一样，人的每一条神经都在因生命的奇妙而欢跃。

与此同时，在这儿歇息也很惬意，于正午悄无声息的寂静中，既纹丝不动又全神贯注。荒野沐浴在慈爱的热流中；地平线上连一丝漂浮的水汽都没有；没有一只帆船，一丝涟漪，来扰乱海面的安详。我能切实感觉到这种静谧。地面上的一切都陷入甜睡：

山峰也睡了，溪谷也睡了，

海角也睡了，沟峡也睡了，

黑土地上的一切活物，统统进入了梦乡⋯⋯

这种酷热融成的光辉，洋溢在一片朴素单纯的土地上，相应地使人的心魂也分解为原始的满足与坚韧。在我们的梦幻里，升起一幅崭新的人类图景。在这喜乐之中，我们这个时代那些繁杂徒劳的琐事与不和谐不复存在。抛开这些虚壳，与某种自然而强健的原始形态融为一体，成为热爱大地与太阳的人——

多么美好啊，这些黄金般珍贵的天人合一的时刻！

是的，融入到这生命跃动的环境，这万物炽热的世界，感觉妙不可言。正午时分是希腊人的"忙时"，神庙中不见祭司或信徒的身影，他们现在称其为"不祥之时"。人和动物都昏昏欲睡，而各种魂灵则四散游荡，就像在午夜一样。"暗夜毋可畏；白日箭须防；暗处伏魔影；正午妖来袭"。正午的妖魔，南部这片宁静碧蓝的世界中不散的幽魂⋯⋯

或许正当斐德罗与其友在正午沙沙作响的梧桐树下对话时，也有某个善良的魂灵悄悄来到他们身边。而这座古老海角处居住的精灵，则一定是率真而仁慈的。

自然似乎对大希腊的这一角落尤其吝啬，只有岩石与海水！但这岩石与海水是实实在在的，它们是太初造人之物。此地的景色光辉显耀，决意轻蔑于一切矫饰，透出一片勇敢与单纯。它使我们回归本性，脚踏实地。它疗治自省这种病症，并激发我们因病态的寒冷忧郁而几近忘却的一种能力——坦诚地表达藐视的能力：藐视那种稻草人一般的，煽动我们忽视尘世所有切实之物的理论。所谓美好的人生，不就是轻松地摆脱掉那些原始的皮囊，摆脱掉那些潜伏身躯，伺机乘虚而入的无形诱惑吗？

　　而那位智者，那位完美的"野蛮人"，其实最能受这辉赫的现实感召。他本可努力贴近真实，并与尘世保持一种比别人都更长久也更亲密的关系。愿他睁开双眼吧，改弦更张就在眼前。从这些划开平静的爱奥尼亚海的焦褐色石块中，从这亲切温暖的孤独中，他能雕琢出某种明晰、本真且完完全全属于人间的原理，并将其带入城镇欢乐的喧嚣——那是一种强大的哲理，足以使人开朗调皮，挥别一切遗憾。